屍者の帝国

伊藤計劃×円城塔

河出書房新社

屍者の帝国　目次

プロローグ 7
第一部 29
第二部 161
第三部 293
エピローグ 435

装丁＝川名潤（Pri Graphics inc.）

屍者の帝国

"Good old Watson! You are the one fixed point in a changing age. There's an east wind coming all the same, such a wind as never blew on England yet. It will be cold and bitter, Watson, and a good many of us may wither before its blast. But it's God's own wind none the less, and a cleaner, better, stronger land will lie in the sunshine when the storm has cleared. Start her up, Watson, for it's time that we were on our way."

"His Last Bow", John H. Watson, M.D.

プロローグ

まず、わたしの仕事から説明せねばなるまい。

必要なのは、何をおいてもまず、屍体(したい)だ。

I

薄暗い講堂に入ると、微(かす)かに異臭が感ぜられた。思わずウェストコートのポケットからハンカチーフを取り出し鼻を覆(おお)う。見当はすぐにつく。これは校舎の臭いではない。ほぼ確実に骸(むくろ)の臭い、屍体の臭いだ。八角形の講堂の中心に置かれているのは解剖台で、その傍(かたわ)らには教授と瓦斯灯(ガスとう)、何やら台に乗せた複雑怪奇な機械が付き添っている、わたしは友人のウェイクフィールドと共に講堂へと入ると、教授と解剖台との周囲を八角形に取り巻く席のひとつにつき、続く聴講生全員が講堂に入ってくるのを待った。

「あれがそうかな」

解剖台の上に横たわるものを指さしながら、ウェイクフィールドが耳許(みみもと)でささやく。頭から足先まできっちり白布が掛けてあるものの、そこにあるのは屍体に間違いない。今日の講義で使用される遺体に、講堂にいる生徒全員が興味津々だった。全員が揃(そろ)ったのを確認して、教授は昔ながらの黄燐マッチ(ルーシファ)を取り出し、解剖台の角で小さく擦過(さっか)して火を点(とも)すと、傍らにある瓦斯(ガス)灯の石炭瓦斯(ガス)に点火する。講堂に立ち籠(こ)める薄ぼんやりとした死臭に、黄燐(おうりん)の臭いと瓦斯(ガス)の臭いが混じる。一つ咳払(せきばら)いをしてから、こう始めた。

「まず言っておかねばならないだろうが、今日、我々が使用する遺体は真っ新(クリーン)なものだ。ケンブリッジで起きたスキャンダルは諸君の耳にも及んでいるとは思うが、ロンドン大学の医学部ではあのようなことは決して起こりえない。諸君は誇りを持って毎日の勉学に勤(いそ)しんでもらいたい」

「だとさ」

とウェイクフィールドがくすくす笑うが、教授にひと睨(にら)みされて兎(うさぎ)のように縮こまった。まったく迷惑な話だ。これでは、ウェイクフィールドとつるんでいる自分の居心地も悪くなる。自分はセワード教授に目を掛けてもらっているので、あまり心証を悪くしたくはないのだ。馬鹿、控えろよ、とわたしはデリカシーの欠けた友人の腕を小突(こづ)いた。ウェイクフィールドは肩をすくめる。

　確かに例の一件を受けて、釘(くぎ)を刺しておかねばと思った教授の律義さは可笑(おか)しいといえば可笑しい。例の一件とは「タイムズ」のような高級紙から一ペニーの「デイリー・テレグラフ」

までを賑（にぎ）わせた骸泥棒（ボディ・スナッチャー）の話、ケンブリッジの某教授が研究に使用する屍体を骸泥棒（スナッチャー）から買い入れていたというスキャンダルだ。屍体が不足する昨今、無理からぬ事と内心では同情している博士連中も多いことだろう。自由経済の発展は屍体に支えられていると言っても過言ではないけれど、使える死人の数には限界があるし、牧師とて屍体再処理状に認可の判を押すことばかりが仕事というわけでもない。つまり、人が死ぬ数というものは自由主義経済の需要に応じて増やしたり減らしたりできない類（たぐい）の数字なのだ。

「昨日の『デイリー・テレグラフ』に載ってたんだが」

とウェイクフィールドが性懲（しょうこ）りもなく耳許でささやくので、何だよ、とわたしは訊（き）き返した。

「ある未亡人がピカデリーを歩いていたらな、つい先日死んだはずの自分の夫が乗合馬車（オムニバス）を引いててびっくり。というのも、ご婦人は旦那（だんな）が墓の下に眠っているとばかり思っていたからだそうだ」

「死人の生前同意も得ずに、勝手にフランケンにされちゃった、ってそういうことかい」

「そういうこと。ロンドン市長（ロード・メイヤー）曰（いわ）く、昨今ブリテンの死者は安寧とはほど遠い状態にある、とな」

「そんなにひどいのか」

「ロンドン警視庁（ヤード）の統計によるとだな、骸泥棒で逮捕された盗人の数は、すでに去年の一・六倍に達しているそうだ」

わたしは溜息（ためいき）をついた。死者の需要は増すばかりだが、これればかりはどうにもならない。こと死人の供給に関しては、耕地面積を広げて収穫量を増やしたり、乳牛の数を増やしてバターを増産したりというようにはいかない。疫病が流行でもしないかぎり、イングランドの民、女王陛下の臣民が「生産」できる死人の数はそう動かない。

「二十四時間墓守（はかもり）を置く墓地も出てきたらしい」とウェイクフィールドは芝居がかって震えてみせ、「墓を夜通し見張る――いやあ、ぞっとしないね」

　幽霊（スペクター）が怖いのかい、と訊くと、ウェイクフィールドは頭を振り、

「霊素（スペクター）なら科学の領域さ。俺が苦手なのは吸血鬼や狼男（おおかみおとこ）の類だよ」

「かわいいところあるんだな、お前」

「ウェイクフィールド君っ」

　と教授が大声を張り上げたので、ウェイクフィールドとわたしは驚きに凍りついてしまう。教授は苛立（いらだ）たしげにステッキでわたしとウェイクフィールドを交互に指しながら、

「何か思うところがあるのなら、ここに出てきて皆に明らかにしたらどうかね。霊素がどうとか聞こえたような気もするが」

「い、いえ、申し訳ありません」

「では始めるぞ」

　セワード教授は台の上からキャンバス地の白布を取り去る。するとそこには、教授の言ったとおり真っ新で傷ひとつ無い全裸の死体が横たわっていた。年の頃は三十代半ばぐらいだろうか。目立った外傷がないということは、おそらく病気で死んだのだろう。

霊素の抜けた——生命のともしびが消えた肉体には、ある種の残酷な美しさがある。生きていれば人間で、死ねば物——そう簡単に割り切れるものではないけれど、特にこのような傷ひとつ見あたらない遺体の場合、その美しさは際（きわ）だつ。生きているときにはその生命で覆い隠されていた、機能する構造としての美しさ、骨と腱（けん）とが絡（から）まり合った精緻な機械としての、剝（む）き出しの「物」としての美しさ。

「生者と死者を分かつものは何かね、ワトソン君」

と教授が訊いてきたので、わたしは冷静に答えた。

「はい、霊素の有無です」

「そう、霊素の有無。俗に言う魂（スピリット）というやつだ。実験で確認されているところによると、人間は死亡すると生前に比べ体重が〇・七五オンス、二十一グラムほど減少する。これがいわゆる、『霊素の重さ』だと考えられている」

教授は棒で遺体の綺麗（きれい）に刈り上げられた頭部を指した。毛髪を失った剝き出しの皮膚（ひふ）には骨相学的な脳機能の地図（ガル・マップ）が掻（か）き込まれており、その区分けされた頭部の領域それぞれに針が突き立ててあった。針はコードに繫（つな）がり、コードは束ねられ、死者に紛（まが）い物の魂を「書き込む」悪魔の機械——疑似霊素書込機（スペクターインストーラ）とそれを動かすルクランシェ電池に繫がっている。

「今日はアムステルダム大学より、霊素についての第一人者にお越し頂いている。私、ジャック・セワードの恩師でもある先生だ。その講義は必ずや諸君の知性を刺激し、将来有用な知識をもたらすだろう——では教授、お願いします」

「ありがとう、ジャック」

という声が講堂の外から聞こえた。恰幅のいい紳士が講堂に入ってくる。年の頃は六十あたりだろうか。にこやかな笑みを浮かべてはいるが、目だけが異様にぎらついて全く笑っていない。ステッキをつきながらトップハットを被ったまま、セワード教授の側までやってきた。

「一応自己紹介しておいたほうがいいだろう」と脱いだトップハットをセワード教授に渡しながら、「わたしはヘルシング、エイブラハム・ヴァン・ヘルシング教授だ」

「吸血鬼の専門家じゃないか。すげえな、セワード教授の恩師だったなんて」

ゴシップ好きのウェイクフィールドが、わたしの耳許でささやいた。わたしはうんざりして首を振り、

「博士は吸血鬼に関する民間伝承を体系的に研究しただけだ。吸血鬼の専門家、だなんてゴシップ紙が書きそうな言い方するな」

「『デイリー・テレグラフ』は教授がヴァンパイア・ハンターだってはっきり書いてたぜ」

「低俗な報道機関の記事を真に受けるなよ」

ささやき合うわたしとウェイクフィールドを睨んで、セワード教授がひとつ咳払いをした。わたしは恨みがましくウェイクフィールドの脇腹を強めに小突く。

「わたしはありがたくも、アムステルダム大学で名誉教授の職に就かせて頂いている。一部の者はわたしを吸血鬼やら何やら、怪奇の類の専門家だと思い込んでいるようだが――」そこで生徒達が礼儀正しく笑った。「――わたしの専門は無論、精神医学だ。霊素に関するものもそ

の領域には含まれる。吸血鬼の伝承に関する論文は余芸のようなものだな。さて」

ヘルシング教授は皮膚面に作業用の様々なガイドが書き込まれた死者の頭をぺたぺたと叩（たた）き、

「この頭蓋骨（ずがいこつ）の中身にある灰白質――脳味噌（のうみそ）はいま、空（から）っぽだ。霊素がインストールされていないという意味でだ。死んだときに、〇・七五オンスの魂は人体から消えてしまう。ではそもそも、生命を生命たらしめる根幹が霊素であることを発見したのは誰だね――きみ」

先刻セワード教授に叱（しか）られたとき目を付けられたのだろう、ヴァン・ヘルシング教授のステッキがウェイクフィールドに向けられた。突然のご指名にウェイクフィールドは驚いて思わず身を引いてしまう。必死に頭を回転させている様を横目で見て、いい気味だ、とわたしは思った。

「え、ええと、フランケンシュタイン氏でしょうか」

「それが一般的な答だな、いやしくもロンドン大学の医学部に身を置く者の答ではない」

ヘルシングは辛辣（しんらつ）だった。ウェイクフィールドは顔を真っ赤にして首を縮込ませて恥辱に耐えている。自業自得だ、とは思ったけれど、さすがに多少は同情心が湧（わ）いてきた。わたしは手を挙げて、答えて良いかヘルシング教授に尋ねた。

「うむ、では隣のきみ――名前は何というのかね、きみに答えてもらおう」

わたしは落ち着いて、ワトソンです、ジョン・H・ワトソン、と名乗ってから、

「『霊素』の思想的な根拠は、前世期のメスメル医師が唱えた『動物磁気（アニマル・マグネティズム）』説にまで遡（さかのぼ）ります。フランケンシュタイン氏が最初の『被造物（クリーチャ）』を生み出す前に、この理論はドイツの医学

者であるメスメル氏によってまとめられました」

「その通りだ。セワード、ワトソン君はなかなか優秀なようだな」

とヴァン・ヘルシングに褒(ほ)められて、少しばかり気持ちが舞い上がった。友人を出汁(だし)にして自己愛(ナルシシズム)を満足させただけのような気もするが、ロンドン大学の学生が皆ウェイクフィールド並だと思われてはたまらない。

「古来から『魂』を科学的に説明しようという試みは絶えなかった。その問題は最終的には『霊素』として決着をみるのだが、そこに至る流れに動物磁気の考え方があった。実際、インゴルシュタット大学に残されているフランケンシュタイン文献群を漁(あさ)ると、フランケンシュタイン氏がメスメル氏の動物磁気に関する理論を把握していた形跡が読み取れる。フランケンシュタイン氏は霊素の着想をメスメル氏の動物磁気から得たというのが、現在、科学史家の間では定説になっている」

生徒達がノートをとりはじめた。わたしとウェイクフィールドも鞄(ヴァリーズ)からノートブックを取りだしてヘルシング教授の言葉に追いつこうと必死になる。

「動物磁気そのものは、メスメル氏に敬意を表してメスメリズムと呼ばれることもある。メスメル氏の理解では、動物磁気は動物の体内にある何千というチャンネルを流れる生命の奔流だった。これは霊素が主として人間の脳に生起する『相』であり『パターン』であり『現象』であるといった現代科学の最新の理解とはやや異なるが、いずれにせよ、フランケンシュタイン氏はインゴルシュタットの研究室で、この『動物磁気』の考え方を発展させ、『霊素』という思考に到達し、そこからすでに『霊素』の失われた肉体の脳に『疑似霊素』を上書きするというアイデアに辿り着いたわけだ」

「動物磁気の考え方は一度否定されていますね」

とわたしが質問すると、ヴァン・ヘルシング教授は頷いて、

「よく知っておるな。セワードはどうやら優秀な生徒を持っておるようだ」

とヘルシング教授が頷きかけると、セワード教授も相槌を打つ。セワードはわたしを高く買ってくれているのだ。

「一七八四年、ルイ十六世が動物磁気の検証のために招集した科学アカデミーの面々は、最終的に動物磁気の存在を否定した。フランケンシュタイン氏が最初の『被造物』をインゴルシュタットで生み出す数年前の話だ。無理からぬ事ではある。今日ではメスメル氏の『動物磁気』は霊素の思想的先見として再評価されているものの、当時は臨床的な裏付けが乏し過ぎたのだ——では実際に死者に疑似霊素をインストールしてみるとしよう」

セワードがインストーラのカードリーダーに一連のパンチカードをセットし始めた。パンチカードの中身は、ケンブリッジの霊素解析研究所で策定された最新の標準モデルだ。現在のところ、このモデルが死者を動かすのに最も安定したバージョンだと言われている。繰り返し繰り返し解析機関で霊素の振る舞いをシミュレーションした結果作られたバージョンだ。カードのセットが終わり、ヘルシング教授がインストーラの側面にあるレバーを下げると、パンチカードに記述された霊素モデルが読み取られ、ルクランシェ電池からの電流刺激によって頭蓋骨

に突き刺さった針から脳組織に書き込まれていった。

「ルクランシェ電池の登場によって、電流の確保は本当に安定した」と電流が死者に偽(いつわ)りの魂を吹き込む間、ヴァン・ヘルシングが感慨深げに言い、「わたしの若い頃は、電気を確保するのに上を下への大騒ぎだったものだ。時にワトソン君、この電池の仕組みは知っておるかね」

「正の極に二酸化マンガンと炭素を混ぜた物、負の極に亜鉛を置き、塩化アンモニウムの水溶液を電解質とした電池です」

とわたしが淀(よど)みなく答えると、ヴァン・ヘルシングは感心した様子で頷き、

「ふむ、化学にも明るいようだな。フランケンシュタイン氏の頃は、まだ電池というものが生まれたばかりだった。ガルヴァーニが最初の電池を生み出したのが一七九一年、ほぼ百年前だ。その貧弱で不安定な電流で疑似霊素を死者にインストールせねばならなかった氏の苦労は同情して余りある——とセワード君、そろそろかな」

「頃合いです、教授」

ふむ、と言ってヴァン・ヘルシング教授が死者の耳許で指を鳴らす。生徒達は息を潜(ひそ)めてこの光景に見入っている。わたしもウェイクフィールドも含めここにいる生徒は全員、死者がフランケン化する瞬間を見るのがはじめてなのだ。誰かが唾(つば)を飲み込む音が聞こえた。このままでは息が詰まりそうだ。

と、死者の目蓋(まぶた)が唐突に開いた。

「うわっ」

ウェイクフィールドが驚いてとびずさる。死者は自分が蘇（よみがえ）ったことにちょっとばかり驚いているようにも見える。その瞳（ひとみ）は自分が本来属するべき不在の天国なり地獄なりをじっと見据えて虚（うつ）ろだ。

目の前で、わたしたちの目の前で死者が蘇った。

平然と、それが自然の摂理だと言わんばかりの当然顔で。

再び命ある者になったのではない。それはあくまで、インストールされた疑似霊素に従って動く死体に過ぎない。それでも、先程まで生命を喪（うしな）って横たわっていたものが、突然動き出すのを目の当（ま）たりにすれば、脊椎（せきつい）を走る氷のナイフのような感覚、あってはならない事が起こってしまったというおぞましさが感ぜられるのを抑えることはできない。

百年前、十八世紀の終わりまで、人間の肉体は死んだら黙示録の日まで蘇る事はないとされていた。しかしいまは、そうではない。死後も死者は色々と忙しい。

「インストールした制御系は、ごく標準的な汎用（はんよう）ケンブリッジ・エンジンだ。実際にフランケンを社会で運用するときは、更にこの上に状況に応じたプラグインをインストールする。御者（ぎょしゃ）プラグインだったり、執事プラグインだったり、特に工場労働に関してはその職業ごとのプラグインが用意されている――立ち上がりたまえ」

とヘルシングが言うと、死者は解剖台から下りて直立不動の姿勢で立った。

「骨相学――特に頭蓋骨測定法の発展により、脳の機能マッピングはかなりの精度に達している。頭蓋骨測定の最新の成果はさらに高分解能の疑似霊素モデリングを可能にし、より『自然な』フランケンのモーション制御をもたらす。ま、見た目や動きに関して死者が生者とほぼ変わらないレベルに達するには、あと一世紀以上は必要だろうがね――歩け」

命令を受けて死者が一歩踏み出したものの、それは我々生者が歩くような自然さがすっぽりと抜け落ちている。ぎこちなく、えらくゆったりとしている。いわゆるフランケンウォークというやつだ。まるで水のなかを歩いているのを見ているよう。ヴァン・ヘルシング教授は皮肉めいた笑みを浮かべ、

「もうすぐフランケンシュタイン氏が最初のフランケンを生み出してから百年経とうというのに――我々はここまでしかたどりつけていない。軍事用や産業用のフランケンは英国本土からカナダやインド植民地まで広く普及しているが、生者にそっくりに動く死者など、今のところ夢のまた夢だ」

「コペンハーゲンの同僚から聞いた話なのですが」と生徒の存在をすっかり忘れてしまったかのようにセワード教授がヴァン・ヘルシング教授に話しかける。「グローバル・エントレインメントという四肢制御がかなり有望だとか」

「非線形の制御だろう。噂は聞いている。結構不気味だったようだよ。そのモーションは生者に限りなく似ているが、どこかが決定的に違う――そこからくる不気味さだと同僚が言っていた」

「『不気味の谷』ですね」

というところで講義の終了を告げる鐘が鳴り、二人は我に返った。ヘルシング教授は沈黙し

ている我々生徒の顔を前に申し訳なさそうな様子で、

「申し訳ない、すっかり自分たちの世界に入り込んでしまっていたようだ。今話していたのはより高度な霊素モデリングの話題なのだが、これは次回、セワード君のほうから諸君に話して貰(もら)うことにしよう。諸君の前で講義できて光栄だった」

そう言って教授が一礼すると、生徒達は礼儀正しく拍手を返した。

「死人ってあんなふうに目覚めるんだな」

生徒達が講堂から出て行く中、ウェイクフィールドが嬉(うれ)しそうに言う。まるでもう一度見てみたいとでも言いたげな様子だ。わたしはノートを鞄にしまって、上着のボタンを留めなおし、講堂から出て行こうとした。

「ああ、ワトソン君」

背中から呼び声が掛かった。セワード教授の声だ。振り返ると、ヴァン・ヘルシングと二人でこちらのほうを見ている。

「放課後に少し話したいことがある。ヘルシング教授も一緒だ。あとで研究室に出頭するように」

II

両教授と三人、四人乗り馬車(ランドー)に揺られて、ロンドンの灰色の空の下を、粛々(しゅくしゅく)とリージェント・パークへ向かうまでの間、辻馬車(ハンサム・キャブ)と軽装二輪馬車(キャブリオレ)、乗合馬車(オムニバス)や箱形馬車(ブルーム)と、色も形も様々な多くの馬車とすれ違いはしたけれど、その御者(ぎょしゃ)の半分は死人だった。今日もロンドンの労働市場は死人で一杯だ。幸いなのか、不幸なのか、我々の御者は生者だった。

「何処(どこ)へ行くのですか」

セワード教授に尋ねると、言葉を探るような顔つきで暫(しばら)くのあいだ黙り込んでから、

「ワトソン君、きみは自分を愛国者だと思うかね」

質問を質問で返すのは反則だ、と思いながらも、ええ、とわたしは答えた。

「わたしは女王陛下(ハー・マジエスティ)の臣民(サブジエクト)です」

「よい心がけだ。ときに、今年医学部を出たら軍隊に入ると聞いたが」

「はい。卒業したらネトリーで軍医になるための研修を受ける事になるでしょう」

「そうなるとその後は恐らくインドかアフガニスタンだ。覚悟はできているんだろうね」

「勿論です」

と答えたものの、アフガンについては漠然としたイメージしか持っていなかった。アジアにあるかの国と戦争が始まったとき、兵隊になる事も考えはしたが、それでは自分が学んできた全てをドブに捨ててしまうことになる。折角医学の道を志したのだから、軍医になるのが一番合理的な選択であるように、わたしには思えた。

セワード教授は頷いて、

「きみはわたしの生徒の中でも一番熱心で優秀だ。卒業後どこかの大病院に行きたいというのなら、わたしは喜んで推薦状を書いただろう。しかしきみは愛国的な精神から軍隊で軍医として活躍する道を選ぶと言う。そんなきみに頼みたい仕事があるのだよ。きみのように優秀かつ愛国的な人間にしかできない任務だ」

「一体それは何です」

「わたしも、その仕事についておる」とヘルシング教授はウィンクをしてみせ、「なかなかにエキサイティングな任務だ。きっときみならばやりおおせるだろう」

やがて馬車はメリルボーンを抜け、リージェント・パーク沿いの寂れた古い建物の前で止まる。灰色をしていて、周囲の建物に比べて一際高い。重そうな扉の横には「ユニヴァーサル貿易」と書かれた銅のプレートがひっそりと目立たぬように埋め込まれていた。

「ユニヴァーサル貿易――商社ですか……」

「表向きはな。さ、入りたまえ」

セワード教授が扉を開けると、中へ入るよう促した。わたしはヴァン・ヘルシングの後に続いて建物に入る。中に入ると受付のデスクがある。大理石の床面を横切ると、靴底が鋭い足音を立てた。セワード教授はデスクの女性に自分の名前を告げた後、M氏に面会の約束がある、と言って名刺を渡した。デスクの女性は承知いたしました、と名刺を受け取って小さな樹脂製の筒に入れ、しっかりと蓋（ふた）をすると、デスク背後の壁にある気送管（プネウマティック）に筒をセットする。気密蓋（エアロック）を閉めてレバーを引くと、シュポン、と圧縮空気が解放される気の抜けた音がした。

「少々お待ちください」

再びシュポン、という音がして受付嬢が気送管の蓋を開くと、中から筒を取り出す。筒の蓋を開けてメモのような紙片を取り出すと、

「お待ちしておりました、とのことです。八階まで昇降機（リフト）でお上がりください」

と言われた。セワードとヘルシングの両教授は手慣れた様子で案内されるまでもなく建物の奥へ入ってゆく。受付嬢も受付嬢で二人を知っているのか、案内する素振（そぶ）りすら見せなかった。人気（ひとけ）がない廊下は、どういうわけかぞっとするほど複雑に入り組んでおり、わたしは自分がこの建物のどのあたりにいるのかを完全に見失った。初めて訪れた人間なら確実に迷ってしまうだろう。にもかかわらず、建物の地図のようなものは廊下の何処（どこ）にも貼（は）り出されていない。迷路みたいな建物ですね、とわたしが訊（き）くと、ヴァン・ヘルシング教授はこう答えた。

「わざとそういう風に作ってあるんだ」

「どうしてですか」

「不審者を見分けるためだな。この建物の中で自信無さげにきょろきょろしていたら目立つだろう。建築的に一見さんお断りなんだな、ここは」

やがて我々は昇降機の所までたどりつき、昇降レバーを操作して扉を閉めると八階に昇った。八階に着いてからもセワードとヘルシングの足取りには迷いが無く、込み入った廊下を抜けてある扉の前で立ち止まる。所々に死人が真っ赤な陸軍の制服を着て、マルティニ・ヘンリー銃を肩に提げ武装して立っていた。十年ほど前にスナイドル銃に替わって陸軍が制式化したライフルだ。セワードがノックすると、お入りください、と中から声が聞こえた。例によってセワードが扉を開けてわたしとヘルシング教授を中へと促す。

デスクから立ち上がって出迎えてくれたのはやや痩せ気味の紳士だった。年の頃は四十代前半だろうか。

「ジャック、エイブ、お久しぶりです」

と紳士は言い、両教授と握手を交わしたのち、わたしに視線を向け、

「この青年が新たにグレート・ゲームに参加するプレイヤーですか」

「本人の意思次第ですがね」

とセワードが言った。わたし以外の全員が理解している何がしかの状況から疎外されていることに、少しばかり腹が立ってきて、

「失礼ですが、一体ここはどういう場所なんです。それに教授、この方は一体誰なんです。グレート・ゲームとは何ですか。わたしはなぜ、ここに呼ばれたんです」

わたしの苛立ちを無視して、火を貰えるかね、とヴァン・ヘルシング教授はウェストコートのポケットから銀の葉巻ケースを取り出し、口にくわえる。紳士はポケットから赤燐マッチを取り出しケースで擦過すると、火種をヘルシングの葉巻に灯した。

「物事には順番がある。一度には答えられんよ、まあ座ってゆっくり話を聞いてくれ」

とヘルシングが椅子を勧めてきたので、わたしは釈然としないままそこに腰を下ろす。紳士はデスクの角に尻を乗せて、

「まず、きみに訊こう――」

「名前は」

「――何」

「名前」

とわたしはぶっきらぼうに言った。質問をするなら名乗るのが礼儀というものだ。セワードとヘルシングは不貞腐れた様子のわたしを見て愉快そうに笑う。より一層この状況が腹立たしくなってきた。相手の反応がなかったのでわたしはもう一度、名前は、と繰り返す。紳士も愉快そうに笑みを浮かべながら、

「わたしは『M』。ここではMと呼ばれている」

「本名は何と」

「きみはまだ、知らなくていい。それを知るには資格が必要でね。少々我慢してくれたまえ。で、先程の質問だが、きみはここがどんな場所だと思うかね」

「貿易会社だと、外の看板には書いてありましたが」

依然としてむっつりしたまま、わたしはわざと見当違いな事を言った。Mはわたしの肩を軽く叩（たた）き、

「しかし事実はそうでない事を、きみは既に気がついている。そうじゃないのかね」

「まあ、ね」

「突然の状況にびっくりしているのはわかる。申し訳ないとも思う。しかし子供じゃないんだ、そう何時（いつ）までも駄々を捏（こ）ねて我々を困らせんでくれ」

わたしは溜息（ためいき）をつき、ヴァン・ヘルシング、ジャック・セワード、そしてMと呼んでくれと言う紳士の三人をぐるっと見回してから、

「軍事探偵、でしょう。政府の諜報（ちょうほう）機関だ」

「なぜそう思ったね」

「初めての人間が確実に迷うよう設計された迷路のような廊下は、機密保持の必要性を示唆しています。それに陸軍フランケンのセキュリティ。商社に陸軍の警備を置く理由が分からないし、人間と違ってフランケンの警備員なら、中で見聞きした情報を外に漏（も）らす事はないでしょう。木偶（でく）の坊（ぼう）ですからね」

「さすがの洞察力だな。きみを弟に会わせたいよ」

「弟さん……」

「弟は諮問探偵（コンサルタント）でね、身贔屓（みびいき）でなく能力はあると思うんだが、依頼が無くて苦労している。モンタギュー街に間借りして、依頼を待ちながら大英図書館で暇を潰（つぶ）す毎日さ。まあ、それはともかく」とMは机から下りてわたしの傍（かたわ）らに立ち、「我々は女王陛下の諜報機関だ。形式上は外務省の一内局だが、首相直属で動いている。その名前を知る者は政府部内でも少ない」

「〈ヴォルシンガム機関〉」とヴァン・ヘルシングがわたしの背中に立って言う。「サー・フランシス・ウォルシンガムに因（ちな）んで付けられた名前だ。勿論サー・ウォルシンガムは知ってるだろう」

「エリザベスI世のスパイ・マスター」とわたしは「M」の顔を見つめたまま答えた。「女王暗殺の陰謀を二度にわたって暴いている。ヨーロッパ中に間諜（かんちょう）を放っていた」

「そう。わたしもそのような、ブリテンがヨーロッパに放った間諜の一人だ」とヴァン・ヘルシングが葉巻を口から離し、わたしの前に進み出て、「吸血鬼や怪奇など民間伝承の研究でわたしは度々（たびたび）ヨーロッパを旅する。『串刺し公』ドラキュラの研究ではルーマニアなど東の方も訪れた。そう、ロシア皇帝（ツァーリ）が虎視眈々（こしたんたん）と国境の拡大を狙っている東ヨーロッパだよ。わたしは研究と称して――まあ実際研究もするんだが――大学の金でヨーロッパを旅し、同時にブリテンのために東欧の軍用地図を作成したり、ロシア人の動向を探ったりする」

　Mがヘルシングのあとを引き継いで、

「ロシア帝国は基本的に拡大政策をとり続けている。その柱は二本、東欧への西進と中央アジアへの南進だ。西進に関してはクリミア戦争で厳しくお灸《きゅう》を据えてやったが、我々は終戦の後もヘルシング教授のように優秀な人材を派遣して東欧に諜報網を張り、ロシア人の動向を警戒している。皇帝の秘密警察は世界中にいるから油断できんのだ。そして南進はといえば――アフガニスタンが今どういう状況になっているかは言うまでもないな」

第一部

—— Rebooting the Standard Cambridge ENGINE.4.1.2...check......OK.

—— Rebooting the Extended Edinburgh Language ENGINE.0.1.5...check......OK.

I

ラジャバイ時計塔の鐘の音がゆるやかに熱帯の大気へ拡散していき、わたしは静かに目を開く。

「ジョン・H・ワトソン。ボンベイ、一八七八年九月十五日」

鉄製のペン先が紙面を掻(か)く微(かす)かな音が、わたしの声と並走していく。

小柄な青年が一人、ボンベイ城の殺風景な一室に据えられた簡素な机の前に背筋を伸ばして座り、ペン先からは流麗な準筆記体(セミ・カーシヴ)が流れ出す。印刷物と見紛(みまが)うような画一的な文字と筆記速度の両立は無論、屍者(ししゃ)をしてはじめて可能になる種類の業(わざ)だ。

「フライデー」

歳(とし)若さを永遠に固定された青年型のクリーチャは、わたしの呼びかけにペンの動きを停止させ、一瞬をおき、ゆったりとした動作で首だけをこちらに回す。机に置かれた生首が自らの血

に滑るように。細部の動きは完璧なのに、全体としての統合性に欠けている。指令を待ってこうして停止している間でさえ、クリーチャと生者の別は明らかだ。やわらかな光の中でその一角だけ時間が凍りついているような錯覚が襲う。

　生者とは明らかに異なるのだが、ただの死体ではありえない。死体と、停止した屍者の区別は何故（なぜ）か子供にでもつく。

「不気味の谷」

　わたしは呟き（つぶや）、フライデーはこちらへ顔を向けたまま、機械的にペンを走らせる。このわたしの発言をノートの上へ一言一句書き移していく。滑らかなくせにぎこちない動きは、現代におけるメルツェルの将棋指し（オートマティック・チェス・プレイヤー）の再現とも言える。生者に似せようとすればするほど屍者の挙動が不気味さを増していく現象は、不気味の谷という名前で知られる。死体はただの死体だが、死化粧を施された死体は何故か不気味さを増す。その死体が動き出したりすれば尚（なお）更（さら）だ。生者と屍者の間には暗く深い谷が横たわる。

　ウォルシンガム登録名称（ユニークネス）、Noble_Savage_007、個体識別名（コードネーム）：フライデー。虚（うつ）ろな脳に運動制御用の汎用（はんよう）ケンブリッジ・エンジンと拡張エディンバラ言語エンジンを書き込まれた、最新鋭の二重機関（ツイン・エンジン）の実験体だ。通訳とわたしの行動記録を任務としており、実習用の教材も兼ねる。今こうしてはじまる記録もフライデーの手になるものだ。

　わたしの従僕（サーヴァント）にして女王陛下（ハー・マジエスティ）の所有物（プロパティ）。書類上は、ウォルシンガムの研究開発部、Q部門（セクション）から貸与された備品ということになる。偽物（にせもの）の魂を書き込まれた屍体はこちらの世界を

虚ろな瞳（ひとみ）で覗（のぞ）き込み、わたしの命令（オーダー）を静かに待つ。

物言わぬ彼の頭の中には、わたしが大英博物館（ブルームズベリー）の図書閲覧室（グレート・コート）へ通って集めた字引や辞典、事典の類（たぐい）が片っ端からインストールされている。言語資料（corpus）を詰め込まれた屍体（corpse）が肉体（corpus）の兵団（corps）に服して働く。これはほとんど言葉遊びだ。まだまだ試用段階の域を出ないが、単語レベルの通訳としてかろうじての用をなす。文字通りの歩く辞書（ウォーキング・ディクショナリ）ということになる。

ユニヴァーサル貿易の一室でわたしの運命の輪が急転をはじめて三か月。その期間は、ありったけの屍者技術を頭に詰め込み、フライデーの調整整備をすることに費やされた。元々は言語機関の実験体として作製されたフライデーに通訳の機能を実装し、こうして手記を口述したり、発言を記憶させておくところまでようやく辿（たど）りつくことをえた。

その作業が終わる頃には、わたしはこうしてボンベイにある。良き入り江（ボン・バイア）、ボンベイ。自分に言い聞かせるように繰り返してみるものの、言葉はただの言葉のままで、実感はどうも伴わない。

遠い爆音が城を揺らし、わたしは窓辺へ歩み寄る。分厚い石壁に四角く刳（えぐ）られた窓の向こう、ボンベイ港のドックから一筋の黒煙が立ち上がるのを無感動に眺めやる。

南国の植生に沈む工業都市、ボンベイ。鏡のような海面に各国の通商旗を掲げた船が微睡（まどろ）み、引き船やフェリー、漁船やはしけがゆるやかに進む。煙を認めた人々が色彩豊かな衣装を翻（ひるがえ）し屋台が無秩序に並ぶ埠頭（ふとう）を右往左往する。籠（かご）を担いだ物売りの子供たちがわれ先に逃げ出そうと押し合い転ぶ。そんな混乱の中でさえ、もろ肌脱ぎの逞（たくま）しい屍者たちは淡々と船荷を担ぎ続

ける。

わたしは黒煙の向こうへ泊まる大型の蒸気船に目をとめる。三十八の星をあしらったアメリカ合衆国旗と黒地に一つ目のマークを銀糸で縫(ぬ)いとった旗が上下に並ぶ。今回、テロの標的となったのはこの船らしいが、被害のほとんどは桟橋(さんばし)に集中したようだ。埠頭の崩れた石組の上、白い日傘が場違いに一つ咲いているのにわたしは気づく。甲板(かんぱん)からの呼びかけに応(こた)えるように傘は揺れ、持ち主の御婦人はこともなげに手を振り返している。

アメリカ人を狙うテロ組織の背後関係を推測しかけ、無駄なことだと考え直す。ボンベイは現在、英領インド帝国アフガニスタン派遣軍の一大中継基地と化しており、各国の思惑は解きほぐしようもなく入り組んでいる。爆発騒ぎは珍しくなく、わたしもこんな騒ぎにはもう慣れ切ってしまっている。


ロンドン、ヴィクトリア駅(ステーション)から、ボンベイ、ヴィクトリア終着駅(ターミナル)へ。わたしの移動はあっけない。ドーバー海峡、ビスケー湾、大西洋、ヘラクレスの柱(ジブラルタル)、地中海、スエズ運河、紅海、アラビア海。絵本をめくり続けるように異国の風景がせわしなく飛び去るだけの旅路は、ほんのひと月ほどで終了した。

今世紀も終わりに近づき、地球はおそろしく小さくなった。

物好き富豪のフィリアス・フォッグがその莫大(ばくだい)な財産を賭(か)け、八十日間で世界を一周してみせてからほんの六年。旅行代理店(トマス・クック)の窓口で目的地を告げるだけで旅程は全て調(ととの)ってしまう。冒

険用の装備などはお呼びではなく、ほんのトランク数個でこと足りる。大英帝国の構築しつつある堅牢な統治システムはそんなことを可能とした。

この星は急速に網に覆われつつある。鉄道網、航路網、通信網、全ては網だ。世界の頭脳たるブリテン島(アルビオン)とインド亜大陸を覆いつつある鉄道網が手を握るのを妨げ、両ヴィクトリア駅間の移動に船旅を強制しているのは、ユーラシア大陸に眠るもう一つの大国である。

窓外では、手回しサイレンと馬車のクラクションが無秩序に鳴り響いて人々の叫びを圧する。血まみれの負傷者が担架に積まれ運び出される光景は、不思議と回転のぞき絵(ゾエトロープ)のようにわたしの目に映ってしまう。

旅の速度は旅情を奪う。頭は動いているはずなのに、実感は移動の速度にとり残されて体がなかなか追いつかない。頭の中ではわかっていても、体の方では自分は未だロンドンにいる医学生のジョン・ワトソンなのだと考えたがる。全ては夢の中の出来事のように展開していき、わたしの体に馴染(なじ)まない。街のあちこちで建設中のゴシック・サラセン調の円蓋(えんがい)と組み合わされた尖塔(せんとう)もそんな感慨を補強する。中世英国様式とヴェネチア風とロマネスク風をかけ合わせ東洋風の装飾を施された建築物は悪夢の中の光景のように入り組む。

ペシャワール野戦軍第三旅団第八十一北部ランカシャー連隊第二錬金中隊所属、ボンベイ城付き軍医といういささか不明な肩書が、今のわたしの形式上の身分である。第二次アフガニスタン戦争開戦へ向け、インド副王(バイスロイ)、ロバート・ブルワー・リットンが編制中の三個野戦軍は総計三万五千人の威容を誇る。カイバル峠(パス)、カラム渓谷(ヴァレー)、ボラン峠から三個野戦軍がそれぞれアフガニスタン首都カーブル目指して雪崩（なだ）れこむという勇壮極まる計画がインド全土で進行中だ。

引き続く爆発音が城を揺るがせ、わたしは軽く肩をすくめる。

フライデーを振り返り懐中時計を取り出すのとほとんど同時に、ドアに気ぜわしいノックが響く。どうぞと答える間もなく扉は開かれ、左右に赤衣の陸軍（レッド・コープス）フランケンシュタインを従えた瘦身（そうしん）の男が姿を現す。顔の下半分を髭（ひげ）で埋め尽くした男はわたしへ向けて靴音高く歩み寄り、指輪の並ぶ右手を差し出し、わたしは名乗る。

「ワトソン。ジョン・ワトソン」

「話は聞いている」

インド副王リットンは鷹揚（おうよう）に名乗りを受け入れ、握ったわたしの手をはげしく二、三度振り回し、窓の外へちらりと目をやる。黒煙を認め、唇と眉（まゆ）を微かに歪（ゆが）める。

「グラントだな」

とひとりごちて目を細める。

「ピンカートンも頼りない」

と続けたのは、わたしと同じく黒地に一つ目の旗を確認したからだろう。ピンカートンは新興アメリカ合衆国のPMC（プライベート・ミリタリー・カンパニー）の一つだ。南北戦争終結の結果もて余した私兵や屍兵たちを社員や備品として採用し急速に勢力を伸ばしつつあり、今では各国の雇われ軍隊として世界中に進出している。一つ目のトレードマークと「わたしたちは眠らない」の標語を掲げる。

わたしはロンドンで見た「絵入り新聞（イラストレイテッド・ロンドン・ニュース）」の記事を思い出しつつ、

「グラントというと、ユリシーズ・グラントですか」

リットンは不敵な笑みを浮かべて、

「畏（おそ）れ多くも第十八代アメリカ合衆国大統領、ユリシーズ・グラント閣下であらせられる。大統領職から追いやられてのち、休暇と称し世界一周の旅に出ている。実態はピンカートンの売り込み行脚（あんぎゃ）だ。御苦労なことだが、南北戦争の英雄ともなれば、兵士たちの先行きも考えてやらねばならんのだろう。行くあてのなくなった私兵団に国内で暴れられても堪らんからな。瓦斯（ガス）抜きだ」

「ボンベイに着くなりテロの標的になったと」

リットンは蠅（はえ）を払うように手を振って、

「この地では要人テロなど茶飯事だ。わたしも週に三度は未遂に遭っている。おかげでこんなものをつけられて迷惑している」

陸軍フランケンシュタインを肩越しに指し、

「事前に予測はできたから合衆国側へも警告は投げておいたが、こちらの警備は願い下げだと連絡があった。ピンカートンの実力を宣伝するチャンスだとでも思ったのだろう。好きにさせるさ」さて、と椅子（いす）を勧めるわたしを無視して、「ピンカートンがみすみす自爆屍兵の接近を許した理由についてどう考える」

情報開示の前に口頭試問かとうんざりしながら、

「フランケンシュタインを利用した自爆テロは珍しくありませんが、当地で用いられているのは新型です。屍爆弾（クリーチャー・ボム）ですね。荷物として爆弾を運ぶわけではなく、自分自身が爆弾ですから、触診以外での判別は難しい」

「なるほど、大分当地に馴染んだようだな」

クリミア戦争でロシアへ機雷を提供したりしていたペテルスブルク育ちの爆弾業者、アルフレッド・ノーベルが実用化したダイナマイトの原料、ニトログリセリンは石鹸（せっけん）の廃液から生成される。そいつはつまり脂肪の塊のような代物（しろもの）だ。この時代、歩く脂肪にはこと欠かないし、脂肪の方でも文句は言わない。屍者の脂肪をダイナマイトに置き換えるのに化学的な困難はない。単に常識が立ちはだかって思いつきにくい工夫というだけである。この科学の世紀においては、可能なことはいずれ必ず実現され、遅いか早いかの違いが存在するだけだ。

「グラントは無事でしょうか」

「あれしきで死ぬような男なら面倒はない」

鼻で笑ったリットンには頷（うなず）きを返すにとどめ、わたしはついてもいない埃（ほこり）を袖（そで）から払う。胸ポケットからMの書状を取り出し襟（えり）を整え、爆弾騒ぎがなかったならば自己紹介から続いたはずの本題へ戻る。

「ユニヴァーサル貿易は、本作戦におけるあなたの情報隠蔽（いんぺい）を疑っています。わたしはアフガニスタン奥地への潜入任務遂行にあたり、あなたに十全の情報を開示させる権限を――」

「来たまえ」

書状へと冷たい一瞥を投げたリットンは口上の続きを無視して背を翻し、あっけにとられるわたしに構わず歩き出す。フライデーが机上のノートとペンを鞄へ仕舞うのを見届けてから、わたしはリットンの斜め後ろに位置を占め、フライデーのゆったりとして規則正しい足音が後ろに続く。傍らでせわしなく四肢を動かす陸軍フランケンシュタインへ目を走らせて、彼らの運動を制御するのは、制式オックスフォード機関だろうと目星をつけるが、短い学習期間を経ただけのわたしの目では年式までは判別できない。

「Mは息災かね」

リットンは遅れがちな護衛を気にする様子も見せずにせかせかと廊下を進み、叫ぶように問いかける。あからさまに呼ばれたMの名に眉を顰めたわたしの返事を待つこともなく、

「いや個別のMの健康などは問題ではない。奴に何かがあっても遅滞なく次のMが任命されるだけだからな。それよりも君だ。次のエージェントが派遣されてくるまでまた待つことはできん。健康には注意してくれたまえ。屍者技術者はどこも不足だ。宿舎は快適かね。いかんせん城内では部屋が足りておらんから、多少の不自由は大目に見てもらおう。食事は口に合うかな。当地の御感想は。うむ、暑いな。わたしも着任してからしばらくはこの暑さに随分と苦しめられたものだ。すぐに慣れるから心配はいらん」

と矢継ぎ早に大声を張り上げ続ける。いかに拠点の内側とはいえ、機密に属する事柄を大っぴらに触れまわるのはどうかと思うが、それより先に訊いておきたい。

「次のエージェントをまた待つ、とは」

「君の前任者のことかね。吹き飛ばされたよ。ペシャワールに着く前にな。見かけによらず間抜けな男だったのだろう」

リットンはこともなげに笑い飛ばすが、エージェントに関する情報が漏洩(ろうえい)したのはこの男からではないかという疑念が頭をかすめる。リットンが不意に足を止め、わたしは背中にぶつかりかける。

「アフガニスタンについての知識を聞こう」

わたしの胸に、どうにも間合いのとりにくい人物だなと苦笑が起こる。神経症が疑われるが、この状況下にあって、リットンほどの地位にある者ならば仕方のないことかも知れない。頭の中でこの数か月に手に入れた知識をまとめ、再び早足で歩きはじめたリットンの背中へ話しかける。

「はじまりはまず昨年の露土戦争(ルッソ・ターキッシュ・ウォー)です。ボスニアとブルガリアの蜂起に介入したロシアとトルコの諍(いさか)いは、時をおかずに全面的な衝突に発展、ロシアは一時、コンスタンティノープルにさえ迫りました。戦争自体はサン・ステファノ条約の締結によりロシアの勝利に終わりますが、ロシアの領土拡張を警戒した欧州各国の反発により、今年七月にはベルリン会議がもたれ、ロシアはバルカン半島への野望を挫(くじ)かれました。西部戦線の膠着(こうちゃく)によりロシア皇帝(ツァーリ)は中央アジアでの南下策を強化し、カーブルに軍事顧問団を増派。カーブルの王(アミール)、シェール・アリは大英帝国の外交使節団派遣を拒否し、現在あなたが殻にこもったアフガニスタンを軍事的にこじあけようとしている」

ヒマラヤ山脈と砂漠、インド洋に三面を守られた英領インドを、要害に拠り堅持すべきとするグラッドストンが退任し、動的な均衡状態に活路を求める前進主義者のディズレイリが首相に、更(さら)に過激なリットンがインド副王に着任した今、シェール・アリの選択はあまり賢明だったとは言いがたい。部族社会の王たちの王(ハイ・キング)は、大国二つの間に張られた細い綱の上から転げつつある。

「グレート・ゲームだ」

リットンは盛んに腕を振り回し、興奮した調子で続ける。

「ワトソン君。露土戦争時、ブルガリアのプレブナ要塞でロシア軍が二万を超える損害を出した理由を答えたまえ」

「新型のネクロウェアの提供による屍兵の活躍によるものだと聞いていますが」

わたしはヴァン・ヘルシング教授のしかつめらしい顔を思い浮かべつつ答える。研究生活の傍ら軍事探偵として働き、未踏の地の地図を作成し、各国軍の配置についての噂(うわさ)を集め、軍事施設の建設状況を把握する。そこまでは通常の軍事探偵の仕事だが、教授の職務はもっと積極的な領域にまで及んでいた。ユニヴァーサル貿易は、ただのウォルシンガム機関の隠(かく)れ蓑(みの)ではないことを今のわたしは知っている。ロシアの敵対勢力へ屍者制御ソフトウェア(ネクロウェア)を提供し、自国の戦力を温存したまま相手の力を削(そ)いでいく。そんな種類の「貿易」も、ウォルシンガムの仕事には含まれている。

——グレート・ゲーム。

ユーラシア大陸を股にかけた大英帝国とロシア帝国の陣取り合戦。できうる限りに直接の衝突を避けつつ、自国の利益を保全しながら相手国を牽制する。ゲームの駒は軍隊ではない。緩衝地帯を設定し、甘い果実に伸びる互いの腕を振り払いつつ、時には騒乱を扇動する。軍隊の派遣に比べれば他国に起こる内乱は維持費の安い防衛手段だ。諜報員を操るスパイ・マスターたちがプレイヤーで、今はわたしも一つの駒だ。その点、こうして出兵のやむなきに至ったアフガニスタンは、ゲームが破綻しつつある局面にある。

「よろしい」

リットンは頷きながら、絡み合った蒸気パイプが側面を埋め尽くす廊下を折れる。

「では、正教の本拠地、コンスタンティノープルを目前にしてロシアが軍を引いた理由についてだ」

意想外の問いにわたしは虚しく足音を廊下に響かせ、当座しのぎを口にしてみる。

「戦線は既に伸び切っていましたし、欧州各国の横槍も随分激しくなっていました。潮時とみなすには良いタイミング――」

「よろしい」

とリットンは先程と同じ台詞でわたしを遮り、

「君がノーチラス級の情報へのアクセス権を持たないことは確認できた。地中海への我がノーチラス級三隻の派遣は大ロシア皇帝といえど無視できない。たとえ姿は見えずともだ。Mも人が悪いぞ。この程度の人物を派遣してくるわけだからな。では〝クリミアの亡霊〟については」

　ノーチラス級とは、という問いを呑み込みながら、わたしは不思議とリットンに対し怒りが湧かない事実に首を傾げる。次々と脈絡を欠いて降る設問のせいで怒りが湧く暇もないせいもあるのだろうが、これがこの人物なりの情報提供のやり方ではと思えるからか。

「クリミア、ですか」

「左様、クリミアだ。ウォルシンガムはそんなことも知らん若造に、一体何をさせるつもりでいるのだ。わたしが情報を隠蔽していると非難するとは笑わせる。自分たちの功績を吹聴しないのが英国紳士の嗜みだとでも言うつもりだろうが、単にわたしの時間を浪費している。許しがたい。この件は本国に厳重に抗議しておく」

　複雑に曲がる廊下を振り返りもせず足早に次々に折れて階段を下り、古風なアーチをくぐり続けながらリットンの身振りはますます勢いを増していく。

「二十年前のクリミア戦争終結時、セヴァストーポリ要塞を脱出した狂気の屍者技術者の一団をわたしたちはそう呼んでいる。奴らがかの地で何をしたか」

　リットンは振り回していた右腕を空中で止め、拳を握る。

「黒海対岸、トランシルヴァニアに潜伏し、屍者たちによる自治区を建設しかけたのだ。『積極的に』屍者を『生産』することによってな。その企てを阻止したのが――」

「――ヴァン・ヘルシングとジャック・セワード」

「その通りだ。ウォルシンガムのQ部門はその際に接収した大量の屍者技術を非公開にし続けておる。公式の記録に残らないのをいいことにな。トランシルヴァニア事件は未解決のままなのだ。拘束できた屍者技術者は下っ端ばかりだ」

手抜かりだ、リットンはそう叫びつつ、廊下の先に現れた巨大な扉の前で足を止める。左右にそれぞれ獅子と一角獣の重厚な浮彫が施された両開きの扉が重く鈍い光を返す。鋼鉄製の扉を支える鞄ほどある蝶番が、リットンの頭の横に並んでいる。リットンは胸元から金属製のパンチカードを取り出すと、人差し指と中指に挟み、閃かせる。カードを扉脇のリーダーへ滑らせ、壁の内部で盛大に蒸気が放出される音が響いた。

重い扉がゆっくりとこちらへ動き出し、中隊が横隊を組んで通れそうな幅広の階段が姿を現す。地下の闇に消えていく階段の中央には滑らかな石組により搬送傾斜が組まれており、両側の壁には武骨なレールが手すり代わりに伸びている。

「ようこそ、ボンベイ城の心臓部へ」

リットンはわたしを地獄へと導くかのように両手を広げた。

II

傾斜搬路の先には一面の闇（やみ）が広がっていた。

連鎖的に灯（とも）されていく瓦斯（ガス）灯の炎が、わたしたちを先導するように伸びて行き、直立する棺（ひつぎ）の森が揺らめく光に浮かびあがる。金属光沢を放つ銀色の棺の表面に多重に映り込んだ炎がなまめかしく踊る様子は漆塗り（ジャパニーズ）を、蓋（ふた）に嵌（は）め込まれた金色の三日月形の金属板は、夜の波に千々（ちぢ）に乱れる月を連想させる。

ボンベイ城地下の巨大な墓所（カタコンベ）がわたしの視界の先へと大きく口をあけている。見渡す限りに立ち並ぶ墓。平常の墓地と異なるのは、地面に固く突き立つのが十字架や墓石ではなく、棺そのものであるところだ。しかも棺の蓋は開け放たれ、内部に眠る屍者の姿を露（あら）わにしている。「眠る」の語は適切ではないだろう。屍者はただ死んでいるだけなのだから。息づくわけでもないのに、今にも動き出しそうな気配を湛（たた）えて死に続けている。今世紀の後半に入り、死にかけ（dying）

の語は死の進行ではなく、持続を示す単語となった。

様々なマーキングを施された大人の腕ほどもある蒸気パイプと束(たば)になった電導線が、絡(から)み合う蛇(へび)のように棺の背後から石組の上に溢(あふ)れ出ている。注意書きを示すのだろう、パイプに描かれたピンクや黄色の三角印が場違いな陽気さを振りまいている。墓石に施された落書きのような、物質に対する記号の冒瀆(ぼうとく)。博物館の剥製(はくせい)に付された説明書きなど、この工業的無神経さに比べればなにものでもない。

棺の中の屍者には頭といわず胴といわず、無数の電極や屍者の状態を示す計測装置(ヴァイタル)が差し込まれている。ここにも言葉の混乱があり、屍体における生命兆候(ヴァイタル・サイン)は、ただの物質の状態を示すにすぎない。屍者のつやのない皮膚(ひふ)の上には作業の進行状態や、目印用のペイントが無造作に書き殴られている。

立ち尽くすわたしの耳にリットンの歌うような暗唱が流れ込む。

「汝(なんぢ)らは即ち我らの書(ふみ)にして我らの心に録(しる)され、又すべての人に知られ、かつ読まるるなり。汝らは明らかに我らの職(つとめ)によりて書かれたるキリストの書(ふみ)なり。而(しか)も墨にあらで活(い)ける神の御(み)霊(たま)にて録(しる)され、石碑にあらで心の肉碑に録(しる)されたるなり」

リットンは芝居めかして胸の前で十字を切ってみせている。

早すぎる召命(コーリング)を待つ屍者の兵団。地上と地獄の間で宙吊(ちゅうづ)りにされた辺獄(リンボ)とは、意外とこうして静かなものかもわからない。それとも煉獄(プルガトリウム)。両者の違いをわたしは知らない。天国、地獄、両門をくぐる権利を宙吊りにされ、永遠の黄昏(たそがれ)をやり過ごしている屍者の兵団がこうし

て並ぶ。

　ボンベイ城地下整備場は、陸軍フランケンシュタインの大規模整備のために構築された設備だという。一時に二千体からの屍兵を収容、整備可能というリットンの解説に気が遠くなりかけるが、それでも数は足りていないとリットンは言う。

「わたしたちに必要なのは、個別の屍兵の精緻なメンテナンスよりも、大規模な屍兵の運用方法の確立なのだ。屍者はメンテナンスなどしなくとも体が朽ちるまで指令通りに動き続けるが、規格の揃(そろ)わない木偶(でく)の集団を軍事運用するのは不可能だ。個別の屍者の性能向上にやっきになっている学者連中にはなかなか御理解頂けないが。集団運動の効率は最も能力の低い者によって制限される」

「連動制御(ハーモニクス)のプラグインは更新(アップデート)され続けているはずですが」

　当然だ、とリットンは鼻を鳴らして、

「今や我が大英帝国の誇る全球通信網(オール・レッドライン)の通信量(トラフィック)の三分の一は制御ネクロウェアの更新と解析機関同士のお喋(しゃべ)りに利用されている。何のために大洋の底にケーブルを渡し、スエズの中継施設防衛に大量の兵員を集中しているのかわからんほどにな。人ならざる者たちの会話に埋め尽くされ、通信量は増大の一途をたどっている」

　連動制御は、軍事用フランケンシュタインの運用に欠くことのできない最重要課題と言える。個別の戦闘能力は高くとも、集団としての運用ができなければ軍事利用は不可能だ。数の力の前にはあらゆる細工は無力となる。極端な話、大量の屍兵にただ隊列を組んで整然と行進させ

ることさえできれば、あらゆる敵は打ち倒せる。屍兵の群れの前進を止めることは不可能——とまでは言わずとも、困難極まる。軍隊蟻（あり）と同じ理屈だ。サーベルで斬（き）りつけられようと、ライフル弾の直撃を食らおうと、屍兵は停止の必要性を認めない。疑似的な魂を書き込まれた石版を打ち砕かれない限り。脳に記された真理（emeth）の語から先頭のeが拭（ぬぐ）われ、死（meth）へと書き換えられるまで、屍兵はただ闇雲（やみくも）に命令を遂行し続ける。

　わたしとしても、クリーチャの戦闘能力とは何かという問いが見かけ以上に複雑な問題をはらんでいるのは理解している。当たるを幸い、自分が停止するまで周囲全ての人間へと襲い掛かるという指令は可能だが、そんなものは兵士ではなく、殺人鬼と呼ぶにも下等で、せいぜい自然災害といったところで扱いかねる。

　屍兵に生者と屍者の動きを区別させるのはそれほど難しくない。動きに対する認識は、わたしたちの体に刻み込まれている本能であり指令だから、手を加える必要はない。敵と味方の区別——これは途方もなく困難だ。生者であればたやすく理解可能なこの別は、屍者にとっては本質的にどうでもよい事柄だから。敵や味方というものは医学的性質によって決まるのではなく、生者に特有の精妙な理屈や脈絡に起因している。

　彼我の別を認識する機能は、死にながらの屍者（ナチュラル・デッド・クリーチャ）に備わるものではないのだ。どれが敵か、何が味方かを判別するには、具体的な指令かネクロウェアによる調整が要る。屍者も個別の生者を識別はする。声音もある程度ならば聞き分ける。街中（まちなか）で馬車を操るくらいならそれで大過もないのだが、砲弾が飛び交い、爆発音と叫喚に埋め尽くされる戦場となれば話は別だ。

合言葉やカラーリングで敵と味方を識別するという手段はあるが、充分なものとは言いがたい。声真似(まね)をされたり、服装を模倣されたらおしまいだ。もっともそれは生者にとっても同じことだが、屍者には融通というものが徹底的に欠けている。

実際、昨年の日本の内乱(サツマ・リベリオン)時には、明治(メイジ)政府の屍兵団が、政府軍に偽装した叛乱(はんらん)軍の田(タ)原坂(バルザカ)通過をまんまと許すという事態も起こった。錦の御旗(ニシキミハタ)と呼ばれる識別旗をクリーチャが誤認したのが原因ときく。

屍兵はその名に反して兵員ではなくただの兵器で、運用は生者の器量に依存する。銃が意思を持たないのと全く同じく、敵の手に落ちればそのまま兵器として転用される。一定期間指令がなければ自爆する――そんな物騒な機能をインストールする部隊もある。

単なる兵器である以上、輸出もされる。ピンカートンに代表されるＰＭＣは昨日の味方を敵として戦うことも珍しくなく、各国軍もそれは同じだ。そのたびごとに彼我認識機構の書き換えが必要となり、屍兵のインフラ整備に悲鳴を上げる各国政府は、ますますＰＭＣへの依存を強めつつある。戦争は正しく巨大な産業機構だ。

連動制御は、そんな困難を軽減するために実験開発中のネクロウェアで、個別の屍者の小さな身振りを、識別信号として使おうとする試みだ。ほんの小さな腕の震えや、唐突に見える指の動きで屍兵相互の識別を行う。人間には入り組みすぎて覚え切れない小さな身振りの組み合わせも、屍者にとってはなんでもない。専用のネクロウェアをインストールされてしまえば。

連動制御を施された屍者同士の戦闘は、蟻の挨拶(あいさつ)のようにはじまることになる。触角を互いに

こすり合わせ——たりはしないが、生者には認識できない秘密の身振りをとらえ、相手が同じ群れの屍兵なのかを判別する。対面した騎士同士の一礼といったところだ。

それは屍者だけに理解が可能な、高度に暗号化された身振り言語だとも言える。音声言語を使えぬ屍者たちは、その身を特徴的に震わせて一時的なアイデンティティを主張する。言語と呼ぶには一方的な信号なのだが。連動制御を施された屍兵は、自分の指揮官を同じ仕組みで同定する。個別の身体的プロファイルを読み取り、その人物が指揮官なのだと認識する。理念的にはそうなっており、実地の運用は無論猛烈に入り組んでいる。

たとえそうと知ってはいても、こうして整備場を進むうち、どんどん気は遠くなり続ける。解析機関を用いて日々書き足されていくネクロウェアはパンチカードに書き写されて、海底ケーブルを伝って世界中に配信される。目下急速度で拡大中の全球通信網は大西洋での敷設が終わり、ボンベイからカルカッタ、シンガポール、オーストラリア、ニュージーランドを経て、太平洋の横断にとりかかったところである。ケーブルの別の端では信号がパンチカードに復号され、膨大(ぼうだい)な数の屍者に上書きされる。

「一体の屍兵を完全に整備する方法よりも、百体まとめて整備ができ、うち八十体程度の挙動に信頼をおけるノウハウが必要なのだ」

リットンは棺の森へと手を差し伸べる。

「しかし、それ以前に誰も全貌を理解できていないのが問題だ」リットンの顔を沈鬱(ちんうつ)な影がかすめた。「屍者技術者は圧倒的に足りていない。この施設は半自動化を終えており、一度に数

千のクリーチャの生産、整備が可能だが、整備員の中に原理や理屈を理解している者など三人もおらん。どこかが壊れればどこかを直す。それは可能だが、ただそれだけだ。抜けたケーブルを差し直せたからといって、魂の秘奥は明かされない。歯車の位置を調整する、傷を縫う、損傷箇所を補塡する、回復不能な屍兵をすみやかに廃棄する――さて、医学とは一体何の謂いだったかね、ワトソン博士」

それが問いかけではないことを知っているので、わたしは特に返事をしない。卒業の手続きを経ずに着任したわたしの医学博士の肩書はMが偽装した経歴の一つであることも、改めて持ち出す必要を感じなかった。

黙々と進むリットンに続いて立ち並ぶ棺の間をすり抜け、二体の陸軍フランケンシュタインの守る壁へ到達する。リットンは指先の動きで守衛を退け、再び胸ポケットを探ると、一枚のパンチカードをわたしへ手渡す。横へ動いた屍兵の背後から現れた差し込み口を目だけで示し、自分は壁のあちら側、もう一つの差し込み口へ歩み寄る。子供だましのようでもあるが、二枚のカードによる認証が必要なエリアということだろう。リットンの合図を待って息を揃えてパンチカードを滑らせる。

腹に響く低音に続いて石壁の目地に沿って線が走り、砂が落ちる。四角く切り出された平面がわずかにこちらにせり出してくる。リットンはその右端を軽く押すと、ひらひらと指を振ってこちらを招き、わたしは冥府の門をまた一つくぐる。

死臭がわたしの鼻をつく。

これまでも充分すぎる数の屍者に囲まれていたはずなのに、臭気がひときわ強くなる。それは、この数か月に及ぶフライデーとの暮らしに慣れ切っていたわたしの自信を奇妙に揺るがせ、血の臭いが死臭を引き立てているのだと気がつく。人間の知覚は強度を足し算するのではなく、非線形に混ぜ合わせる。スープにおいて隠し味が有効なのと同じ仕組みだ。いつの間にか背後に回ったリットンが壁のスイッチを撥(は)ね上げ、瓦斯(ガス)灯が溜息(ためいき)のような音をたてて着火する。小さな部屋が——それでも充分巨大なのだが——光に揺れる。

奥行きの果てには人影が一つ。

正面の壁に据えつけられた十字架に縛りつけられた一人の人物。頭を垂れて、顔は長い髪に隠されている。金具で容赦なく絞めつけられた手首は青黒く変色しており、一見留め具と見えるのは、もしかすると釘(くぎ)かも知れない。その指先には黒ずんだ鋼鉄製の爪(つめ)が肉に直接埋め込まれている。褐色の肌が破れた上着から覗(のぞ)き、十重(とえ)に巻かれた鉄鎖(てっさ)が固くその身を拘束している。

そうして、左の胸には拳大(こぶしだい)の黒い丸。黒く染まった上着から円筒形の切断面が覗いている。杭(くい)——差し込まれた杭を体表に沿って切断したものだろう。

礼拝堂じみた部屋をリットンは真っ直ぐ進み、その人物の前に距離をとって停止する。右手を挙げて人差し指を一本立て、相手の顔の前で左右に振る。拘束された人物の顔がゆっくり上がり——鋼鉄製の歯がリットンの指先の空間を噛(か)んで打ち鳴らされる。唇の端から赤黒い唾液(だえき)が糸を引いて弧を描く。

血走った目を大きく開き、クリーチャは髪を振り乱して激しく暴れ、十字架がきしむ。

「人々のため犠牲となりて十字架上でまことの苦しみを受け、（Vere passum immolatum in cruce pro homine;）

貫かれたその脇腹から血と水を流し給ひし方よ」（cujus latus perforatum fluxit aqua et sanguine.）

リットンの口から野太い「讃美歌（アヴェ・ヴェルム・コルプス）」の一節が流れ出す。

「どうかね」

歌い終えたリットンが首だけで振り向き、表情を消しそう尋ねる。

「——女性のクリーチャ」

突き上げるような動悸（どうき）と共に、わたしはなんとか言葉を吐き出している。リットンは面白がるとも同情するともつかぬ奇妙な光を目に浮かべ、わたしの様子を観察している。

女性のクリーチャ——屍者の存在を認め、起動の際には洗礼を施しさえする英国国教会もヴァチカンも決して認めようとしない存在——存在してはいけない、するはずのないものがそこにいた。女王陛下（ハー・マジェスティ）の御世（ヴィクトリアン・エイジ）においては想定されることさえありえない、倫理規定違反物。

リットンは静かに尋ねる。

「驚いたかね」

大きく唾（つば）を呑（の）み込むわたしへ、リットンは不出来の弟子を諭（さと）すように静かに告げる。

「期待された反応ではないぞ、ワトソン君。当然予期されていてしかるべき代物（しろもの）だ。君がここで見出さなければならないものはそんな表面的な差異ではない。科学の僕（しもべ）よ」

嘲笑（ちょうしょう）なのは明らかなのだが、リットンの言葉は狂気を前にした畏（おそ）れを含み、笑い切れずにくぐもって響く。

「しかし――」

屍爆弾と同じく、医学的には何の困難もない存在。屍者化の対象とみなす限り、女性の脳と男性の脳に医学的な差異はない。試みるならすぐさま大量生産の可能な施術であるにすぎない。それでも肉体的な反応が喉（のど）の奥からこみあげてくる。まさかそんな仕業（しわざ）に手を染めようとする者がこの世に存在していようとはわたしの想像の埒外（らちがい）だった。可能なものは存在する。可能なものはいずれ存在してしまうのだと自分へ向けて繰り返し、胸元で十字を切ろうと挙がりかけた手を必死に戻す。女性であろうと屍者は単なる屍者にすぎない。屍者に対していちいち十字を切って歩いていては身がもたない。

女性のクリーチャは鋼鉄製の爪と歯でリットンを切り裂こうと虚（むな）しい試みを続け、十字架の上で身悶（みもだ）え続ける。体を縛（いまし）める鎖（くさり）が互いに激しくぶつかり合う。脚を拘束していた鎖が肉を嚙んだままはち切れ、切断面がリットンの体をかすめるが、副王は表情を動かす様子も見せない。

「気がつかないかね」

薄い刃のような笑みがリットンの口元に浮かぶ。わたしは喘（あえ）ぐ。

「女性の――」

「それはもういい」

うんざりだと言いたげなリットンの口調。わたしは頽（くずお）れそうになる膝（ひざ）を支えて、意思の力で言葉を続ける。

「――クリーチャ」

「何故(なぜ)君はこれを」女性にちらと目を走らせたリットンの発言の意味を、わたしは上手(うま)く理解できない。「クリーチャだと思ったのかね」

疑いもなくクリーチャだからだ。心臓に杭を打ち込まれてなお、これだけの膂力(りょりょく)を誇る存在など他にはない。それ以前に生者には、いや屍者にでも生者と屍者の区別は容易につく。そんなところで間違いなどは起こらない。生者の国と屍者の国は厳然と区分され、死は壁に囲繞(いにょう)され一方通行の門が堅固に聳(そび)える。楽園(エデン)は智天使(ケルビム)の剣(つるぎ)に守られている。

生者の動きを離れ、不気味(アンハイムリッヒ)なものとして地の底で蠢(うごめ)き続ける屍者。屍者は青黒く充血した長大な舌を、ありえない大きさに開いた口から突き出し、こちらを威嚇(いかく)しはじめる。屍者には呼気も吸気も必要ないから、声は一切伴わない。強く握りしめられた拳、痙攣(けいれん)的に床面を引っ掻(か)く裸足(はだし)の爪。波打つ腹部、シャツをはち切りそうに盛り上がる肩。それ自体が生命を持つように振り乱され続ける髪、口の端から垂れる黒い液体。

微(かす)かな違和感がわたしを襲う。

クリーチャの肩が動く。不可視の糸に腕が吊(つ)られ、指が統御を失いばらばらに踊る。腿(もも)が揺れ、膝が震え、舌に食い込む歯がぎりぎりと鳴る。わたしは女性の形をした肉体に埋まる内部の形式を注視している。その頭蓋(ずがい)の裡(うち)に書き込まれた文字へと目を凝(こ)らす。

滑らかだ。

その動きは、明らかに屍者のものではあるが、滑らかだ。動きの一つ一つについてではない。

痙攣的であるくせに、連動として、生命として滑らかなのだ。脚をもがれた蜘蛛の動きが滅茶苦茶であると同時に滑らかであるのと同じに。まるで今わたしの目の前で、実際に御婦人が悪魔憑きに苦しんでいるかのように。苦悶はわたしの知る屍者の挙動からかけ離れており、不気味の度合いが別方向へ飛び抜けている。人型をした袋の中に断末魔を上げる生き物を複数押し込んだかのように。

「運動制御が――」

リットンが重々しい頷きを返す。

「そう。専任官の分析によると、この御婦人にインストールされているのは、制式オックスフォード機関だ」

「それだけではないはずです」

「察しがいいな」

もっと早く気づいてもらいたかったものだが、とリットンは皮肉につけ加える。

「ロシア帝国の最新機関」

わたしの問いにリットンは肩をすくめつつ、

「東側の未知のプラグインだか機関が書き込まれているらしいということだ。ついでに言うなら、制式オックスフォード機関のバージョンは、露土戦争の開幕前にヴァン・ヘルシングがブルガリアに供与した年式と一致している。ハーモニクスには制式モスクワ・プラグインが採用されているようだがこちらの詳細もまだつかめない」

「ブルガリア軍からの機密漏洩があったということですか」

「機密は漏れるものだからな。ネクロウェアを提供するというのはそういうことだ。それ故にネクロウェアは更新され続ける必要があるわけだが」

　当然だと言いたげにリットンは冷たく笑う。ネクロウェアとはつきつめればただの文字の集まりだ。文字である以上、実体として書き写すことができ、情報として複製することが可能で、ケーブルで伝送することができる。複製の可能なものはいずれ必ず漏洩する。問題は、とリットンは笑う。

「漏洩したのが、制式オックスフォード機関だけなのかということだ」

　――彼我認識機能を高め、滑らかに動く新型の屍者。

「クリミアの亡霊から――」

　わたしの問いにリットンが暗い目を上げ、はじけるように笑い出す。目の端を拭いながら、これでわかったかね、とわたしへ問う。ヴァン・ヘルシング教授たちの滅ぼしそこなった屍者制御技術。少なくとも滅ぼしそこなったことになっている技術。その技術をウォルシンガムは秘匿しているとリットンは言った。

　わたしの頭に、ロンドンでのヴァン・ヘルシングとセワードの会話が蘇る。

〝グローバル・エントレインメントという四肢制御がかなり有望だとか〟

〝非線形の制御だろう。噂は聞いている〟

　リットンは暴れ回る屍者へ背を向ける。

「これが」

わたしの方を見向きもせずに、そのまま出口へ真っ直ぐに歩を進める。わたしとすれ違いざまに告げる。

「君の目指す『屍者の王国』の構成員だ」

照明の落ちた暗闇に、リットンの声とクリーチャの鎖の音が重なる。

「君は自分で、誰が本当の敵なのかを見定める必要がある」

Ⅲ

それは当然、屍者の話ということになる。

三年前、一八七五年冬。

アフリカ戦線で日光浴を楽しんでいた大英帝国陸軍所属フレデリック・ギュスターヴ・バーナビー大尉はふと、休暇の使い道として、冬季のロシア縦横断を思いついた。七面倒くさい諜報などは性に合わないこの身の丈六フィート半、体重二百二十ポンドを誇る筋肉製の大男は、噂ばかりが先行するロシア帝国の実態を直接見てやろうと考えた。

見てやろう、ですむ話ではなさそうなのだが、何らの隠蔽工作も施さず堂々と名乗りを上げて、単身厳冬のペテルスブルクへ乗り込んできたこの人物を、ロシア帝国としても扱いかねた。持て余し続けるうちにバーナビーは平気な顔で橇を駆り、それまで英国人には鎖されていた中央アジアの探検を成功させる。つまるところは押し通った。

ロンドンを出てペテルスブルクへ至り、モスクワを経て黒海へ出、アフガニスタンを目指して南下、アフガニスタン北方と国境を接するヒヴァ汗国へと乗り込んだ。そのあたりでロシア帝国にとって幸いなことに休暇は尽き、帰国後その経緯を記した『ヒヴァ騎行（ア・ライド・トゥ・ヒヴァ）』を刊行、ロシア帝国に兵なしとするその内容で朝野（ちょうや）を沸（わ）かせた。

話で読むには楽しいが、つき合いは遠慮したい類（たぐい）の人物だ。

「まあ、そうつれなくするな。最悪でも死体は持って帰ってやる。死体でもお国のために働ける時代だ。心配するな」

こういうことを悪気なく言う人物である。

「わたしの前任者と同じようにか」

うむ、とバーナビーは瞑目（めいもく）がわりの瞬（まばた）きをして、

「あれは運が悪かった」

とそっけなく言う。

「男前だと書いておいてくれ」

と続けたのは、わたしの横で記録を続けるフライデーに向けた台詞（せりふ）だ。フライデーは生真面目に、「フレデリック・バーナビー大尉、自称男前」とノートに記す。

一八七八年十一月一日、インダス川、カラチ北方。

わたしとフライデーは、ウォルシンガムの手配したこの厄介な相棒と船上にある。船員の非

難の目を気にもとめず、悠々とハンモックを吊り居場所を確保したバーナビーの横で、画板を舷側の柵へともたせかけたフライデーが黙々とペンを走らせている。

第八十一北部ランカシャー連隊への補給部隊に同道する形の旅だが、これはわたしの身分を示すパンチカードと、バーナビーの腕力にものを言わせた結果だ。ロシアへの冬季単独潜入を裏の林での団栗拾いくらいにしか考えられないバーナビーには、事務仕事という単語の持ち合わせがそもそもなかった。

主要な移動手段は、ここでも船ということになる。ロンドンからボンベイまでは一か月だが、英領インド帝国軍団が内陸のアフガニスタン国境まで移動するには、実に三か月が費やされている。個人の旅行と大軍の移動を同列に論じることはできないが、鉄道のない陸路の旅にはとにかく時間が必要となり、川の輸送力は限られている。

もしも地球が陸地だらけの星だったなら、大英帝国は今の繁栄を手にすることはなかっただろう。統治には速度が必要であり、世界を線でつないで統治下におきつつある大英帝国と、鈍重に土地を守って面を拡大していく強権的なロシア帝国の勝負の帰趨は明らかに思える。

わたしたちは点と点をつないで移動していく。どの移動の経路でも、傍らには常に屍者が寄り添う。牛に混じって大人しく鋤を引く屍者や、荷を担い鎖につながれ無言の行進を続ける屍者たち。わたしは、スエズで目にした百人単位の屍者たちが隊列を組み大型船の引き綱を曳く光景を思い出している。

「牛や馬をとっとと屍者化すればいいのさ」

というのがバーナビーの無責任な意見だが、人類の医学は未だに人間以外の存在を屍者化することが叶わずにいる。

　ボンベイからカラチへ移動し、インダス川を遡る。ラージプータナーを越えパンジャブへ入り、カフィリスタンを北へ進んでヒンドゥークシュ山脈へ。途中、予定されたロシア側のエージェントとペシャワールで接触を果たすというのがわたしのプランで、これは先頃、バーナビーが相棒を失ったルートでもある。サー・サミュエル・ブラウン将軍率いるペシャワール野戦軍が戦端を開いたカイバル峠は、ペシャワールの東三〇マイルに位置しており、途中まで補給路を利用させてもらうのに適している。

　荷馬や騾馬、屍者には既に馴染みがあるが、象には多少驚かされ、砂漠の生き物だと信じていた駱駝が川岸に列をなしているのに、わたしは小さく驚きの声をあげている。

「砂漠だからな」

　とバーナビーがわたしの声を聞き咎め、

「このあたりは北へ向かうほど降水量も減少するし、水は万年雪頼みになっていく。荒れた土地だよ。ヒンドゥークシュと言われてお前さんは何を連想するね」

「雪山――かね」

　川を北へと進むにつれて緑は彩度を失っていく。見渡す限りの平野の木々も、ただ闇雲な繁茂から手入れされ整頓された並びへ変わる。この地の農作を支えているのは、整備された灌漑施設だ。自然の恵みが減少すれば、技術で補う以外の方策はない。ヒンドゥークシュ山脈に発するインダス川の運ぶ土砂は河口へ向けて養分を運ぶが、川とはあくまで平面上の線でしかない。ユーラシア内陸の大部分は闇の土地だとバーナビーは言う。

「漠然とした印象しか持っていないんだろうが仕方がない。あのあたりには抱くべき印象というのがそもそもないからな。人間の思考を超えた、ただの自然があるだけだ。具体的には砂と岩だが」

「地面があればどこでも行くさ」

急に哲人めいた台詞を吐いたバーナビーに軽口で応じたわたしへ向けて、

「地面はあるな」とバーナビーは言いよどみ、当惑したような表情を浮かべる。「奇妙なことにな」と何故か続ける。

「奇妙なことに、そんな自然の中では感じる自分というものが強烈に主張をしはじめる。感覚だけが存在して、言葉なんてものはすぐにはぎとられてしまう。共通の言葉と呼べそうなのは、寒さや痛みだけになり、それすらも人間が感じるだけのものにすぎず、ただの事実が際立っていく。そんな場所では何もかもが存在しうる。言葉が失われてしまえば、妄想と現実の区別もなくなる」

幻の土地だと、バーナビーは言い、続ける。

「お前さんの頭の中では、アフガニスタンも世界中の紛争地の一つにすぎないんだろうが、あのあたりは、万物のあり方そのものが違うんだ。国境があると考えているんじゃないのか」

「ないのか」

まず国境のありなしが議題となりうるのかを考えたことがなかった。

「少なくとも英国とロシアが考えるような国境はないな。全く間抜けな話だが、あのあたりには未だに軍用の地図さえ存在しない。いい加減、ロシアとの縄張りを画定しておこうかと記録を総ざらいして、そもそも国境線なんてものが存在したことがなかったのだと、ようやく知られたような土地だぜ」

「それでも人はいるわけだろう。実際そこに暮らす人間がいる限り、土地は幻なんかじゃありえない」

御高説はもっともだが、とバーナビーは不敵に笑う。

「当然人はいるさ。古くからの東西交通の要衝だからな。多くの帝国が興り、滅びた。中央アジアは数多の帝国の墓地とも言える。だが俺たちはそこへ暮らしに行くわけじゃない。人は通る。通りすぎることはできる。そこにいる間、土地は現実だ。離れてしまえば想像することも理解することも、思い出すことさえできないただの高地へ戻るのさ。存在は個人の実感じゃない。共有された語りとしてだけ存在する。そのあたりが、書斎に引きこもりっぱなしのMには決してわからないだろうけれどな」

バーナビーの哲学論議をわたしは流し、

「そんなところに」

「そんなところだからに決まっている」

ハンモックの上のバーナビーは心底楽しそうに、どこかからくすねてきたらしきエールの瓶を指先で振る。

　バーナビーがヒヴァ汗国で小耳に挟んだ噂話が、わたしの任務の発端だ。

〝ロシア帝国の軍事顧問団の一隊がアフガニスタン首都カーブルを離れ、パミール方面で活動している〟

　活動などは軍事行動に決まっているが、パミールは予想される英国軍との前線からは明後日の方角に位置している。ロシア軍が冬季のパミールで一体誰と戦おうとしているのか、中国軍かと尋ねたバーナビーに、通訳は意外な答えを返した。

「ロシア人と」

「仲間割れかね」

　バーナビーの素朴な問いには頓智問答が投げ返された。

「お前たち西洋人が屍者を仲間と呼ぶならそうなるだろう」

「なるほど、それは屍者がどちら側の屍者なのかによるな」

「屍者にどちら側というのがあるものかね。全ての屍者はアッラーのものだ。アードの民の末裔どもは放っておくにしくはない」

　一理ある、とバーナビーが素直に感心したことはおき、彼は聞き込み調査を続け、事態を重いものとみてウォルシンガムへ報告を上げた。当然この内容は『ヒヴァ騎行』には記されていない。この時点でウォルシンガムがバーナビーの襟首を掴み本国へ引き揚げさせたのは今から見れば失策だったが、こうして同道を余儀なくされている身としては、Mの気持ちも理解できる。スリングショットを離れた石弾の自由にさせておくには、アフガニスタン周辺の情勢は微妙にすぎた。

　バーナビーは、放っておけばカシュガルのヤクブ・ベクを破り新疆（シンジャン）へと進出した左宗棠（ツオ・ツオンタン）の軍勢あたりに単身切り込み、ロシア帝国、大清帝国、大英帝国三つ巴（どもえ）の争いの引き金を嬉々（きき）として引きかねないような人間兵器だ。

「失礼だな」

と憤慨するバーナビーをわたしは無視する。出発までにこの男がピンカートンと繰り広げたどたばた劇の収拾にわたしは既に数週間を浪費している。元はバーナビーを狙ったらしい屍爆弾をまんまとピンカートンの要員に押しつけたままではまだ良いとして、堂々と名乗りを上げたあたりにこの男の気質は知れる。最終的にはバーナビーの腕にものを言わせた活躍のおかげで命拾いもしたのだが、ただの偶然というものだろうし、この男がいなければ争いはそもそも起こらなかった。感謝を寄せなければならない筋合いはない。

　バーナビーの報告を受けたウォルシンガムの調査からは、一つの名前が浮かび上がった。

　アレクセイ・フョードロヴィチ・カラマーゾフ。

　それが、屍者の一団を引き連れて軍事顧問団を離れ、アフガニスタン北方に屍者を臣民とする新王国を築こうとしている男の名前だ。ウォルシンガムから情報交換を打診されたロシアの皇帝直属官房第三部（サード・デパートメント）は、思わず必要以上の情報を垂れ流すほどに狼狽（ろうばい）した。要するにその王国の建設は、ロシア人にとっても寝耳に水だったということになる。ウォルシンガムからの情報交換を持ちかけられた第三部が慌ててカーブルに早馬を飛ばしてようやく、

「一部情報部員との小競り合いがあったが、事態は既に掌握した」

との連絡を受けたという体たらくであったらしい。長閑なものだが、電信の通じぬ人跡の絶えた荒野ときては、情報の伝達速度は馬の脚の長さに依存する。

「ロシア帝国は、グレート・ゲームへの新たなプレイヤーの参加を歓迎しない」というのが第三部からの回答であり、「屍者の王国」の一件は、ウォルシンガムと第三部の共同作戦を採る形となった。

第三部側の工作員とペシャワールで合流し、カラマーゾフの王国を目指す——。

とにかくその機動力を買われたバーナビーの任命が適切なのか、わたしの意見は差し控えるが、既に上申書が却下されてしまった以上、従うしかない。道案内くらいに使えるだろうという見込みはこの男にはあたらない。バーナビーは通行不能な土地にさえ勝手に道を拓いていく種類の男だとわたしは早くも思い知らされている。奔馬には乗り手が必要だが、バーナビーは既に一度、乗り手を振り落としてしまっている。

「新型の屍爆弾な、あれは変だぜ」

というのがバーナビーの弁明だ。ロシア側の情報部員との合流を目指してペシャワールへ向かったバーナビーとわたしの前任者は、カーブル川とインダス川の合流地点、アトック砦を急襲した屍爆弾たちのうちの一体に吹き飛ばされた。バーナビーが助かったのは、ただ「頑丈だ

ったから」にすぎない。一応名誉のためにつけ加えれば、前任者は屍爆弾から見てバーナビーの背後を占めていた。それが不幸だったという見方もできるわけだが。前任者は石壁とバーナビーの間でプレスされて死亡した。

「爆弾を抱いた屍者は随分見てきたが、あれは別種だ。こちらを認識する」

「屍者だって生者は認識するさ」

実際に見なけりゃわからんよ、とバーナビーはこの件について議論をするつもりがないらしい。わたしがボンベイ城の地下で見た女性のクリーチャは、その際、バーナビーが鹵獲してきた一体だ。自爆の恐れがあったので心臓に杭を打ち込んでみたとこともなげに語るのだが、施術としては滅茶苦茶であり医学的な根拠などない。

「屍者も吸血鬼も同じだろう」と、ヴァン・ヘルシング教授が聞いたら卒倒しそうな豪快な台詞をバーナビーは吐いた。

あの屍者に実際に時限性の自爆シークエンスが組まれていたことは確認されており、心臓への一撃が自爆機構を停止させたこともわかっているが、純然たる運の問題であり、ただの結果論にすぎない。背骨をへし折られた前任者と、胸に杭を打ち込まれた屍者を担いで、バーナビーは急遽ボンベイにとって返した。

一緒に吹き飛ばされていてくれたならと、わたしは既に何度か溜息混じりに考えている。

委細はともかく、不審点は多くある。ウォルシンガムの思惑は措くとして、もしもロシアから技術支援を受けたアフガニスタン軍が新型屍兵の開発に成功しているのなら、ロシア－アフガニスタン側の屍兵は、全てが新型に置き換えられていても良いはずだ。施設が足りていないのか、コスト的には見合わない実験体なのか。何か致命的な欠陥が発見されたのか。

――カラマーゾフが機密を持ち出し、生産中止を余儀なくされたのか。

ハンモックから盛大にはみだして昼寝しているバーナビーは放置しておき、わたしは雑嚢(ざつのう)から防水布(マッキントッシュ)に包まれた書類の束(たば)を取り出し、広げる。ボンベイ城の頭脳部、全球通信網の中継室で受け取った報告書だ。ドジソン符号化で暗号化された通信文と、身体的な特徴を記したベルティヨン・プロファイルからなる。フライデーに接続した簡易読取機で復号し、フライデーが紙の上に書き出した書類の山だ。

わたしは舷側の柵へ背をあずけて座り込み、屍者の国の王と目される男の記録を読み返す。既にそらで追えるほどになってしまっているが、この男の内面は依然、摑(つか)めない。


アレクセイ・フョードロヴィチ・カラマーゾフ。スコトプリゴニエフスク生まれ。

地主の父、フョードル・カラマーゾフの三男。当年三十三歳ということだから、わたしよりは年長だが、バーナビーよりは年少になる。かつては僧籍にあったとされるが、十三年前、信頼するゾシマ長老の死を機に還俗(げんぞく)。聖人とみなされていた長老の死体から死臭が漂ったことが引き金となったというから、随分と感じやすい人物らしい。

ドミートリイ、イヴァン、二人の兄を持つ。兄弟仲は概(おおむ)ね良好だったようだが、父、フョードルの不審死により、カラマーゾフ家は運命の変転に見舞われた。混乱の中、使用人スメルジャコフが死亡し、次男イヴァンは発狂、父殺しの罪を負った長男ドミートリイはシベリアへと流刑に処され、一家は離散した。

ここまでの記録が詳細なのは、地元ではちょっとしたニュースになった出来事だったかららしい。新聞記事にもなった事件をわざわざ隠蔽（いんぺい）する必要を、第三部も感じなかったということだろう。

フョードル・カラマーゾフ殺害事件以降のアレクセイの足取りは茫洋（ぼうよう）としてはっきりしない。モスクワへ出て神学校に入り直し、反皇帝地下組織へ活動家（チューヤチエリ）として参加したというのが表向きの記録らしいが、そんな人物がカーブルへの軍事顧問団の一員として派遣されることなどないだろう。まず間違いなく、体制側の密偵として活動していたと考えるのが順当だ。

神学校を卒業後、お定まりのようにシベリアの流刑地へ収容されるが、どうした経緯か数年後には流刑地の監督に就任している。身分の隠蔽がばれて開き直ったというところだろうか。露土戦争の準備と時を同じくして招集されたカーブル派遣の軍事顧問団先遣隊へ従軍司祭として志願。カーブルの地で突如、屍兵の一隊を率いて叛乱（はんらん）。即座に鎮圧され、死亡。表向きの経歴はそうなっている。

死亡（dead）、の単語の上にはウォルシンガムの手で黒く二重線が引かれている。

死を否定された男。

シベリア流刑地監督の字が、これでもう何度目になるかわたしの目を引く。シベリアへ流された兄、ドミートリイ。こうして記録を重ねてみると、アレクセイはもしかして兄の救出に向かったのではないかと考えたくなる。冒険小説めいた筋書だが、カーブルでの叛乱に、シベリアで見た何かが影響したと考えるのは自然だろう。一度神を疑い還俗し、秘密警察の職務に転じて、シベリアの地獄を目撃した後、屍者の王国を築こうと反旗を翻した司祭。

　アレクセイは新たなペテロを目指して屍者たちを司牧しようとでもいうのだろうか。

　ロシア帝国の組織するシベリアの収容所についての噂は、わたしも何度か耳にしたことがある。屍者の王国と呼ぶならば、そちらの方がよほど適しているように思える。モスクワの解析機関イヴァンに数値として集積され管理運用される物言わぬ人々の群れ。

　アレクセイのベルティヨン・プロファイルが伝えるものは、身長や体重、腕や脚の長さの比率、頭部の形状であるにすぎない。頭骨の形状はアレクセイが理知的な男であることを示しているが、瘦せ型の人物の顔に刻み込まれた皺についてプロファイルは何も語らない。そんなものなど解析機関が個人を同定する役には立たないからだ。

　屍者に囲まれ、荒野を見据えることを選択した男の顔に、笑みを思い浮かべるのは困難だ。それとも常に高笑いを続けているのだろうか。

　わたしは記録を雑嚢の上に放り投げる。

　屍者の王国。屍者の楽園。かつての地上の楽園はヒマラヤにあったとする者たちもあるときく。神智学者を名乗ってアメリカで売り出し中のいかさま師、ブラヴァツキー夫人あたりが喧伝している言い分だ。エデンの園から流れる四つの川。「パンジャブ」の語は、五つの水を指すらしい。インダス川とその支流、ジェーラム、チナーブ、ラーヴィー、サトラジ川。今わたしの浮かぶインダス川は、エデンへ続く道なのだろうか。静かな水面を見つめるうちに、科学と屍者の世紀は、人類をエデンへ向けて導くのだろうかという問いがふと浮かぶ。

バーナビーがヒヴァの地で耳にした「アードの民」とは、遥かな昔、アッラーを拒否した異端の先住民族らしい。フライデーの内部に蓄えたライブラリを検索させた結果によれば、高地という高地に碑を建て、暴虐者のように振る舞った、強靭、長身の民だったという。その街はアッラーの怒りに触れて砂に没した。身長は百キュビットに達したとも言い、巨人というにも大きすぎるが、その力を示すためのものなのだろう。

屍者の王国。第二のエデン。

最初の生者、アダム。

最初の死者は、アダムだったのだろうかという疑問がわたしの頭に飛来する。

第二のアダム、イエス・キリスト。その墓はエルサレムの聖墳墓教会だ。十字架にかけられ、三日後に見事復活を遂げた。カラマーゾフが目指すのは、第三のアダムなのだろうか。

最初の復活者、キリスト。

そうして第二の復活者。フランケンシュタインの天才が黙示録に記された終末の日を前倒しにし、地獄の門をこじ開けて、地獄は地上に溢れ出た。それでは、フランケンシュタインのクリーチャが第二のキリストになるということかと納得しかけ、わたしは推論にもなっていない思考の戯れを中断する。

アレクセイ・カラマーゾフ、三十三歳。

そういえばキリストが十字架の上で死んだのも三十三歳のときだったなと、ふと浮かぶ。

Ⅳ

国際赤十字団で統計処理部門の長の椅子を占めた統計学者、フローレンス・ナイチンゲールの提唱した三原則は、何故かフランケンシュタイン三原則の名で広まっている。曰く、

一、生者と区別のつかない屍者の製造はこれを禁じる。

二、生者の能力を超えた屍者の製造はこれを禁じる。

三、生者への霊素の書き込みはこれを禁じる。

原則というものがしばしば陥りがちであるように、いささか現実離れしている感はあるが、医学部では基礎中の基礎として叩きこまれる。二十年前、クリミア戦争の悲劇に看護師として直面したナイチンゲールは、屍者技術の行く末に暗い展望を抱いたらしい。まだまだ初期の実

験体であり、連動制御も欠いた木偶(でく)の坊(ぼう)の屍者たちから高度に洗練されるに至る屍兵たちを予見したという点で先見の明を感じさせるが、今から見れば杞憂(きゆう)の感がとても強い。

　現状に即するならば、彼女が提唱すべきだったのは、こんな感じの三原則だったろうと思う。

一、屍者は生者に危害を加えてはならない。またその危険を看過することにより、生者に危害を及ぼしてはならない。
二、屍者は生者に与えられた命令に服従しなければならない。ただし与えられた命令が第一条に反する場合は、この限りではない。
三、屍者は前掲第一条、第二条に反するおそれのない限り、自己を保全しなければならない。

　ナイチンゲールが、屍者の社会にもたらす衝撃を予見しつつ、その可能性を制限する方向へ思考を進めたのは時代の限界というものだろうか。フランケンシュタイン三原則は、技術予測の難しさを示してもいる。屍者は不気味の谷の向こう岸に佇(たたず)んでおり、人間と区別のつかない屍者は未だに技術者の夢の彼方(かなた)にある。機械の性能として生者をしのぐことはあっても、それを言うなら、工業機械一般が問題となる。解析機関は人間を遥(はる)かに超えた計算速度を誇り、船は人よりうまく水を渡り、鋤(すき)は畑を耕す効率を増す。自分の頭にネクロウェアを好んで書き込もうとする者などいるはずがないし、躍動する生者の思考は、四角四面の上書きなどは受けつけない。

ナイチンゲール最大の功績は言うまでもなく、負傷者の治療に衛生観念を持ち込んで治療所での死亡率を劇的に減らしたことだ。現代社会への貢献としてはそちらの方がよほど大きい。もっともその貢献さえも、屍者化する「素材」を減らす結果を導いたと皮肉が向けられることさえある。

彼女が議論の土台として整備した統計処理は、兵站設備や軍組織の運用に大きな影響を及ぼし今に至る。

フランケンシュタイン三原則ばかりが有名になったおかげで、国際赤十字団の下部組織、フランケンシュタイン機関と呼ばれる組織の設立に彼女が大きな役割を果たしたこともまた見逃されやすい。フランケンシュタイン機関は、各国の屍兵保有量を監視したり、新技術の開発に目を光らせる国際機関だ。各国の思惑に大きく左右されるとはいえ、少なくとも名目上はそうなっている。必要とあらばフランケンシュタイン査察団なる有識者部隊を派遣する権限も持つ。

「ワトソン。ジョン・ワトソン」

「ニコライ・クラソートキン」

丁度わたしと同年代の青年が綺麗な英語でそう名乗り、ペシャワールのカフェで手を差し出す。建物自体は西洋風のつくりだが、壁面はアラベスクに埋め尽くされている。奥の壁にかかる絨毯が異国情緒をかきたてるが観光用の作為も感じる。ペシャワールは遥か昔からの交易の中心地であり、どこで切るかも定かではないうねうねとつながる文字に埋め尽くされた街の人々は余所者の扱いに手慣れている。物売りに囲まれたわたしを笑って眺めるバーナビーはいつのまにか財布を抜かれていたし、フライデーの頭には白い小さな花がどこからともなく出現していた。

石造りの大通りに面するその店を指定したのは先方だ。

皇帝直属官房第三部のエージェント。身体諸元や経歴は先にMから渡されたベルティヨン・プロファイルで知ってはいたが、現れた青年の容姿は予想を大きく裏切っていた。

「フランケンシュタイン査察団の一員です」

クラソートキンはパンチカードを示しつつ言う。一人で査察団もないものだとは思うが、国際機関の嘱託（しょくたく）ということならば、英国としても手は出しにくい。

「うまい身分詐称を考えたな」

「ペシャワールは一応中立地帯ですが、なかなか風当たりも強いのでね」

涼しい顔で続けるクラソートキンは一目でロシア人と目星がつく。ロシア人の男としては幼さの目立つ顔立ちで、ちょっと整いすぎている。あと数年も経（た）てばあの国の男たちに特有な態のように野暮ったい風体へと変化していくのだろう。早く老けていくがいいと、わたしは心の中で小さく祈りを捧げておく。

「詐称とはひどいですね。これでもモスクワ大学で数理神学（マスマティカル・テオロジー）を修めましたし、身分証だって正規のものと区別はつかない。今回の調査が成功すれば、フランケンシュタイン機関（ジュネーブ）だって、認めないわけにはいかなくなる」

「事後的に承認せざるをえない身分を騙（かた）って調査とはね」

呆(あき)れるわたしの感想は聞き流し、クラソートキンは、カフェの外、靴音を並べ、マルティニ・ヘンリー銃を揃(そろ)えて行進していく英国軍を眺めている。彼の容姿を見咎(みとが)めた者たちに鋭い視線を向けられるたび手をひらひらと振って応(こた)える様は、警戒心が欠如しているのか、単に無邪気なだけなのか。もっともこれだけはっきりと住人の目に晒(さら)されていれば、こちらとしても手を出しにくい。変に路地裏の店などではなく、大通りに面した店を指定したのは、単独行動の不安によるもののはずだ。クラソートキンはカップを戻して、

「随分遅いお着きでしたが」

「色々あったのさ」

とバーナビーがすげなく答える。動物的な勘なのだろうか、いちはやくクラソートキンを相容れない相手と認定したらしい。クラソートキンはわざとらしく瞬(まばた)きをして首を傾(かし)げる。わたしは獅子(しし)の前の小鹿を思い浮かべ、ゴリラの前のインパラあたりへ修正しておく。

「あなたが、『屍者の王国』の噂(うわさ)を聞きつけたバーナビー大尉ですね」

バーナビーは露骨に眉(まゆ)を顰(ひそ)め、芋虫(いもむし)のような指を苛々(いらいら)と卓(テーブル)に打ちつけている。紅茶(ウエッジウッド)のカップが小刻みに音を立てて揺れ、同心円状の波紋が立つ。

「そんな娘っ子のような腰で、雪山に行けるのかね」

「ロシア人に雪を説こうと仰(おっしゃ)る」

軽くあしらわれたバーナビーが鼻を鳴らして椅子の上でそっくりかえる。卓の上に足を放り出さなかったのは、強度に不安を感じたからだろう。この男と比べれば、わたしだって子女に

分類されても不思議はない。クラソートキンはバーナビーの腕といわず肩といわずところ狭しと盛り上がる筋肉山脈へ懲りずに讃嘆の視線を送り、

「さすがは冬季のロシアを縦横断しただけのことはある。と申し上げたいところですが、雪中行動に必要なのは体力でも根気でもありませんよ」

「知っている」

そっぽを向いたバーナビーに小さく肩をすくめてみせて、クラソートキンはわたしへ向き直る。

「雪に慣れない人たちにはなかなか理解して頂けない事実ですが、寒さの中では諦めるしかありません。ほんの隣の家まで行くのではなく、一面の雪野原を行く場合は特に。体の力を抜いて全てを受け入れ、寒さ自体と同化してしまうよりない。抵抗は無意味です」

「屍者のように」

語尾を上げてわたしは尋ねる。

「屍者のごとき従順さ(perinde ac cadaver)でね」

わざとらしくイエズス会の標語を読み上げてみせたクラソートキンへは、おざなりに十字を切ってみせるにとどめ、医学的には首肯しがたい意見だと言い争うのはやめにしておく。やはり気に食わん奴だと言いたげな視線をバーナビーがこちらに寄越すが、身振りが大きすぎるからクラソートキンにも筒抜けだろう。バーナビーが爆発する前に用件に入る。

「『王国』についてだが」

「事実ですね」

情報部員らしからぬ陽気さでクラソートキンは素直に答える。

「アレクセイ・カラマーゾフは、従軍司祭として軍事顧問団に参加していましたし、顧問団の整備保有する屍兵の一部、百体ほどを――盗み出して脱走しました。追跡隊が組織されましたが、これは返り討ちに遭っています」

ほんの百体ほどの屍者にかしずかれる王が、アフガニスタン奥地ヒンドゥークシュのどこかに潜んでいる。その噂は本当だということだ。それは一体どんな種類の共同体かを調査するのがわたしの使命なわけなのだが、人跡未踏の荒野の中に本気で隠れられてしまえば、発見などはできない気もする。

「麦の穂を探すような話だな」

「毒麦をね。しかし場所の候補はそう多くありません。その気になれば発見は難しくない。屍者たちはともかくとして、アリョーシャには水も薪も必要だし、そんな場所は限られている」

クラソートキンがアレクセイを親称で呼んだことには気がついていないふりをしておく。しかしそれならロシア軍が単独でことを始末してしまえばすむ話のはずだ。わたしの表情を読み取ったのか、

「追跡隊もそれほど本気で追いかけたわけではないのですよ。形だけの威嚇をしてみて、引き揚げてきた、そんなあたりでしょう。あなたたちがわざわざ出張ってこなければ、本来こんな調査も必要なかった。屍者の耐用年数が過ぎるのを待つだけです。この土地の環境では十年も

もたないはずだ」

苦情めかして言うものの、遺憾に思うわけでも、不快を述べるわけでもなさそうだ。口調はあくまで落ち着いており、ただぼやいているようにも聞こえる。端整な顔に浮かぶ貼りついたような薄ら笑いがなければ、ただの茶飲み話と聞き流してしまいそうになる。

「実際問題、百体の屍者が人跡絶えた山の中に隠棲したとして、どれだけの問題があるわけですか。静かにしておいてやりたい、というのが、こちらの意思なのですがね」

「これはロシア側との共同作戦だ」

「お偉方には、下々の事情などわかりはしませんからね」

母国を離れているせいなのか、クラソートキンの口は軽い。

「皇帝陛下にしたところで、大ロシア帝国人民の一人一人の事情など御存じのはずがありません。そんなことは原理的に不可能なのです。なんといっても数が多すぎますからね。これは人間の限界でもあり、それ以前に帝国という組織の限界でもある」

クラソートキンは目を細める。

厄介事に進んで巻き込まれるつもりはないので、暗く光るクラソートキンの瞳は無視しておく。わたしは、その発言は聞かなかったことにすると手で示し、

「ここへは、共同作戦の拒絶を伝えにみえたのですか」

「いえ勿論、協力はしますよ。起こったと知られてしまったことは、適切な落としどころへ導かねばならない。カラマーゾフもそんなことは承知でしょう」

クラソートキンはほがらかに言い、わたしは尋ねる。

「アレクセイ・カラマーゾフを御存じなのですね」

「今更という感じですね。提供した資料からも明らかなはず。わたしもスコトプリゴニエフスクの生まれですし、年齢的にも重なっている」

資料によれば、クラソートキンはカラマーゾフより十歳ほど年下になる。当時二十歳になりたてのカラマーゾフが、十歳そこそこのクラソートキンと面識があったと考えるのは、不自然とまではいかないが奇妙ではある。ロシア帝国がわざわざそんな人物を選出して派遣してくるというのも。

「親しくされていた」

「どうでしょうね」

首を傾げて考え込むクラソートキンの口元の笑みが酷薄さの度合いを増す。

「あれは親しかったと呼ぶのかな。よく話はしましたが。わたしの将来について心配もしてもらったし、進学について相談に乗ってもらったこともある。わたしが数理神学の道へ進んだのも彼の助言あってこそと言えるでしょう。カラマーゾフは、子供に人気のある男でしたよ。子供は木偶の坊が好きですからね」

単に事実を述べているだけだという口調からは見事に感情が欠落しているが、憎悪に近い歪みが頬のあたりを震わせている。

「英国ではそれを親しいと呼びますよ」

「では親しかったのでしょう。あなたがそう定義なさったのだから」

クラソートキンはすげないが、悪気を抱く様子でもない。この人物のプロファイルもまた摑《つか》みにくいが、学者によくある性格類型だろうと考え直す。

「――ドミートリイ・カラマーゾフとも」

わたしはクラソートキンの顔色を慎重に観察しながらそう尋ねる。クラソートキンは間髪を容《い》れず、

「あれは難しい人でしたから。乱暴者のくせに妙なところが繊細でね。ロシアの男ということでもありますが。一、二度、話したことがある程度ですよ」

表情はあくまで涼しげで、予期された緊張が見られぬことにわたしは多少落胆する。子供時代の交流にあまり多くを期待するのも無駄なわけだが。

「カーブルに派遣された軍事顧問団には、ドミートリイがいたのではないですか」

クラソートキンが小鳥のように小首を傾げ、発言の脈絡がとれないことを示している。

「アレクセイはシベリアへ配置されている。殺人罪で収容所に送られたドミートリイに出会い、おそらくはその死を目撃した。ドミートリイは屍者化され、アフガニスタンへ兵器として投入された。それを知ったアレクセイは、屍者の兄を連れて脱走する――」

わたしはここ数日で組み上げてきた推論を開陳するが、クラソートキンには特に感心した様子も見えない。眉の間に皺《しわ》を寄せ、生真面目にわたしの推論を検討しているようだ。

「それが、あなたがこの事件に上書きしようとしている物語ですか」

「推理です」

クラソートキンは、なるほど、と小さく呟き、

「悪くないお話ですが推理には証拠が必要だし、この件については反証が可能です。ドミートリイは死んでいません」

落胆しつつ、では何故、と問い直したわたしにクラソートキンは、

「何故」

と心の底から不思議だというように問いを返した。世の中は自分から名乗らない奴らと、質問を質問で返す奴らで一杯だ。

「何故ということはないでしょう。アレクセイは何故、屍者を率いて軍を脱走したのか。何か理由があるはずだ」

「——理由がなければいけませんか」

あくまでも無邪気な問いに、微かな寒気が背中をはしる。この男は屍者に似ている。屍者が口をきいたなら、きっとこうして話すだろう。反応はあるが一貫した理屈はない。思考過程は自動的に進行し、その場しのぎを終えて拭い去られる。この男にはきっと、嘘をつくときにも自覚がないだろうという確信がわたしを捉える。素直に見える反応も、素朴に映る挙措振る舞いも、意識を経ずに湧いては消える。彼には嘘をつく必要がない。自分が語る内容は全て嘘だと知っている種類の人物だ。諜報員としては得がたい特質と言えるのだろうが、天性のものか訓練の結果なのかは多少気になる。

「あなたがたの任務は、『王国』の実態を確認することにあり、事件の原因や理由を知ることではないはずです。真相さえも必要はない。一般向けのわかりやすい筋があれば充分です。理由があれば理解ができ、得心がいくとでも」

「少なくとも納得はできるはずです」

「それは自然のあり方ではない」

わたしには、首を横に振るクラソートキンが何を言っているのかわからない。

「ワトソン博士、この調査で何かが明らかになったとしても、それはあなたの理解であり、あなたに許される物語にすぎません。わたしの物語ではありえないし、物語である以上、アレクセイに関する事実でもない。たとえその物語をアレクセイが信じていたとしてもです」

わたしたちは睨(にら)み合う。睨みつけるのはわたし一人で、クラソートキンは冷ややかな笑みを向けるだけだが。俗世を離れ、屍者に囲まれて暮らすことを選んだ男。そんな常軌を逸した行動に出た人物の内面を推測するのは無駄だと、クラソートキンは言っている。さらには、当人が理解している筋道さえも、客観的な意味はないともつけ加えている。

その視点は屍者と同じだ。わたしたちは個別に物語を保持し、自分の意思と信じるものに従って行動している。意思を信じるとさえ感じる必要がないほどに。科学は確かに「何故」を問うことはないわけだが、わたしたちは屍者とは異なる。わたしたちは物理的な現象だが、同時に意味を上書きしながら生きている。ほんの二十一グラムほどの魂が、そんな上書き機能を担う。物語による意味づけを拒絶したなら、わたしたちは屍者と変わるところがなくなるだろう。

わたしは逸(そ)れかけた想念を振り払い、実務的な問いへ集中し直す。

「アレクセイは、疑似霊素書込機を携行していったのですか」

ウォルシンガムの疑念のリストの中には、アレクセイ・カラマーゾフが築こうとしているのは、古代のアサシン教団のような暗殺者の群れではないかという推測がある。あるいは既にそうなのではと。手持ちの書込機がなければ、王国の兵備は手元の百体に留(とど)まり、少なくともその疑惑は晴れる。

「両国の首脳部が何を憂いているのかはわかりますが、実際問題、屍者の整備、調整にはそれなりの施設が必要なのはあなたもよく御存じでしょう。これは書面の上の出来事ではない。わたしだったら暗殺部隊を率いて、反政府、反国家の戦争をしかけるのに、山奥へ引っ込んだりはしませんね。お国の全球通信網が完成した暁(あかつき)には、国家は連続した領土ではなく、接続による網目状のものへと変貌する。距離の壁を克服した超国家へとね。星の形をした一個の怪物と呼んでも良いでしょう。叛乱(はんらん)を企てるなら網目へ分け入りつけこむべきで、網目から逃げ、縮小していく領土にひきこもるのは悪手でしょうね」

「そんな世界が実現するのはまだ随分先の話です」

「本当に」

語尾を上げて問い返すクラソートキンの笑みは、化粧を施された人形のように不気味だ。この男は望んで屍者の真似(まね)をしているのかと疑いたくなる。ロシアにはそんな行為を神へ近づくための修行とみなす苦行者も多くいるときく。

「行ってみればわかることです」

どこへと問うわたしへ向けて、クラソートキンは穏やかに告げる。

「ワハン回廊。コクチャ渓谷。わたしたちもただ手をこまねいていたわけではないのでね」

わたしは、淡々とペンを走らせているフライデーへ助けを求める。

「コクチャ渓谷：アムダリア川上流部。アフガニスタン、カーブル北方、ヒンドゥークシュ山脈の只中。ラピスラズリの鉱床で知られる」

鉄製のペン先が、すらすらと文字を並べていくのを、わたしは無言で眺め続ける。

V

アフガニスタン国境、カイバル峠は奇妙な静寂に包まれていた。

英国軍の布陣する平地の先には岩肌を剥き出しにした山地が立ち上がり、城壁のように連なっている。まるでアフガニスタンの国土そのものが要塞化されているかのようだ。城壁を縦に切り裂く垂直線がカイバル峠の入口である。立ち並ぶ大英帝国ペシャワール野戦軍の旗が冷たい風に翻り、布が空気を叩く音が耳を打つ。

一八七八年十二月一日。ペシャワールからワハン回廊への道を探って時間を浪費したわたしたちは、結局英国軍に大人しく紛れる道を選択している。アフガニスタンを囲み聳える山脈にまず音を上げたのはこのわたしで、多少の同情はもらえると思う。英国軍が三軍団に分かれているのは、単純にアフガニスタンへの東側からの侵入路がその三本しかないからなのだ。

「やはり無理でしたか」

クラソートキンは当然だと言いたげにルートの変更を承認したが、「抜け道がある」と主張したのもこの男だったのだから、ロシア人の感覚というのはわからない。バーナビーの人間離れした体力も、クラソートキンが身につけている冬への耐性も、フライデーの「屍者のごとき従順さ」もわたしにはない。ロシア人然としすぎた外見のクラソートキンには、ぞんざいにターバンを巻きつけ、立てた襟の間に顔を埋めさせておくことにして、わたしたちは英国軍へ合流し直した。

英国軍の前面に展開を終え、陣形を整えた陸軍フランケンシュタインの隊列の後ろに、わたしたちは位置を占めている。できることなら戦闘のどさくさに紛れてカイバル峠を通過しようという目論みが実現不可能なことはすぐに知れたが、ここまで前に出てしまっては、今更戻る方が目につくだろう。

赤衣に身を包み、マルティニ・ヘンリー銃を構えた屍兵の軍団が黙々と列を整えるのを、両陣営は声もなく見守っている。太陽がカイバル峠の稜線へゆっくりと近づいていく。

切り立った崖に挟まれた山道は細く険しく岩がちだ。峠からこちらを見下ろす崖上に設営されたアフガニスタン側のアリ・マスジド要塞は、欧州の基準からするとほんの山塞ほどの構築物であるにすぎない。時代遅れなピクチャレスク絵画に出てきそうな峨々たる岩場に、貧相な石組と倒木を組み合わせた陣地がちょこりと載っているだけである。ただそれだけの設備なのだが、地の利は大きく作用する。

生者の無駄な損耗を嫌ったペシャワール野戦軍のブラウン将軍は、カイバル峠突破にあたり屍兵（デス・マーチ）の行進という手堅い戦術を選択した。要は屍兵による力押しだ。峠は自然とアフガニスタン側へ縦深陣を提供しており、とりあえずのところ、ライフルや機関銃、重砲の雨の中をただ闇雲（やみくも）に進むしかない。屍者の損傷は避けられず面白味にも大いに欠けるが、手早い突破を目指すには最適の戦法だといえる。背後に回るか、岩肌にとりつくかといった話にはまだ出番がない。数と数が出会ってしまえば、対話は単純なものとなるしかない。

喇叭（らっぱ）の音が峠に響き、風に千切（ちぎ）れてこだましていく。残響が岩へ吸い込まれて消えるのも待たずアフガニスタン側の喇叭が応（こた）え、英国側の屍者の集団が身震いする。波紋のように連動制御の身振り言語が兵団の上に広がる様は、巨大な獣（けもの）が身を揺するようだ。

シラノ・ド・ベルジュラックが『月世界旅行記』の中で月の民衆に与えた身振り言語は、二百年の時を隔ててこうして地上に引き下ろされ、渓谷へ無音の叫びを充満させる。

互いの間に馬車が通れるほどの距離を保った屍者たちの疎（まば）らな方陣が一歩を踏み出す。砲撃に見舞われるのは既定事項で、密集隊形は適切ではない。屍者たちが一斉に二歩目を踏み出す。峠の稜線に動きが生じ、アフガニスタン側の人影が盛んに動き回って喇叭が次々吹き鳴らされる。

薄暮の峠に奇妙な静けさが降りる。こうして満ちる進軍雑音を耳が音と認識しない。

水の中へ分け入るように、空気の粘性が急に高まったかのように、夢の中で溺（おぼ）れるように、屍兵たちのフランケン・ウォークがマルティニ・ヘンリーの筒先を揃（そろ）えて進む。

動きを揃え黙々と進む屍兵の軍団は、こうして背後に控えるわたしたちにさえ威圧を与える。

屍兵が前進し、わたしたちの前へ開いた空間を埋める者はなく、わたしはむしろ一歩を引いた。

　不定形の巨大な獣が、峠を呑（の）み込むように進み続ける。天然のなすピクチャレスクの喉元（のどもと）へ、人工のグロテスクが噛みついていく。

　飛来したライフル弾が屍兵の一体の胸を貫き、発砲音が遅れて響く。その体が揺らぐのは純然たる運動エネルギーの収支による。たたらを踏んだ屍兵はこともなげに上体を戻し歩き続ける。ぱらぱらと飛来するライフル弾が、あちらこちらで屍兵の肉を剔（えぐ）って飛ばす。黒ずんだ血液が軍服の上をねばって伝う。頭部へ直撃を受けた屍兵が大きく揺れて隊列を逸（そ）れ、味方の屍兵にぶつかり、無造作に横へ撥（は）ね除（の）けられる。砂礫（されき）に足をとられて転倒するのを、他の屍兵たちが無造作に踏みつけていく。踏みつけられつつ、命令通りに先へ進もうともがく。

　アフガニスタン側の機関銃掃射が起こり、空間を薙（な）ぐ。一方的な攻めに応じた対話は生じず、屍者の側に反応はない。苦悶（くもん）の声さえ起こらない。動く森に弾を撃ち込んでいるのと変わらない。弾はめり込み筋組織を貫き裂くが、ただそれだけだ。屍者たちは歩調を乱すこともなく、ただ淡々と行進していく。自分の受けた損傷へ目を向けることさえしない。機関銃の雨に混じって火砲が峠の入口に砂礫の柱を立てはじめる。運悪く直撃を受けた屍兵の四肢が飛び散り周囲の味方を巻き込み打ち倒すが、隊列には充分な間隔が保持されている。

　陸軍軍医学校（ネトリー）の研究によれば、火砲は屍兵に対する有力な兵器になりえない。火砲のもたらす最大の効果は、対面する者に引き起こされる恐怖心だが、屍兵はそんなものには頓着（とんちゃく）しない。「計上するほどの効果は期待できない」というのがネトリーの結論であり、屍兵のリュックに詰め込まれた爆薬が着弾のショックで爆発し、誘爆を引き起こす方がよほど危険だと警告している。

クラソートキンもネトリーの見解に同意のようだ。

「無駄をしますね」

と戦記絵巻を眺める子供のように無邪気に言う。

「撃たせてやれよ」

とはバーナビーの発言であり、わたしもこちらに同感だ。軍事技術的には無駄であろうと、生者には心理というものがある。動く山のように押し寄せる屍兵の集団を目の前にして銃砲を持つ者の自制心を期待するのは酷だ。

屍兵の行進には、戦術と呼ぶほどの細部も存在しない。カイバル峠をただ黙々と通過する。全てはそれに尽きている。適切な地点に達したところで反転し、今度はアリ・マスジド要塞を目指す。目標に達した屍兵は自爆を遂げ、それで終わりだ。これはチェスのように精緻な手順が要請される戦いではなく、チェス盤を傾けて全ての駒(こま)を一方に落とすだけの力押しであるにすぎない。単純すぎる戦術の有効性は極めて高く、対抗手段の数は少ない。サウルが千を打つならば、ダビデは万を打つというだけだ。

大量の屍者は、ほとんど自然現象のように振る舞う。自然なるものに対抗するのに、人間にできることは多くない。土に埋める、水で流す、そんなあたりが適当なのだが、峠ではそんな無茶のしようもない。

目には目を、歯には歯を。屍者には屍者を。

「第一の御使(みつかひ)、喇叭(らつぱ)を吹き鳴らせり」

クラソートキンは歌うように口ずさむ。

喇叭が一つ、ひときわ大きく吹き鳴らされて、アフガニスタン軍の屍兵が繰り出される。隊列は組まずばらばらに、一体、二体と峠の奥から押し出されるようにまろびつつ姿を現す。いきなり舞台に突き出された俳優のように首を回して索敵し、つんのめるような動きでこちらの屍兵へ歩み寄る。

峠の暗がりに、全身を白く塗られた屍兵の姿が浮かび上がる。アフガニスタン側は彼我認識に、最も単純な手を採用することにしたようだ。白塗りの屍者たちが、夢見るような歩みで次々姿を現し続ける。白く塗られた屍兵の集団に赤が続いて、黒が続く。最後に青く塗られた屍者たちが続いた。

「黙示録の馬と同じ色ですか。威嚇(いかく)効果を狙ったのかな」

「隊を識別するものだろう」

クラソートキンとバーナビーが嚙(か)み合わない意見を交わす。

英国軍の将兵は体を固くしたまま沈黙を守る。ばらばらと進むアフガニスタン側の屍者たちが生者に引き起こす恐怖は、まだ馴染(なじ)みのあるものだ。屍者の動きは生者の本能を刺激し、悪夢を連想させはするものの、悪夢には慣れてしまうことができる。整然と隊列を組む英国側の屍兵の動きは、大規模な災厄をもたらす自然現象に直面しているような当惑を引き起こす。何か理解不能な事態が進行中だという感覚を生者の胸に生起させる。
鋼鉄製の爪(つめ)と歯を装着されたアフガニスタン側の屍兵が英国軍の方陣へ入り込み、屍者たちの間を進み、前線が静かに交錯していく。屍者の世紀も終盤にさしかかり、戦術は先祖がえりを起こしている。刺突や銃撃があまり効果を持たない以上、屍者との戦闘で最も有効なのは肉弾戦だ。剃刀(かみそり)のような切れ味を誇る日本刀(ジャパニーズ・ソード)が現代最強の武装だと言われ、高官たちに愛用される所以(ゆえん)でもある。

互いを無視してすれ違いを続けていた両軍の屍者たちの軌道が物理的に交差する。道を歩くうちに肩が触れたといった風情(ふぜい)で。視線を交わすこともなく、アフガニスタン側の屍兵が爪を閃(ひらめ)かせる。爪が軍服を切り裂き、マルティニ・ヘンリー銃に装着された銃剣が反射的に閃いている。鋭い金属片が肉を刳り、振られた腕が委細構わず相手の肩を横殴りにする。腹に突き立つ爪が引きずられて傷を広げる。ぱっくりと開いた傷口から腹圧に押された内臓がこぼれ、姿勢を崩した屍者がそれにすがる。

全ての動きはぎくしゃくとして緩慢だ。一手、二手、三手と数えられるほどに悠長な、しかし一つ一つが生者にとっては致命的な打撃が交互に着々とやりとりされていく。魂のない人形たちによる規則の定められた戦闘。痛覚を無視し、決まり切った手順に従うだけの屍者たちの顔には苦悶のかけらも浮かばない。

胸部に突き立つ爪を無視して相手の頭部を押しひしいだ屍者の額に、後ろから爪がかけられ一息に引き下ろされる。頭皮を失った屍兵が溝の彫られた頭蓋骨(ずがいこつ)を剝き出しにしたまま口を開いて、相手の喉笛（のどぶえ）に食らいつく。

「優雅さがない」顔色も変えずに論評するのはクラソートキンだ。「喉笛を嚙み千切るなんていうのは、それほど有効でもないでしょうに」

「頸部（けいぶ）を狙うのは悪くない。頭部との接続部の中で一番弱い部位だから」

わたしは感情を排した声で言う。

「それなら頭を直接狙えばいいんですよ」

クラソートキンは屍者の愚かさを笑い、それも真理の一面だ。しかし闘争は本能に刻み込まれた機能であり、人間には生命の進化の過程で屍者を相手に特化した機能を発達させる必要などはなかったはずだ。ネクロウェアの開発者にも先入観は当然ある。アフガニスタン側が屍兵に剣や槍（やり）ではなくて、鋼鉄製の爪や歯を装着するのも、実効性より示威を狙っているからだろう。示威が屍兵同士には通じないのは皮肉なのだが。とらわれがあるとするなら屍者の側にではなく生者の側にだ。屍者を生者のように動かそうとすること自体が、生者の側のとらわれだ。屍者は何も望まないし義理も持たない。ただ闇雲（やみくも）に物質の道理に従っている。

「この戦闘は――」わたしは大きく唾（つば）を呑み込む。「必要なのか。決まり切った結果のために、過程を実演することは必要なのか」

いぶかしげにわたしを見つめたクラソートキンが破顔する。

「さあ、計算しよう、というわけですか。ライプニッツが法律にその機能を求めたように。互いの指揮官がネクロウェアを持ちより、計算（シミュレーション）を行うことで優劣を決め、戦争の結果を先取りすればすむのではないかとね」クラソートキンが笑い出す。「その意見は正しいと思いますよ。結果が知れているならば、あえて屍兵を損失する必要はない。その通り。しかしですね——人間には物語が必要なのです。血沸き、肉躍る物語がね。大体、そんな理屈は大半の者には理解ができない。理解できないものは存在しない。手で触れ、見ることのできる物以外はね。物語はわたしたちの愚かさから生まれ、痴愚を肯定し続ける」

クラソートキンの笑いの中で、屍者たちは無造作に互いを切り裂き、オノレ・フラゴナールの皮剝ぎ解剖学標本よろしく人間の皮を脱ぎ捨てるように筋組織を剝き出していく。ただの物質へと戻ることを積極的に求めるように。望まぬ務めを終え、安息を迎えるための闘争を続ける屍者たちの顔には苦悶も歓喜も見当たらない。機能停止さえもが機能に組み込まれているかのようだ。

「あれだ」

わたしたちの会話を無視して、ポケットに手を突っ込んだまま戦場を眺めていたバーナビーが顎で指す。青く塗られた屍兵の一体が、三体の英国屍兵に囲まれている。クラソートキンは黙示録にこだわり続ける。

「視よ、青ざめたる馬あり、之に乗る者の名を死といひ、陰府これに随ふ。かれらは地の四分の一を支配し、剣と飢饉と死と地の獣とをもて人を殺すことを許されたり」

「あいつだ」

とクラソートキンを無視してバーナビーが繰り返すのは、青色の屍者全体ではなく特定の個体を指すらしい。先頃バーナビーとわたしの前任者を吹き飛ばしたのと同じタイプの屍兵。その動きは確かに特異だ。わたしたちが眺める間にも、素早い動きで次々と屍兵を切り裂いていく。動きが素早く見えるのは、個々の部位の動きが速いせいではなくて、部位間の動きが連動してつながるからだ。屍者の動きであるには違いないが、別種のものと呼べるくらいに際立っている。わたしはふと、「完全な人形」と呟いている。人間の体を駆動するのに、実は生者よりも効率のよい動かし方があるとするならと疑問が浮かぶ。わたしたちはただ慣習上、自分の体の動きを効率的なものと考えているが、それは肉体の動きを支配する方程式を解析してみた結果ではない。勿論、わたしたちの見つめる屍者の動きは鈍い。通常の屍者に囲まれているせいで相対的に素早く見えているだけだ。

わたしたちの見つめる全身を青く塗られた屍兵は、爪を失ったのか傍らに落ちる屍兵の右腕を拾い上げ、棍棒のように振り回し出す。彼らにとって肉体はただの物質でしかない。

「器用なだけじゃない」

バーナビーが言う。

「相手の動きを先読みしている」

「ありえない」

わたしは思考を省略し、反射的にそう答える。

「格闘戦の経験がないお前さんには見えないんだろうが、あれは相手の動きを予測しているぜ」

ほれ、と顎で指しつつバーナビーは一人頷いている。

「それが一体どういうことなのか、あんたにわかるとは思え――」

わたしの語尾に味方の喇叭の大音声が重なり、わたしは両手で耳を押さえる。

背後からクラクションを連打する黒塗りの馬車が飛び出し、激しく上下に揺れながら屍者の間を駆け抜けていく。屋根の上には大型の金属製の筒が据えられ、小柄な兵士が必死に砲架にしがみついている。御者台には場違いな黒の三つ揃えに身を包んだ男が一人。髭をたくわえ、葉巻を咥えた横顔がわたしの前をかすめて過ぎた。馬車の側面には一つ目の紋。馬車の中には
――わたしは自分が目にしたものを信じられない。

屍者たちが彼我認識に戸惑う時間差の隙間を駆け抜けて馬車はすみやかに前線に達し、男が強く手綱を引き、馬が棹立つ。四頭立ての馬車はそのままの勢いで横へと滑り、馬の前足が虚しく宙を掻いている。遠心力で屋根からずりおちた兵士が金属筒へよじ登り、御車台の男の叫びに頷くと、金属筒を殴りつける。

筒の先から勢いよく吹き出し弧を描く霧へ向け、男は葉巻を投げつける。

黒い煤に縁どられた火炎が、わたしたちの見守る屍者を、味方の屍者を諸共にして一瞬に包む。男は馬に鞭をくれると巧みに馬車を操って、火炎放射器の炎の舌を扇状に展開していく。

炎の中で踊る屍者たち。屍者たちは炎を無視して格闘戦を継続するが、炎は彼らを焼いていく。人間の肉が焼ける臭いと、石油の臭いが峠に満ちる。髪が燃え落ち、軍服が燃え、引き攣った皮膚が筋肉を引き、屍者の体がみるみるうちに捩じれはじめる。燃え盛る屍者たちの集団

が峠を黒く照らし出す。

崖の上から喇叭が旋律を伴って響き、アフガニスタン側の屍者は動きを止めて、ぎくしゃくと身を翻す。歩行する松明（たいまつ）の列が崖に挟まれた暗闇へ向け遅々とした退却を開始する。

黒焦げになり、もがき続ける屍兵をわたしは目で追う。バーナビー、とわたしは呼びかけている。

「あの屍兵を鹵獲（ろかく）できないかな」

流石（さすが）に呼吸を呑み込んでいたクラソートキンが一つ大きく息を吐く。

「美しいな」

と彼は呟く。


神経、動脈、静脈、発散的血管、吸収的血管、骨、髄、軟骨、繊維、筋肉、粘膜、漿液（しょうえき）、関節液、分泌腺、皮膚（ひふ）、表皮、毛髪。

医学はまず、整然とした分類よりはじまる。医学部で過ごす数年間は、ほぼ死体の観察に費やされるといっても過言ではない。ひたすらの暗記と実見は退屈極まるけれど、物質を見分ける力とはそうして養うことしかできない。思い込みを見るのではなく、経験から理解を組み立てていく。

原理はあくまで単純だが、自然は入り組む。

社会の要請は早急な屍者技術者の養成を叫び、ばらばらに解剖されてしまう死体の無駄について非難をするが、技術の育成なるものは一朝一夕でなるものではない。膜は膜、肉は肉と分けられなければ、器官に対する操作などはできないからだ。これだけ屍者の溢れる時代にあって、ロンドン大学の医学生が最終年度になってようやく屍者の復活を目にするのも、そうした事情によっている。屍者の復活を見世物にする輩もいるとはきくが、下世話な趣味というものだ。

「簡易書込機」

フライデーに呼びかける。

フェルト製のテントの中、簡素な机にシーツを被せただけの急ごしらえの作業台の上に、黒焦げになった屍者が縛りつけられている。首の左右から突き出る枝は、頸部を貫きつながっている。新型屍者を拾ってくるのに、バーナビーが直観的に施した措置だ。わたしは一つ溜息をつき、

「もう少し穏当な扱いはできなかったのか」

「自爆されてはかなわんだろう」

バーナビーは涼しく答える。

「この箇所を選んだ根拠を言えよ」

ないな、とバーナビーは胸を張る。爆発してからでは遅いだろうと言うのだが、理屈がどうも転倒している。クラソートキンが屍者に似ている生者なら、バーナビーは人間を真似る猛獣だ。とはいえ、バーナビーが実際一度、自爆シークエンスの停止に成功している以上、わたし

も強くは言いにくい。今こうしている間にもこの屍者が自爆する可能性も少なくないが、戦場を実見してきたあとでは恐怖感の方が麻痺（まひ）している。腹部の触診からは、脂肪がニトロ化されている気配は感じとれない。

頭蓋を探り、小さな穿孔跡（せんこうあと）を確認していく。フライデーから受け取った簡易書込機を屍者の頭にあてがう。この装置もウォルシンガムから貸与された新型であり、小型の割に多くの機能を備えている。フライデーに装着してパンチカードの読み取りを行うこともできるし、簡易モニターとしての役目も果たす。書き込みと読み出しは表裏一体の機能だからだ。発電機を逆転させればモーターになるのと同じ理屈だ。真っ新な屍体に新たに機関を書き込むには足りないが、小さなプラグインを書き込むくらいの用はなす。

青色の塗料と皮膚が燃焼し炭と化して相互に入り混じって毛羽立（けばだ）っている。わずかに残った金髪と、褐色の肌。ねじくれた四肢に食い込む荒縄。

「ロシア人だと思うか」

わたしはクラソートキンに問いかける。

「さて。ロシア人もこのあたりの住人も、大きな違いはありませんから。中央アジアはロシアの庭だ。ロシアの地にいる者はロシア人ですよ」

襟の中でくぐもるクラソートキンの声に挑発的な響きは含まれていない。

「でも、ギリシア系ではないでしょうかね。アレクサンダー大王の後裔（こうえい）がグレコ・バクトリア王国を築いたのはこのあたりですから。ギリシア系の容貌は珍しくない。人種のるつぼですよ。

バーミヤン周辺のハザラ人はモンゴル人や日本人に似ているし」

「帝国の墓場ってやつか」

たとえこれがロシア人の屍兵であったとしても、屍者はあくまでただの器物で、国際問題などは引き起こさない。頭でどれほどわかっていても、生者は屍者に勝手に意味を読み取ろうとする。人型をした頭の中には思い出や記憶が詰まっているはずだと想定する。

「電源供給」

わたしの言葉にフライデーは静かに大容量のルクランシェ電池との接続を開く。屍者の体が硬直し、瞼(まぶた)を失い剝き出しになった眼球がぐるりと動き、焼け焦げた歯茎が剝き出しになる。電圧の負荷で屍者の脳に残る配置を飛ばして機関の再起動をかける試みだが、ここまで破損の進んだ屍者への効果のほどは疑わしい。人間が理解できるのは、脳のとりうる配置のごくごく一部であるにすぎない。自分の慣れ親しんだ状態を正気と、理解できない状態を狂気と大雑把に呼んで満足している。狂気という語の存在は、脳には理解の不可能な状態があることを示すだけであるのに。脳そのものには狂気という状態はなく、ただ物質として乱れるだけだ。狂気とは見る者の側の頭が勝手に認定する状態だ。

「シークエンス・一」

フライデーが雑囊(ざつのう)から取り出したパンチカードを書込機に差す。わたしは単純な制御信号を送り込んで反応を見るテストを行う。屍者の右手に強く力が集中し、拳(こぶし)が握られ、開かれる。この範囲では、制式オックスフォード機関の挙動と見てよい。命令が受領されている以上はそうなる。

「シークエンス・二十一」

わたしは手順を省略し、一足とびに彼我認識系への負荷を増大させる。もっともそれは制式オックスフォード機関での確認手段にすぎず、未知のプラグインを書き込まれているはずの屍者にどこまで有効なのかは心許(こころもと)ない。

ブローカやウェルニッケの研究により、脳の機能は心底様々なのだと知られている。脳のほんのわずかな損傷が文字認識や顔認識といった認知過程を喪失させることもあり、無難な社会生活を終えた人物の頭蓋を開いて、ほとんど膜と呼んだ方が適当な脳しかなかったという例もある。脳の機能は、頭の中に散在している。どこかの部位が破壊されても、他の部位が機能を補うこともまま起こる。長い時間で捉えるならば、脳の機能は頭の中を移動することさえできるのだ。霊素は相をなしており、相とは局所の機能ではなく、大域的な現象だ。

屍者の白く濁る目が震えを止めて、わたしを見つめる。電流の過負荷がまばらに燃え残った睫毛(まつげ)を痙攣(けいれん)させる。焦点がわたしの顔に結ばれて、わたしは思わず一歩あとじさる。屍者の視線がわたしを追う。

屍者が生者と目を合わす。そんな機能をわたしはボンベイ以前に聞いたことがない。屍者の眼筋と喉頭筋は、何故かネクロウェアの制御を受けつけない奇妙な部位だと知られている。屍者は話さないのではなく、話せない。眼球は虚(うつ)ろに動くが、焦点を合わせることはない。教科書等ではそうなっている。

「シークエンス・二十一、出力最大」

わたしはそう命じている。

屍者の耳から、白く煙が立ち昇る。鼻孔からも口からも、蒸気がエクトプラズムのように吐き出される。右へと避けたわたしの動きを、屍者は口を開け閉めして追う。まるで助けを求めるように。あるいは呪(のろ)いを吐き出すように。

「糸鋸(いとのこ)を」

わたしは思わずそう命じている。


カイバル峠は、奇妙な静寂に満たされている。

剖検を終えたわたしは陣営の焚火(たきび)を離れ、星空の下へ歩み出す。一面を闇が覆(おお)って、漆黒(しっこく)の空間の上半分に星が散らばる。ついこの間までロンドンの医学生であったわたしはこうしてアフガニスタンの空を見上げているが、言葉の意味はとりかかりのない空間へ拡散していく。

解剖のあとは一人になりたい。この習慣はここでもわたしにつきまとう。動く屍体をばらばらに分解したあとでは尚更(なおさら)だ。別段結果も得られなかった場合は特に。屍者の脳組織には、特記すべき変異は見つからなかった。そのこともわたしの気分を重くしている。何かが見つかるはずだという確信があったわけでもないのだが。目に見える変異があるのなら、ボンベイでもその正体が知られていたはずだ。ブローカ野に激しい出血跡を確認できたが、ただ確認してみたというだけにすぎない。

くすねてきた配給物の紙巻を咥え、黄燐マッチを擦る。指先が小刻みに震え続けていたのに気がつく。炎が揺らめくのを見つめるうちにマッチの軸が燃え尽きる。

マッチの光に反応したのか、ささやくような声が聞こえた。前方に寄り添う人影を認め、わたしは背を翻す。何かに躓き、それが吹き飛ばされた誰かの爪先だと気づく。悪態をつくわたしの背中に、闇の向こうから呼び声が響く。

「ワトソン博士でいらっしゃいますね」

意想外の声音に身動きが取れなくなったわたしへと、足音が二組近づいてくる。戦場には似つかわしくない二人組が柔らかな光の中に浮かびあがる。三つ揃いに身を包み、髭をたくわえた壮年の男がシャッターを上げたランプを翳す。先程わたしに呼びかけた、夜会着としか見えないドレス姿の女性が一人。首元を覆うレースの白が闇と鮮やかな対照をなす。

「ピンカートンの」

震える手を背後に隠してわたしは呟く。火炎放射器を備えた、一つ目の紋章の馬車の御者台にみかけた男が一歩を踏み出し、これは珍しく先方から名乗りを上げた。

「バトラー。レット・バトラー」

おざなりに握手を交わしつつ、わたしの視線は女性に釘づけになっている。屍者の間を撥ね跳ぶ馬車の座席にこともなげに座っていた女性の影は、わたしの見間違いではなかったらしい。暖かなランプの光に照らされてさえ、その顔は金属のような青さを湛えている。女性は優雅な動作で腕を持ち上げ、純白の手袋に包まれた手をこちらへ差し出す。左右の整いすぎた顔がバトラーの下げたランプの光に陰影深くこちらを見つめる。

「ワトソン。ジョン・ワトソン」

「ハダリー。ワトソン博士、お名前はかねがね」

ハダリーは、わたしがまだ名乗ってもいない肩書で呼ぶ。

「アダムにお気をつけなさい」

ハダリーは正確無比としか呼びようのない笑顔を向ける。バトラーを促し、あっけにとられるわたしを残して、二人は野営地へと真っ直ぐ姿を消した。

VI

「あなたに安らぎが訪れますよう(アッサラーム・アライクム)」

カイバル峠を越えアフガニスタンへ入り、英国軍と袂(たもと)を分かったわたしたちは、ジャララバード、カーブルを迂回(うかい)し、チャリカール、プレホムリ、クンドゥズを目指す。北上するわたしたちの移動は徒歩になる。金属製の石突(いしつき)を備えた杖(つえ)を片手にひたすらに歩く。驢馬(ろば)や馬の使用を諦(あきら)めたのは、糧秣(りょうまつ)の輸送に無理があるとわかったからだ。英国軍から離れたわたしたちはアフガニスタン軍を避けて移動を続ける。驢馬には驢馬自身の食糧を運ぶ必要があるという当たり前の発見は、わたしをひどく驚かせる。それはほとんどパラドックスだ。途中の補給を考えると驢馬には他の荷物が積めなくなり、自分の腹を満たす分の糧食だけを背負って歩く大きな動物と化す。

「自分のスイッチを切る以外のことはできない機械みたいなものだな」

バーナビーは不思議な解説をしてみせ、

「人間もそんな機械でしょう。多くのものは持ち歩けない」

クラソートキンが淡々とあとを引き取る。

前へ前へとキャンプを設営しながら糧食を順に送る手段がとれない以上、徒歩は不可避な選択だ。なるほど軍隊の運営というのは想像以上の難事なのだと今更ながらの実感が襲う。

アフガニスタンの小柄な馬には、バーナビーが巨大すぎたという事情も一応はある。

アフガニスタン軍の集中するカイバル峠を抜けたあともカーブルを目指す英国軍の後について進むという案がすみやかに却下されたのは、流石(さすが)に特殊任務を遂行するのに、悠長すぎると思えたからだ。わたしたちは街道を避け、寒村を継ぐ形で道を選んだ。喜捨(ザカート)を戒律の一つとするイスラムの村々は概(おおむ)ね友好的にわたしたちを受け入れてくれたのだが、そのどれもがひどく貧しい。人間の食糧を調達するのがやっとのところだ。

初期には、夜に移動した。零下に冷え込む高原をひたすらに歩く。改めて考えてみると可笑(おか)しいが、何といっても目立つ四人だ。巨体を誇るバーナビーに、屍者のフライデー。わたし自身は中背でクラソートキンは小柄だが、どうしたって英国人とロシア人にしか見えない。様々な血が混じる土地とは言っても、わたしたちの出自は隠しがたい。わたしたちにはまだ充分に混じり方が足りていないのだ。

夜明け前、人々が起き出した村へ辿(たど)りつき、宿と食事を乞う。英国貨(ポンド)が意外に通じるが、弾薬を所望されることもある。村ではまだ、アレクサンダー大王が鋳造(ちゅうぞう)させた銀貨が通用しており、わたしは徐々に時間と場所を見失っていく。

　フライデーの通訳能力は確かに役に立つのだけれど、戦場を離れた土地では、屍者に対する警戒も強い。屍者技術は電気の魔術だ。電気などは見たこともない地域がまだまだ多い事実をわたしは再認識させられる。そんな村々にとっては、屍者は戦争を告げる使者だと映る。数回の不幸な遭遇を経て、交渉はまずバーナビーに任せることで落ち着いた。言葉などは用いなくとも、距離をおいて大声をかけ、互いに肩を叩き合ったりするうちに、相手と自然と打ち解けてしまう機能をバーナビーは備えている。

「アッサラーム」

　わたしたちは繰り返し唱え続ける。

　戦場を離れてしまうと、警戒の必要は一気に下がった。下がるというより、まず人に会うということがない。一面に荒野が広がるだけだ。ゆるやかにうねり起伏に乏しい。手が届きそうに見えるヒンドゥークシュの山々はどこか書割りのように遠く、高原とは切り離された海峡の向こうの島のように浮かんで見える。岩がちの荒地は砂礫だらけの荒野へつながり、ふと気がつくと山肌に沿う細道となり、黄緑色の草原はいつしか雪原へ姿を変える。巨人の国に踏み込んだように、土地を構成する一つ一つの要素が巨大化していく。目につくとりかかりが得られぬせいで、遠近感が喪失され、極大と極小が手を取り合ったような眩暈が襲う。自分が空のように広がり、空が自分の大きさにまで縮小してくる。次の目印と定めた地点へいくら歩いても近寄ることができないのに、気づけば別の風景にいる。先程までは小石を蹴飛ばして歩いていたはずが、V字形に切り取られた空の下で息を喘(あえ)がせ、つづら折りの山道を登っている。いちいちの地形が虹(にじ)のような規模を誇って立ち上がる。

数多(あまた)の帝国の折り重なった巨大な墓地をなす大地の上で、動物、植物、鉱物それぞれの界(キングダム)が目まぐるしく入れ替わっていく。

単調な歩調を順に数えて、早々に訪れた無限の先の次の一歩がまた何度目かの一歩目となり、何を数えていたのかわからなくなり、数を数えることさえ覚束(おぼつか)なくなる。自分が何も考えていなかったことに不意に気がつき、自分は何も考えていないのだと考え続けて抜け出せなくなる。

わたしの歩みは機械に似ていく。あるいは屍者に似通っていく。自分の手足が意思を離れて勝手に動いているのを黙して眺める。わたしの命令に素直に応じるフライデーの体の方が、自身の肉体のような気さえしてくる。

一日に十五マイルほどの遅々とした歩みでわたしたちは移動していく。見通しのきく分、隠れる場所は見当たらない。箱庭を歩く蟻(あり)のようにわたしたちは進み続ける。アフガニスタン兵の執拗な追跡も受ける。大きな街を避けてはいるが不期遭遇は回避できない。地平線の向こうからでもこちらを認め、長距離を挟んだ遭遇戦が展開される。クラソートキンの射撃の腕は時にバーナビーのそれをしのいだ。稀(まれ)には友好的な兵たちもある。銃には銃を、礼には礼を、わたしたちは交換していく。

燃え落ちた村々を通りすぎ、散乱し凍りついた死体の間を歩き続ける。ロシア側の技術供与と、大英帝国の侵攻による漠然としてゆるやかな内乱状態がアフガニスタンを覆(おお)いつつある。

スペクターを名乗る白旗をはためかせた兵隊たちがやってきて、視野をあちらへ抜けていき、あとには死体の散乱する村が残る。焼け残った壁の陰で、小枝をかざして火を隠しながら焚火を熾し、巻取鍵式缶詰を直接炙る。

わたしたちが交代で偵察に出る間も、フライデーは瞑想する僧侶よろしく静かに地平線を眺め続ける。屍者としての性質上、フライデーは眠らない。不寝番を一手にまかせることができるおかげで随分と体力を温存できた。バーナビーが大きな巻き角を持つ山羊を担いで戻る。山羊の頭蓋骨が拳大に凹んでいる理由を尋ねると、勝負したのだと笑う。

アフガン松のまばらに生える雪原をひたすらに歩く。松の幹には古い弾痕が見え、鋭い爪で刳られた溝が平行に残る。

「わたしたちにもわからないのだ」

つばなし帽を被り、長く髭を伸ばした長老が茶を勧めつつ言う。

「戦士を名乗りながら、略奪を行う奴らが増えてきている。シェール・アリが組織した兵団だともいうが、統制は乱れている。正統イスラムの教義に従い新たな国をつくるのだというが、奴らはここらあたりの人間でさえない。こちらのような」

と、床に置いたノートの上に屈み込みペンを走らせるフライデーへ目を上げる。わたしたちはノートを囲んで絨毯の上に車座となってててんでに喋り、フライデーが一人で筆談を引き受けている。フライデーは文字を書き記す方向を気にしたりしない。

「屍者を引き連れている集団もある」

「スペクター、ですか」

わたしの問いに、長老は名は知らないと首を横に振る。白旗の、と訊くと頷く。

スペクターと呼ばれる集団は、シェール・アリがアフガニスタンに引き入れつつあるといわれるPMCの通称とされる。軍事顧問団を派遣したきり、いざ英国軍が進軍準備をはじめると腰が引けた様子のロシア皇帝に業を煮やした結果だという。その点、英国軍を動員しようとロシア軍は動くまいとみたリットンの読みは正確だった。スペクターの実態は今一つ知れず、指導者の名前もわからない。世界中の紛争地でその姿をちらつかせるが、今のところはただの馬賊とあまり変わるところがないと英国側では観測している。ならず者たちが名乗る共用の名称ではないかともされる。

「わたしたちにもわからないのだ」

老人はそう繰り返す。

「かつて大帝国を築き、エデンにも比されたこの土地が何故戦禍にまみれるのか」

他の調度に比して飛び抜けて豪奢なクッションの上に横たえられた革装のクルアーンに手を置き、老人は祈る。

「アッサラーム」

わたしたちは阿呆のようにその単語を繰り返す。

剝き出しの肌に冷気が刺さり、重ね着した上着の中で汗が流れる。眉が凍り、唇が乾燥して割れる。わたしたちは移動を昼に切り替えている。方向はバーナビーの直感が頼りだ。どうやって道を決めているのかと尋ねたところ、

「杖に訊くのさ」

と握りを放し、倒れるのに任せていたのでそれ以上は訊くのをやめた。

針路だけに留まらず、村の様子の判定もバーナビーに頼るしかない。クラソートキンにしてもわたしにしても、都会暮らしが身についており、せいぜい底が知れている。クラソートキンのロシア語もこのあたりでは通じない。複雑に入り組む村々の関係や来歴を無視してわたしたちは旅人として進み続ける。厚着に膨(ふく)れた子供がフライデーを指さして笑い、大人の陰に隠れて微笑(ほほえ)む。人々の顔立ちも習俗もめまぐるしく変化していく。ほんの一つ谷を越えるだけで民族構成ががらりと変わる。突然突きつけられた銃をバーナビーが無造作に払い、足払いが連動する。空腹を抱えながら屍者が歩哨(ほしょう)に立つ村を迂回し、焚火を囲み、靴下を乾かし、感覚のなくなった指先を揉(も)む。

雪の上に顔を出す枯れた茎の草原が風に揺れる。

「罌粟(けし)ですね」

雪から伸びる枯草にクラソートキンが目をとめる。

「アフガニスタンは阿片(あへん)の一大産地でもある。資金源だろうな」

とはバーナビーだ。スペクターのかと、わたしは尋ねる。

「村を守るための資金にもなるし、医薬品でもある」

　バーナビーはすげなく答え、続ける。

「軍需品でもある。戦争に麻薬はつきものだからな。通貨としても有用だ。当然、略奪の対象ともなる。薬効があり、持ち運びやすく、交換しやすい。理想的な戦略物資といえる。俺が村人でも植えるし、略奪側でも奪うね」

「どちらにもなりたくなかったから軍人になったのか」

「他に能がなかったからさ」わたしの問いをバーナビーは笑い飛ばした。「こうして合法的に『旅行』もできる。喧嘩屋（けんかや）に軍人は向かんよ。華々しい戦場なんてほんの一部だ。そもそも現代の戦場は華々しくもないがね。戦場は鋭角三角形の尖（とが）った先の点にすぎない。膨大（ぼうだい）な後方人員が要るように、戦場には広大な非戦闘地帯が必要だ。空間に限った話でもない。軍人にとっては待機の時間の方がよっぽど長いし、こうしてただ歩く時間がほとんどだ。御感想は」

　わたしは首を横に振り、黙々と足を動かし続ける。

　かつて山の老人と呼ばれた集団は、阿片を用いて若者の頭の中にエデンを築き、暗殺者（アサシン）に仕立て上げたときく。頭は空よりも広い。そう詠（うた）ったのは誰だったろう。

　考える時間だけ膨大にあり、考える内容の方がない。本当はあるはずなのだが、こうして歩みを進めるうちに想念は次々浮かび、たちまち消える。フライデーに何かの記録を命じようにも、命じようと考えた内容さえも、口にする前に忘れてしまう。

　アレクセイ・カラマーゾフ。

　わたしは目指す男の名前を、頭の中で繰り返す。

カラマーゾフの神学校での成績は優秀だった。元から素質はあったのだろう。シベリアを経てアフガニスタンへ。彼は何を見たのだろうか。今わたしは何を見ているのだろうか。上下を見失うほどの一面の雪。晴れ渡る青空があってさえ、わたしは上下を失認しかける。高所の青空は鮮やかさを増し、現実感は更に薄れる。神秘体験というものはこの種の失認体験だろうか。内面の神は内面のエデンに住まうのだろうか。

屍者の楽園。

屍者のアダム。

わたしはカイバル峠の野営地で出会った女性を思い出す。唐突に「アダム」という警告を発し、遅ればせなわたしの反問を無視して去った人物。バトラーと名乗った男も「お邪魔しましたな」と一言を置き、気障な一礼を寄越すと唇の端だけの笑いを残して闇へと消えた。

ハダリーの、交霊の素質を備えた彫像とでも呼ぶべき、冷たい無関心に占められた、この世を貫くような視線。ピンカートンの男の妻なのか情婦なのか同僚なのか、戦場へ駆け込む馬車に平然と座っているような人物だから、ともかく奇矯な人物ではある。

あの夜の二人との出会いについては、他の者には伝えていない。ただ折りをみて、アダムについては訊いてみている。

「アダム」

とバーナビーは考え込み、

「セイロン島の山の天辺に、アダムの足跡があると聞いたことはある。シヴァ神の足跡だとか、仏陀の足跡だとか、信仰によって話は変わる。まあこのへんにいたのじゃないのか。ここいらあたりは、プレスター・ジョンの伝説の地だ。その側にはエデンがあった」

　ここいらあたり、と手で宙に輪を描く。

　プレスター・ジョンは、中世期に西欧で信じられた、東洋に位置するという強大なキリスト教国の王の名前だ。イスラム勢に押される西欧世界を、大軍勢を率い救出すると考えられた。

「アダム」クラソートキンは考え込み、「墓の話ですか」といささか予想外の方へ話を転がす。最初の人間アダムときいて、いきなり墓を持ち出す心理がわからない。とりあえず頷いてみたわたしへ向けて、

「いえ、場所が場所ですから」とクラソートキンは前置きし、「もっとも、ユダヤ人はアダムの墓はヘブロンにあると言っていますし、あなたたちとしてはカルヴァリにあるということになるのでしょうが――」

「カルヴァリ――というとゴルゴタの丘か」

「聖墳墓教会は、髑髏の上に建てられたのでは。第二のアダム、イエス・キリストの血は第一のアダムの頭上に注がれる必要があったが故にアダムの墓はカルヴァリになければならない」

　よくそんなことまで知っているなとは言わずにおく。クラソートキンがあとを続ける。

「ヒンドゥークシュ、パミール高原近辺にアダムの墓があるというのは、ロシアではそれほど奇を衒った話ではないのです。テュルク系民族の民間伝承としてですが。わたしの師――ニコ

ライ・フョードロフ師が先頃、モスクワのルミャンツェフ博物館から面白い文書を掘り出しましてね。『モーセの黙示録』とか『アダムとエヴァの生涯』と呼ばれる聖書外典のヘブライ語原典をね」

「アダムの墓がこのあたりに——」

「御存じの通り、正典ではアダムがどこに葬られたかは触れられていません。フョードロフ師によれば、『モーセの黙示録』原典には、その位置が漠然とながら記されているのだとか」

「カラマーゾフもそれを知っていたのか」

思わず声を高めて詰め寄るわたしを、クラソートキンは両掌を胸の前に立てて抑える。

「知っていたのじゃないですかね。フョードロフ師とはモスクワ時代に親しくしていましたから」

「それが理由じゃないだろうな」

「何のです」

「——王国建設の」

クラソートキンは目を大きく見開くと長い睫毛を二度上下させ、体を折ってはじけるように笑い出す。ひとしきり笑い終えてから、目尻を指の甲で拭いつつ言う。

「あなたは思ったより想像力の逞しい方だ。つまりあなたはこう仰りたい。カラマーゾフは、秘かにアダムの墓を暴いて『アダムを屍者として復活させる』ために、ヒンドゥークシュに潜入し、労働力として屍者も連れて行ったと——面白い。実に面白い」

「そんなに笑うことはない」

クラソートキンは苦労して真顔に戻るが、わたしの顔を見てまた吹き出す。

「いや、失礼、これほど笑ったのは最近になって二度目ですよ。まさかこの世に同じ発想をする人物が二人もいるとは。いやいや、わたしにそんな発想ができるとは思わないで頂きましょう。アリョーシャが、アダムの復活を企む、ね」

「もう一人というのは誰だ」

クラソートキンは笑いを収め、もったいぶった間を置く。わたしが睨みつけるのに肩をすくめて、

「フョードロフ師その人ですよ。ヒンドゥークシュに行くなら注意しておいてくれたまえと手紙をもらったくらいでね。師はこのあたりの地域に大きな興味を寄せているのです。ノストラティック大語族仮説の支持者なのです」

「大語族」

次々と転々としていく話題に、わたしは鸚鵡返しに問う。

「全ての言葉の祖といったあたりですか。サンスクリット語が印欧語の祖型だという話はあなたもお聞きになったことがあるでしょう。ノストラティック語は更にその上位の言葉として想定されている祖語の祖語です。師によれば、それはヒンドゥークシュ山脈のどこかで生まれた」

微かに背を伸ばしつつ解説を終えたクラソートキンはまた笑い崩れる。わたしには、同じ冗

談で二度、それだけ笑える人間の方がおかしく思える。

　アダム、アダムの墓。最初の人間、最初の言葉。人間がエデンに生まれたのなら、元の言葉は一つであったということになる。広く知られている通り、その言葉はバベルで乱れた。アダムの言語。全ての動物に名前をつけた最初の言葉。楽園と、アダムの墓。炎の剣（つるぎ）により生者に対し封鎖された楽園。最初の死者、最初の屍者。

　夢の中のお話だ。

　わたしは凍りついた夢の中を歩き続ける。言葉は頭の中で乱れ続けて、おとぎ話が断片的に姿を現し大気へ溶け込み、現実の風景に重ね描かれる。

VII

こうして、わたしたちは旅の終わりへ近づいていく。

バダフシャン地方ファイザバードは、コクチャ川によって二つに分けられた街である。自然の防壁をなす山々に四方を囲まれ、一種の独立区をなしている。バダフシャンの峠を越えると民族構成はまた変わり、タジク人、ウズベク人、キルギス人の姿が多くなる。外見からもはっきりわかるその差異を、フライデーの翻訳文が裏書きしてくれる。

ファイザバードの位置するアフガニスタン北東部ワハン回廊は、ヒンドゥークシュ山脈を縫い、中国とアフガニスタンを結ぶ数少ないルートの一つだ。玄奘（シュエンザン）とかいう名前の仏教僧や、マルコ・ポーロも通過した地だとクラソートキンは言い、そいつもまたおとぎ話だとわたしは思う。そんな特定の人物の名を持ち出さなくとも、こうして人々は行き交っている。土地は厳しく険しい。インドに生まれた仏教はこの地を通り東へ向けて拡散するのに、数百年を必要とした。

コクチャ川は、北方に眠るアイハヌム遺跡近くでアムダリア川に合流し、アフガニスタンの漠然とした国境をなす。アムダリアをアラル海まで下る途中には、ヒヴァ汗国が位置している。グレコ・バクトリアの首都だったとも言われるアイハヌムも今は廃墟となって放置され、遺構を晒すままらしい。

ファイザバードの人々は屍者に慣れている。フライデーに気のない横目を投げる程度で、単に外傷のない若者の屍者が珍しいといったところだ。

ファイザバードはラピスラズリの採掘を主産業として栄える街だ。世界中、ほぼこの地域のみに産出される青い石、瑠璃。主成分は青金石。単結晶ではなく、各種の鉱物の多結晶体。愚者の黄金、黄鉄鉱を含むものは、深青中に夜空のような煌めきを秘める。交易の歴史はべらぼうに古く、拡散の歴史は東西に、エジプト王朝から日本の古代王朝にまで及ぶのだという。エジプトの木乃伊を飾ったし、モーセがシナイ山で得た十戒はラピスラズリに刻まれたともいう。ウルトラマリンの原料として画材としても同重量の金をしのぐ。

バーナビーが各国の諜報機関より先に屍者の王国の噂を耳にした理由も、こうしてみると明らかだ。単に地理的な要件のおかげにすぎない。英露間の策動により混乱を増す陸路を避けて、ラピスラズリの交易路はアムダリア川沿いへと切り替えられた。ヒヴァ汗国は中継地の一つであるのだ。

ラピスラズリの原石や、研磨された首飾り、指輪、腕輪が店先に溢れ、こちらを旅行者と認めた商人たちがしわがれ声を張り上げる。

「なるほど、仕事はありそうだな」

と言うのはバーナビーだ。カラマーゾフの王国がこの近隣にあるとして、収入源はやはり気になる。木の実とわずかな水あたりを与えておけば活動可能な屍者の維持費は、整備をしなければほぼ零なのだが、長期的な定住を目指すのならば、なかなかそれだけというわけにもいかない。阿片というのも考えたのだが、農業は屍者に馴染まない。充分な数の監督員がいれば別だが。その点、採掘作業は屍者向きだ。ただひたすらに岩を掘る。落盤なども気にはしないし、出水さえも関係がない。かつては狭い坑道に年端もゆかぬ子供を送り込み続けた悪名高い英国本土の石炭採掘も、今では屍者たちの独擅場だ。屍者たちは生者に混じり、そうして生者の行けぬところまで無感動に踏み込んでいく。英国政府は海底ケーブルの敷設、防衛に、海中活動用の屍者の開発を委託できる業者を募集している。

「鉱山だな」

というバーナビーの断定を無視してクラソートキンは店頭のラピスラズリの原石を物色している。探索の方は御自由にということらしいが、不透明な原石を執拗にためつすがめつ、陽光に晒したりして露骨に協力するつもりがないことを示している。できることならカラマーゾフを見逃したい。そう思っていることを口に出しこそしないがクラソートキンは隠していない。任務である以上、自分の保持する知識は提供するが、必要以上の知識は増やそうとはせず、積極的な行動はこちらまかせということらしい。

屍者の集団の情報はすぐ手に入った。むしろどれを選べば良いのかを迷うほどに。国の乱れに乗じてなのか、街には四肢のあちこちを欠いた屍者の鉱夫を引き連れた山師が続々と流入しているという。国境などという架空の線を歯牙にもかけない男たちは世に多くあり、そもそもこのあたりの国境概念はぼやけたものだ。草臥れた屍者が店先にぼんやりとつながれているのが目につく。ファイザバードの住人としては、屍者にいざというときの戦力としての期待も寄せているらしく、屍者への態度はやわらかい。


「スペクターの襲撃にも備えねばなりませんからな」

というのがバーナビーに喧嘩を吹っかけ、逆に情報提供をさせられる羽目に陥った自称顔役の説明だ。わたしたちにはクッションの山を勧めて、自分は堅い床に直接座り、そっくり返って茶を啜るバーナビーの出方をうかがっている。回廊という地理的な特性から、住人たちには自治の気風が強い。国家の趨勢により戴く王権は激しく替わり続けるが、住人たちには今目の前の日常が続く。互いの結びつきを強くしておかなければ、いつのまにか押し流されて、中国なりアフガニスタンなりへと流浪していく運命が背後に口を開けているということだろう。

「お尋ねの人物ですが、まあ、奥地におります」

カラマーゾフの身長体重を伝えるまでもなく、「神懸かりの奇妙なロシア人」と身も蓋もない特徴を告げ、バーナビーが腕を剝き出し、多少のポンドを積むだけで、カラマーゾフの潜伏先はすぐに知れた。ただし、その人物の名前までは知らないというのが自称顔役の説明だ。カラマーゾフには、自分の居場所を隠すつもりがないらしく、しかしこの地で異邦人が身分を謀るのも無理とも思える。多くの人種が混じりはするが、西洋人はやはり目立つ。情報伝達速度の遅さだけが彼を守ってきたようで、カラマーゾフもそれで充分と考えているらしかった。

「ただ――この二か月ほど連絡はとれておりません。仲介役の者が失踪しましてね。死んだのだか逃げ出したのか。お尋ねの人物の居場所はわかりません。奥地の古い鉱山跡を巡り、絶えず移動していたようです。選りすぐりの石を送ってくるので大層稼がせてもらいましたが。わざわざ掘っているくせに、まるでラピスラズリなど不要だと言いたげでして。もっとも、連絡が途絶える前には定住の構えを見せていたとか」

自称顔役は痣を浮かべた頬をさすりつつ、バーナビーが鷹揚な動きで差し出した水煙管から一息吸って、煙の輪を吐く。

「そういう奴が住みつくのは、源流に決まっているさ。屍者の王国を築いて、この世を一からやり直そうとするような奴ならな」

悠揚と上座を占めるバーナビーは言う。クラソートキンはその根拠のない決めつけに、あっけにとられたような表情を浮かべ、なるほどと頷いている。

「なるほど、そういう無茶苦茶な思考法もありましたか」自分に言い聞かせるように、「そう、何も推論だけが正解に辿りつくための手段ではない。この世は道理に見放されている――」

自分を慰めるように続けたクラソートキンにはクラソートキンの予想なり秘匿情報なりがあり、バーナビーの無体な結論とたまたま一致したらしい。クラソートキンとしてはわたしたちが支流を手当たり次第に巡り時間を無駄にするのを期待していた様子だが、バーナビーの動物的勘を甘く見ていたものらしい。

コクチャ川を遡る。

それがわたしたちの最終行程だ。世界をもう一度組み上げ直そうとする人物ならば、源流にいるに違いない。何の根拠もない予測なのだが、言われてみるともっともらしい。なんといってもあらゆる川はエデンに発する。カラマーゾフの師フョードロフは、エデン-パミール説を主張している。神話的な推論ではあるけれども。しかしバーナビーの本能が正しく把握しているように、わたしたちの相手はそうした現実離れした思考をする手合いだ。

小振りな船を調達し、わたしたちはまた水上に戻り、交代でオールを漕ぎ続ける。

どんな秘境であろうとも、人は住む。どんなに環境が過酷であろうと、なぜか誰かは土地に留まる。人間が突然地に生え出たりしない以上は、かつてどこかから移動してきたはずなのに、なぜかそうなる。

川辺の家々が疎らに数を減らし続けて、両岸が徐々に幅を狭めていく。

ほとんど廃屋としか呼びようのない小屋で、わたしたちはもてなしを受ける。外見に反し意外に豪華な室内で、羊の肉と固いパン、砂糖をたっぷり入れた紅茶が絨毯の上に次々並ぶ。皺に埋まって最早性別さえも定かではない老人が、長方形の絨毯の上でメッカへ向けて拝跪して、粛々とアザーンを唱えはじめる。

「アッラーは偉大なり（アッラーフ・アクバル）。アッラーの他に神はなし（アシュハド・アン・ラー・イラーハ・イラーッラー）。ムハンマドは預言者なり（アシュハド・アンナ・ムハンマダン・ラスールッラー）」

アラビア語でそう唱え終えるとわたしたちへ向き直り、ウズベク語へ切り替える。イスラムの祈りは常にアラビア語で行われる。神の言葉は、翻訳することのできない言葉だからだ。クルアーンの誦句（しょうく）も翻訳することは不可能とされ、英語訳を自動的に紙へと移してしまうフライデーはその意味でも異端者となる。

「アードの民を訪ねるのかね」

茶を注ぎ足す老人はまたかと言いたげだ。

「この地では、屍者をそう呼ぶのですか」

ヒヴァの地でバーナビーが拾った噂を思い出しつつ、わたしは尋ねる。老人はわたしの問いを無視して、

「死ぬことになるぞ」と重く続ける。「言うことを聞かんのは知っているがね。あのロシア人の手助けをしていた男も死んだ。川をうつ伏せに流れて行ったよ」

カラマーゾフの仲介者の死は、こうしてあっけなく知れた。

「アードの民は古代の異端だ。己が力を信じるあまり、アッラーの怒りに触れて砂に沈んだ」

「長身の民だったとか」

老人はわたしの合いの手を再び無視し、

「しかしその怒りから逃げ延びた者もいた。たまたま国を離れていただけだが。呪（のろ）われたアードの末裔（まつえい）はこの地へ至り、地の根を掘り返す鉱夫となった。呪いは何度も繰り返される。人そ

のものが呪われているせいでな。あの場所はアードの民を引き寄せるのだ」

とりとめなく頷くわたしに、クラソートキンがさりげなく割り込んでくる。

「以前にもここを訪れた者たちがいたのですか」

カラマーゾフが潜むのが古い坑道だとするならば、それにも不思議はないわけだが。

「常に人はやってくる」

老人は謎をかけるように含み笑いを浮かべ、続ける。

「先の戦争時、四十年も前になるか、やはりあの地に入植した一団があった。一人の男に導かれてな。あれは見事な男だった。身の丈は八フィートを超えていたか。それからだよ、わたしがアードの民の言い伝えを信じるようになったのは。あれは実に、実に見事な――」

老人は大きく一つ身震いをする。

「屍者たちの王であったよ」


わたしたちは闇へ滑り入る。

現世と冥府を分ける忘却の川の流れを遡る。

「〝その国は深い闇に覆われ、外の者たちは裡を見通すことができない。闇をおそれて誰も踏み込むことはない。周囲の民はときに、人の声や馬の嘶き、雄鶏の鬨が響くのを聞き、その裡には何かの民が暮らすと知る。しかし、どんな民が住むかは誰も知らない〟」

バーナビーの暗唱を、クラソートキンが即座に受ける。

「『ジョン・マンデヴィル卿の旅』ですか」

　マンデヴィル卿は十四世紀の旅行家で、プレスター・ジョンの国を旅した人物らしい。その旅行記は当時のベストセラーになったそうだが、さすがにフライデーのライブラリにそこまでの記録は収めていない。クラソートキンが解説するには、マンデヴィルが東方へ至ったというのは嘘っぱちであるらしい。他人の旅行記を継ぎ接ぎし、もっともらしい話を作った。その種の旅行記の常として母国を離れるにつれ幻想性は増大していき、頭のない民族だとか、犬頭の民族が旅行記には登場するのだそうだ。人間は想像をする生き物だ。自分が常に世界の中心にいると信じて、幻想の侵入を堰き止める壁を築く。バーナビーが暗唱したのは、マンデヴィルの書き記したアフガニスタン地方についての記述だという。

　老人に教えられた流れへ入り、わたしたちは移動を続ける。このあたりではもう、合流する川のどちらが支流でどちらが本流かという区別がつきにくい。岸では崩れた小屋を雪が覆い、小さな丘を形づくる。朽ちた丸木橋をくぐり、前方へ向け切り立っていく崖の間を、狭まっていく空の下を遡っていく。空腹を抱え、寒さに震え、固焼きのパンを小さく分け合う。

　寒気に身をまかせるように弛緩していたクラソートキンが身を起こし、静かに崖の上を指さす。

　屍者が一体槍を構えて、渓谷を見下ろしている。わたしたちの姿を認めて顎を引き、槍を翳す。放物線が両者をつなぐ。船端をかすめ、槍が過ぎる。それで満足したように、屍者はまた頭を上げて監視へ戻る。ゆっくりと小さくなっていく屍者の揺れる背中をわたしたちは黙然として見送っている。

時折投げつけられる槍が、カラマーゾフの王国への道を示す。槍の頻度は徐々に上がり、たまには避ける必要も生じはじめる。屍者の狙いは正確で、威嚇だとは思えない。思い出したように現れ、距離をあけて点々と並ぶ屍者たちは機械的に槍を投げつけてくる。一本を投げてしまうと立ち尽くして揺れている。夜間には槍を補給しに戻る様子だ。

おざなりな防御。守りたくもあるようであり、どうでも構わぬようでもある。守るという姿勢だけはとっているという言い訳じみており、それも誰に対する言い訳なのかはわからない。距離がある上、目立つ動きが投槍しかないので不明だが、屍者の動きは新型の屍者のものと思える。槍はわたしたちを導いていく。槍がこうして飛ぶ間は、正しい道を辿っていると教えられているのも同じだ。カラマーゾフがわたしたちを受け入れようとするかのように。

わたしたちは昼夜を順に遡る。

そうして視界の先の先、唐突に朽ちた桟橋が現れる。湾曲する川の内側に小さな砂州ができており、段の低い階段が雪に埋まって崖へと続く。崖にはギリシア風の彫刻が施された岩窟が口を開けており、屍者たちが疲労しきった流浪の民の集団のように、のろのろと歩み出てきて整列していく。男性の中に女性が混じり、果ては年端もゆかぬ子供が混じっていることに、わたしは大きなショックを受ける。子供の屍者の、生気と共に子供らしさも喪失し、無表情に塗りつぶされた顔。肥大したグロテスクな四肢を備える大人のように子供は佇む。

緩慢な屍者たちの動きは、流浪を続け疲れ切った人々に似る。打ちのめされた生者が引きずる体のように、重たく、鈍い。不気味の谷を掘り下げていくような動きは、生命のあり方に裏切られていることを戯画化して嘲笑（あざわら）うようにも映る。そのいずれもが新型の屍者のものであるのをわたしは認める。

船の舳先（へさき）が水を割り、屍者たちは目に見えない力に押されたように左右に分かれて道を開く。岩窟の奥から一人、長身痩軀（そうく）の男が歩み出る。薄い黒衣（ポドリヤスニク）に身を包み、胸元にはラピスラズリ製なのだろう、麻紐（あさひも）に吊（つ）られた青い十字架が下がる。

男とわたしたちの距離が縮まり、クラソートキンが立ち上がって船は揺れ、わたしは船端を虚（むな）しく押さえる。黒衣の男が指先を振る。逞（たくま）しい体つきの屍者が凍るような水に踏み込み、わたしたちの船の舳（じく）を摑（つか）み、半壊した桟橋へと導いていく。

「コーチャ」

カラマーゾフは、クラソートキンの親称を呼ぶ。

「アリョーシャ」

クラソートキンは、カラマーゾフを親称で呼ぶ。

わたしたちは、カラマーゾフの王国へ入る。

暗いランプを手にしたカラマーゾフが先導し、崖の内部に刳（えぐ）られた階段を上る。

「普段は灯りが要らないのでね」

カラマーゾフが静かに告げ、幽霊のように足音もなく角を曲がる。屍者たちと共に暮らすただ一人の生者はわたしたちの登場に微塵（みじん）も驚いた様子を見せない。ごくやわらかな物腰で、踊り場に現れた扉を静かに押し開ける。扉の向こうには、岸壁を刳（く）りぬいた窓を備えた部屋が広がる。排気をどう工夫しているのか、壁には暖炉が作られている。簡素な調度と書物の山と書き付けの束（たば）。修道院の僧坊じみているなとわたしは思うが、壁には聖画（イコン）をはずしたらしい跡（あと）が四角く白く並んで残る。棚代わりの壁の窪（くぼ）みにラピスラズリの原石がぽつりぽつりと収められている。六脚の椅子（いす）を備えた卓（テーブル）が部屋の半分を埋めている。

「実際、僧坊だったのかも知れません。プレスター・ジョンの王国はキリスト教国でしたからね」

あくまで穏やかにカラマーゾフは掌（てのひら）で椅子を示した。

「ワトソン。ジョン・ワトソン」

「アレクセイ・カラマーゾフ」

わたしたちは見つめ合う。澄んだ瞳（ひとみ）がわたしの裡（うち）を覗（のぞ）き込む。目に狂信の光は見えず、頬（ほお）がこけてはいるものの疲労の色も特には見えない。学究僧に特有な感情を抑えた静かな目がわたしを迎える。

「間に合ってくれてよかった」

カラマーゾフが誰にということもなくぽつりと呟（つぶや）くのと同時に、扉に重いノックが響く。どうぞ、とカラマーゾフが促すと、ゆっくりと扉が開いて屍者が一体現れる。ぎくしゃくと動き、定位置とばかり空（あ）いた椅子の一つに座る。わたしたちの存在は無視したままで、窓の外をぼんやり眺める。彩度の低い冬の陽光が血の気のない顔を照らし出す。その動きが新型の屍者のものであることをわたしは認める。

「わたしの兄、ドミートリイ・カラマーゾフです」

わたしは傍らのクラソートキンに素早く目を走らせる。ドミートリイは死んではいないと断言したのはクラソートキンだ。クラソートキンは動揺する素振りも見せずに、

「ご壮健で何よりです」

「君の方こそ」

アレクセイはひどく穏やかに微笑んでいる。

「君たちがここへやってきたということは、官房第三部もついに腹を決めたということかな」

「やむをえない仕儀だとフョードロフ師も。元よりこんなやり方には反対されていましたが。もっと穏当な決着をお望みでした」

「それはもういい」

アレクセイは学生に対する教師のように威厳をもって会話を断ち切るが、口元には寂しい笑みが浮かんでいる。わたしはこの男にぶつけるべき問いを喪失していることに不意に気がつく。わたしはただ舞台に上げられただけの存在だという念が押し寄せる。わたしは自分の口が勝手に喋り出すのを聞いている。

「『屍者の王国』」

「ええ」

アレクセイは瞑目(めいもく)してみせ、右手を持ち上げ先を促す。わたしの口は間抜けな問いを発するばかりだ。

「大英帝国は今回の事態を重く見ています。あなたの目的をお聞かせ願いたい」

「目的は、こうしてあなたと話すことでした」

「正規の外交ルートを通じて伝達して頂ければよいのに」

「それができればよかったのですが。物語とは厄介なものです。ただ物語られるだけでは足りない。適した場所と適したときに、適した聞き手が必要なのです。御足労頂いたことには感謝しています。さてどこからお話ししたものか――」

「ドミートリイ氏を屍者化したのはあなたですか」

「屍者」とアレクセイは繰り返す。ドミートリイの顔を見つめて、『新型の屍者』を率いて軍を離れる。それも一つの役割でした。わたしに手の届く限りの技術要件の記された書類の大半は廃棄しました。そちらは」

問いかけられたクラソートキンは一つ頷き、

「モスクワの『ノート』については、師が適切な手を打たれました。これで国内は当面抑えられます。星の智慧(ちえ)派とは交渉の余地があります。拡大派を止めることは困難です。彼らは妄信的な集団です。ただし内通者は確保しました。あなたの指摘した通り――」

アレクセイは微かに指を動かして、クラソートキンはわたしたちの存在を改めて思い出したように台詞(せりふ)を止める。

アレクセイは俯(うつむ)いたクラソートキンの言葉をひたすら静かに待ち続ける。

「また、『写本』が日本政府の手に渡ったようです。新興国ということで警戒が緩みました。榎本(エノモト)という大使が持ち出したという有力な証拠が見つかっています」

「――そちらは、わたしたちではどうにもなりませんね」

アレクセイはゆっくり頷き、思わせぶりにわたしへ向き直る。

「先程の問いへの答えがまだですが」

置いてきぼりの会話に苛(いら)つくわたしは、屍者化されたドミートリィ氏を示しつつ問う。

それは、とアレクセイは謎めいた微笑みを浮かべつつ言う。

「その件は明日になればはっきりします」

「まどろっこしい話は苦手でね。ちゃっちゃと行こうぜ」

早くも退屈したらしいバーナビーが割り込み、クラソートキンが非難の目を向けるのを、アレクセイは手で抑える。

「とても入り組んだ話なのです。発端がどこにあるのかわからないほどに。その気になればこの世のはじまりから、アダムから話をはじめられるくらいです。しかしやはり――『ザ・ワン』からはじめるのが適切でしょう」

Ⅷ

ザ・ワン――。

前世紀も終わりを迎えるその時期に、その存在は生を受けた。

インゴルシュタットの研究室で目覚めたその存在は、名前を持たない。

フランケンシュタインの怪物（クリーチャ）、あるいはザ・ワンと呼ばれ、知られることになる。のちには「フランケンシュタイン」の名の方が、その存在を指すに至る。

この生命を生み出した孤高の天才、ヴィクター・フランケンシュタインは、自らの創造物の醜悪さに恐慌をきたして逃亡し、オリジナル・クリーチャ、ザ・ワンは手近のものを身に着けて流浪（るろう）の旅を開始する。やがて言葉を覚え読み書きを習得したクリーチャは、身にまとったコートから一つの研究ノートを発見する。そこに記されたフランケンシュタインの名。

承諾もなしに自分を生み出し、身勝手に自分を捨て去った造物主への怒りを胸に、ザ・ワンはヴィクターの追跡へ向かう。彼が自分にとっての神であるヴィクターに要求するのは、伴侶（はんりょ）の創造。一度はそれを受け入れたヴィクターだが、完成の直前に至り意を翻（ひるがえ）し、クリーチャへの嫌悪を露（あら）わにする。

伴侶をえて穏やかな隠遁（いんとん）生活を送るというささやかな望みを絶たれたザ・ワンはヴィクターへの復讐（ふくしゅう）を決意、ヴィクターの花嫁を殺害して姿を消す。追う者と追われる者の立場を入れ替えた両者は、ユーラシア大陸全土を巡る追跡行の末、北極へ至る。

極寒の地の氷の上で、北極探検隊員ロバート・ウォルトンに保護されたヴィクターは、それまでの経緯を語り終え、力尽きて息を引き取る。船中へと潜入しその亡骸（なきがら）を目にしたザ・ワンは、己が世界が不完全な神と共に終焉（しゅうえん）を迎えたことを悟り、一人我が身を火葬するため、凍（い）てつく北極へと姿を消す。

インゴルシュタットに残された研究資料はバヴァリア当局によって接収され、屍者の研究資料として広く利用されることになる。その名をフランケンシュタイン文献群。

子供向けの教科書にだって載っているおとぎ話だ。

「ザ・ワン」

わたしは疑問符を伴いながら、間抜けにその名を繰り返している。物語の世界の扉がまた一枚、この世へ向けて開け放たれる音がわたしの頭の中に響く。

「不思議に思われたことはありませんか」

アレクセイの口調は穏やかだ。

「わたしたちの知るクリーチャは、ザ・ワンとはまるで異なっている。お国の『ストランド・マガジン』あたりが書きたてている怪奇ものでは見るもおぞましい怪物扱いですが、メアリ・シェリーの残した記録によるならば、彼は見目こそ悪くとも、高い知能を備えていました。紳士とだって呼べるでしょう。現代の屍者とザ・ワンの最大の相違点は、彼が口を利くことです。百年も前の記録ではあり、メアリ・シェリーの創作の部分もあるのでしょうが」

　おとぎ話を現世に引き込もうとするアレクセイに、わたしは型通りの反論を試みる。

「学術的には、メアリ・シェリーの利用したロバート・ウォルトンのノートブック、彼から姉への手紙自体が、シェリーの創作物だとされています。失われた彼のオリジナルの記録には、口を利く聡明なクリーチャなど登場しないし、ヴィクターもあれほど下種(げす)で間抜けな男ではなかっただろうと言われています。あの『物語』が教科書に採用されているのは、国民が屍者の存在を受け入れやすい下地をつくるのに適切なお話だったからです。あの物語の書かれたのが、バイロン卿(きょう)の借りていた別荘なのは御存じでしょう。情報操作の手段にすぎない。ザ・ワンはただの屍者だった」

「あるのですよ」

　アレクセイの口調は穏やかだ。

「何がです」

「メアリ・シェリーが利用したロバート・ウォルトンのオリジナルの記録がね。そこには、口を利き、自らの意思を持った屍者が記されている。その記録からメアリ・シェリーが創作したのは、ザ・ワンの容貌の醜悪さや、ヴィクターの研究内容や人格くらいのものなのです」

「偽物(にせもの)でしょう」

「そういうこともあるかも知れません」

反射的なわたしの決めつけに、アレクセイは素直(すなお)に引く。わたしを裏切り、なるほどと頷(うなず)くのはバーナビーだ。

「俺も昔から奇妙に思ってはいた。あれはやっぱり、そういう話なんだな。メアリ・シェリーの父親はウィリアム・ゴドウィン。マルサスに『人口論』を着想させた、今はやりの社会的無政府主義者のはしりだ。モリスやマルクスの手合いだろう。唯々諾々(いいだくだく)と為政者のためにパンフレットを書くような手合いじゃない。読む方法を知っている者には真実を現す話というわけだ」

クラソートキンが横で頷く。

ザ・ワンが生まれてからほぼ百年。

クリーチャの量産に原理的な目処(めど)がついて三十年。

クリミアで本格的な軍事利用が開始されてから二十年。

コクチャ川遡上(そじょう)の途中で出会った老人は語る。

〝四十年ほど前に、大柄な男に率いられた屍者の一団がこの地へ入植した〟

副王リットンは語る。

〝二十年前、トランシルヴァニアに屍者の王国を築こうとした一団があった〟

それはつまり――どういうことだ。

呪われたプロメテウス、狂気の天才屍者学者ヴィクター・フランケンシュタイン。呪われたアダム、ザ・ワン。謎の女ハダリーは言う。〝アダムにお気をつけなさい〟。

わたしの思考が頭蓋の内で一巡するのを見届けて、アレクセイが再び口を開く。

「今のわたしたちの屍者技術が、『フランケンシュタイン文献群』の研究に基づくことは御存じでしょう。インゴルシュタットの研究室と、ヴィクターがクリーチャの花嫁を九分通り完成させた英国オークニー諸島の研究室。この二つから押収された文献がフランケンシュタイン文献群と呼ばれるものです。その技術は七十年をかけた研鑽ののち、現代の屍者技術として花開いた。しかしその資料からでは、百年に及ぼうとする継続的な研究によってさえ、ザ・ワンには辿りつけない。しかしザ・ワンは存在していた。いや、存在していたと仮定しましょう。わたしたちがザ・ワンを再現できない理由は何か。単純な推測が成立します」

バーナビーが芝居がかって指を鳴らす。

「ザ・ワンのコートに入っていた研究ノート」

アレクセイはわたしを迎え入れようとするように両手を広げる。わたしは唾を呑み込み覚悟を決めて、おとぎ話の中へ踏み込む。

「その手記は失われたはずです。ザ・ワンは北極に消えた。遺体は発見されていない」

シベリアに流刑となったカラマーゾフ。流刑に偽装されたその使命は――。

アレクセイは、つと目を逸らす。

「流刑地にいる囚人たちの一部は政治犯です。これは本質的に更生させることもできないし、高い教育を受けている分、騒ぎの種（たね）になりがちです。シベリアの荒地で行われるのは所詮（しょせん）、単純作業にすぎない。才能の無駄遣いというものですが、囚人たちは使いようのない道具です。切れすぎる刃物のように扱いにくい。もっとも、ドミートリイは冤罪（えんざい）でしたし、政治犯でもありませんでしたが」

「手記を見つけた」

尋ねるわたしに、アレクセイは否定や肯定の素振（そぶ）りは見せず、

「ザ・ワン生誕当時のインゴルシュタットの状況は入り組んでいます。バヴァリア当局もフランケンシュタイン文献群の全てを引き上げられたわけではない。そもそもおかしいとは思いませんか。いかな天才とはいえ、ヴィクター・フランケンシュタインが一人で新たな生命の創造を行えたなどということは。その後の百年、どれほどの数の優秀な研究者たちが、クリーチャの研究に取り組んできたか。天才と呼ぶにも度を越している」

「――協力者がいた」

「インゴルシュタットには当時、アダム・ヴァイスハオプトの主宰する魔術結社がありました。今ではバヴァリア啓明結社（イルミナティ）と呼ばれていますが。『人類の倫理的完成可能説（ペルフェクティビリスムス）』を唱えた一団ですよ。この結社は、ザ・ワン誕生と時を同じくして解散する。散逸した資料を長い年月をかけ収集したのが、我が師、ニコライ・フョードロフです」

アレクセイの横顔が回り、わたしを過ぎてドミートリイへ向けられる。沈黙の降りた部屋の

中でアレクセイが音節を区切りつつ言う。

「わたしが極圏のサンニコフ島で発見したのは、コートとポケットの中身だけです」

「あなたがこの地を潜伏先に選んだのも――」

わたしは問い、カラマーゾフがあとを引き取る。

「ザ・ワンの足跡を追いかける。それも理由の一つでした」

岩窟を見回し、大きく一つ息をつき、

「長く続いた探究も、そろそろ終わりに近づいています」


ニコライ・フョードロフ。生年不明。

ルミャンツェフ博物館付属図書館司書。万巻の書物を諳(そら)んじ広範な学識を誇る。物質的な充足を斥(しりぞ)け、書物と祈り、思索の中に沈んで暮らす。わずかの仮眠と簡素な食事で規則正しい生活を送り、己が知識を分け与えるのに何のためらいも持たない人物。アレクセイの師。クラソートキンの師。その威名はロシア知識人の間に轟(とどろ)き、助言を求める者が引きもきらないが、驕(おご)る様子は微塵(みじん)も見えない。

その思想は巨大だ。巨大にすぎて摑(つか)みどころがなく、そんな人物に助言を求めるロシア人とは改めて奇妙な人々だとさえ思えてくる。

アレクセイに導かれて移動した、かつては食堂だったらしき大部屋のテーブルクロスの上に、七枝燭台(しょくだい)を中心として、湯気を上げるサモワールと、小麦粉を練(ね)って焼いたブリンと黒パン、塩漬けの胡瓜（きゅうり）とハム、蜂蜜（はちみつ）入りの鉢が並んだ。

わたしたちは夜を徹して語り合う。茶を注ぎ合い、簡素な食事を分け合いながら。

あまりにも大きすぎて与太話としか聞こえない幻視者の構想に耳を傾け続ける。

唯物主義（マテリアリズム）を奉じる神秘主義者、フョードロフによれば唯物主義には二種類ある。一つは物質の圧倒的にして蒙昧（もうまい）な力に屈する唯物主義。もう一つは物質を、自然や理性さえも統御するための唯物主義だ。その徹底した物質主義は魂の秘密にさえ及ぶ。

ワシリー・カラージンの提案に沿いアラル海で実験中だという人工的な気候制御による環境改良（テラフォーミング）について。アダムの言葉を求める企てについて。そして全父祖の復活計画について。それをも含む、精神圏（ヌースフィア）建設の構想について。

最後の審判において全ての死者が蘇（よみがえ）るなら、かつて存在し、これから先も生まれ続ける全ての死者を復活させる方法が物理的に存在するはずだというのがフョードロフの着想だ。全ての死者の復活においては、それこそ全てが蘇る。姿形だけではなく記憶や思い出までを伴う形で。そんな業（わざ）が可能でなければ、復活の秘儀はありえないのだとフョードロフは主張する。いや、信仰者としての主張は逆転しており、復活の秘儀が存在するが故に、全ての死者は蘇らなければならない。全ての死者がかつてあった姿のままに蘇りうる物理的な過程が存在することにより、信仰は否定の余地なく存在する。

生者の体から飛散し大気中へ逃れる霊素。宇宙へ向けて放散されていく魂たち。その全てを漏（も）らさず集め直すことにより、あらゆる死者は蘇る。記憶の中の存在ではなく、実体をまとった存在として。そんなことが実現可能であるという事実をもって、人類の救いはあるとする。人類には救いが存在する故に、そんな物理過程は「存在しなければならない」。それがフョードロフの誇る思想の中核だ。この世に満ちる全ての魂。かつて生まれ、今生まれ、やがて生まれ出づる全ての魂。宇宙全体へと拡大される人類の魂は、総体としての精神圏を構成し、世界そのものとしての救いをもたらす。

そんな発想をする人物が、屍者に興味を持つのは当然すぎるなりゆきだ。屍者の出現は、フョードロフを歓喜させもし、同時に困惑も持ち込んだ。偽りの魂を書き込まれた屍者は、復活の際に蘇るのか。復活するとしてかつて生者として暮らしたその人物との兼ね合いはどうあるべきか。彼は長い図書館暮らしの間に、秘かに膨大な資料を集め続ける。

インゴルシュタットの、オークニー諸島の、バヴァリア啓明結社の、フランケンシュタイン文献群を独自に整備しはじめる。長大な時間をかけて巨大なアーカイヴを構築していく。バヴァリア啓明結社を遡り、フリーメーソンへ、薔薇十字団へ、カタリ派へ、古代の密儀へ。アダムの記録へ。全てを名付けたアダムの言葉へ。

ザ・ワンの歴史の中で大きく欠けた一つの歯車、ヴィクターの手記。フョードロフの命を受け、彼に心酔する青年がシベリアへ、極地へ派遣される。アレクセイの旅もまた長期に及ぶ。その結果としてもたらされたのが、新型の屍者。ザ・ワンを成立させる技術によって生み出された偽りの復活者としての、新型の屍者。

不幸とも当然とも呼べるなりゆきにより、その技術は当局の興味を引くことになる。編制される新型の屍者の兵団。彼我認識機構に大きな前進を見せ、身体制御を生者の側へ、より不気味の谷の底へ寄せた存在。完全な蘇りではなく、より欺瞞の度合いを増したその技術の封印を、アレクセイたちは試みる。それは長くゆっくりとした歩みとなる。新型の屍兵を一つの戦線へ集結させ、後方の資料を廃棄していく。技術資料には虚偽が書き加えられ、薬剤の分量は書き換えられる。フョードロフたちのサークルは、小さな目立たぬテロリズムを遂行していく。

その試みは成功もするが失敗もする。一度生まれた技術とは、誰かの都合で停止させることのできないものだ。科学は誰の手によっても実行できるが故に科学であり、真理は誰が思いつこうと真理であるから。その技術は不完全な形で流出していく。枢要部を一時的に抑えても、再発見は避けられない。地獄の扉がまた一枚はじけて開く。

技術の発展を停止させることはできない。信仰を欠いた現代科学においては尚更だ。彼らの静かな試みは、敗北を運命づけられた遅滞戦術の様相を呈しはじめる。文書を見出し、物語を改竄し、真理を虚偽へ埋め果てていく。彼らは技術の再発見の前に立ちはだかる。

〝目的は、こうしてあなたと話すことです〟

アレクセイはそう言った。

一つの事件を起こすこと。公表できない技術の存在を、事件を通じて裏で伝える。流出はもう、彼らの手で堰き止め続けることができないから。わたしは自分が光に誘い込まれた蛾にすぎないことを知る。そんな面倒な手順が必要となる理由は一つしかない。公式な秘匿ルートを通じてさえ提供できない情報を、一人の人間としてのエージェントにこうして渡す。

——皇帝直属官房第三部は、少なくともその一部は皇帝への反逆を目論(もくろ)んでいる。国家が最早(もはや)、屍者を管理し切れなくなったと見切りをつけて。

暗さを増す室内のランプの光に浮かぶ、カラマーゾフとクラソートキンの顔。一方はロシア軍を裏切った男。一方は皇帝を裏切ることを決意した男。友人たち。夢想的な社会の革新と人類の救済を説くフョードロフ。

わたしたちは、夜を徹して薄暗い石窟の中で話し続ける。

帝政について、専制について、神学について、科学について、進化論について、古代の秘儀について、人類のはじまりについて、屍者の行く末について。世界について。ザ・ワンの痕跡(こんせき)を追う旅について。

アレクセイがこの地へ辿りついたのは、単に屍者たちと暮らすためだけではなく、四十年前の屍者の集団の入植の調査と、ノストラティック大語族仮説の証拠を求めてのことだという。その二つの結びつきが見出せないわたしへ向けてアレクセイは、

「人間の魂を記すのに適切なのは原初の言葉だと師は考えたのですよ。アッラーの言葉がアラビア語でしか唱えられることを許されないようにね。記述ができなければ、復活を望むこともできない」

「以前の入植を率いたのはザ・ワンだったのですか」

「証拠は見つかりませんでした。噂話(うわさばなし)が残るだけで」アレクセイは静かに首を横に振り、「エデンを掘り出そうとして身を滅ぼした鉱夫のおとぎ話として」

あくまでも落ち着き払ったアレクセイの声が尋ねる。

「死は進化の過程によって生じたと思われますか」

そんな暗い思索に生涯を費やしてきた男がここに存在している。

進化論。ハーバート・スペンサーとアルフレッド・ウォレスの提唱したこの新世紀の学説は、多くの困難をはらんでいる。種がひたすらに変異を続け、生き残ったものが選択される。そんな過程が積み重ねられ、生き物は徐々に変異していく。この過程が人間に適用できるかどうかは、現在も膨大な議論を引き起こしている。

「進化の過程のどこかの場所で、個々人の死が誕生するのが種の生存に有利であったということでしょう」

慎重にそうわたしは答える。進化論はあらゆる事柄に適用できる議論ではない。骨があくまで白いのは白さが種の存続に有利だったからではなく、骨の強度に白さがたまたま伴っただけにすぎない。白さは強度に随伴しただけだ。

死は人間の特権ではない。死の存在はほとんど生き物の定義と言える。死なないものは生き物ではない。屍者と同じくただの自然現象だ。

「では魂は、進化の過程によって生じたと思われますか」

「おそらくは」

わたしの返事は曖昧だ。魂は人間にのみ生じるとする意見は根強い。論拠として持ち出されるのは、やはり屍者の存在だ。人類が人間の屍者化にしか成功していないのは、魂を持つのが人間だけだからという見解への反論は難しい。まだ技術が追いつかないだけだと反論しても、どこか負け惜しみのように響いてしまう。「進化論の番犬（ブルドッグ）」と綽名（あだな）され、この学説を熱烈に支持し続ける急進派のハクスリーでさえ、この議論の前では声を荒らげて手を振り回すのがやっとのところだ。

「全父祖の復活は、人類の滅亡を意味すると思われますか」

カラマーゾフは静かに笑う。死が進化の要請から生まれたならば、全ての死者の復活は、進化に抗する出来事となる。その復活を希求するのは、進化の過程で生じた魂だ。わたしは入り組む思考にからめとられる。進化を破壊するために、進化が生み出した魂なるもの。自らを滅ぼすために活動する巨大な仕組み。あるいはこの創世における臨界点。それがアレクセイ・カラマーゾフのまとう虚無の源なのか。

フョードロフの提唱する、神の光に照らされた人類の究極の姿としての精神圏を追い求めるうち、アレクセイは逆神（デミウルゴス）によって創造された、自壊を運命づけられた偽りの世界を見出したのか。

大規模に急速に再編成されつつある、我らの世紀。

わたしたちは語り続ける。

「あなたたちとお話しできて楽しかった」

夜が白む頃、バーナビーの高鼾（たかいびき）をよそに、アレクセイは白く痩（や）せた手を差し出す。

「コーリャ、あとのことはあなたの自由に任せます」

クラソートキンは目を背け、なぜか返事をしようとしない。

「我々の身体(テーロ)は、我々の事業(デーロ)となる」

アレクセイはクラソートキンに言い聞かせるようにそう読み上げた。

「また明日」

というわたしの挨拶(あいさつ)に、さようなら、とだけ告げてアレクセイはわたしたちを案内した寝室から去る。クラソートキンがその背中を凝視するのを、そのときのわたしは見逃している。

わたしたちがアレクセイ・カラマーゾフの屍体を見出すのは、陽(ひ)も随分昇ってからの出来事になる。

IX

「アレクセイ、アレクセイ・カラマーゾフ」

それは叫びだ。どうやらわたしの叫びらしいと、わたしは頭のどこかで考えている。

甘だるい香りの漂う部屋、昨日わたしたちを最初に導いた私室で、アレクセイは椅子（いす）に深く腰掛けている。天井を向き、大きく開けられた口。頭部に貼（は）りつけられた電極から伸びるコードは、傍（かたわ）らの疑似霊素書込機へ伸びている。

「アレクセイ・カラマーゾフ」

わたしは叫ぶ。

ありえない出来事が、あってはならない出来事がそこで生じる。呼びかけに応（こた）え、椅子の上のカラマーゾフがゆっくりと目を見開いていく。そのまま真っ直ぐ幽世（かくりよ）を見つめる。中途半端な生々しさが物質としての調和を乱す。聖人として生き、死後、腐臭を放ったというゾシマ長老にカラマーゾフが見たものにわたしも直面していることに気がつく。深い彫りの刻まれた顔が滑らかに回り、わたしの方をぼんやり眺め、焦点が合い、霧散していく。

「フライデー。簡易霊素書込機」

わたしは反射的に命じてから、なんのあてもないことに気づく。

「無駄ですよ」

と短く言うのは戸口に姿を現したクラソートキンだ。扉をぶち破ったバーナビーが落ち着いた様子で室内を見回し、カラマーゾフの腕が力なくかかる卓に歩み寄る。下腕の長さほどもある細長い箱を無造作に開け、長い櫛歯(コーム)を持ったオルゴールが現れる。卓上では、アレクセイが首から下げていた青い十字架が紐(ひも)から外され、大きく二つに砕(くだ)かれている。蓋の動きをきっかけに、わずかに残っていたらしい発条(ゼンマイ)の矯(た)めがほどかれ、オルゴールの円筒(シリンダー)に並んだピンが、最後の溜息(ためいき)のように櫛(くし)をつま弾(び)く。二つのL字型に分割された十字架が微(かす)かに揺れたような気がした。バーナビーはあたりの空気を嗅(か)ぎ回したのち鼻を鳴らして、

「阿片(あへん)か」

と言う。

「中毒というわけではなさそうだが」

バーナビーは靴先でサモワールの化け物じみた疑似霊素書込機のコードを蹴(け)りつつ、戸口で冷笑を浮かべて佇(たたず)むクラソートキンへ向き直る。

「知っていたな」

クラソートキンは肩をすくめる。知っていたな、とバーナビーは繰り返す。

「所定の手順です」クラソートキンは胸の前で正教式に十字を切る。「これでわたしの、あなたたちに対する任務は終了しました」

わたしの背骨を悪寒（おかん）が駆け上る。昨晩まで、ほんの今朝まで活発な議論を交わした相手が今こうして死んでおり、死に続けている。何故（なぜ）だ、と問いが喉（のど）まで上がり、口を過ぎて脳天を突き、炸裂（さくれつ）する。実際に屍者となっていたカラマーゾフの兄、ドミートリイ。彼が屍者化されたことが、アレクセイ・カラマーゾフの叛乱（はんらん）の原因ではないかというわたしの推論は、クラソートキンによって否定され、アレクセイにはぐらかされた。クラソートキンは言ったのだ。ドミートリイは生きています。いや、違う。フライデーの記録の助けを借りるまでもない。クラソートキンはこう言ったのだ。

〝ドミートリイは死んでいません〟

これは、屍者は死んでいるわけではないというただの言葉遊びではないのだ。わたしの頭の中で掛け金が朽ち落ち、床の上で跳ね返る。フランケンシュタイン三原則。
一、生者と区別のつかない屍者の製造はこれを禁じる。
二、生者の能力を超えた屍者の製造はこれを禁じる。
三、生者への霊素の書き込みはこれを禁じる。

「生者への霊素の書き込みはこれを禁じる」

第三条項を口の中で噛みしめるわたしを、クラソートキンは無視したままだ。皇帝直属官房第三部が、帝国の意思に背いて宿敵たるウォルシンガムに伝達しなければならなかった事柄。フョードロフたちが封じようと試みて、封じ切れなくなった技術。こんな方法でしか伝達できない物語。新型の屍者。アレクセイ・カラマーゾフの絶望の淵。わたしの口が勝手に動く。

「これが」

クラソートキンが深く頷き、あとを引き取る。

「グローバル・エントレインメントの機密です」

セワードがコペンハーゲンの同僚から聞いたという新型の制御。

国家によるフランケンシュタイン三原則違反。そんなものなど、公式ルートで公表することも、非公式のルートで伝達することもできはしない。硬直した官僚制と医学者のエゴがもたらした存在。感情を欠いたクラソートキンの声が語り出す。

「最初の実験体は、シベリアの流刑地で生み出されました。知能を保持したままで屍者化を行う実験としてね。別にこの試みは、アリョーシャの発見した『手記』のもたらした技術に発したものではありませんでした。ごく通常の技術開発として進められていたものです。お国でもその種の研究には着手しているはずです。勿論『手記』は飛躍的な改善をもたらしました」

世界中の地下室で今も行われ続けているはずの屍者実験。暗い噂は引きも切らない。

「誰が何を知っていたのか、今となっては不明です。詳細が知られる前に、上書きされた生者たちは新型の屍者として流通をはじめていた。功績を焦(あせ)った開発部の先走りなのか、誰かの独断専行なのか明らかになる日はこないでしょう。『手記』を確保し直したのちのアリョーシャは、新型の屍者の流通を知りその調査に従事します。ドミートリイを発見したのは、そう——不幸でした」

生者への霊素の書き込み。流刑地で死を上書きされた兄を発見するカラマーゾフ。その革新を可能としたのは、自分の発見した「文書」、「ヴィクターの手記」だった。ドミートリイは死んでいない——クラソートキンはそう言った。今このカラマーゾフが死んでいるわけでも、かといって純然たる屍者でもないように。

「不幸だと」

詰め寄るわたしに、クラソートキンは冷たく告げる。

「可能なことはいずれ実現されてしまう」

わたしは力なくクラソートキンの襟首(えりくび)を放す。自死した——この場合は何と言えば良いのだろうか、自らに死を上書きしたカラマーゾフは、周囲にとりあう様子を見せない。実際そこに実現されている現象を目の前にして、わたしは愚かなことを口走る。

「しかし、書き込みなんてことができるとは——」

「阿片と、変性音楽か」

バーナビーがオルゴールの櫛をはじきつつ言い、クラソートキンは首肯する。長期にわたる規則正しい歩調が幻覚を引き起こしたりするように、調整された音楽は人を入眠状態に導いたりする。情動は意識の変性だ。変性意識をもたらす音楽と阿片による、混濁した意識のブレンド。わたしは卓から転がり落ちている注射器とアンプルを横目に捉える。アサシン派にたぶらかされた若者のように頭の中のエデンへと導かれた意識は、疑似霊素書込機によって固定される。パンチカードに穿たれた記号によって構成された地獄の中にとらわれ続ける。

バーナビーはクラソートキンに、この旅ではじめて笑みを向けた。

「俺たちに後始末を押しつけるわけだ」

「申し訳ないという気持ちは少し」

クラソートキンはようやく戸惑ったような表情を浮かべ、バーナビーは盛大に鼻を鳴らしてみせた。

「事件収拾の報告がてら、上書きされた屍者の兵団を『証拠品』として率いてペテルスブルクへ戻る。それも筋書にあったということだ。首府に合法的に兵力を入れる手段としてな。屍者の兵を率いて新たな王権を打ち立てる――のは、この数ではまあ無理だろうな。テロリズムによる革命か。硬直した帝政を打倒するために。手段はそうだな、自ら屍爆弾に改造されるといったあたりか。謁見される『証拠品』として大物を自ら吹き飛ばすのが、アレクセイ・カラマーゾフに最後に残った希望だった、と」

クラソートキンは肩をすくめて肯定にかえた。

死を上書きされた生者――。

カイバル峠で解剖した屍者の姿が唐突に脳裏へ浮かび、わたしは喘ぐ。わたしの腕が硬直して震えはじめる。
わたしは――未来を死に上書きされた、無抵抗の屍者を――生者をこの手で殺した。

わたしたちの旅は、こうして終わりに辿りつく。

カラマーゾフの身を清拭したいというクラソートキンに促され、わたしたちは川辺へ降りた。屍者たちの動きが昨日より鈍く見えるのはわたしの内面の問題だろうが、子供の屍者のまわりには、木の実が散らばり、子供の屍者はそれを拾う様子も見せない。

「さてどうするね」

主を失い、船着き場のあたりをさまよい歩く屍者たちにちょっかいを出しながらバーナビーは言う。脚を出してひっかけようとしてみたり、肩を軽く突いたりしている。子供の屍者を抱き上げ、表情を完全に欠いた顔を相手に百面相をしたりしている。

「やめろ」

と言うわたしへ向けて、

「こいつらが少し可哀らしく思えてきたよ」

と言えるバーナビーをうらやましいとは思わない。クラソートキンはカラマーゾフの残した資料を整理するためにこの地にしばらく留まるという。自分の死を告げに来る友人と、国外へと機密を持ち出す敵国の諜報員が現れるのを待つ間も、研究を続けたカラマーゾフ。勤勉さに頭を下げるべきかはわからない。わたしたちに死の上書きを見せつけるまでのその期間だけ、もう少しだけ生き続けるよう説得するのがやっとだったと、クラソートキンは告白した。わたしたちに虚偽の情報を与え積極的に妨害することもできたはずだと問うたわたしに、

「友情とはそういうものではありません」

とクラソートキンは冷たく答えた。この地への案内役として無茶なルートを提案してみせ、あるいは嘘をつかない範囲で具体的な指示を拒む。その程度がクラソートキンに可能な抵抗だったということだろう。

カラマーゾフの残した資料へ権利の一部を主張できる気もしたが、クラソートキンの好きにさせることにした。卓上のオルゴールはバーナビーが握り潰し、そのときだけはクラソートキンも感謝の念を目に浮かべた。わたしが床に転がった注射器とアンプルを踏み潰すのを、バーナビーは見ぬふりをした。

「ザ・ワン」

バーナビーは言い、わたしは頷く。

四十年前、この地に至ったという屍者たちの王。オリジナル・ワン。はじまりのアダム。四十年前といえば、第一次アフガニスタン戦争の時期にあたる。紛争を機にこの地に屍者たちの入植が行われたのはただの偶然だろうか。当時にも、屍者の王国の調査のためにこの地に派遣されたエージェントはいたのだろうか。

「生きていると思うか」

わたしの問いに、バーナビーは子供のように首をひねった。

「屍者の耐用年数はとっくに越えているだろう」

「一般には二十年と言われているけれど、当然使い方にもよる。ただ放っておかれた屍者がどこまで屍者でいられるのかは未知数だ。体は徐々に朽ちて動けなくはなるだろうが。ザ・ワンは規格はずれだ。何が起こるかは予想しようがない」

「まあ、奴をとっちめてもう少し話を聞く必要があるな」

バーナビーは嬉々として肩を回しながら、岩肌に穿たれた窓を見上げながら言う。カラマーゾフの残した資料には、当然ザ・ワンに関する情報が含まれているはずだというのがバーナビーの意見なのだが、わたしはその見込みは薄いと思う。わたしたちの到来が予定されていたものであった以上、引き渡すつもりのない機密資料はとっくに廃棄されているはずだ。

バーナビーが無造作にこちらへ放る何かを受けとり、

「そっちはまかせる」

わたしは気のない風に手を振っておく。紙包みの中にはカラマーゾフの傍らにあった青い十字架の破片が二つ。無数の星がちりばめられた青い石は、その輪郭がわずかに透み通るようにも見える。

カラマーゾフたちが抑え込もうとした、生者への上書き技術。新型屍者の大半はこの地へ集められたが、ボンベイやカイバル峠でみたように、漏れた個体も多数に上る。「ヴィクターの手記」は日本へも流出しているという。

「榎本な。モスクワで会ったことがある」

「そういうことは早く言えよ」

「フランス語で話しかけてきてな。わからないふりをしてやったが、ロシア語がお上手ですね、とかなんとか。バベル以降言葉がこうして分かれているのは不幸な出来事ですね、と言っていたが」

　残された問題は多くある。新型屍者に関する機密の取り扱いに、ザ・ワンの行方（ゆくえ）。フォードロフの提唱する精神圏も決して穏当な構想とは言いがたい。日本へ流出した手記に、何かを掴（つか）んでいるらしいピンカートン。「ヴィクターの手記」をしてなお再現し切れない魂の秘奥。フランケンシュタイン文献群には、まだ欠けた要素があるのだろうか。

　帝政を倒すべく革命へと突き進もうとするクラソートキンはそれら全てを丸投げしてきた。カラマーゾフは自ら死を上書きすることにより、わたしたちに渾身（こんしん）の依頼を投げた。その心に祈りは残っていたのだろうか。

　アッサラーム・アライクム。

「受けるのか」

　とバーナビーが肩の筋肉を盛り上げつつ問う。わたしは曖昧（あいまい）に頷いておく。カラマーゾフの死を直接目にせず、お話として聞いただけだったなら、わたしは一体どうしただろう。ただの物語として報告書に記して終わりにしただろうか。真相を知ってなお、新型の屍者も技術革新の成果として素直（すなお）に受け入れてしまっただろうか。少なくともカラマーゾフはそう考えたのだろう。実際に自分の死を見せつける必要性を彼は感じた。

カラマーゾフはわたしたちに現実を突きつけるために死んだ——と考えるのは傲慢だ。もしかして止めることができたのかもと自問するのと同じに。わたしたちは、フョードロフと皇帝直属官房第三部の叛乱（はんらん）勢力が描いた絵に、たまたま飛び込んだ愚か者であるにすぎない。わたしたちが現れなくとも彼らの計画は進行したはずだし、カラマーゾフの運命も何ら変わるところがなかったはずだ。わたしたちはただの傍観者でしかいられなかった。

愚かな——とても愚かな選択だ。わたしはカラマーゾフの——アリョーシャの選択に敬意を払うつもりはない。そんな資格はわたしにはない。彼に同情することが許されないのも同じ理由からだ。

とりあえずは報告書をまとめるのがわたしの仕事だ。

「そう焦ることもないさ」

バーナビーが大きく一つ伸びをして、心の底から呆（あき）れるわたしの視線の先で、空を呑（の）み込むような大欠伸（おおあくび）をする。

「どうしてそう呑気（のんき）でいられる。この件の収拾を間違えれば世界は混乱に陥るんだぞ。生者への書き込み技術が一般化されたら何が起こるか、誰にも予測なんてできない」

焦んなさんな、とバーナビーはもう一つ欠伸を加え、

「長い目で見れば、俺たちはみんな死んでいるんだぜ」

第二部

「なすべからざることをなす者は、聞くことを欲せざることを聞くべし」

サー・フランシス・ウォルシンガム

I

湿気の多い土の匂いが強く香った。

漢字（カンジ・キャラクター）に溢（あふ）れる東京（トウキョウ）の街を、わたしたちは移動していく。激しく交差を続ける線からできた文字たちが、わたしには理解不能な意味を誇示して、軽い酩酊（めいてい）感を引き起こす。漢字の持つ多様さが、書き記すことのできる事物の数を超えているように思えるせいかも知れない。

一八七九年六月三十日。わたしとフライデーは二人乗りの力車（リキシャ）に揺られて堀沿いを進んでいる。安定の悪い二輪の車を牽（ひ）くのは小柄な生者で、行き交う力車にも屍者（ししゃ）の姿はみかけない。内乱を経て富国強兵へと邁進（まいしん）中の日本では、民生用の屍者はまだまだ高価だ。もっとも、東洋人の童顔と、日本人がわたしたちへ向ける無表情には屍者を彷彿（ほうふつ）とさせるところも多い。

新生日本帝国が近代国家への道を歩みはじめたのは、ほんの十年前のことにすぎない。日本の南端に発した革命勢力が旧政権を打ち倒し、江戸時代（エド・エラ）は明治時代（メイジ・エラ）へと転換した。列強は、二百年の長きにわたった日本の鎖国政策（ナショナル・アイソレーション）を牡蠣殻（かきがら）のようにこじあけた。

フランスに支援を受けた江戸幕府（トクガワ・ショーグネイト）と大英帝国の支援を受けた革命勢力は、盛んに屍者を導入し合って大規模な内乱を引き起こしたが、それも今では過去の話だ。二年前の西南戦争（サツマ・リベリオン）の鎮圧をもって、革命騒ぎの後始末もようやく決着がついたと、英国公使パークスも言う。

「近頃は手ぶらで出歩いても何ということもない」以前サムライに斬（き）られたのだという古い刀傷をみせびらかしつつ、パークスはそう笑って見せ、「ただし屍爆弾には気をつけてくれ」と物騒なことをつけ加える。

「スペクター」

というわたしの問いをパークスは肯定し、

「つい昨年も内務卿（ないむきょう）大久保（オオクボ）利通（トシミチ）が吹き飛ばされたばかりのところでね。政府上層部は緊張している」

「カーブルで身柄を拘束されたシェール・アリからの情報は」

アフガニスタン戦争の経過を思い出しつつ問うわたしにパークスは首を横に振り、

「自分が何を操っているつもりでいたにせよ、シェール・アリは下っ端（したっぱ）にすぎん。スペクターの全貌は未だ不明だ」

脳裏に浮かんだクリミアの亡霊（スペクター）の単語はパークスの前では慎（つつし）んでおく。

一番町（イチバンチョウ）の英国公使館を出た力車は半蔵門（ハンゾウモン）を過ぎ、皇宮（インペリアル・パレス）の堀に沿って南側から回り込む。

突き固められた土の道から埃（ほこり）が舞うが、ロンドンの雑踏に比べれば清潔としかいいようのない長閑（のどか）な道だ。時折姿を見せる小鳥にも警戒感が微塵（みじん）も見えず、これが一国の首都とはとても思えない。ひっそりとした静かな国、というのが横浜（ヨコハマ）の地を踏んだわたしの第一印象で、その感触は今に至るも変わっていない。イングランドの片田舎、ふと人気（ひとけ）の絶えた昼下がりの一瞬が永遠に引き延ばされているようにも思える。

　左手に聳（そび）える皇帝の城は天守閣（キープ）を大きく欠いている。革命戦争による傷跡かとも思ったのだが、皇城は二百年以上にわたり天守を欠いたままだという。二百年と一口で言い、この国の得体の知れなさはこんなところにも存在している。頭のない巨人といった城の姿はこの国の現状を表すようで変におかしい。

　人々の暮らしはインド植民地あたりと比べてもとても素朴で穏やかだ。家具の少ない板小屋に直接マットを敷いて寝るのは中央アジアと同じだが、床（ゆか）に膝（ひざ）を折り畳んで座り、低いテーブルを用いて食事をとる。半裸の子供が道に転がり出てきて、ふと覗（のぞ）いた戸口の奥では御婦人が盥（たらい）で体を拭（ふ）いていたりする。胸を隠す様子も見せずに、不思議な笑みをこちらへ向ける。さすがに皇宮周辺ではそんな光景にでくわすことも少ないが、ほんの二、三の街区を進めばそこはもう古い日本だ。

　微風に流れる柳並木を眺めつつ、揺れる座席に身を沈める。振動は旅の速度につきものだ。ひたすら揺られ続けた記憶と、自分が既に地球を三分の一周している事実は頭で上手（うま）く結びつかない。ボンベイを発し、マレー半島先の島嶼（とうしよ）を縫（ぬ）って上海（シャンハイ）を経て横浜へ。ビーグル号の探検ほどの目には遭わなかったが、波一つないインド洋では海面の発光現象を見かけたりした。

夢幻の海を漂い過ぎ、その名に反し波の荒れ狂う太平洋へ。途中バーナビーが海へ放り込みかけた男は六人。その程度のトラブルはもうわたしの気を引くこともない。

　横浜へは小舟に乗り換えて上陸。この国の表玄関はまだ、大型船への対応さえも終えていない。横浜から新橋（シンバシ）までを鉄道で。この短い路線と、大阪（オオサカ）－神戸（コウベ）、大阪－京都（キョウト）間に敷かれたレールが、現在この国に存在する鉄道網の全貌だ。その運用さえままならず汽車の時間は遅れ放題、鉄道会社の悩みは線路そのものの盗難だといい、日本ではまだ時間の流れがゆるやかだ。

　宮城の周囲には真新しい煉瓦（れんが）壁が目立ち、その色がまた玩具（おもちゃ）の街という印象を強める。東京の中心部は漢字のように四角四面だ。上空から眺め下ろせば大きな赤い漢字の形が現れそうだとふと思う。力車は湿度の高い大気をかきわけながら桜田門（サクラダモン）を過ぎ、日比谷門（ヒビヤモン）の角を左へ曲がる。馬場先門（ババサキモン）を右へと折れて、鍛冶橋（カジバシ）の手前を左へ進んだ先が、内務省警視局東京警視本署、鍛冶橋庁舎だ。

　膝の上で几帳面に経路を書き記していたフライデーがノートを閉じる。

「あんたは何をしているのだ」

　警視局の一室で声を荒らげるわたしの前にあるのは、和装に身を包んだバーナビーの仏頂面に決まっている。身を包むというか包めていない。袖（そで）と丈（たけ）の短い着物を申し訳程度にひっかけ、下半身ではT字形に巻きつけた褌（フンドシ）と呼ばれる白布を剝（む）き出しにした異様すぎる風体だ。

「潜入捜査だ」

バーナビーは恥ずかしげもなくそう答えるが、どう見ても悪目立ちしすぎとしか言いようもない。部屋の隅に控える洋装の警察官へ目をやると、律儀に日本人らしい無表情を守っている。背後のフライデーにも特に感慨はないらしく、いつもと同じくペンをノートに走らせている。呆(あき)れを遥(はる)かに通り越したわたしは力なく問う。

「その恰好(かっこう)で恥ずかしくはないのか」

「下着ではないから恥ずかしくない」

バーナビーは胸を張る。古着屋できちんと労働者風の恰好を見立ててもらったというのがバーナビーの主張だが、明らかにからかわれたに決まっている。それは確かに港湾労働者の中にはそんな装束もみかけはしたが、ちょっと周囲を見渡すだけで担がれたのだとわかりそうなものだ。わたしはこめかみを押さえて深く溜息(ためいき)をつき、

「まあ——あんたが気に入っているならそれでいいが——。で、潜入捜査とやらの首尾は」

「すぐさま捕まったからな。特にない」

何が自慢なのか鼻の穴を大きく広げてますます大きく胸を張る。それはまあそうだろう。身の丈六フィートの大男が尻(しり)の過半を晒(さら)して昼日中に大通りを闊歩(かっぽ)するだけで、充分に風紀紊乱(びんらん)というものだろう。いかに東京に外国人が増えたとはいえ、西洋人はただでも目立つ上にこの恰好だ。

「そんなことはない、この恰好の方が目立たない」

そう誇らしげに報告されても、単に目を逸(そ)らされているだけだろう。猛獣を捕獲してみたも

ののもてあまし、英国公使館に助けを求めた日本帝国警視局に同情の念が湧（わ）いてくる。バーナビーが恰好つけて記したロシア紀行も実態はこんな調子だったのではないかと疑念が浮かぶ。

　背後のドアが静かに開き、付き添いの警察官が勢いよく踵（かかと）を打ちつけ敬礼をする気配が伝わる。ドアを開けた人物は室内の光景に意表をつかれたのか無言のままで、入室してくる様子がない。髭面（ひげづら）の小柄な男は振り返ったわたしをバーナビーとしばし見比べ、わたしを対話の相手と認定して手を差し伸べた。当然だろう。

「川路利良（カワジトシヨシ）。この警視局をとりしきっている」

「ワトソン。ジョン・ワトソン。このたびは同僚がお手数をおかけした。これも機密活動の一環と御理解頂ければありがたい」

　自分でもあまりな言い分だとは思うが、こんな場面を通常の外交手段で取り繕（つくろ）うのは不可能だ。川路はわたしの差し出した身分証（パンチカード）を形だけ受け取ってみせ、確認する様子も見せずに、にこりともせず返して寄越した。

「フランケンシュタイン査察団には最大の便宜（べんぎ）をはかるように通達を受けている。この人物は連れて帰って頂いてよろしい」

　フライデーのノートを覗（のぞ）き込み、川路の返答を確認するわたしの背中で、何故（なぜ）こいつの言うことは素直（すなお）に聞くのかとバーナビーは不満げだが、理由は説明するまでもないだろう。川路利良、大警視。日本帝国における警察組織の構築に尽力している人物だときく。西南戦争では政府軍の一旅団を率い、田原坂（タバルザカ）を通過した反乱軍と自ら死闘を繰り広げた。抜刀隊（バットウタイ）と呼ばれる日本刀を主武装とした生者の白兵隊を組織。斬り込み戦術による屍兵団の殲滅は、英本国でも戦術研究の対象とされたらしい。

「あなたは何も見ていない」

釈放の書類にサインをするわたしの横で、川路が低くバーナビーに宣言し、バーナビーはそっぽを向いて両手を挙げた。


フランケンシュタイン査察団、別名リットン調査団の一員というのが、アフガニスタンからの帰還後数か月のやりとりを経て、ボンベイでわたしたちに与えられた今の身分だ。クラソートキンと同じ手だが、こちらは正規の手続きを経ているところが大きく異なる。

日本帝国の保有する屍兵の数量、品質管理に疑義あり――というのが表向きの派遣理由とされてはいるが、ごく限られた人々はそれが嘘だと知っている。目的は当然「ヴィクターの手記」の隠滅にある。

Mもインド副王リットンも、わたしが報告書に全てを記さなかったのは承知のはずだが、その点に関する譴責は未だ受けていない。

「ロシア帝国の新型屍兵に関する技術要件が日本へ流出の可能性あり」

という漠然とした内容が、わたしの報告書の要旨だ。屍者と生者の区分を取り払いかねない機密技術などというものは、大きな組織の手では扱い切れない。それがバーナビーとわたしの下した結論だった。

結果、言い逃れと煩瑣な手続きに手間どり、ボンベイであてもなく時間を潰す羽目にもなったのだが、この選択は間違っていなかったと今でも思う。そもそもが、ザ・ワンなどというおとぎ話の中の存在が今も現世をうろつき回っているらしいという報告書を上げる勇気はわたしになかった。——たとえ、ヴァン・ヘルシングとセワードがトランシルヴァニアで対面したのが、ザ・ワンその人であり、ザ・ワンの率いるのがクリミアの亡霊であったとして、その実動部隊がスペクターであったとしてもだ。どのみちそんな憶測などは、電信ケーブル伝いに問い合わせできる内容ではない。ウォルシンガムがわたしたちの欺瞞に気づいているのかどうなのかは判断材料が少なすぎ、考えてみても仕方がない。

リットン調査団という名前からもわかるように、わたしたちは形式上、インド副王の指揮下に組み入れられている。

「君たちは本国政府の指揮系統から多少距離を置く必要があるようだ」任命状と委任状を並べて机の上に滑らせながらリットンは笑った。「好きにやってみるがいい」とのことであり、リットンにも思うところはあるらしかったが、決定までにどんな政治的判断と駆け引きがあったかわたしは知らない。

所属の名前は変わっても、顔ぶれは特に変わらない。リットン調査団の構成員は相も変わらずわたしとフライデー、おまけのバーナビーという二人と一体だけである。心細い編制なのだが、これ以上秘密を拡散させる必要性をわたしたちは認めなかった。

鍛冶橋庁舎をあとにして新橋までの道を肩を並べて歩きつつ、改めてバーナビーに訊いてみる。

「それで一体、何を見つけた」

大した距離ではないからと徒歩を選択してみたものの、通りすぎる人々がバーナビーに目をとめ、そそくさと歩み去る姿を目にし、わたしは自分の迂闊に気づく。これを目立たないと認識できるバーナビーの頭は一度開いて天日に晒した方が良いだろう。まだ治せる部位があるとしてだが。

「子供たちから屍者の噂を耳にしてな」

わたしの問いにバーナビーはひどく悠長な返事を寄越す。子供からの聞き取り調査なんてものをしているあんたは博物学者かと訊き返しかけ気を取り直す。要するにバーナビーは暇なのだ。子供から言葉を学ぼうとしてみるくらいに。

屍者なんて別に珍しくもない、と目を向けたわたしに、

「鍛冶橋の監獄所に、喋る幽霊が出るんだとさ。実見するところまではいかなかった」

「口を利く屍者――。どうしてそれが屍者だとわかった」

「知らんよ。子供たちの間の噂だ。調べようとしたところだと言っただろう」

「――『手記』か」

「かも知らんな」

まるで生者のように思考し、口を利き、学習するオリジナル・クリーチャ、ザ・ワン。その秘密の記されているという「ヴィクターの手記」。日本政府は屍者の発声を可能とするまで解

読を進めることができたのだろうか。ロシアの技術者に実現できなかった事柄がこの新興国に可能だとはにわかに信じることができない。それよりは、子供の噂自体が表面上はのどやかにすぎる日本で暇を持て余すバーナビーの作り話という可能性の方が高そうだ。

几帳面に四角く切られた街区を抜けて、次々と姿を見せる橋を渡る。東京は水の都市である。並んで浮かぶ小舟には網を打つ漁師の姿が見え、暴れる小魚の鱗がきらめく。帝都と言ってもこの街はまだ、本格的な工業化の荒波を受けてはいない。泥臭いテムズ川を思い出しつつ大きく息を吸い込むわたしの鼻が、微かに潮の香りを捉える。唐突に視界が開け、道の先へ新橋の停車場が姿を現す。広場の真ん中に小さく据えられたH形の駅舎は、わたしたち外人と同じく、風景に溶け込み切れず所在なさげだ。停車場を過ぎると、そこはもう東京湾になる。海に臨んで広がるのは浜離宮と呼ばれる皇帝の庭だ。ほんの公園ほどの地所を堀で囲み、林の中に東屋や欧州風の建築物を並べた場所である。

浜離宮、延遼館は迎賓館としての役割と、テロリズムにより焼失した外務省の機能を兼ねている。なんとも急場しのぎといえるが、財政的に逼迫する新興国の苦衷の策というものだろう。横浜の居留地と並ぶ外国人の隔離場所といった気配も強い。

仮装のようにエキゾチックな革鎧をまとった屍兵の守る馬小屋の入口じみた門を過ぎ、玉砂利敷きの道を曲がると、正面に延遼館が現れる。堂々とした洋館なのだが、様式はどうも混淆しており、何風だとも言いがたい。制式モスクワ機関に特徴的な動きで敬礼を寄越す門衛へ手を振り、ロビーへ入る。日本における屍者たちの駆動機関は、戦乱を経た国らしく英国製やロシア製、フランス製が入り乱れており、ちょっとした旧式屍兵博覧会の趣(おもむき)がある。階段で結ばれた回り廊下の向こうからビリヤードボールの衝突音が聞こえるのは、どこかの国の駐在員が暇を潰しているのだろう。迎賓を目的に造られた建物ということだが、あえてセキュリティと呼ぶほどのものは見当たらない。テロ集団を国内に抱えるにしては呑気(のんき)なものだが、この国には隠密接敵(ストーキング)を専門とする姿の見えない警備部隊が存在すると、パークスなどには脅された。

明治政府との交渉は既にひと月を超え、わたしたちの使命は一応のところ終了している。政府高官と密談を持ち、榎本(エノモト)がモスクワから持ち出したという技術資料の破棄を要請した。何の芸もない正攻法だが、他の方法もないのだから仕方がなかった。どうしようと目立ってしまう人間が、勝手を知らない未開の国で採れる手段はそう多くない。パークスは細かな交渉には向かない性質に見え、秘密の共有にも向いていない。リットン調査団の肩書は正攻法のために用意されたものでもある。

幸か不幸か、日本政府自体は「ヴィクターの手記」の内容については知らないらしいというのが、煩瑣を極める形式的な手続きと、何周かして元の地点へ戻ってしまうほどの遠まわしな探り合いを続けたわたしたちの感触だ。手記を持ち出した日本国内の勢力としても、大っぴらに公表できるものではなかったというところらしい。

明治政府は最終的に書類の破棄を決定したが、これは無論、バーナビーの筋肉の形をとった恫喝(どうかつ)を恐れたわけではなく、我々の背後に控える大英帝国軍と経済力と技術力、通信網の威力を秤(はかり)にかけた結果と言えた。

「文書の破棄は終了した」
というそっけない一文が公使館宛てに届き、わたしたちの使命は完了——するわけもなかった。

当然日本政府としても、そんな言い抜けが通じると考えるほど素人ではなく、階段を上った先の扉を開けると、そこには二人の男が待ち構えている。

わたしとフライデー、その他一名の姿を見て立ち上がるのは、外務卿寺島宗則（テラジマムネノリ）。この一か月、わたしたちと日本政府の交渉役として奔走している。元々は技術畑の人間であるといい、革命以前の薩摩と英国の武力衝突時に英国側の捕虜になった経歴を持ち、英語も喋る。まだ旧政府の時代から電信技術に興味を示し、薩摩の城に電信ケーブルを張ったりしていたという進歩派だ。尻をからげた姿で靴を履（は）くバーナビーの出で立ちを穏やかな笑みで流してしまえる人物でもある。傍（かたわ）らの男は瞬時表情の選択に迷ったらしいが、こちらは笑いを嚙（か）み殺し、

「山澤静吾（ヤマザワセイゴ）」

そう名乗りつつ歩み出る。

「大英帝国には露土戦争でお世話になりました」山澤の発言にわたしは軽く眉（まゆ）を上げ、先を促す。「フランス駐在中に、派遣武官としてロシア側からプレブナ要塞の攻略戦を実見しました」

「大英帝国がプレブナに進出したという事実はありませんが」

あからさまに惚（とぼ）けるわたしに、

「そういうことにしておきますか」

と山澤はあっさり引いた。寺島がわたしへ椅子を勧めて着席し、山澤は寺島の後ろに直立して侍す。フライデーがノートを広げインクとペンを並べるのを待ち、こうして四人と一体が揃う。場を一睨みし口火を切るのは寺島だ。

「これまでの会談で、基本的な合意はなされたものと理解しています。わたしたちは盗品の『文書』を破棄し、英国政府はその見返りに最新の屍者技術について技術提供を優先的に行う。日本政府は、人類にはまだ扱いがたい、〝哲学がらみの人道的にあやうい技術〟を捨てて、富国強兵を進めるための実用的な技術を受け取る。わたしの権限の及ぶ範囲で『文書』は既に破棄しました。これについては信用して頂くしかない」

日本政府はそもそも「文書」自体を保有していないのでは、とわたしたちは睨んでいる。そのあたり、既に寺島は何かのサインを出しているのかも知れないのだが、文化の違いはボディランゲージや意図的な齟齬を用いた繊細な伝達を阻んでしまう。

「榎本を出してもらわん限り信用できんね」

バーナビーが不遜に告げ、寺島は落ち着いた苦笑を返す。

「力不足を晒すようで気が引けますが、榎本は元々旧政府側の人物で、わたしたちからはなかなか手が出しにくい。先年の内乱や最近のテロ事件のこともありますし、今は政府内をいたずらに騒がせたくない状況でしてね」

ただ通りすぎる人間として厄介な国内事情の細部にまで首を突っ込みたくはないのだが、ここ十年の日本の状況は入り組んでいる。革命勢力の中核をなした薩摩藩は、そのまま新政府の中枢を占めたわけだが、先年の西南戦争はまさにその薩摩藩の不満分子により引き起こされた。同郷人同士が身内を屍者化しながら戦われた内戦が、政府内に深い傷を残しただろうことは、余所者(よそもの)にも理解ができる。そうしてまた榎本は、革命戦争末期に、北海道(ホツカイドウ)と呼ばれる日本の果てで五稜郭(ゴリヨウカク)要塞に立てこもり、新たな国家を建設しようとした人物だという。わたしたちとしてもそんな人物を無駄に刺激して、新たな屍者の王国を辺土に築くなどという野望を抱かれては堪らない。

「そんなことを今更伝えに、この会合を設定されたわけではないはずです」

わたしの問いに寺島は頷(うなず)き、

「大里化学(オオサト・ケミストリー)」

と短く告げる。露骨にわたしたちから顔を背けて、

「大里化学は、旧政府系の屍者技術の開発施設を母体とする株式会社です。国産屍者の研究開発を専らとしており、そう、お国でいう民間軍事企業(PMC)の研究開発部のようなものと考えて頂ければ良い。榎本がロシアから持ち帰った技術資料のうち、わたしたちの手を逃れたものは、ここに秘匿されているとみてよいでしょう。内務省も内偵を進めていますが、守りは堅い。革命期とは違って、問答無用で斬り込むわけにもいかないのでね」

どこまで冗談と考えてよいのか判断に悩む内容を穏やかな口調でなめらかに言う。山澤が寺島のあとを引き取り、

「これは完全に可能性の話ですが、もし不逞(ふてい)の西洋人が大里化学から当該文書を盗み出すとい

う事態が生じたとして、まず彼らには、不平等条約の結果としての領事裁判権がありますから、日本の法では裁くことができません。もっとも、日本政府は既に内密ながら『当該文書は既に国内に存在しない』との見解を持っていますから、当該文書を盗み出すことなどできないわけですが」

バーナビーは鼻を鳴らして、

「大里化学には既に『文書』の破棄を命じたのかね」

山澤はちらと横目を投げて、

「勿論(もちろん)、通達は出していますが、万に一つ、通達が書類の山に紛(まぎ)れてしまうこともありえます。これもありえない想定ですが、大里化学が政府の方針に反しているなら、通達は、これから押し込み強盗が向かうという警告に近いものになるでしょう。勿論、政府には国内企業を統制し、守る義務がありますから、万に一つも通達が届いていないということはありえませんが」

「正論だな」

と生真面目に答えるバーナビーは久々に全力で暴れ回ることのできる場を見つけて楽しそうだ。

要するに日本政府は、我々に「文書」の回収を任せることにしたらしい。「既に破棄されている」文書を盗むことはできないし、わたしたちが不手際により日本側に拘束されたとしても裁判権は領事にあり、日本政府としては不本意ながら、被疑者を――わたしたちのことだが――英国側に引き渡さざるをえず、新兵器の開発により再起を狙うとかどうとかしている旧政府側の勢力は、現政府を非難することはできても、政府を犯人と名指すことはできず、自分たちの間抜けさを悔やむしかない。

寺島がわたしへ視線を戻す。

「お役に立てず申し訳ない」

「いえ、お立場は理解できます」

「ただ、このまま手ぶらでお引き取り願うというのも心苦しい。今の日本は良い季節です。遊山がてらの散策に案内人を提供しましょう」

山澤静吾が一歩を踏み出し、腰の刀に手を添え一礼した。

II

大里化学の瀟洒なロビーが、噎せかえるような血と汚物の臭気に満たされている。

壁面に走る直線は鮮血を滴らせ、市松模様に組み合わされた大理石の床には臓物を溢れさせた死体が三つ転がっている。瓦斯灯にちろちろと揺れるホールの向こうには屍者の警備が二体、こちらに注意を払う様子も見せずに揺らめきながら佇んでいる。

ホール中央の血だまりに仁王立ちしたバーナビーが頭を振り、爪先で死体の一つを仰向けにする。驚きに見開かれたままの目が天井を真っ直ぐ見上げる。半開きになった口から、あくまで赤い血が一筋流れた。生者の死体。そういえば人は、屍者になどならなくとも死ねるのだったと、わたしは当然のことを思い出す。旅の間に随分死体を見てきたが、割合では屍者の死体が圧倒的だ。改めて間近で見る生者の死体を、むしろ蘇りなどより新奇なものと感じていることにわたしは驚く。

「何だこれは」

バーナビーが気を抜かれたように言う。奥へと続く通路を守る屍者の警備二体の手にする刀の先には血だまりがあり、刃は血に汚れて鈍く光る。床には引きずられた血で争いの跡が舞踏譜のように残されており、足跡は屍者二体へつながっている。

「仲間割れかね」

バーナビーの問いかけに屍者たちは無論応(こた)えない。

偽装用に用意した「ウェイクフィールド・ケミストリー主任研究員」の肩書は大里化学の正面扉を開けた時点で無用となった。そこでは既に惨劇が展開され終わっていたからだ。絶句するわたしたちを残してバーナビーは無造作にホールへ踏み込み、顔をしばし見合わせたわたしたちもあとに続いた。

「さてどうするね」

と珍しくバーナビーがわたしの判断を待つ。どうせごたごたを処理することになるのはわたしなのだから、それくらいの選択権は認めるということらしい。そいつはつまり、バーナビーの内なる獣(けもの)が、ただ暴れ回ればすむという話ではないと判断したということになる。

「露払いというわけですかな」

わたしの問いに山澤は静かに首を振り、自分も当惑しているのだと示そうとする。踏み込む先の障害物を先回りして排除しておくのが日本式の歓迎の流儀かとも思ったのだが異なるらしい。

「外務省は実戦部隊を持っていません」
山澤はそう言うものの、政府高官が皆、革命戦争の戦士だった国ではそんな区別の意味はない。状況からして、日本政府内の権力闘争の道具にされている公算が大きいが、それよりも馬鹿にされている気分が先に立つ。罠の存在は明らかなのだが、罠自体が真面目さを大きく欠いている。これみよがしに奇妙な状況を見せつけるのは、挑戦なのか謎かけか。謎かけというより、なぞなぞという方が近いだろう。屍者へとつながる足跡に何かのトリックを疑ってみるが、実際の死体の前ではただの思考遊びにすぎない。

これが英国領であったならわたしの行動は違ったはずだ。どう考えても一度出直すべき場面なのだが、この地にあってわたしたちにとれる手段は多くない。どこを歩いても目立ちまくる諜報員など、浜へ打ち上げられた魚と同じで、派手に暴れる以外にはない。

「——招待を受けるとしよう」
わたしが台詞を終えるのを待たず、バーナビーは奥へと大きく歩を踏み出し、屍者たちが焦点の合わぬ視線を上げる。
山澤が腰の刀を抜き放つ。

山澤に背後を任せ、フライデーを伴ったわたしはバーナビーのあとを追う。道案内はバーナビーの手にかかり点々と倒れ伏す屍者たちだ。半開きの扉の向こうには生者の死体もぽつぽつ覗く。いずれも逃げる途中に刀の一撃を食らったらしく、室内は激しく乱れているようだ。ロビーの男たちと同じ状態らしい。

大里化学に残されたのは、動く屍者と死んだ生者であるらしい。ごくごく素直に考えるなら、わたしたちの先回りをする人物は、屍者へと命令を下す権限を持つということになる。わたしたちの襲撃を察知した大里化学の人間が証拠を隠滅したにしては手段があまりに荒っぽい。警備が軍払下げの屍者であるなら、命令のための符牒が更新されずにいた可能性が存在するが、その場合、わたしたちの相手はこの国の軍だということになる。

バーナビーの歩みには迷う素振りも見えないが、大里化学は大きくこそあれごく平凡な煉瓦造りの建築物で、そもそも迷う要素があまりない。探索の面白味には欠けるが、建築物の中に迷路のような通路をつくるユニヴァーサル貿易の方がおかしいのであり、まず研究施設というものに隠し扉や秘密の地下室などは必要ない。日常業務が面倒になるだけだし、秘密の施設などというものは、存在を知られ侵入を許した時点で秘密ではなくなる。屍爆弾数体で建築物を迷路ごと吹き飛ばしてしまえる時代にわたしたちは生きている。山奥に秘密の施設をつくるにも資材の搬入は必要だし、人員を維持するための物資も要る。秘密の隠蔽には想像以上のコストがかかる。この新興国の実験施設にそこまでを要求するのも酷な話だ。

廊下から覗く室内には素朴な実験設備が並ぶ。ロンドン大学の備品並の質素さであり、実用主義といえば聞こえがよいが、単に予算の関係だろう。旧式の余剰在庫を売りつけられるのは、新興国の宿命だ。バーナビーは実験室には目もくれずにひたすら先へ進んだ様子で、わたしの方にも異論はない。

追いついてきた山澤が横へと並ぶ。

「迷いがありませんな」

半ば賞賛に近い口調で呆（あき）れてみせ、わたしは頷（うなず）く。

「バーナビーの思考はともかくとして、本能については信用できます」

「軍人として優れた資質だ」皮肉とも本気ともつかぬ表情で山澤は応え、「特に生存が問題となる場面では」とつけ加える。

人間なる存在は、動物の体を包む皮にすぎない。大脳が古い脳を新しい脳で包むようにできているのと同じだ。魂は大脳新皮質に宿るというのが現在の医学界における公式的な見解だ。勿論（もちろん）、皮だけでは人は人でありえず、わたしたちはこうしてバーナビーの大半を構成する動物の部分に頼っている。大脳新皮質の出番はまだ先だ。

階上から衝突音が何度か響き、「開かん」という叫びが響く。山澤と顔を見合わせ、遅れて歩むフライデーを待ち、階段を上る。廊下の先には金属製の扉に掌（てのひら）をつくバーナビーの姿がある。そう、単に侵入者を防ぎたいなら、迷路などを構築せずともただ厳重に鍵（かぎ）をかけておけばそれですむのだ。大量の屍者による力押し戦術と同じく、理解するのに何の智慧（ちえ）も要らない物質としての厳然とした事実ということになる。物質の力の前には、巧緻を働かせる余地などない。

「まず鍵を探せよ」

そう言うわたしにしてからが、警備の屍者たちの懐（ふところ）を探ることもしなかったと気がつくが、鍵を屍者にくくりつけたりはしないだろうと思い直す。鍵の並んだ守衛室を探すべきかも知れないが、重要区画の鍵をそんなところにかけておきはしないだろう。つくづく潜入捜査に向かない面子(メンツ)だと溜息(ためいき)が漏(も)れる。

山澤が目線でバーナビーを横へ斥(しりぞ)け進み出る。扉を軽く指の関節で二、三度叩(たた)き、ノブをひねって一つ頷く。開きませんな、と言わずもがなの事実を告げ、

「下がって下さい」

脚を開いて踏みしめる。大きく一つ息を吸い、

「――――」

山澤は叫び、わたしは思わず耳を塞(ふさ)ぐ。それが本当に人間の喉(のど)を通った声だったのか、気合いの塊だったのかが判断できない。物事に動じる機能を持たないフライデーさえ微(かす)かによろめき、姿勢を制御し直している。扉の表面に光の筋が走ったと思う間もなく山澤は刀を鞘(さや)に収めている。金具が打ち合わされる音と同時に、ノブの周囲が三角形に手前にずれた。

「行きますか」

山澤が軽く扉を押すと、ノブつきの金属塊がごとりと落ちて、重い扉がわずかに開く。バーナビーが歯笛を鳴らし、扉へ拳(こぶし)を打ちつけ開け放つ。むっとするような湿度の高い空気が廊下へどっと押し寄せる。

無論、そこには屍者たちがいる。

奥へと続く控えの間には、硝子(ガラス)製の巨大な円柱が左右にそれぞれ八本ずつ、天井を支えるように立ち並ぶ。分厚い硝子(ガラス)と充塡液(じゅうてんえき)に屈折された瓦斯(ガス)灯の光が、内部に封じられた屍者の姿を異様に歪(ゆが)める。液体に沈む屍者の目が、ギロリとこちらを認識する。動く者に対する反射的な動きだろうが、明らかにわたしの顔へ焦点を据えている。予測された事態であるのに、わたしの背中を悪寒(おかん)が走る。何度経験しようとも、屍者に直接見つめられる事態に慣れる日が来るとは思えない。路傍の石が目を開く方がまだましだ。

硝子(ガラス)の柱に封じ込まれたつやのない肌に浮かぶ黒い斑点(はんてん)。青黒い舌。彼らを包む薄黄色に濁る液体。明らかに新鮮な死体を用いて製作された屍者ではないが、斑点は死斑とは異なっている。何かが脳神経を引っ張る気配に、わたしは必死に記憶を探るが思い出せない。順に観察していくうちに、個々の屍者の区別がわたしの脳に染みこんでくる。そちらの屍者は目からの出血跡が見え、あちらの屍者の皮膚に浮かぶ斑紋は赤いと気がつく。

規格外の実験を繰り返された屍者たちと考えるなら個別の差異があるのは自然だが、違和感をどうにも拭(ぬぐ)い切れない。標本、という言葉が頭に浮かぶが、失敗作をこれみよがしに展示する者などはいないだろうから、これは何かの成果物であるはずだ。趣味の悪さにせり上がってくる吐き気を抑える。

控えの間を抜けた先には広間が一つ。仄(ほの)かな灯りに照らされた台座の上に大人の頭ほどの金属半球が一つ鎮座している。金属球は釘(くぎ)のような突起を針鼠(はりねずみ)のように逆立てており、その両脇(わき)を護持するように、二体の屍者がうっそりと立つ。それぞれ両手に刀を携(たずさ)え二刀を保持し、目は布で横様に隠されている。

　山澤が控えの間から一歩を踏み出し、二体の屍者が膝（ひざ）をためて腰を落とす。山澤は呼吸を読むようにすと歩を戻し、屍者たちもそれに応じて姿勢を戻す。

「いけないな」

　と山澤はバーナビーを見上げ、

「達人と見ました。無想剣（ムソウケン）の類（たぐい）でしょう」

「そいつが何かは知らんが望むところだ」

　バーナビーは短く告げて無頓着に広間へ進み、山澤がわたしを振り返る。バーナビーの存在を感知した屍者は奇妙な動きで床を滑るように移動してくる。その運足がフランケン・ウォークの一種なのか、日本の剣術に特有の運足なのか咄嗟（とっさ）の判断がつけられない。腕を広げて待ち構えたバーナビーは危ういところで体をかわして壁際（かべぎわ）を廻（まわ）り、連続して打ち込まれる斬撃の回避を続ける。

「無想剣とは」

　わたしは尋ね、

「講談の類に出てくるものですが――無我の境地というやつですな。意識を超えて体が勝手に動くというのが剣術の極意ですから。その頂点ということになります。こうなってしまうと、いささか手を出しにくい」

　山澤はバーナビーと屍者二体の舞踏を見つめ、刀の柄（つか）へ手を添えて言う。わたしは懐の拳銃（ウエブリー）

を取り出しながら、

「二刀というのは日本の剣術ではよくあるのですか」

「いえ、人間の膂力では虚仮おどし以上の使い方はできません。生者であれだけの使い手は見たことがない」

これもまた、生者を超えた屍者の使い道ということになるのだろう。内乱も終わり、日本刀使いを持て余す日本にとっての有効利用というところだろうが、これが屍者に生者を超えた能力を持たせることを禁じるフランケンシュタイン三原則に抵触するかは微妙なところだ。バーナビーの表情からは余裕が消えて、強張った薄ら笑みだけが残っている。完全な回避を捨てて、髪や着物の端は斬り飛ばされるに任せている。わたしは残弾数を確認してから撃鉄を起こす。

「あなたの腕では」

山澤はわたしの構えを見て言うが、わたしは構わず発砲する。狙うだけ無駄だと知っているから、適当に撃つ。銃弾はバーナビーの頭をかすめて壁に埋まり、屍者たちの動きは遅滞しない。

「おい」

と足をとめたバーナビーの頭が一瞬前に占めた空間を、鋭利な刀が通りすぎる。目を塞がれてこれだけ運動できる屍者にとっては、銃弾の軌跡でさえも手に取るようにわかるものなのかも知れない。

「外したか」

とぼやくわたしに、山澤も流石に屍者とバーナビーどちらをかとは尋ねない。

二体の動きは明らかに新型の屍者のものだが、その運動能力はアフガニスタンで目撃した屍兵を軽くしのいで桁が違う。ゆっくりとした動きに見えるが、各部が見事に連動している。最低限の手数でバーナビーを追い詰めていく様は、チェスの熟練者が初心者に教えを施すようにも映る。斬り飛ばされる着物の端が多くなり、バーナビーが仰け反らせた額を刀がかすめる。

「バーナビー」

わたしは叫んで一歩を下がり、

「いいから一旦戻ってこい」

腕を伸ばして闇雲に撃つ。四発を撃ち終わったところで、息を切らせたバーナビーが控えの間へと転がり込む。目標を失った屍者たちは不意に立ち止まると耳を澄ますように天井を仰ぎ、静かな動作で定位置へ戻る。

悪くない防衛システムかも知れない。ほとんど反射神経だけで戦闘に対応できる人物を屍者化し、一定のエリアに立ち入った相手だけを攻撃させる。場所を広間に限っておけば、入室するものは全て敵とみなしてよいわけだから彼我認識の負荷もとても小さい。その分、インストールする機関も運動制御に特化できる。戦闘機械の運用としては見事なものだ。

「あれが――新型の屍者」

山澤が独り言のように言い、わたしは答える。

「国際倫理規定違反物です。彼らは生者において痛覚を担当する部位を恒常的に強く刺激されることにより運動性能を引き出されています。絶えず激痛に苛(さいな)まれているといったところでしょうか。地獄の苦しみですよ」

勿論これは日本政府の説得のために用意した出まかせだ。新型屍者の内部にそんなことが起こっているのか、わたしは知らない。技術的に可能になってしまった事柄は、感情に訴えることで規制することしかできないという判断からで、他者の痛みは有無を言わさず人の心に訴えかける。相手を仲間とみなす限りにおいてという限定はつくが、身内同士の内戦に乱れたこの国での効果は高いだろうという見込みは当たった。

「修羅(シュラ)というわけですな」

山澤の使う単語の意味は知らないが、言いたいことは充分わかる。

「あんなものをこの世に溢れさせるわけにはいかないのです」

欺瞞(ぎまん)に満ちたわたしの言に山澤は強く頷き、

「推論することができるか、話すことができるかではなく、苦しむ能力を持っているのかが問題である――」

意外にもベンサムを引用してみせた山澤は、腰を落として深く息を吸いはじめる。息を整え終わったバーナビーがその背後に立ち上がる。

「――――」

裂帛(れっぱく)の気合いと共に床を蹴(け)った山澤は刀を肩に担いだ形で一直線に飛び出していき、室内の動きを捉えた屍者の頭がぐるりと回る。山澤は一方の屍者を無視してただ一体に集中することを選んだようだ。同時に飛び出しているバーナビーがもう一方の屍者を目指す。

山澤の捨身の一撃を何気なく持ち上げられた屍者の刀が受け止め――互いの刃が相手の刃の中に埋まる。瞬間、時間が凍りつき、停止した時間の中で山澤の刀がじりじりと相手の刀へめり込んでいく。両断された屍者の刃が宙に舞い、山澤の刀が屍者の額へ向けて押し込まれる。屍者の持つ二刀のうちの一方が脇腹に押し込まれるのも構わずに、山澤は刀の運動する平面を保持し続け、屍者の体を両断していく。

他方の屍者の懐へ飛び込んだバーナビーが、右手の刀を相手の手と諸共(もろとも)に掴(つか)む。力任せにひねりあげて床を蹴り、勢いづいた巨体が宙に舞う。バーナビーの腰を狙った左の刀を握る手が、山澤によって両断された刃の一片により軌道を曲げる。バーナビーはそのまま体をひねり続けて着地。上体を仰け反らせた屍者が転倒するのに構わずに、再度自慢の体重を込めて床を蹴る。屍者の肩関節があげる悲鳴を無視して更にひねる。ごきりと重い音がして、バーナビーは屍者の右手を肩関節から引き千切(ちぎ)る。重たく粘る血を糸に引きつつ、腕のぶら下がる刀を右手に握る。バーナビーが屍者の胸に突き立てようとした切っ先が、左手の刀にはじき飛ばされ、転倒した屍者は人間の関節が許容する限度を超えた動きで跳ねあがり、バーナビーへ背を向ける。後ろ向きにうずくまった屍者は残った左腕から重い一撃を繰り出し、肩関節が逆に曲がってバーナビーに襲い掛かる。バーナビーは辛くも受け止め、バランスを崩したたらを踏む。伸び切った屍者の左腕はしばし空中に留まり震え、力なく床へ落ちて行く。

わたしの拳銃に残った最後の一発が、屍者の後頭部へ命中している。

「おい」

バーナビーが血走った目をわたしへ上げる。どうせ当たらないのなら、いっそバーナビーを狙ってやれと考えたことは黙っておく。

山澤が、胸元までを両断された屍者の握る刀から真っ直ぐ身を引き立ち上がる。駆け寄るわたしに、「刺されるときに内臓は避けました」とにわかには信じられないことを言う。

死体二つが転がる広間の中央では、金属製の針鼠のような球体が静かに周囲をうかがっている。


カタリ、と一つ音が聞こえた。

山澤の上着を脱がし、急場の止血を施していたわたしの傍らで、金属半球に差し込まれた釘の一つが見えない指に押し込まれたように沈み、その位置を戻していくのにわたしは気づく。

カタリ、カタリと音は続いて、そのたびに別の釘が沈み続ける。紙ずれの音を伴い半球の下に据えられた円筒が動く。山澤が血の気のない顔で頷き、わたしは手早く止血を終える。

大型のライティング・ボールが自動的に作動していく。半球上にピストン状のキートップを備えるライティング・ボールは、トランク型のタイプライターの前身だが、まだ骨董品というほどの代物でもない。言うまでもなく自動的に文字を記すような機械ではない。

「ようこそ」

送り出された紙はそう語る。わたしは周囲を見回したくなる衝動を抑え、ライティング・ボールの動きを見つめる。一息おいて順々に釘が沈みはじめる。

「名前を聞こう」

改行を挟み、紙面に文字がそう並ぶ。ライティング・ボールと対峙（たいじ）するわたしの横で、バーナビーが子供のように首を傾（かし）げる。わたしはそっと指を伸ばして、「J」のキーへ微かに触れる。思い直して、「W」のキーを押し込む。「A」を押し込み、「T」と瞬時迷った末に「L」を押し込む。S、I、N、G、H、A、Mを続けて打ち込む。

「ウォルシンガム（Walsingham）」

わたしは綴（つづ）る。ライティング・ボールは数秒の沈黙を挟み文字を打ち出す。

「二十年ぶりの再会だ」

「YES」

わたしは震える指でキーを押し込み、返答にまた数秒があく。二十年前のトランシルヴァニア。ヴァン・ヘルシングとセワードは、屍者の王国を一つ、滅ぼした。

「賭（か）けの決着をつけるときが来た。わたしの勝ちだ」

ライティング・ボールはそう記す。わたしは深く息を吸い込んで、静かにキーを押し込んでいく。指の動きを山澤とバーナビーが目で追いかける。

「THE ONE」

ライティング・ボールが釘を震わせたように感じたのは錯覚だろう。ライティング・ボールはわたしの問いとも断定ともつかぬ文面を無視した。

「これはわたしからのささやかな贈りものだ」

広間の奥の壁の中から蒸気の吹き出す音がして壁面の一角が開く。下にずれた画板ほどの大きさの壁の向こうに、四角く棚が切られている。棚よりも二回りほど小さな立方体の黒い箱が姿を現す。歩み寄ったバーナビーが手を差し込み箱を取り出す。蓋(ふた)の役目をしていた五面がずるりとすべり、あわてて床の上に置く。わたしたちは箱を取り囲み、バーナビーが改めて蓋をとりはずす。立方体の箱の中には長方形のカードの側面がぎっしりと並ぶ。バーナビーの太い指が苦戦しながら一枚を抜き、目の前に翳(かざ)す。パンチカードと似た大きさだが、表面の穴の形は銃撃を受けた壁面のように滅茶苦茶に見える。ためつすがめつした後でバーナビーがカードを歯の間に挟もうとするのを止める。

ライティング・ボールが作動する。

「日本にはもう必要のないものだ。日本政府は契約を終了する」

わたしの頭に電撃的な理解がひらめく――「ヴィクターの手記」、パンチカード版。

「では、ウォルシンガムによろしく伝えてくれたまえ。ワトソン博士」

現れた文面にあっけにとられたわたしの前で留め金の上がる音がして、ライティング・ボールの釘が鉄の処女(アイアン・メイデン)の抱擁のように一斉に下がる。力なくまた定位置へ戻った釘の側面はどす黒い液体に染まっている。わたしは咄嗟(とっさ)にとびずさり、腕を顔の前で交差して自爆に備えるが、予期された衝撃は訪れない。腕の間から覗くライティング・ボールから粘る液体が滴りはじめ、黒い池が床に広がる。

山澤が苦痛の色も見せずに歩み寄り、何気ない動作で刀を抜くと、そのまま収める。カラリと乾いた音を立て、半球の底にあったのだろう、喇叭（らっぱ）型の筒が両断されて床に転がる。金属半球の表面に直線が生じ、右と左に分かれて落ちる。半球の中には、また半球。皺（しわ）の寄った四半球が二つ、そんなものがあるべきではない場所へ姿を現す。場違いな左右の大脳半球がそこに現れ、山澤が軽く息を呑（の）む。

わたしの目は、台座の上の脳から伸びて床へと消えるケーブルの束（たば）に気がつく。

負傷した山澤を延遼館へ送り届けて公使館へと帰還するまで、わたしたちの間に会話はない。バーナビーに邪魔をせぬように告げ、わたしはフライデーと共に公使館の自室にこもる。そのまま寝室に倒れ込みたい疲労は無視する。指先が震える理由を考えてみて、今夜も何度か命拾いをしているはずだとようやく気がつく。体と思考は直接的に結びつかない。両者の間には茫洋（ぼうよう）とした魂があり、その魂は物質でさえなくパターンだ。精妙なパターンがほどけることで二十一グラムほどの情報を大気へ向けて放出する。質料を持つのは物質だけの特権ではない。

簡易書込機を取り出して、フライデーの頭へ電極を装着していく。

大里化学から持ち出したパンチカードをランプへ翳す。一見、機関銃に蜂（はち）の巣にされたようにしか見えない金属片は、通常のパンチカードの様式からはかけ離れている。パンチの大きさも揃（そろ）わず、出鱈目（でたらめ）に穿（うが）たれたようにしか見えない。箱をひっくり返してカードを取り出し、扇状に広げてみる。一枚などは、ほとんどカードの幅ほどもある大きな円形の穴が一つあくだけだ。パンチの穴が重なることも珍しくなく、中には四角や六角形の穴さえ見える。カードの順番を示す記号を探すがそれらしいものは見当たらない。

端の一枚を取り上げインストーラへと通し、フライデーの反応を見る。

フライデーの顔面筋が歪（ゆが）み、目がくるくると回り出す。

フライデーのペンから流れ出るのは、意味をなさないアルファベットだ。楽器はただ楽譜に従う。フライデーにとってはランダムに並ぶ文字列と、シェイクスピアの戯曲の区別もありはしないが、今は楽譜の読み方自体が不明のままだ。

机の上にたちまち文字の山が積み上がるのを、わたしはぼんやり眺め続ける。パンチカードが暗号化されているだろうとは予期していたが、パンチカード自体がここまで出鱈目な代物だとは、わたしの予想を遥（はる）かに超えた。

何かのコードを読み取ったのか、フライデーの記す文字がキリル文字へ変化する。茫然と眺めるわたしの前で、ペンは文字種を次々切り替えはじめる。ギリシア文字、アルメニア文字、グルジア文字、デーヴァナーガリー、アラビア文字。ヒエログリフが踊り出し、デモティックが行進していく。楔形（くさびがた）文字が並び、ルーン文字が几帳面に敷きつめられる。

文字の山は洪水となって溢れだす。バベルのあとの渾沌（こんとん）に満ちた世界が、脈絡を欠いたかりそめの形式に従って成長していく。人類の歴史を記した一冊の本を高速でめくり続ければ、こんな光景が出現するのかもわからない。長大な距離が人の思考を麻痺（まひ）させるように、遠大な時間がわたしの思考を麻痺させていく。

自分でも気づかぬうちに紙の補充を行おうと立ち上がったわたしの頭を強い眩暈が襲う。貧血かと椅子の腕に手をつく。背筋を悪寒が駆け上がり、額に脂汗が浮かびはじめる。腹部に何かが重く溜まる気配が強まる。嘔吐感が胸を突きあげ、脈拍が乱れる。急速に体温が低下していく。傍らのフライデーはそんなわたしの様子に構わず、淡々とノートにペンを走らせ続ける。

「バーナビー」

わたしは叫んだつもりだったが、口からは重たい呻きがわずかに漏れるだけだった。大里化学の最上階で舞踏のように刀を振り回す屍者たちの姿が何故か浮かんだ。

急速に視界がかすみ、瞼の裏に銀色の閃光が二度、三度ときらめく。ごつりと重い音が頭蓋に響き、わたしは自分が床に倒れ込んだのを知る。右手を床につこうとするが、既に床がどこにあるのかわからない。暗闇が急速に脳へと降りて意識が途切れる。わたしは意識の座から追い出され、ただ闇だけが継続していく。

Ⅲ

カイバル峠の野営地を、屍者たちの死体が埋め尽くしている。

大穴のあいた頭部を晒（さら）す屍者たちや四肢を吹き飛ばされた屍者たちが、乾いた骨でできた白い大地に突っ伏しており、屍者でもやはり死ぬのだなと、わたしは当たり前のことを考えている。屍者たちの死体をついばむ鳥たちもまた死んでおり、千切（ちぎ）れた腕を奪い合う野犬たちの腹からは干乾（ひから）びた内臓がはみ出している。吹きすさぶ寒風には粉雪が混じり、この雪もまた死んでいるのだとわたしは悟る。きっと、雪の中に含まれている微生物たちも屍者なのだろうと。あるいは雪は大気の死体だろうと。

動物の死体が蘇（よみがえ）ることはないはずだから、ここは死の国なのだろうと思う。

人間以外の動物が屍者として蘇ることがないのは、最初から屍者だからなのだと、この世界でのわたしは思う。あるいは人間もまたあらかじめ、屍者なのではないかと思う。蘇りは、ただ屍者としての本性を、もう一度取り戻すだけなのではと。

わたしはなす術もなく体温を奪われながら、雪原の中に佇んでいる。

雪にまみれた屍者たちが思い思いに立ち上がり出す。震える手で雪をすくって体へ盛りつけ、自ら死化粧を施していく。雪を腕の形に作り肩にあてがう。空っぽになった頭蓋骨へと雪を詰めて押し固める。両手を失い立ち尽くす屍者のところへ別の屍者が歩み寄り、肩へと雪を押し固めた氷の腕を装着してやる。腕を取り戻した屍者は体を小刻みに震わせてみせ、まるで感謝の念を表すようだ。立ち上がった屍者たちが、体を震わす小さなサインをしきりにやりとりしはじめる。わたしの体は寒さに震えているだけで、無音の会話を受信できない。

屍者たちの虚ろな眼窩がわたしを見つめ、わたしが自分たちの仲間なのかを判じかねてためらうように、無言で体を震わせ続ける。背後から、夜会服に身を包んだ女性の死者が身動きできないわたしの肘のあたりを支えるのがわかる。それはカイバル峠で出会った女性だ。振り向くことのできないわたしは、何故かそうなのだと理解している。

「ハダリー」

とわたしは呼びかけたいが、ピンカートンの女は首を振り、憐れみの目でわたしの後頭部を見つめるだけだ。屍者たちの身振り手振りは同期していき、やがて一つの波となってうねりはじめる。まるで自分一人の頭の中には収まり切らない巨大な思考を行うように。ハダリーの上げた腕の先には、四角く固めた雪塊を運ぶ屍者たちがいる。列の後ろを目で追うと雪を突き固める一団があり、列の先には、塔の土台が徐々に姿を現している。

わたしはそれが、巨大な墓だと知っている。
わたしが峠の野営地で頭蓋を開き、脳を解剖した死者の墓なのだとわかる。死を上書きされた生者たちの墓だと直感している。雪で作り直された屍者たちの体は大きく白く、氷のように美しく、彼らはアードの民なのだ。遥かな昔に、あらゆる高地に幾千の塔を建てて歩いた背教者たち。彼らは生者の罪をあがなうために雪で巨大な塔を建てる。

　わたしは一人の生者を殺した。たとえそれが屍者にしか見えない生者であったとしても。頭蓋骨を糸鋸で引き、メスで大脳の領野を裂いた。傷つけられた脳からは大量の文字が溢れだし、文字たちは慌てるわたしに構わず、大気の中へ四散していく。目は必死に文字を追うものの、わたしはそこに文章を見出すことができない。文字はいつしか意味を持たないパターンへ崩れ、大気に溶けて、宇宙へ向けて飛散していく。

　元へと戻すことのできないものを、取り戻すことのできないやり方で破壊した。人間の指は太くとても不器用で、脳を構成する細胞たちの一つ一つを扱うことはとてもできない。細胞同士の接合から生じ、分裂を繰り返して成長し、人型となり、泣き、笑い続ける体。周囲の出来事に反応しながら、肉親の無償の愛に育まれ、友人たちと守り守られ、敵をつくり和解して、集散離合を繰り返しつつ数多の出会いを繰り返し、それきりの別れを何度も過ごし、巧みに編み上げられていく魂をなす織物へ、粗雑に指を突き込んだ。

　わたしの指では組み立てられない一つの魂。誰にも編み直すことのできない細かなパターン。その生成は不可逆だ。不可逆であるが故に時間は生じ、時間の不可逆により罪は生まれる。もし罪が消えることがあるとするなら、そこでは時間も消滅する。屍者の暮らす世界のように。屍者に罪は犯せない。屍者はただの物であるから。物には時間を流す機能が備わらないから。屍者にしか見えない生者。屍者にしか見えない屍者。生者にしか見えない屍者。

今わたしの目の前で、峠を埋め尽くした氷の塔が次々天へ伸びていく。屍者たちが蟻のようにとりついて、蟻塚は空を目指して伸び続ける。神が一体どの塔を雷霆で崩せば良いかと惑うほどの無数の塔。塔の表面を細かな黒い線が走り、塔を格子で埋め尽くしていくのが見える。線は直角に曲がり続けて網のような模様を織りなし、その上に脈のような光が走り続ける。

それらの塔は既に建ってしまっているのだとわかる。彼らには時間というものがないのだから未来に実現されるものさえも既に存在してしまっている。こうして造られていくものは、既に造られ終わったものだ。

「屍者の帝国」

わたしの背後で、ハダリーが言う。

わたしの額に、冷たい手を置く。

「ワトソン。ジョン・ワトソン博士」

呼びかけに束の間の眠りが破られ、額には冷たい手が置かれている。

大里化学の襲撃から戻ったわたしを襲ったのは、高い発熱と頻繁な嘔吐、腹部の不調だ。脱水症状が急速に進み、わたしはベッドを汚し続けた。わたしの体は水分を保持する機能を失い、絶えず補給され続ける水は体をそのまま素通りした。睡眠も覚醒（かくせい）も寸断されて持続できない。体は自分の維持に全力を傾け、思考へと割くリソースを最低限にまで減少させる。生存における思考の優先度は低い。拘束を解かれ放置された思考は幻想へと迷い込んで筋道の立たぬ断片と化し、ゆるやかにつながり続けて脈絡を次々と書き換えながら夢と現実の境をとりのけていく。

　だからわたしは、自分の額に置かれたひどく冷たい細い手も、また夢からの使者のものだと思う。薄目を開けた傍（かたわ）らでは、細身の女性が身を屈（かが）める。手袋を脱いだ右手がわたしの頭部へ伸ばされている。

「ハダリー」

　わたしの声は他人のささやきのようにか細く漏（も）れる。カイバル峠の戦場でみかけ、その夜野営地で出会った女がそこにいる。思わず毛布を撥（は）ねのけかけたわたしの肩を、ハダリーは体に見合わぬ力で押さえ込み、冷たい指先が肩に食い込む。

「まだお休みにならなければ。災難でしたね」

「わたしは――」

「コレラに罹患（りかん）されたと」

「コレラ――」

　わたしは枕（まくら）に頭を埋めつつ、朦朧（もうろう）とする意識の中でその病名を繰り返す。診断を下したのは自分なのだと思い出す。それとも、その病名を持ち出したのは東京大学のギールケ博士が先だったろうか。勿論症状がここまで進めば、どんな医師にも明らかなのだが。

「感染に注意なさらないと」

わたしは力なくそう呟くが、

「わたしは平気なのです」

とハダリーはそっけなく言う。見覚えのある天井は公使館に用意されたわたしの部屋のものだ。世話のための配慮だろう、ベッドは寝室から持ち出されている。首を回すと紙の山が雪崩れをうつ文机が見え、傍らにはいつもの通り無表情なフライデーが文房具よろしく次の指示を待っている。病院へ担ぎ込まれていない以上は、防疫に自信があるということだろう。公使館にコレラ患者を収容しておくとは、パークスも大胆なのか、無知なのか。当然、病気の特性を知っているからだろう。コレラの感染性は非常に高いが、感染源となる水場と患者からの排泄物を封鎖し、きちんとした消毒を徹底すれば予防はたやすい。

「この一画はあなたの専用になっています」

お忘れ、とハダリーは笑みを浮かべて、わたしはそうだったなと思い出す。詰め寄る館員たちの前に立ちはだかったバーナビーの背中が蘇るが、これも幻覚の類だと思う。

「どうして」

と問うのは当然、ハダリーの突然の出現についての問いだ。

「グラント前大統領閣下のお供をしながら各国の屍者事情を調査するのが任務ですから。もっとも、わたしたちは受け入れ準備をすすめるための先遣隊で、閣下御自身はまだ長崎で足止めされていますけれど」

「ああ、世界周遊をなされているのだった」

「インドを出てから、シンガポールを経由してシャム、中国を経て日本。久しぶりの合衆国までもう少しです」

屍兵の売り込み行脚の売れ行きは、という軽口を叩く元気はまだない。この出会いは無論偶然の出来事だが、外国人の受け入れ施設が限られている日本では再会は必然とも言えた。むしろハダリーから見たわたしたちの方が、どうしてここにいるのか不明だろう。芸もなしに問いを重ねる。

「長崎で足止め――」

「コレラのせいです。山陽、山陰道は蔓延により封鎖されています。この国の衛生状態はまだ改善の余地があり、封じ込めにも慣れていない様子ですから」

確かに、日本到着時にそんな噂を耳にしたような気がするが、異国のニュースはどうしても他人事に聞こえてしまうし、災厄も自分の身に降りかかるものとは実感しにくい。日本の上下水道施設では封じ込めには時間がかかるだろうと思う。人々は概ね清潔に暮らしているが、都市自体が防疫を旨として設計されていないのだ。その点、何度かの猖獗を経験したロンドンなどとは事情が異なる。

「医者がこんなざまでお恥ずかしい」とようやく気づき、「そういえば、他の感染者は」

「あなただけです」

「わたしだけ」
意表をつかれたわたしへハダリーは正確無比としか言いようのない直線的な動作で頷き、
「他の方は平常です。感染源はまだ調査中だと伺っています。この建物の一帯と、この数日中にあなたが足を運んだ場所は既に消毒作業がすんでいますから、感染が広がる心配はありません」
それは良かった、と答えてみるが、感染者が一人だけというのはあまりに奇妙だ。コレラの潜伏期は数時間から二、三日。発症の日には随分街を動き回った。下手をすれば東京にコレラをばらまく結果になっていたかも知れない以上、不幸中の幸いなのだが、感染者が一人というのは信じがたい。

十九世紀は、屍者の世紀であると同時にコレラの世紀だ。病気自体は太古から存在したと考えられるが、今世紀の交通網の急速な発達は、コレラの病原へも自由な移動をもたらした。最初の世界的流行がはじまったのが十九世紀の初頭。以降、ほぼ十年から二十年の間をおいて、世界規模の感染が継続している。一度発生したコレラは街を壊滅させると同時に次の都市へ進出し、燎原の炎のようにユーラシア大陸を蹂躙した。人と共に移動していく以上、コレラ発生を告げる使者当人が、コレラを運ぶ人物ともなり、大陸全土に黒死病以来の厄災をもたらした。

コレラは戦場でも惨禍を引き起こし、下手をすると戦傷者以上の被害を両陣営に平等に与え、奇妙な平和をもたらしもした。

当初、その感染性の強さから空気感染が疑われたが、事態が展開するのは一八五四年のことになる。防疫虚(むな)しくロンドンへの侵入を果たしたコレラは、ロンドン、セント・ジェームス教区を席巻した。感染者の住居を地図の上へ記したのが、我らの先達(せんだつ)、ジョン・スノウ。彼は教区の一つの井戸が感染源であると突きとめ、井戸のポンプの取っ手をはずす。同年、同じくコレラに見舞われていたミュンヘンでも、マックス・ペッテンコーファーが同様な感染地図を作成している。継続的な研究により、コレラの瘴気(ミアズマ)説は力を弱め、患者の排泄物を経由した接触感染(コンタギオン)説が有力視されつつあるのが現状だ。

　現在でもまだコレラの病原は確定されていないものの、対症療法が確立しており、激しい脱水症状を呈する患者へ食塩水を供給し続けるのが第一だと知られている。致死率は一割に届かぬあたりだ。

　ハダリーの整いすぎた顔を眺めるうちに、わたしの思考力は徐々に回復してきたらしい。想起にはまりこんでいたわたしへ、体は大丈夫かとハダリーは尋ね、わたしは頷く。

「あなたもピンカートンの職員なのですか」

「ええ。補給の管理と通信制御を主に」

「あなたのような可憐(かれん)な女性が戦場に」

　ハダリーは静かに頭を回し、文机の上に山をなす膨大(ぼうだい)な書きつけから覗(のぞ)くパンチカードを凝視する。わたしが止める間もなく歩を進め、うち一枚を取り上げる。わたしの微(かす)かな制止の声を無視して、細く長い指が規格外の穿孔(せんこう)を一撫(ひとな)でする。また一枚を取り上げ、表面に指を走らせながら、耳を澄まして頭を傾(かし)げ、髪が美しい横顔にかかる。呪文(じゅもん)を唱えるように口を動かし、

一つ、二つと瞬きをして、

「内容以前に形態自体に多重の符号化と暗号化が施されていますね。記号の出現頻度から、言語種や構文規則を見出せないように工夫されている。強引に何通りかの解読を実行してみましたが、鍵となりそうな特徴の抽出さえも覚束ない」

傍らに侍すフライデーへ目を上げ、

「あなたのお人形はこれを解読できたのですか」

「計算者――」

驚きに途切れたわたしの声にハダリーはゆっくり頷き、パンチカードを机へ戻し、目を瞠るわたしのベッドへ向き直る。

「それほど珍しい能力ではありません。ヴァーモントのトルーマン・サフォードは頭の中で三六五の六乗を一分かからずに計算できたことが知られていますし、ペンシルヴァニアのダニエル・マッカートニーは八九の六乗を十分で、四七四一六三二の三乗根を三分間で計算しました。お国のゼラー・コルバーンは六番目のフェルマー素数が素数ではないと判定できましたし、ジョージ・ビッダーも計算者として活躍中です」

計算者は、ただ思考のみを頼りに常人には記憶するのも困難な桁同士の複雑な計算をたやすくこなす。わたしは記憶を探りつつ、

「ドイツのザハリアス・デースは、天才数学者カール・フリードリヒ・ガウスの計算者として、百桁同士の掛け算を、八時間と四十五分で暗算できた――それにしても」

ハダリーの計算速度は、そうした歴代の計算者の能力を遥かに凌駕（りょうが）していそうだ。その点を指摘しようとするわたしをハダリーは遮り、

「しかしわたしは、そうした才に長（た）けた人たちよりも、トマス・フュラーに近いのかも知れませんけれど」

その名前に聞き覚えのないわたしはフライデーへ検索を命じ、間を置かずペンが走る。ハダリーがフライデーの前からメモを取り上げ、読み上げる。

「トマス・フュラー、アフリカ生まれ。一七二四年、十四歳でアメリカへ奴隷として売られる。暗算の能力で知られ、一年は何秒かとの問いに二分で解答し、七十年と十七日と十二時間生きた人間は、何秒生きたのかを一分で解答した」

ハダリーは顔を俯（うつむ）け、薄く笑う。フライデーへ腕を差し伸べ、

「あるいはわたしは、このお人形に近いのかも」

従僕（サーヴァント）、奴隷（スレイヴ）、人形（ドール）。ハダリーは自分の能力ではなく、境遇について述べているらしい。

「あなたは魂をお持ちだ」

魂、とハダリーは一息を置き、

「あなたには魂がおありなのでしょうね」

と唐突な内容を問い、わたしは答える。

「魂の存在を信じなければ、辻褄（つじつま）の合わないことが多くありますから。フライデーには万巻の知識が蓄えられていますが、彼はそれを活用できない。いくら赤色についての知識を蓄えよう

と、赤色を感じたことがない者は、決して赤色を理解できない。解析機関は卓越した演算能力を誇りますが、自分から何かを発明したりはしない。それは魂の特性です。あなたたち計算者の有用性もそこにある。計算速度と発想の両立は人類の夢です」

ハダリーの手がフライデーの頭部へ触れ、電極の跡(あと)を読み取るように滑っていく。機械的な動きに見えるが、何故(なぜ)か得体の知れないなまめかしさをわたしは感じる。

「――計算者の中には、日常生活に支障をきたす者が多いことを御存じかしら。彼らは与えられた問題を解くのには長けていても、原理を理解できるとは限らない。具体的な操作はできても、抽象化の能力は低い。その意味では魂が薄まっているとも言えることになる」

「何かの突出した能力は、別の能力を引き換えにする例が多くみられます。それは進化に働く相関性です。馬の脚を長くしようと改良を続けていくと、顔も一緒に長くなっていったりする」

「計算能力の増大が、魂の量と関連性(トレードオフ)を持つということかしら」

ハダリーが意地の悪い笑みを浮かべる。

「魂は意思の基盤をなします。機能と引き換えにされるようなものではない」

「それが、あなたがアフガニスタンで得た教訓かしら」

ハダリーの目が鋭い眼光を放ち、わたしはカイバル峠の夜を思い出す。〝アダムにお気をつけなさい〟。彼女の発言が蘇る。熱に浮かされる頭にようやく、この女性は見舞いに来た友人ではなく、合衆国の組織に所属する人物なのだという認識が実感としてはっきり広がり、知識が知覚と接続される。彼女もまたわたしと同じく、表面上の仕事の裏で何かの勢力に属し、何かの使命を帯びたエージェントなのだという確信が、遅まきながら再来する。

横浜への旅の間に、わたしは何度も彼女の容姿を思い出しつつ、繰り返して考えたはずだ。カイバル峠でアダムの語を持ち出したハダリーは、そのあと何が起こるのかを予期していたはずなのだと。漠然とした「アダム」の語が、アリョーシャを指すのか、フョードロフの、アダムの墓がパミールにあるという説を指したのか、屍者たちのアダム、ザ・ワンを指していたのかは不明なままだが、彼女は何かを知っているのだ。

何故わたしはこの女にここまで気を許し、長閑な会話を続けていたのか。理由は体の不調だけではありえなかった。わたしは自分の内側に不意に湧いた声に驚く。この女のまとう無機質的な機能美にわたしは惹きつけられている。わたしは慎重に言葉を選ぶが、その言葉は途中で止まる。

「魂は――」

アリョーシャの痩せた顔が頭蓋の中で大映しになる。自らの魂を上書きしてただの物へと変じ、意思を持たぬ兵器として首都への潜入を目指す男。その魂は、ただ屍者になるのではなく、皇帝暗殺の意思をパターンとして固定させることを自ら選んだ。「死が、進化の過程で、種の存続のために生まれたとしたら」とアリョーシャはその夜言った。死の無効化は、屍者の作製は、進化の選択に逆らうことになるのではないのかと。それを可能とする魂の働きとは何なのかと。であるならば魂は、進化過程を無効化するために生じた進化の産物となりはしないかと。

父の定めた進化の理はそれを許容するだろうかと。

ハダリーの目が真っ直ぐわたしに向けられている。

「あなたは魂を感じますか」

ハダリーは問う。ええ、と即座に答えるわたしに、

「わたしには、魂の実感がありません。それがどんなものかわからない」感情のこもらぬ声で告げ、「あなたは御自身の魂を実感できる。それは良いとしておきましょう。ではあなたは他の人間の魂を、どうやって確認するおつもりなのです」

「実感で」

「その実感は、自分の魂と、他人の魂では異なるはずです」

カイバル峠でわたしが解剖した新型の屍者。その挙動や脳の構造に、わたしは魂の存在を認めなかった。魂は脳の外観からは観察できない。自分は魂を持たないと主張する人間などいない――今、わたしの目の前に、自身の魂の不在を主張する人物がいる。ハダリーは言う。

「この世界でただ一人、あなただけが魂を持つと仮定してみましょう。あなたの他の人々は、〝自分には魂がある〟と主張する機能を持った屍者なのだと。何か矛盾は生じますか」

わたしは思考を全力で回し、

「もしあなたが魂を持っているのなら、その問いは成り立ちません。それは典型的な独我論だ。独我論者は、ただ一人しか存在できない。独我論者は、この世界で魂を持つのは自分一人なのだと主張する。あなたとわたし、二人の独我論者が存在することはできないのです。だから、

独我論者が、他の人間からの説得で、自分を独我論者と認めることは起こりえない」

「わたしには魂の実感がないと申し上げたはずです。魂を持たない者から、あなただけが魂を持つと指摘される場合には何の矛盾も起こらないはず」

ハダリーの静かな反論に、わたしは息を詰まらせる。たとえ魂を持たない者でも、今のハダリーの発言を行うことは可能だ。フライデーがその発言を今、ノートへ書き出しているのと同じに。命じられればフライデーは何度でも同じ内容を飽きもせずに書き出すだろう。

「証明を行うことはできます」

わたしの口が勝手に動き、ハダリーは耳を傾けている。

「生者の、魂を持つ者の脳は、疑似霊素の書き込みを受けつけません」

通常の場合は、という限定をわたしは故意に省いている。

「あなたはそれを、御自身で試す勇気がおありかしら。今魂の存在を明かさなければいけないのは、この世にあなた一人だけです。でも今はまだ良いでしょう」

わたしが議論の穴を探す間に、ハダリーは身を翻(ひるがえ)す。

「随分とお邪魔してしまいました。あなたはまず体力を回復なさらなければいけないのに。わたしたちはしばらく延遼館に滞在します」事務的な表情を艶やかな笑みへ切り替え、「またお見舞いに参ります」

「グラント閣下も東京へ」

ハダリーはノブへと手を差し伸べた姿勢で振り向く。

「遠からず到着するはずです。日本帝国皇帝陛下との会談が予定されていますから」

わたしは腹の上に手を組み直す。まだハダリーに訊きたいことは山ほどあるが、急ぐ必要はないようだ。まず何よりも体を治すことが先決だ。それでも最後に一つ、訊いておきたい。

「カイバル峠でお目にかかったあの男」

「バトラー。レット・バトラー」

「――彼はあなたの」

「上司です。あなたの質問がそういう意味なら」

「なるほど、これでゆっくり休めます」

わたしはベッドの中から目礼を投げ、ハダリーは機械製のチェシャ猫のような笑みを残して退室した。

Ⅳ

〝質問に対する答えはイエスだ。

いわゆるドラキュラ伯爵、吸血鬼の伝承と、ペストやコレラの流行には関連性が見られる。たとえばコレラは、陸路を通じ隣の町から迫りくる瘴気のようなものと捉えられていた。コレラはその特性上、水源の異なる地域へ伝播しにくい。吸血鬼は生身で川を渡ることができないとされる事実と考え合わせると興味深いとは思わないかね。吸血鬼が無数の蝙蝠に変ずるという伝承も、まず姿の見えぬ疫病がもとにあり、病原菌を擬人化したものが吸血鬼であると考えるなら、興味深い考察が得られるだろう。

吸血鬼にせよ、蘇る死者にせよ、「早すぎた埋葬」の主題にせよ、病理的な側面から思索を進めることは常に可能だ。嗜眠病や筋硬直症、カタレプシーを誤診した結果としての「早すぎた埋葬」は一定の割合で行われただろうし、そのうちのまた一定数は実際に墓場から立ち上がったはずだと考えられる。

君が「病理学の伝承的側面」に興味を抱いたことは喜ばしい。これは「伝承の病理学的側面」の書き間違いではない。

早期の回復を祈る。君には大きな期待を寄せている。

——ヴァン・ヘルシング"

ベッドの上のわたしのまわりには、東京大学解剖学教室のギールケ医師と、山澤、バーナビーの姿がある。一八七九年七月十三日。コレラの症状はほとんど去ったが、わたしはまだベッドを出ることを許されていない。寺島が遅れて入室し、わたしたちは居ずまいを正す。

「さて、日本の風土病についてということでしたが」

尋ね返すギールケにわたしは頷き、ギールケが続ける。

「わたしの専門は解剖学ですし、詳細については多くを言えませんが——皮膚の硬化や炎症、複合的な臓器の不全を引き起こすもの、脳炎、ダニに吸虫に蚊に寄生虫、南方ではフィラリアも見られますし、まだまだ得体の知れないものも多い。温暖湿潤の環境として一通りは揃っています」

「この国に特有のものも」

わたしは尋ねる。

「それは当然。交通が盛んになったからといって、全ての伝染病がすみやかに世界中に伝播することはありませんから。コレラや梅毒は二十年もあれば世界を一周できますが、潜伏期間が短く致死率の高いものは、拡散する間もなく宿主諸共滅びてしまう。ヒト－ヒト間の感染を行わないものは、病原体の宿主が生活しうる環境下でしか流行できない」

「脳機能に影響をもたらすものは」

「――やはり、脳炎でしょうか。極東地域に広がる特異的な脳炎があると聞いたことがありますが、統計的な調査はまだだったはず」

「ありがとうございます」

わたしは毛布の上の手を組み直す。新聞記事だけを頼りに推理を述べる探偵の話を雑誌で読んだことはあったが、ベッドの上では今一つ恰好のつけようがない。寺島へ問う。

「わたしたちの先回りをして職員を殺害した犯人については」

「まだ不明だが――君の指摘通り、大里化学の警備用屍者の大半は軍から払い下げられたものだった。情報漏れについては力不足で申し訳ない」寺島が無表情に答える。「軍部の動きを探っているが、該当者は割り出せていない。これはなかなか微妙な問題だ。警視局は軍部と深いつながりを持つから、あまり迂闊に動かすことはできない。捜索する側が犯人ということになれば、真相はいつまでたっても藪の中になってしまう」

「大里化学からの物品の押収は」

「押し込み強盗の捜査という名目で目ぼしい物品の押収には成功した。書類上の手続きも終了しているから、君たちへの追及はない」

「最上階の屍者の標本は――」

「メンテナンスが必要な物品なので、とりあえずはわたしのところで受け入れを」

そう答えたのはギールケだ。金属球の中の脳は帰り道に仕方なく皇城の堀に投げ捨てたが、少なくとも寺島は山澤からの報告を受けているはずだ。

「標本の所見は」

と尋ねるわたしに、ギールケは不思議なものを前にした表情を浮かべる。

「あなたの仰った新型の屍者ですな。反応できない体の中で痛覚を刺激され続けているとかいう。あの種の反応は見たことがない。不気味な印象を受けますが、技術の進歩は速い。インストーラもネクロウェアも日々更新され続けていますからな」

わたしは頭の中でパーツが揃ったことを確認し直し、

「そう、屍者です。しかし痛覚を増大された屍者などというものではない。これまで真相を告げずにいて申し訳ない。確信が得られるまでは申し上げにくい事柄があったのです」

バーナビーが聞いていないと言いたげに横目を寄越すが、この男に嘘をつく才能などは期待できない。下手な芝居を披露されてはかえって迷惑というものだから、一緒に不審を表明してくれている方がありがたかった。

「博士は屍者の病理学については」

わたしの問いにギールケは眉を顰めて、

「そんな分野は存在しません。病理学は生者を対象とするもので屍者には適用されない。彼らに命がない以上、定義から健康を損なうことはできない。腐敗したり、黴(かび)に侵されたり、破損したりはしますが、それは医学の対象ではなく、工学の守備範囲です」

「そう、屍者の病理学は存在していない。しかし何故(なぜ)です」

わたしの作り笑いにギールケは反論を試みようと口を開けるが、その前にわたしが右手を挙げる。

「押収した標本の中に、コレラ様の症状を呈したものは」

不意をつかれたギールケの視線が泳ぎ、脳裏にあの硝子瓶(ガラスびん)を浮かべたのがわかる。生理食塩水に漬けられた標本体。彼らはまるで標本に見える屍者たちではなく、実際に病理標本なのだ。

わたしは顔を正面へ向けて上げ直し、

「わたしの罹患(りかん)したコレラの感染源についてですが——」

傍(かたわ)らで、ギールケの顔が理解を示して強く歪(ゆが)む。

「大里化学の屍者からです。おそらくは山澤氏とバーナビーが倒した個体から感染したと考えて間違いないでしょう」

「待ちたまえ」

割り込んだのは、何事かを考え込んだギールケではなく寺島だ。

「大里化学での戦闘については聞いている。感染源が屍者だと言うなら、バーナビー氏と山澤も罹患していなければおかしくはないか。実際に血を浴びたのはその二人のはず」

その件についてのわたしの答えはとても短く、単純だ。

「丈夫だったからです」

　バーナビーは失礼なと鼻を鳴らすが、たとえコレラの病原体でもこの男の体にとりつくのは避けたいはずだ。実際のところ、コレラに感染するかどうかは当人の体力次第だ。コレラの病原が溶け込んでいる水を呑（の）んでも平気な者は平気でいられる。大里化学の物品を押収した人員には、おそらくわたしの病状を告げる連絡が間に合ったのだろう。ハダリーの話によれば、当日わたしの立ち寄った場所はすみやかに消毒された。

　寺島は「丈夫」と口の中で呟（つぶや）いたきりしばらく言葉を失ったが、山澤とバーナビーの顔を見比べ、なるほどなと頷くと、はじけるように笑い出した。感染症の発症は結局確率の問題となる。運と呼んでもいいわけだが、わたしとしてはその見解を受け入れたくない。

　寺島は笑いを引きずりながら、

「つまり君はこう言いたいわけだ。我が日本帝国の旧政府寄りの勢力は、ザ・ワンなる伝説上の存在と取引をし、屍者に病原体を保持させて感染を広げるような研究をしていた、と」

　生物兵器——ギールケが一言一言を噛（か）みしめるようにあとを続ける。

「屍者は既に死んでいるから、致死性の強い病原菌でも保持し続けることが可能だ。世界的感染拡大は人間が死んでしまい移動を妨げられることにより抑えられてきたが、その箍（たが）が外れることになる。そんなことを可能とするのが——あなたたちの阻止しようとしている『文書』の内容なのですか」

「そうです」

わたしは下手な芝居がばれないように、思い切り唇を噛みしめ言葉少なに返答しておく。もしわたしがその可能性を事前に知っていたなら、屍者の扱いにもう少し慎重になっていたはずだし、襲撃の準備も違ったものになっただろうと指摘するのはやめにしておく。

「スピロヘータが脳に回って、精神活動が活性化される事例は知られています。あの屍者たちの異常な運動能力は、様々な病原をあとから付加することによって引き起こされている可能性が高い。認識能力の拡大がみられるかも知れませんが、それはあくまで副次的なものでしょう。病気を使って認識力を高めたところで、敵味方関係なしに病原菌をまき散らす屍兵などは運用しがたい」

「しかし、屍者を病気に感染させるなどということは」

わたしは背中を流れ落ちる冷や汗に気づかれぬように集中しつつ、

「そのための新技術です。そんな技術の拡散は食い止めなければならない」

ギールケが強く頷き、寺島は頭の中で素早く善後策を巡らせているようだ。生物兵器の開発は国際条約に違反しないが、それは単に可能性が見過ごされており、条項が存在しないだけにすぎない。今この東京で病原菌をその身の裡に満載した屍者が暴れ出した場合に何をどこからどうするべきか、寺島が担う責務は重い。

「とりあえずは押収した屍者たちの病理解剖からでしょう。そちらはギールケ博士にお任せしたい。よろしいですな」

寺島とギールケが厳かに頷く。

下手な芝居を終えたわたしは、再びベッドに沈み込む。

三人をドアまで見送ったバーナビーは、ベッドのわたしの足のあたりに腰を下ろし、閉まったドアを注視している。

「何かおかしくないか」

と尋ねるのは、彼にしては上出来だ。

そう、何かがおかしいのだ。まあ時間稼ぎにはなるだろう、とわたしは答える。

「本当は、屍者が病気に感染したタイミングが逆なんだ。大里化学の連中がやっていたのは、生物兵器の開発じゃない。結果的にはそんな機能を持った奴も生まれただろうが、そっちは副産物であるにすぎない。まず何らかの病気を抱えた生者を用意して、そこに上書きを試みたのさ」

硝子瓶に封じ込まれた標本たちの皮膚に浮かんだ様々な斑点。病原により脳機能に齟齬をきたし、セキュリティの緩んだ脳へ命令を書き込む。技術者たちが実現したのはきっとそんなあたりなのだろう。

「そんな実験は当然既にあるんじゃないのか」

「どうだろう。屍者を製造する場合にまず注意するのは、死体の頑丈さのはずだ。屍者の売りはまず耐久性だし、感染症を患っていたなら、遺体は焼却するのが安全だ。大里化学は帝都のど真ん中で、随分危ない実験に手を出していたことになる。ともかく、病気の死体と健康な死体があった場合に、どちらを屍者化するべきか悩むことはないはずだ。それに、それでは順番が違う。大里化学が試みたのは、病気で死んだ死者への書き込みではなく、死にかけている人々への上書きだ」

「胸糞わるいな」

とバーナビーは言葉を選ばずに吐き捨て、わたしも全く同感だ。技術者たちは人体を単に素材とみなしたということになる。成果物としてああして展示されていた以上、延命の可能性を求めて屍者化を実行したとは考えにくい。東洋では人間の命が屍者と同じ程度に安いとはいえ、無謀きわまる研究だ。バーナビーは眉を寄せて記憶を探り、

「『ヴィクターの手記』には、麻薬と音楽による意識変性の方法が書き記されていたんじゃないのか」

「この国の技術者たちは、同じ効果を病原体を用いて作り出すことに成功したのさ。『手記』にはおそらく、具体的な処方は記されていないんだろう。理屈だけが記されていて、実現手段は読み手に任されているのだと思う」

机の上のパンチカードの山は、今も解読を拒んだままだ。バーナビーは首を盛大に振り回しつつ、

「しかし、生物兵器は厄介だぜ。クリミア戦争では腸チフスが猛威を振るった。戦争どころの話じゃなくなる。昔から戦争での死者は戦闘よりも、病気や事故によるものが圧倒的に多い」

「それも一つの戦争をなくす方法、平和の形かも知れないがね」と嫌がらせを言っておき、

「それにもあまり心配は要らないと思う。屍者の体は病原体にとって住み良い環境じゃない。屍者の体で運べるものなら、他の方法でも運べると思うね。そんなものがまだ話題になっていない以上、すぐに実現される公算は大きくない。大里化学のあの部屋だけが、高湿度に保たれていたのを覚えているだろう。あれは、コレラの病原を生かしておくために調整された環境だったのだろうと思う」

バーナビーは腕を組んで考え込むが、なるほどと同意しかけたところで腕をほどく。

「侵入者をコレラに感染させる罠なんて、遠回しすぎないか。手近に置いておくにも危ないだろう」

「その通り。兵器としてはともかく、警備としては出来が悪い。全然守る気がないとも言える。コレラの潜伏期間は短くても数時間だから、目の前まで踏み込んできた賊を足止めする役には立たないし、必ず感染すると期待もできない。わたしたちはたまたま、相手の体液と接触したから感染の確率が生じたけれど、もっと手際の良い奴らなら、感染は避けられたはずだ。コレラに感染させたいだけなら、病原をドアノブに塗っておくだけでも充分だ」

「わからんね」

バーナビーが足を投げ出し、わたしの乗るベッドが傾ぐ。

「メッセージだよ。ザ・ワンらしき相手はわたしたちにわざとヒントを寄越している。わたしがコレラに感染しなければ、こんなことには気がつかなかった」

これはゲームだ。ヒントを得るには代償を払わねばならない類の。謎を知るための度胸や無謀さを備えているか、試されているようなものなのだろう。試されているのはわたしたちだけではない。おそらく大里化学もまた同様に試されていたはずだ。ライティング・ボールの向こうにいたのがザ・ワン当人であったとするなら、何も榎本が「ヴィクターの手記」をロシアから持ち帰る必要はなかったはずだ。その意味で「ヴィクターの手記」は、内容よりも存在が重視されたということになる。

「ゲームな」とバーナビーは考え込み、「先に殺されていた職員たちもか」

「そちらはわからない。あの場に屍者に命令を下せる奴がいたことだけが確かだ。おそらくは旧政府側の勢力の仕業なんだろうとは思う。わたしたちの襲撃を察知して証拠の隠滅をはかったか、それともザ・ワンの命令を受けて動いたのかは知らないが」

しかしだな、とバーナビーが再び腕を組み直し、

「わざわざ屍者を使って殺さなくとも他に手段があったはずだ。あの場で口封じをするよりも、どこかへ移動させた方が早いだろう。その方が、見られてはまずい資料だって持ち出しやすい。どこかがちぐはぐだ」

その点、わたしもバーナビーと同感なのだが、どことなく癪な気がして黙っておく。わたしは考え込んだバーナビーを放置しておき、ヴァン・ヘルシングからの通信文を取り上げる。

現代日本の技術者たちがわざわざ集めてこなければいけなかった病原体を、百年前ならもっと容易に手に入れることができただろう。ザ・ワンの生まれた十八世紀は黒死病の世紀だし、今よりも危険な病原体がそのあたりをうようよしていた。ならば最初のクリーチャは、病変体

として生じた可能性をなしとできない。教授からの返信は、彼もそう考えていることを示している。イスラムのスーフィーたちが旋回舞踏で目を回し、脳状態の変性により神との合一を試みたように、脳に損傷を与える疾病もまた、神への合一を、生と死の統合をもたらし、頭蓋の中にエデンを切り拓いたりはしなかったろうか。熱にうなされるわたしが、幻のカイバル峠で目撃したような、冷たい秩序の帝国を。その光景を地上に固定しようと考えた者はいなかったろうか。

「整理するぜ」

とバーナビーが巨大な手で幅広のこめかみを押さえつつ言う。頭から湯気が立ち昇っていくのが見える気がして、無理するなと言い添えておく。

「『ヴィクターの手記』が、生者への書き込み手順を漠然とした形で記したものだとする」

「認める」

「そいつは麻薬や病気による変性意識状態を必要とする」

「認める」

「何故そんな面倒なことをする。屍者が大量に必要なら、死者を大量生産すればいいだけの話だ。心臓を一突きして歩けばいい」

「技術革新は人の本能だからさ。子供が次から次へと新しい玩具をねだるのと同じだ。何が面白いといって、科学ほど面白い玩具はないよ」

それは多分真実なのだ。悲しむような事柄ではなく、ただの事実だ。考えすぎの心労は猫を殺し、好奇心もまた猫を殺していく。好奇心は進歩のために必要だが、すぎれば種を絶滅させることになるだろう。

「フランケンシュタイン氏が何を考えていたのかは知らないが、今俺たちをからかって遊んでいるザ・ワンの目的は、技術革新なんかじゃないだろう」

「多分ね」

とわたしは答える。技術の拡散という変えることのできない結果を見つめる者は、当然その先へと思考を進めているはずだ。わたしは言葉を選び戸惑うが、バーナビーがあっけなく線を踏み越える。

「ザ・ワンが望んでいるのは、全人類の屍者化じゃないのか」

「あるいは自分たち以外の全ての生者の屍者化かも」

世界中で姿を現しはじめた、生者への死の書き込みを追い求める者たち。一世紀の空白をおき、わたしたちの前に姿を見せはじめた、ザ・ワンの影を追う者たち。

「それとも、人類の革新を目論むかだ」

フランケンシュタイン三原則第二条「生者の能力を超えた屍者の製造はこれを禁じる」。もしも生者への書き込みにより、生者以上の能力を持つ屍者を生産できたとしたらどうなるか。運動制御や思考をさえも、ネクロウェアにより増強できたら。ハダリーのような計算者の能力を誰にでも与えることができたとしたら。その日の気分によって、好きな能力を気儘に書き込むことができたなら。痛覚を意思で遮断し、苦悩をすぐさま上書きし、あるいは消し去ることができたとしたら。相手の意思によらずに、意思を勝手に上書きできる日がやってきたなら、わたしたちは何を好き勝手に行うだろう。それは技術的に実現されたエデンだろうか。

　そうして、その日に至るまでに積み上げられていく実験体たちの山。

「そんなものの何が面白い」

　真面目に悩む様子のバーナビーにわたしは答える。

「面白さを誰が判断するのかという問題でもある。技術の究極点で人類を待ち構えるものとは何かと考えるのは、よほど傲慢な奴だけだろうとは思うがね」

　屍者技術の極点に生まれるかも知れない、自然法則に完全に支配された、冷たく、静かで、罪のない世界。争いの絶えた死んだ楽園。人々は影のように立ち続け、ただひたすらの思索にふける。あるいはただひたすらの闘争にふける、自動的、自律的な道具たちの世界。フョードロフの構想する精神圏は、果たして静謐(せいひつ)に包まれるだろうか。

　ザ・ワン。人間に勝手に生み出され、捨てられた一つの魂。はじまりのアダム。彼が選ぶのは生者への敵対だろうか。

　技術は使用者の才幹を映す鏡だ。わたしは故意に思考の筋道から切り離している可能性の海をちらりと眺める。そこにはあらゆる可能性が形を持たずに漂っている。大里化学が行っていたのは、屍者を倒すための病原菌の開発だということもありうるし、本当に意識変性をもたらす病原体を人類に広げる実験だったという可能性だって存在している。人間は全ての可能性を試すことはできないし、見渡すことさえできはしない。もっともらしいお話が当座の時間稼ぎとして働き、他の可能性を封じ込めておく機能を果たす。

「賭け、か」

とバーナビーが首を振る。ライティング・ボールの向こうから何者か――ザ・ワンと目される者が示した単語。その内容は不明なままだが、ウォルシンガムがザ・ワンとつながりを持つのは今や明らかとして良いだろう。二十年ぶりと言っていたから、積極的な協力関係にあるわけではないのだろうが、「賭け」の語は穏やかではない。

「本国へ報告を上げにくくてかなわんな」

ぼやくわたしへ、

「パンチカードの様子はどうだ」

現実の問題へと向き直ったバーナビーが、フライデーが筆記を続ける文机を指して尋ねる。

「わからん。あんな出鱈目な穿孔では読み方自体がまずわからない。まあ状況からみて、『ヴィクターの手記』のパンチカード写本ではあるんだろう。オリジナルと同じものかはわからないが。これを素直に渡してきたところから見ても、罠だと考えるのが妥当なところだ」

「パズルつきの招待状かも知れんわけだがな」

バーナビーがそちらは任せたというように肩をすくめる。

ザ・ワンは相当な皮肉屋だ。日本政府は手記の破棄を決定したが、このパンチカードの山が本物の「ヴィクターの手記」かどうかは、暗号に阻まれて判定できない。わたしは手記を見つけ次第破棄するつもりでいたが、手記なのかどうかさえも不明な暗号文には、やはり興味をそそられる。好奇心を断ち切ってパンチカードを捨ててしまえばよいのだろうとは思うが、これが何かの真相を示したメッセージである可能性も否定できない。

実際のところわたしとフライデーは、「ヴィクターの手記」から意味のある文字列を読み出すことに成功している。一枚のパンチカードに見出された「このわたし、V・Fは……」とはじまる文章は、そこから先で意味のない文字列となった。滅茶苦茶な文字の並びからは、どんな文章でも読み出すことが可能だ。猫の叩(たた)くタイプライターでも、意味のある並びを打ち出すことはありうる。ただの偶然のなせる業(わざ)にすぎないが。実際、フライデーはヴィクターの独白と読める文字列を見出した同一のパンチカードから、〈このわたし、フライデー〉なる文章さえも、見出している。

あれかも知れず、それかも知れず、どれでもないかも知れない何かの文章。

本国の解析機関を利用できればまだましかも知れないのだが、「手記」はウォルシンガムに気軽に渡せるような代物(しろもの)ではなく、パークスからは、日本の通信網にはあまり信用がおけないという警告も受けている。ウラジオストク－長崎－上海(シャンハイ)をつなぐ海底ケーブルは英国の所有物ではなく、デンマーク所有の大北電信会社(グレート・ノーザン・テレグラフ・カンパニー)が敷設したものだという。ウラジオストクからはロシアの通信網への接続があり、この上、ロシア側に通信を傍受される危険までは冒せない。

机の上には、秘密であるが故に命をつなぎ続ける秘密が、パンチカードの姿をとって積み上がっている。その内容はこのまま知られぬ方が良いのではという思案を、わたしはベッドの上でもてあそぶ。その秘密のあり方は魂に似ているような気分が日々強くなる。

人間の魂の秘奥が、パターンが、ついに解読され切ることになったら、わたしたちはやはり物質だということにならないだろうか。わたしたちの魂なるものが、こうして存在しているように感じられるのは、単にわたしたちの脳の大きさに運命づけられた理解力の不足のせいだということにならないだろうか。もしかして、解析機関たちからすれば、わたしたちの方が粗雑な機械と見えていたりはしないだろうか。

窓の外でざわめきが湧き、バーナビーが歩み寄る。レース製のカーテンを開け、額を硝子に押しあてる。

「ユリシーズ・グラント閣下のパークスへの表敬訪問だな」

そういえばお前も隅に置けんな、と続けるのは、窓外にハダリーの姿を認めたのだろう。そんなものではない、とわたしが抗弁しかけたところでドアにノックの音が響いた。

「どうぞ」

わたしの声に促されて開くドアの向こうに現れるのは、髪を撫でつけ、整った髭をたくわえた、皮肉な笑みを浮かべる男。

「バトラー」

「御記憶頂き光栄ですな、ワトソン博士」

バトラーは大股で踏み込んできて、

「ユリシーズ・グラント前アメリカ合衆国大統領閣下から、ウォルシンガム機関特務、ジョン・ワトソン氏とフレデリック・バーナビー氏、その従僕(サーヴァント)、フライデー氏へティー・タイムのお誘いです。閣下はあなたたちに多大な興味を抱かれている」

バーナビーは遠慮のない視線をバトラーの頭から爪先(つまさき)へと移動させ、威嚇(いかく)のつもりか、右手の拳(こぶし)を胸へ強く打ちつける。バトラーはそんなバーナビーを無視して進み、ベッドのわたしの耳元へ口を寄せた。

「高くつきますぞ」

意味がとれずに見上げるわたしに、

「ハダリー」

とバトラーは片端を持ち上げたままの唇で形をつくり、片目を瞑(つぶ)った。

V

「率直にいこうではないか」

第十八代アメリカ合衆国大統領、ユリシーズ・シンプソン・グラント。南北戦争末期の北軍総司令官にして、合衆国政府がその功績を労うために元帥号を創設したこの人物は、机に肘をついて組んだ手の親指に顎をのせた姿勢でこう切り出した。

「合衆国につくつもりはないかね」

日本政府の遠まわしなやり方に辟易している身としては、あまりにあけすけなグラントの言はむしろ好ましいものと思えたが、あえて喜ばせてやる必要は感じられない。

「わたしは女王陛下の臣民です。こいつについては知りませんが」

こいつ、と親指を向けられたバーナビーは、おいおいと肩を揺らして見せるが、満更でもない様子で愉快そうに微笑んでいる。バトラーがわたしたちの調査資料らしき紙束をグラントの

前へ差し出すが、グラントは一瞥(いちべつ)するだけでめくろうともしない。机にめり込む腹が更に押し出され、

「ウォルシンガムの払う金など知れている。影の諜報員(ちょうほういん)など割にあわん仕事だろう。幾らだ」

と、ぶっきらぼうに続けるグラントの顔には流石(さすが)に疲労の色が濃い。二年をかけた世界一周旅行、それも絶え間なくテロリズムに見舞われ続ける旅程ときては、むしろ驚異的な体力だとわたしは思う。もっともそんな男でなければ、将軍だの大統領だのいうものになろうと考えたりはしないだろうが。わたしは皮肉な笑みを浮かべっぱなしのバトラーへちらりと目をやり、

「ピンカートンでは頼りない、と」

「ピンカートンはよくやっている。それでも人員が足りんのだ」

グラントが組み合わせた指をほどき、椅子(いす)の背にもたれる。

「酒は」とグラントが短く尋ねる。茶会の誘いではなかったかと、窓の外の陽光へ目をやるわたしに、「呑(の)まねばとてもやっておられん」とぼやく。ハダリーがカップとポットを載せたプレートと共に入室し、バトラーが背後から取り出したブランデーの瓶(びん)を堂々と机に載せる。グラントはポットを無視して空(から)のカップにブランデーをなみなみと注ぐ。

「酒(サケ)。ひと肌で」

とからかうように言うバーナビーに一つ頷(うなず)き、バトラーが部屋の外へ姿を消す。グラントはカップの中身を一息に半分にし、

「屍者技術に通じた諜報員はいつも不足だ。大英帝国は自国の領土を守っていれば満足かも知

れないが、合衆国の目指すものは世界の平和だ。この一年だけでも屍者関連の事件は急増している。ファルケンシュタイン城事件を知っているかね」

いえ、と首を振りつつ、

「――たしかバヴァリアにある城だったような」

「バヴァリアの狂王、ルートヴィヒII世の城だ。例の中世趣味と誇大妄想の極まった機械仕掛けの建築物でな。全く、今は何世紀なのかわからなくなる。機械の世紀、屍者の世紀、戦争の世紀、内乱の世紀というだけで手に負いかねるのに、この上妄想の世紀ときた。何故（なぜ）あんな城と我々が同じ星の上に同時期に存在できるのかわからんよ」

「事件と仰（おっしゃ）いましたが」

グラントは不快を隠す様子も見せず、

「ワーグナーだ。あの仰々しく喧（やかま）しい騒音で、ファルケンシュタイン城に神々の黄昏（ゲッテルデンメルング）を出現させた。四日に及ぶオペラの最終幕でな」

先年、リヒャルト・ワーグナーなる作曲家が、二十六年の歳月をかけ「ニーベルングの指環（ゆびわ）」と呼ばれる長大な楽劇を書き上げたというところまでは、わたしも新聞で見て知っている。

「屍者暴走だ」

というグラントの言に、わたしは一つ瞬（まばた）きをして、

「屍者暴走とは――」

「無論、屍者が生者の制御を離れ暴走することを指す」

言わずもがなの説明に曖昧（あいまい）に頷いたわたしの脳裏に大里化学のホールが浮かぶ。

「そもそもオペラの小道具に歌いもできん屍者の群れを使うという趣味自体がよくわからんが、何が起こったのかはもっとはっきりしていない。脱出できたのは、ワーグナーと王と近衛の一握りだけで、奴らは固く口を鎖（とざ）している。その後、バイエルン軍が動員されて、ファルケンシュタイン城は今も封鎖中だ。フランケンシュタイン査察団も派遣されているが各国の思惑のからむ寄り合い所帯の国際機関など糞（くそ）の役にも立たん」

空のカップを机へ打ちつけたグラントへ、

「統制のとれた暴走ということですか」

グラントはわたしを睨（にら）みつけ、

「暴走という言葉の定義にこだわるつもりかね。ふらふらとさまよい歩くという程度のものでないことは明らかだ」

「観客にも相当の被害が出たのでは」

「観客はおらん。王の個人的な上演だ。不幸中の幸いと言うべきなのか、国費をそんな遊興に費やされる国民を憐（あわ）れむべきか。いっそ全滅してくれれば話は早かった」

汚職を糾弾されて大統領職を追われたこの人物も、人民を思う気持ちは一応備えているらしい。グラントはブランデーの瓶をカップへと傾けながら、

「大英帝国とロシアなんぞはまだましだ。ブラジルでは国家自体が屍者工場と化しつつある。自発的な屍者化を進める共同体の誕生によってな。コンセリェイロ（カウンセラー）と名乗る何者かが、その運

動を煽(あお)っている。人民への奉仕のために自ら命を絶つわけだ。その方がより有益な社会を設計できるという名目でな。原因は単なる貧困にすぎん。中国やアフリカでは、村々が一夜で消えつつある。何故だかわかるか」

礼儀正しく首を傾(かし)げたわたしへ向けて、グラントは短く告げる。

「輸出用だ」

人が死ぬ数というものは自由経済の需要に応じて増やしたり減らしたりできない類(たぐい)の数字なのだと、わたしは無根拠に考えていた。自由経済は、全てのものを自由にする。可能なことはいずれかならず実現される。「労働は自由にする」という標語は、この世紀では成り立たない。

「この日本とていつ目をつけられるか、自滅するかわからない。島国という条件は、実験場に適している。ここで何が起ころうと封じ込めが簡単だからな。そもそもが二百年もの間世界から孤立していた島国だ。そんな島が、もう一度世界史から姿を消したとしても誰も気にしたりはせん。皇帝陛下との会談ではその点を強調し、議会制の促進を強くお勧めするつもりだが、間に合うかはわからない」

誰に目をつけられるのかという問いは先送りにして、

「ピンカートンの兵力を保有することによってね」

わたしの皮肉はグラントに通じなかった。

「その通り。管理された軍隊によってだ。英国軍とて最早(もはや)ＰＭＣの支援なしには補給線を支えることさえできんのだぞ。好き勝手を叫ぶ民兵などは国体を守る役には立たん。民兵隊壮年団制定法のおかげで合衆国も大騒ぎだ。高度に専門化され統制のとれた民間の軍事組織が必要なのだよ。生者と屍者の区分をはっきりさせ、軍事と政治を分離せねば、自由経済は歯止めをなくす。自由経済の中に、自由経済の手綱（たづな）を握る機構を埋め込まねばならん」

「その自由経済の担い手たる屍者に暴走事故が起こったというお話でしたが」

　グラントは元々鼻のあたりに集まっている顔の部品を更に寄せ、

「だからこそエージェントが必要なのだ。ファルケンシュタイン城の事件も、ブラジルの件も合衆国の制御下におかねばならん。君たち（ウォルシンガム）は見えないふりをしているようだが、大英帝国の外側にも世界は広がっている。誰かが地球全体を考えなければならんのだ。つけ加えるまでもないが、アフリカや中国で〝生産〟された屍者の主な輸出先は英国だ」

「それと合衆国とね」

　グラントは自分の頭の中のアルコールの靄（もや）を払うように手を振り抜いて、

「君は議論の要点を押さえるのが苦手なようだ。大英帝国はただの大英帝国にすぎんが、合衆国は今後五十年のうちに、世界そのものへ成長していく。屍者生産の産業化は英国にとっては国境の向こうで起こるもの悲しい物語にすぎんのかも知らんが、合衆国にとっては国内で起こった事件と同じだ」

　誇大妄想と呼ぶべきなのか、新興国の根拠なき無邪気さと呼ぶべきなのか、判断に迷う。

「わたしは君たちを評価している。アフガニスタンでの手際（てぎわ）は見事だった」

　どこまで知っていると訊（き）くわけにもいかず、銚子（ちょうし）と猪口（ちょこ）を並べた盆と共に入室してきたバトラーの表情を観察するが、視線は皮肉な笑いを滑り落ちる。元国家元首ともなれば、手に入れうる情報は常人の想像を遥《はる》かに超える。諜報員の想像だって超えてしまって不思議はないが、グラントが、わたしが本国にあげていない報告の内容まで知っている道理はない。

バーナビーは迷いもせずに銚子へ手を伸ばして猪口を無視した。

「合衆国の情報収集能力を舐《な》めてもらっては困る」

グラントの台詞《せりふ》はその外見と同じくまるで犯罪組織の首領じみている。わたしはグラントの台詞の中の「合衆国」と「ピンカートン」を頭の中で入れ替えて、薄笑いを浮かべたままのバトラーの様子をうかがう。グラントは自分をプレイヤーだと思っているが、ピンカートンの駒《こま》である可能性の方がよほど高いだろう。

「我々は、スペクターと戦わねばならんのだ。アフガニスタンでも聞いたことはあるはずだ。手段を選ぶ段階は既に終わった。人員が必要なのだ」

唐突に浮かんだ単語の意味を、わたしは咄嗟《とっさ》に捉え損ねる。不定形の組織ともいわれ、複数のテロ集団が便利に使うための実体のない名乗りともいわれるその単語が、どうしてこの場面で登場するのか理解できない。

「破滅を旨《むね》とした組織《オーガナイゼーション》ですか」

グラントは沈痛な顔で頷く。

「左様。わたしたちの大脳機能を担う組織《オーガナイゼーション》とだ」

一息に銚子を傾けたバーナビーが激しく咳《せ》き込む。バーナビーへ向けた呆《あき》れ顔を戻したわたしの視界の隅で、ハダリーが片目を瞑（つぶ）って何かの合図を寄越すのに気づく。

　わたしたちが脳を通じてしか空を見上げることができないのなら、空は脳の中にあり、脳は空よりも広い。いや、脳は一つの境界であり、その向こうをうかがい知れない壁をなす。人間の顔の皮膚（ひふ）と同じく、こちらとあちらを分け隔てる。

　ノックに応えてわずかに開かれたドアから、わたしとフライデーは延遼館のハダリーの部屋へすべりこむ。均整のとれすぎた体がドアへともたれかかって外界を遮断する。

「協力して欲しいの」

　とハダリーは言う。わたしはハダリーと慎重に距離をとってから大げさに肩をすくめてみせ、「スペクターについて訊いても」と事務的に聞こえるように意識しながら言ってみる。ハダリーがどうぞ、と掌（てのひら）を向けるのを待ち、「つまり、屍者暴走の原因は、人間の脳自体の欠陥であり、犯罪組織としての『スペクター』の正体は、わたしたちの頭の中の『霊素（スペクター）』だということかな」

　ハダリーは失笑に近い微（かす）かな笑みをこぼした後に表情を変え、生徒に対するように背筋を伸ばした。

「複雑でかつ欠陥のないものは存在しないもの。統計的な性質として常に欠陥は存在する。ただ修正と改善のスピードの遅い速いが存在するだけ。魂の存在を信じるあなたでも、自分の脳が無欠だとは考えないはず。そうでなければ何かを学習する必要がなくなる。そもそも複雑という言葉の存在自体が脳の限界を示している」

「現行の屍者には、暴走をはじめる欠陥があるという話だったが」

「スペクターね。アララトではそう呼ばれている。脳機能からテロ組織まで、とても広い範囲に適用できる用語。理論上の存在だけど。実証されるまでは誰も信じないでしょうけれど、わたしたちには明らかなことだと思える」

わたしたち、とはピンカートンを意味するのではなく、ハダリーのような計算者を指しているのだろうと考えながら、

「アララト」

語尾を上げるわたしにハダリーは微笑んでみせ、

「ニュー・イスラエル。六十年前、ナイアガラ瀑布（ばくふ）上流のグランド島を買収して成立」

「それは知っているが、あれはラビたちの研究共同体のはず」

ピンカートンとアララトという二つの単語はわたしの頭の中でうまく結びつかない。民間の武力集団であるピンカートンと、抽象的な研究にその身を捧げるアララトとでは、あまりに距離が遠すぎる。

極度の秘密主義を信条とするアララトは、延々とモーセ五書（トーラー）に並ぶ文字列を並べ替え、カバラと呼ばれる神秘主義の技法にひたるのだとか、最新鋭の制御プログラムを羊皮紙に書きつけているとか、難解な数学理論に血道を上げているとか言われる集団だ。あるいは伝説の土人形（ゴーレム）を研究しているのだとか。国際金融資本の隠（かく）れ蓑（みの）だともささやかれるが、あくまでも噂（うわさ）の範囲

を出ず、時折新聞種（だね）になる程度の趣味人たちの集まりとみなされていたはずだ。

　わたしの当惑を無視してハダリーは淡々とあとを続ける。

「確かに研究機関だけれど、北軍の物資配分を運営するために効率意思決定（オペレーショナル・リサーチ）を行ったのはアララト。北軍の資金運用を管理したのもね。戦争は数字の管理だもの。当時の北軍にはそんな能力なんてなかった。アララトの要求した代償は自分たちの仕事を隠すことと、イスラエル再建の土台の確保。内実と看板ね」

　にわかには信じられない内容に、わたしは反射的に反論している。

「大衆紙の好きな賑（にぎ）やかしだろう。そんな組織がこれまで表に出ずに隠れていられたはずがない。そんな大規模な計算には解析機関だって必要だし、あんなものをこっそりつくって維持することなどできっこない」

「アララトは単なる頭脳集団。ただ本を読んで議論するだけの害のない——あるいは度を越した変わり者の集団だと思われているし、思わせている。各国の諜報機関が嗅（か）ぎつけるのは陰謀の気配であって、理論の内容じゃないもの。最新の数学理論を理解できる諜報員は、屍者技術を理解している諜報員よりも遥かに稀（まれ）。だからただの奇人の集団として放置されている。実際の計算はポトマックの解析機関（アンクル・サム）が行ったし。アララトは理論を打ち立てるだけ。南軍がアンクル・サムをまず破壊すべき目標と気づいた頃にはもう遅かった」

「それに君のような計算者もいる、か」

　そうね、と寂しげに同意しながら、ハダリーは文机の紙を取り上げる。フライデーの腕からペンを奪い、気儘に線を走らせながら問う。

「スペクターが最初に発見されたのは、パリの解析機関の中。何が見える」

中とはどういうことだという問いは無視される。ハダリーの手元には絡み合った糸玉にしか見えない線の交錯が現れている。

「いたずら描き」と答えるわたしに、そうね、とハダリーは錯綜する線の部分部分を強調していき、「今度は」

「——“John Watson”」

ひと連なりの線の上にはわたしの名前が現れている。線を滑らかに追うのではなく、交差点で相手の線へと乗り継ぐ形で埋められたアルファベットは、こうやって指摘されるまで、わたしの目には映らなかった。

「そう、あなたたちの特徴抽出能力は、日常の生活で目にする事物に特化されていて、複雑さには対応できない」

「そんなことはない。その気になれば自分の名前くらいは見つけ出せるさ」

強がりを言うわたしの前でハダリーのペンが素早く走り、「今度は」と再び問いかけられる。ハダリーの強調した線に目をやり、わたしは両手を挙げて降参した。

「——“Hadaly”」

入り組んだ網目の上に現れたハダリーの名は、わたしの名前に絡まるように重なっている。

「スペクターは、こうして生まれる。グラン・ナポレオンの不調を、お国ではなんと」

「複雑化しすぎてついに意識を持ったのじゃないかという冗談は聞いたことがある」

「グラン・ナポレオンは、意識ではなく夢を生み続けている。実体を備えた夢をね。アララト以外の誰も信じないけれど、簡単な理屈。人間の魂の重さは」

「二十一グラム」

「その質量の源は」

「意思の重さ、思考の重さ、想いの強さ」

思いつきを並べるわたしに、ハダリーはロマンチストねと言い、

「パターンよ。あなただって知っているはず。脳内を駆け巡る電流のパターンが質料を生み出す。電流自身は自分が脳の中にあるか余所にあるかは気にしない。パターンは自分が電気に担われるのか、歯車で実現されているのかに拘らない。ではそのパターンが充分に密に大きく成長を遂げた場合には」

ハダリーの手からペンが離れ、わたしたち二人の名前が絡まる乱雑な網目の溢れる紙面に転がる。ハダリーの指が紙の端から線を追いかけ、入り組む線を乗り継ぎながら、「SPECTER」と綴り終え、紙の反対の端へ辿りつく。

「グラン・ナポレオンの不調の原因は機械的なもの。入り組みすぎた計算が質料として物質に凝って砂へと固まり、解析機関の歯車の間に挟まり続けている。歯車は自分の夢の結晶を嚙み砕き、誤った計算結果を吐き出し続ける」

自分の編み出す夢の網に包まれていく機械の姿をぼんやりと思い浮かべつつ、

「規模の拡大が質的な変化をもたらすとでも。解析機関の行いうる計算には限界があるということか」

「今のわたしたちの技術ではね。もっともそちらは改善できる。ほとんど全てのものは改良が可能なのだから。問題は屍者の脳。現在の屍者を動かす機関には、解析機関の夢が入り込んでしまっている。グラン・ナポレオンの夢に限らずね。彼らが不気味の谷をこちら側に渡れないのは、その夢が異質なせい。それはもともと機械に夢見られたものだから、人間には解釈できない」

「それは比喩（ひゆ）だろう。詩だ」

「わたしたちは夢と同じ材料でできている」

「テンペスト」を引用しつつハダリーは微笑み、

「そうとも言えるし、違うとも言える。噛み砕いた説明はそれ自体が比喩になるもの。現実上、スペクターは複雑なシステムへの進入路として現れる。壁に自然に開いた穴のようにね。システムのセキュリティを破る穴。アララトでは、そのセキュリティ・ホールを生み出す機構をスペクターと呼んでいる。計算機に、脳に、社会に充分に発達したシステムに存在するセキュリティ・ホール全般をね。意思中枢を欠くテロリスト集団は最早（もはや）現象と呼ぶのが適切だし、人間がチェックし切れない規模に増大したネクロウェアにもそれは生まれる。土壌が肥沃（ひよく）になると勝手に生えてくる雑草のようなもの。勝手に生じてくるものだから、根絶する手段はない。土を徹底的に焼いてしまわない限り。

あなたたちは今や解析機関なしにはネクロウェアを理解できない。解析機関の助けを借りてようやく設計ができるくらい。設計と呼ぶほどのものでもなくて、何度も闇雲に繰り返し行き当たりばったりの計算を続けて、それがただ動くということを知っているだけ。あなたたちが立っているのは、山の稜線みたいなところで、人間は目隠しされた状態で、ふらふらとそこを歩いている。両側には深い谷が切り立つのに

「そのセキュリティ・ホールは——」

ヴィクターの手記によってもたらされるのかという問いは呑み込む。ヴィクターの手記の存在をピンカートンが摑んでいるのかはまだわからない。パンチカードに記されたヴィクターの手記。その読み手として想定されたのは人間ではなく——ネットワークにつながれた解析機関の方ではないのか。ハダリーはわたしの絶句には気づかぬようにあとを続ける。

「外部からの操作を許したり、暴走を引き起こすセキュリティ・ホールは生者にも存在するのか。それは当然。その存在は証明できる。でも証明できるのは、どこかに存在するというところまでで、どこにあるのかまではわからない。生者のパターンは入り組みすぎていて、今のわたしたちが実行できる計算の規模ではどうにもできない」

「暴走が起こるような欠陥を抱えた機関は、古い機関で置き換えればいい」

ハダリーは胸の前で、架空の球体を抱えるように両腕を伸ばす。球体の直径を拡大しながら、

「スペクターはある程度の規模と複雑さを備えたもの全てに生じるの。塵のように物質化した情報が様々なノイズとなってわたしたちの行く手を阻む。わたしたちが設計を自分たちの頭で

把握し切れなくなったあたりでそれは生まれる。スペクターは複雑さという言葉そのものでもあるのよ。生者の暴走を開始する鍵がわからないのは、規模が大きすぎるせいで、偶然だけではセキュリティ・ホールの在り処を見つけ出せないからにすぎない」

ハダリーの腕が左右に伸び切り、指が球体の破裂を示すように握られ、開くのを見届けてからわたしは尋ねる。

「屍者の暴走手法を見つけ出した者がいるとでも」

「ファルケンシュタイン城や世界中で起こり続けている暴走事件が偶然の事故ではないとすればね。テロ組織としてのスペクターは自然発生的なものと見えるけれど、ファルケンシュタイン城の事件はどうかしら。偶然にしてはタイミングが良すぎる。そんなものを見つけ出せる者は誰だと思う」

ハダリーは悪戯をしかける小娘のように笑う。

「それに、スペクターはパターンに生じるものだと言ったはず。パターンは担う物に依存しないとも。あなたたちは、この星を覆う巨大なパターンを編み上げつつある。そのパターンは何を生み出すかしら」

「全球通信網――」

ハダリーは真顔に戻りわたしを見つめる。

「全球通信網がそれ自体の意思を持つとでも」

「違うわ。スペクターは意思じゃない。さっきの言葉を使うなら、全球通信網は、入り組みすぎた故の支離滅裂な夢を見ることになり、それがセキュリティ・ホールとなる。自らが生み出した、実体を持つ夢としての、あちらの世界への入口をね。その夢が屍者へ書き込まれる偽の魂の中へ絶えず注がれ続けるとしたらどうなるかしら。グラン・ナポレオンは不調ぐらいですんでいるけれど」

わたしは捨て鉢に握った拳を振り切っている。

「そんなものは人類の運命とでも呼ぶしかない。自分たちには扱い切れないものを作り出した報いだ。理解できない現象は確率的なものとして現れる。運だ。わたしたちがこうして出会っているのも、物質の挙動を支配する方程式が決めたことだが、人間にそれは理解できない」

「そう、運命」

ハダリーはわたしの反応を楽しむように頰を緩める。巣を壊されて右往左往する蟻を眺める子供のように。ハダリーが、不意にわたしへ向けて手を差し伸べる。ふらふらと歩み寄るわたしの頰へ、冷たい手が当てられる。わたしがもう一歩を踏み込んでもハダリーは位置を変えようとしない。わたしの唇が、ハダリーの氷のような唇へ触れる。腰へ回そうとした手が、予想外に強い腕の力に阻まれる。

ハダリーはわたしの耳元でささやく。

「わたしたちには見定められない〝運〟を操ることのできる人物がいるとしたら。ファルケンシュタイン城の事件は、〝彼〟がまた一枚地獄の扉を開いた結果だとわたしたちは考えている」

屍者暴走。大里化学であらかじめ殺されていた職員たちと、最上階に据えられた脳。わたしはハダリーの髪の香りを深く吸い込む。わたしの思考は激しく回転するが、口が先に言葉を紡(つむ)ぐ。

「――ザ・ワン」

「協力して欲しいの。わたしたちはザ・ワンをおびき出したい」

ハダリーとわたしは至近距離から視線と思惑を絡み合わせる。

わたしたちはもう一度ゆっくり唇を重ね合わせ、甘い痺(しび)れがわたしの後頭部のセキュリティ・ホールを貫通し、フライデーが礼儀正しくペンを置く音が響いた。

Ⅵ

一八七九年八月十日。浜離宮は静かな緊張に包まれている。

屍者たちの儀仗兵が門から延遼館へ延びる道に整列し、正装した近衛たちが、ピンカートンの要員たちと対面する形で立ち並ぶ。屍者たちの発する微かな臭気を、緊張する人馬の汗の匂いが上書きしていく。近衛が犬を連れるのは、屍爆弾を事前に割りだすためなのだろうが、犬たちは明らかにこの雰囲気に困惑して気圧されている。澄んだ空気が薄い硝子のように張りつめ、額から汗を拭ったわたしはタキシードの胸元を緩め、あたりを見回し、締め直す。

この空気は一個の人間によってもたらされている。日本帝国皇帝その人の存在により。

黒塗りの馬車のタラップを踏み、長身の人物が玉砂利の上へ降り立つ。実際の背丈は知らないが、背丈の低い日本人の中では際立つ。何よりもその身にまとう雰囲気が皇帝を実際よりも大きく見せる。軍服に身を包んだ明治の世の支配者は、グラントとの会談に浜離宮中島のお茶屋を選んだ。池の中央にぽつりと浮かぶ小さな島に設けられた質素なお茶屋は、ほんの猟師の仮小屋程度のものにすぎない。島は岸と三本の木製の橋でつながれ、防衛戦にはうってつけの地勢だと、下見をすませたバーナビーも保証した。

「銃撃戦にならなければの話だけどな」

とつけ加えもしていたが。

グラントが提案してきた作戦は、いかにもアメリカ人が考えつきそうな、滅茶苦茶に派手な内容である。グラント自ら日本皇帝と共に囮(おとり)となってテロ組織をおびき出し、一網打尽を試みるというのがそれだ。無論日本側へ通達できるような作戦ではなく、アメリカ側の独断だ。

「言語道断な作戦に聞こえるだろうが」

「ええ」

事前の作戦説明の場で愉快そうに語るグラントの言に、わたしは同意できない旨(むね)をそう手短に伝えるが、グラントは気にとめる様子も見せない。

「これは見かけほど突拍子もない策ではない。どうせわたしは、絶えずテロリズムに見舞われている。元北軍総司令官と前アメリカ合衆国大統領というだけでも、わたしを殺したい奴らはうようよしている。それが世界を周遊しつつ、議会政治と民間軍事企業の素晴らしさを説いて歩いているのだから、気に食わん奴らの数は増える一方だ。ピンカートンは、そいつらが意思を持たない実体で、不定形の現象だとかいう御託(ごたく)を並べてくるが、しかし相手がスペクターだろうとなんだろうと、起こることは結局変わらん。襲われれば撃退する。尻尾を掴む。泥を吐かせる。それだけだ。別に警備を手薄にするということではない」

「だからといって、大里化学から鹵獲した屍者たちまでも警備に組み入れるというのは――」

馬鹿げている、と言いかけたわたしへ向け、グラントは苛々と足を踏み鳴らすだけだ。

「無論、感染症を保有する屍者は論外だ。だが大里化学で警備にあたっていた屍者たちは当然、怪しいものは片っ端から敷地へ入れる。ピンカートンの手持ちだけではなく、日本側の保有する、ロシア製、フランス製の機関を搭載した屍者たちもだ。皇帝の護衛となれば、日本政府も出し惜しみはできん。これは君たちの目的にも合致するはずだ」

しばらくグラントの発言を吟味してから、わたしは自分が名目上、フランケンシュタイン査察団の一員として、日本の保有フランケンシュタイン数を調査に来ているのだったと思い出す。グラントは自分が皮肉を言ったとは気づかぬ様子で、

「暴走する可能性のある屍者たちはできる限りこの浜離宮に入れておきたい。スペクターとしても日本はわたしを暗殺する最後のチャンスの場となるはずだ。しかも日本帝国皇帝諸共だ。合衆国へ戻ってしまえば、わたしに手を出すのは容易ではない。敵をこの旅行の最後にあぶり出しておきたい。屍者は道具だ。操り手を倒さねばならん。わたしは奴らが屍者暴走を用いることをむしろ期待しているのだ。屍者の暴走がどうやって引き起こされるのかもわからんままでは、対策のとりようもないからな」

そう豪快に笑い飛ばすグラントはおそらく、訪問してきた各国でこんなことを繰り返してき

たのだろうと考えながら、わたしはボンベイ城から遠望した黒煙を思い出す。リットンはピンカートンの実力を笑っていたが、それはどうやらグラントが故意に好んで引き込んでいたものだったらしい。

自ら敵を懐（ふところ）まで引き込んでおいて証拠を求める。積極的で果敢だとも言えるだろうが、どうもその作戦はこれまで功を奏してきたようにはとても見えない。どこかで成果が出たのなら、今のこの状況自体が存在していないはずだ。つまりこの作戦はこれまで通りに失敗する見込みがとても強い。

「大丈夫だ」

とグラントは胸を張り、

「わたしはこうしてまだ生きている」

とひどく説得力を欠いた台詞（せりふ）を言う。こいつもまた戦争狂（ワーモンガー）の一匹なのだと、わたしは痛む頭をさするが、グラントにとって、襲撃はもはや日常の一部を構成している。ならば有効利用してやろうという気持ちになるのも理解はできる。周囲の者は迷惑だろうが。

「しかし、スペクターの標的に日本帝国皇帝が入っているかはわからないのでは」

グラントはあっけにとられた顔をして、

「当たり前だ。それを確認するためにも陛下には御臨御（りんぎょ）頂く。奴らが何を狙うかで正体や目論（もくろ）みがわかるのだから」

それはつまり、グラントは自分の至近距離まで敵勢を引き込もうと考えていることを意味し

——わたしとしては、こんな人物を国賓として招き入れた日本政府へ強い同情の念を禁じえない。

延遼館を囲む林の緑の中から姿の見えぬ鳥たちの声が漏れ、静かに響く波音をひたすら騒がしい蟬の声が上書きしていく。堀に囲まれた浜離宮はその名の通り海へ面した離宮である。いざというときのために東京湾に面した浜には、脱出用の舟艇も手配されている。わたしは皇帝の背中を見送ったあとも延遼館の馬車止めに立ち、再整列を終えた屍者たちの隊列を眺めている。強い日差しに漂白される光景の中、緑色だけが目に鮮やかだ。

屍者暴走、スペクター、の言葉を頭の中で様々な形に配置してみる。わたしたちの脳にも存在するのだというセキュリティ・ホール。社会におけるセキュリティ・ホールと言ってはみても、実現されるものは常に具体的な事象。社会における一定以上の複雑さを持ったものに必然的に生じる現象だ。現象には実体があり、目で見、手で触れることができてはじめて現象となる。抽象的な対象だろうと、操作には具体的な手順が必要となる。

脳には電気信号を送ればよいが、社会という漠然とした存在物とは何を用いて交信することができるのだろう。たとえ手段が原理的には存在しても、実行できるかとなると別問題だ。わたしたちの社会自体が生み出すセキュリティ・ホールとして全人類の屍者化や、暴徒化なる欲望が存在したとして、手段としてはいちいちの頭をぶん殴り、電極を刺して回るしかない。そんなことを実行できるとは思えないし、社会に醸成された雰囲気が、自分の脳へ電極を刺す流行を生み出すとも考えられない。

益体（やくたい）もない思考を巡らすわたしの耳に、ひときわ高く犬の吠（ほ）え声が尾を引く。

張りつめた空気がひび割れ、動揺が近衛とピンカートンの上に波のように広がっていく。

綺麗（きれい）に横隊をなしていた屍者の隊列が微（かす）かに乱れ、屍者たちの頭が順に、見えない手に摑まれたように揺れはじめる。降りそそぐ太陽光に屍者たちの体の中の凍りついた時間が溶解してゆき、軍服の下の筋肉がだらりと緩む。犬たちが周囲の屍者に吠えつき、それを抑える生者の近衛にざわめきが走る。

　わたしは拳（こぶし）で頭を叩（たた）き、思考を現状に同期させようとつとめる。

　隊列を乱した屍者たちは、まるで当惑しているようだ。眠りから醒（さ）めた赤ん坊のように周囲を見回す。無造作に腕を振ってみて、足を投げ出す。力が膝（ひざ）から大地へと抜け、その場に転び、またよたよたと立ち上がる。しばらくそんな試行錯誤を続けるうちに、ぐらぐらと落ち着かない頭が固定され、腕の動きがはっきりしてくる。首が据わり、脚が体を支える様は、乳児の発達過程を早回しに眺めるようだ。

　近衛たちは何がはじまったのか把握し切れない様子で銃口や刀の先をふらつかせる。異常な空気に気圧（けお）されて、徐々に背中合わせに集まっていく。ピンカートンの社員たちが整然と延遼館の入口へ引き、防御円陣を組みはじめたのと対照的だが、ピンカートンにはグラントの作戦を知らされている利点がある。この場の生者の数は屍者をしのぐが、距離が悪い。至近距離での戦闘力は、屍者が生者に優越する。

緊張に耐え切れなくなった近衛の銃声が一発響き、蝉たちが一斉に沈黙する。わたしはグラントの策が当たったことを認め、馬車止めから走り出す。

振り返りつつ走るわたしの視線の先で、屍者たちが銃声に反応して動きを止め、口を大きく開いて牙(きば)を剝(む)く。屍者の背中に吊(つ)られた旧式のゲーベル銃が虚(むな)しく揺れる。屍者が動く。屍者たちは思い思いに近衛の円陣へと襲いかかり、悲鳴が上がり、銃声が立て続けに起こったところで、わたしは中島へ続く道の角を折れた。

浜離宮は自然の姿を残した地所で、細道は剝き出しの土が踏み固められただけである。林の角を曲がったところで、前方に立ちはだかる屍者と鉢合わせる。銃声に引かれてこちらへさまよい出てきた様子で、視線は泳ぎ、歩みもまだ安定しない。夜道で出会えば酔っ払いとしか見えない動きでこちらへ進む。

屍者の額へ拳銃を擬し、虚(うつ)ろな視線が斜めにずれて銃口を迎える。先程の様子を見るに発砲は屍者を呼び寄せるだけだが、発砲しなかった場合にどうなるのかを、自分の体で実験してみる気にはなれない。一応、識別用の認識コードを口にしてはみるものの、屍者の挙動に変化は見えない。

屍者の頭が傍(かたわ)らの林へ飛び込むわたしの動きをのんびりと追い、ゆっくり腰を沈めはじめる。木々の間を抜けたところで背を微かな風圧が押し、屍体が木にめり込む音が続いた。肩を針葉樹の幹にめり込ませた屍者が顔を上げ、口を大きく開き威嚇(いかく)してくる。跳躍という運動制御を行う機関のバージョンを思い出している暇はない。

多いぞ、という叫びをわたしは呑み込む。

ピンカートンの予測では、暴走しうる屍者はせいぜい二十体を超えないあたりと思われていた。会談の日程が定まってから、機関のアップデートや整備に回された屍者の数がその程度だったからというのが根拠だ。整備員にテロを企む者が紛れ込んでいたとしても、ここに集められた屍者たちの全てに命令を仕込む暇はとてもなかった。

屍者暴走の原因は、ネクロウェアのセキュリティ・ホールに仕込まれたタイマーのようなものだろうというのが、ピンカートンの見解だ。二十体程度であれば、手持ちの屍者だけでも鎮圧できるというのがグラントの見込みで、戦力を擦り減らしてから、制圧下に置いた数体を中島の茶屋へ導くというのが計画だった。屍者がグラントを認識するか、皇帝を敵とみなすか、充分な情報を得たあとで余裕をもって破壊するという手順がとれるはずだったのだ。

顔にかかる小枝を払って駆け続ける。フライデーをハダリーと一緒に延遼館に残してきたのは正解だった。あそこならドアを閉じ息を潜めていれば、屍者たちの気を引かずにすむだろう。

「何があるかわかりませんから、お気をつけて」

ハダリーは不安げな顔を出発前のわたしへ向けた。病み上がりのわたしがわざわざ出ていかなくとも、と引き止めてくれ、自分が行くと主張した。わたしはハダリーの前に跪き、磨かれた黒いヒールに口づけをして部屋を出た。わたしの予想は着々と悪い方向へと実現されつつある。

現状では、延遼館周囲の屍者はピンカートン保有のものを含めてほとんど暴走を開始したと考えて良さそうだ。生者の人員だけで屍者を堰き止められるか微妙な線ということになる。わたしは必要以上の音をたてぬように速度を落とし、中島を目指す。木々の間から覗く屍者たちは、ここでは静かに佇立している。銃声はここまで届いたはずだが、今はまだ命じられた位置から動くつもりはないらしい。わたしは注意を持続したまま池を囲む道へと向かう。

道へと続く傾斜の向こうへ、屍者の頭が現れる。足音を聞きつけたのか単に気配を察知したのか、屍者の体がゆっくり回り、わたしへ向けて顔を上げる。認識コードを口に出すと、今度は素直に体を戻した。

わたしは胸を撫で下ろし、踵で土手を削って道へと降りる。すぐ先に池の端が姿を現す。木漏れ日の下を腰を落として小走りに進み、視野がひらける。池の全貌を見渡したところで振り返る。背後の屍者の頭が大きく揺れはじめ、わたしは急いで池の様子を観察し直す。

視界の中で体を不規則に揺さぶりはじめた屍者は数体。そのいずれもが池のこちら側に配置された個体だ。不安げに周囲を見回していた池周辺の近衛とピンカートンがざわめきはじめ、盛んに腕を振り出すのが見える。

――――。

池の向こう側から一発の銃声が響き、わたしは一瞬目を瞑る。延遼館周辺に発した混乱は間もなくここへも波及するだろう。近衛たちが、訓練された動きで池を横切る橋の上に整然と縦陣を組みはじめる。あちらはまかせておいても良さそうだと判断し、わたしは池を廻る道を走りはじめる。どこへという目算はない。わたしの予想が正しいとして、この段階では行き当たりばったりに事態の進行を見守るしかない。目はバーナビーの巨体を探すが、打ち合わせ通り姿は見えない。奴が今ここにいるようでは全てが無駄になるのでそれで良い。道端(みちばた)に点々と配置された屍者たちが、ゆっくりと頭を揺らしはじめる。近衛の発砲音が遠間に響いて揺れは止まる。本能を闘争に特化された屍者たちが、声なき声で咆哮(ほうこう)を上げる。

道を塞(ふさ)いだ屍者を前に、道端の小枝を拾いかけるが、そんなものでは役に立たないことに気づいて放る。日本刀を借りようかとも思ったのだが、自分の指を落とすだけだと断られたのが悔やまれる。屍者はわたしの捨てた小枝の動きを追いかけ、池に広がる波紋を眺める。そうしてゆっくり首を回して、わたしを判じ物のように観察する。わたしと屍者の間の空間へと腕を振り抜き、わたしは自分が敵として認識されたことを悟り、足を止める。こうなれば認識コードは試すだけ無駄だ。

あとじさりつつ振り向く先にも、こちらを判ずるような顔つきの屍者。左手に池、右手の土手は一息に登り切るには少し高い。わたしは拳銃を構え直す。

引き金を引く。屍者の頭が運動エネルギーの直撃に、がくりと後ろへ向けて仰(の)け反(ぞ)る。わたしは脚の限りに走り、屍者の腹部へ拳を埋め込む。そのまま強く前へ押し出し、押し倒す。屍者の指先が裾(すそ)をかすめる。周囲の屍者がわたしに注意を向けたのを顔を上げるまでもなく知る。

体を急いで前へと倒し、土手から転げ落ちてきた屍者をかわす。そのままつんのめった姿勢から防御を捨てた全力疾走に移行する。道が開け、芝の整えられた広場へと出る。充分な広さがあれば、フランケン・ウォークで迫る屍者をかわすのは難しくないが、それも息が続く限りの話だ。フェイントをかけ、急に止まって方向を変え、不規則蛇行を繰り返す。これがラグビーフットボールと異なるのは、タックルを一度食らえば試合が終わってしまうところだ。

屍者たちとの緩慢な鬼ごっこを続けるわたしの横の屍者が不意に姿勢を崩し、ライフルの発射音が遅れて響く。思わずそちらに目をやると、橋を守る兵士の一人が、こちらへむけて陽気に手を振っている。

そこには見知った顔がある。山澤へ向け発砲は控えろと大きく手を振ってみせるが、山澤は再び射撃姿勢へ戻る。わたしの顔をかすめてライフル弾が飛び抜けて、背後に迫った屍者の肩部を吹き飛ばす。わたしを追いかけていた屍者たちの群れは動きを止め、天上からの指令に耳を澄ますように上を向く。顔を下げ、山澤たちの守る橋へと歩き出す。一見、わたしを助けてくれたようにも見えるが、単に助力にかこつけて、自分が戦闘騒ぎに参加したかっただけだという方に賭けても良い。

わたしは一つ息をつく。中島へつながる三本の橋のうち、二本では既に戦闘がはじまっている。現在の周囲の屍者たちから茶屋を守ることはできそうだが、延遼館周辺の屍者たちが増援として出現した場合にどうなるかはまだわからない。

暴走した屍者たちに銃器を使う様子がないのは幸いだ。

わたしは茶屋に注意を配りつつ、池のまわりを反時計回りに海側へ向けて走り続ける。茶屋を外界から隔てる紙製の戸が勢いをつけて開け放たれ、グラントが姿を現すのが小さく見える。一歩遅れて進み出すのは皇帝だ。グラントは笑い顔を露骨に浮かべ、皇帝は怒りに表情を歪めているようだ。二人とも頭を下げる様子もみせず、傲然と周囲を睥睨（へいげい）している。

——。

銃声がひときわ高く鳴り、ライフル弾がグラントの傍らの木製の柱から破片を散らす。グラントは表情も変えずに、弾痕（だんこん）へと笑みを投げて胸を張る。皇帝がまた一歩を踏み出し、グラントを遮るように胸の前に腕を伸ばす。近衛たちの間から悲鳴に近い警告が上がる。銃声が続き、再び傍らの柱へ着弾する。柱の裂ける音が聞こえる気がする。わたしは射線を逆にたどって、発砲者の潜む林に目星をつける。

　視界の端から、池のほとりを逆回りから林へ駆け込む大きな影。

「バーナビー、遅い」

　わたしは叫ぶ。これではわざわざ個別に行動していた意味がない。踏み出した足に激痛が走るが無視する。ズボンに血が滲（にじ）んでいるが、いつ怪我（けが）をしたのか記憶にない。

　三発目の銃声が湖面を揺らす。皇帝が大人げなく抵抗するグラントを強引に茶屋へ押し込み、紙製の戸を立て切るのを見る。紙では防御の役には立たないだろうが、狙撃の目標を見失わせるくらいの機能はある。

　足を引きつつ枝を払って進む先に、やる気なさげに拳銃を持ち上げたバーナビーの姿が浮かぶ。射線上には、わたしに横顔を向ける形で両手を挙げた一人の男。男はわたしの足音を聞きつけたのか、足元に転がるライフルを余裕のある動きでこちらへ蹴（け）る。

　わたしは息を切らしつつ、男のもとへ到達する。

「やれやれ、あんたたちか」

両手を挙げたバトラーは嘆かわしげに首を振り、心底うんざりだと言いたげな顔のバーナビーへと、

「何故撃たなかった」

天気を問うような調子で尋ねる。

「当てる気がない奴を撃っても仕方ないだろう」

バーナビーは不貞腐れたように答え、トリガーにかけた人差し指を軸に拳銃をくるりと回す。安全装置さえ外していないバーナビーを、バトラーは鼻で笑い飛ばす。これだから英国人は嫌いだという内容を口の中で呟くようだ。バーナビーはわたしの目線での問いかけをうけ、上げた顎で中島を指す。

「わざと外したんだ。こいつがこの距離からあんなでかい的を外すような男か。あとから弾痕を調べてみればわかることだがね。間違いなく、柱の同じ箇所へ三発撃ち込んだはずだ。暗殺に失敗したのは、自分の腕のせいではなくて、やる気がなかっただけだと証明するためにな。恰好つけやがって」

これだからアメリカ人は嫌いだという内容をバーナビーは大声でがなりたて、バトラーが愉快そうに笑ってみせる。

「買い被りだが、あんたとは気が合いそうだな」

「そんなことはない」

バーナビーは不満げだ。

「あんたは俺が嫌いだ、俺もあんたみたいな男が嫌いだ。だから気が合う」

そうじゃないかね、とバトラーは何故かわたしに同意を求めた。

Ⅶ

延遼館の一室を閉め切るドアに手をかける。

わたしはハダリーの部屋のノブに触れたまま、ためらいの一瞬が過ぎるのを待ち、開け放つ。風圧がドアをこちらへ押す。全身を白一色に包んで夕暮れの窓辺に立つハダリーを、室内に吹き込むカーテンが隠す。ハダリーはカーテンに身を紛(まぎ)らせながら、感情の込もらない目で戸口に現れたバーナビーとわたしの姿を見比べている。わたしたちの背後から顔を出したバトラーの姿を認め、カーテンの中から静かに踏み出す。やっぱり、とハダリーは溜息(ためいき)をつく。

真っ直ぐにわたしを見つめ、

「いつからわかっていたのかしら」

ハダリーが問い、わたしは答える。

「これはわかるとかわからないとかいう話ではないような気がする。今でもわたしにはよくわからない。運命はどこまで運命で、何がどこまで決まっていたのか、どんどんわからなくなってきていますよ」

「買い被りです」

とハダリーが穏やかな笑みを浮かべ、その返答にバトラーが肩をすくめる。無惨に引き裂かれた近衛の死体をよけつつ延遼館へ戻る道すがら、最初は拳銃を突きつけてみたりもしたのだが、馬鹿馬鹿しい気持ちになってやめてしまった。この男には他人をそういう気分にさせる能力がある。不真面目に見えるくせに芯が真面目で、真面目に生まれついているくせに、根のどこかが徹底的に不真面目なのだ。

そそくさと机についたフライデーがノートを開きペンを取り上げ、バーナビーがバトラーの背中を押して扉を閉めて施錠する。バトラーはハダリーの傍らへ進むが視線を合わせる様子はない。場が整ったのを確認し、わたしは机の角に浅く腰をかけてはじめる。

「わたしたちを大統領暗殺の犯人に仕立て上げようとした、これは良い」

わたしがそう切り出す横で、バーナビーが目を剝くのは無視して続ける。

「あなたたちがグラントの暗殺を企むならば、実行の機会はいくらでもあったはずだが、今このときに実行したのは、わたしたちという犯人役がいたからだ。前アメリカ合衆国大統領がただ暗殺されても面白くない。あるいはもっと有効に利用できる暗殺場所があっただろうということになる。大英帝国のエージェントが前大統領を殺害したということになれば、ことは国際問題になり、英国の地位は大きく下がり、日本での活動にも大きな支障が出ることになる。もしも日本帝国皇帝までが凶弾に倒れていた場合、何が起こっていたかは予想できる範囲を超える」

ハダリーは礼儀正しく小首を傾げ、

「あなたたちを犯人とする材料はあまりに少ない気がしますね」

「『ヴィクターの手記』パンチカード写本がある」

ハダリーとバトラーを慎重に観察しつつ、「ヴィクターの手記」の名を出すが二人の表情は動かない。ハダリーはわたしへ向けて挑むように断定する。

「暗号はまだ解けていません」

「そう、解けていない。あなたのその反応も答えの一部だ。これは解けない暗号なんだ。あなたにならこの暗号文から、もっともらしい解読文を読み出す解読法を自在に生み出すことができるはずだ」一拍を置き、「充分に複雑なものは、ほとんどの可能性を含んでしまう」

ハダリーは生徒の成長を認めるように微かに頷き先を促す。

「『ヴィクターの手記』の正体はあらゆる解釈を許す暗号文だ。それはすなわちランダムな記号列ということになるわけですが。しかし手記の実体は今は問題ではない。要点は、あなたが、このパンチカードから、屍者のセキュリティ・ホールへアクセスする方法を実際に読み出せることにある」

ハダリーは間髪を挟まず答える。

「それは推理ではありませんね。そのカードはあなたたちが大里化学から持ち出してきたもののはず。その場には山澤氏もいたと聞いています。日本側があなたたちが犯人であると納得する材料が足りません。このカードに秘密が記されていたとして、屍者暴走の引き金を引くことのできた者を犯人とするなら、犯人は大里化学の関係者の誰かでも良いことになる」

違うのです、とわたしは答える。

「この暗号を形だけでも解ける者など、この国にはいないわけです。あなたか、フライデーのような処理能力を持つ者にしかこの暗号は解けないようにできている。この国はまだ数学者を養成する体制を整えていないし、大規模計算機も保有していない」

「日本の算学は特異な発達を遂げていますが、その主張は認めましょう」

「パンチカードを解読できる者が、あなたとフライデーしか日本には存在していない以上、あなたが、このカードから屍者暴走の仕組みを読み出せば、わたしたちにはそれを知る機会があったということになる。何故(なぜ)ならこのカードには、そんな内容が記されていたということになるわけですから」

「まて、わからん」

ようやく話に追いついてきたバーナビーが口を挟む。

「そのパンチカードに書かれた内容が滅茶苦茶な文字列なら、何が書かれていたとか、解読できる者が誰かという話にはならないだろう」

わたしは静かに首を振る。

「なるんだ。理屈はあとからいくらでもつけることができる。彼女がとても入り組んだ解読法を、専門用語を交えつつ解説しはじめた場合に、反論できる者がこの国にいるとは思えない。わたしたちにも多分できない。彼女が提案する解読法は誰にでも実行できるものであるはずだ。彼女の指示通りに作業を行えば、指定の文字列が現れることになる。それは解読に見えてしまうんだよ」

「わからん」

「そう、わからないからだ。過程がわからなければ、結果に頼るしかなくなる。これは理屈の問題じゃない。人間の理解の仕方の問題なんだ。人間は物事を物語として理解する。暗号が具体的にどんなに強引な方法で解かれたかは問題じゃない。誰が解いたことにした方が面白いか、書かれているとされる内容がいかに刺激的かが重要なんだ」

「だが、そのパンチカードは日本に来てから手に入れたものだぜ。そこにたまたま、屍者暴走の方法が書かれているのを見つけたから、俺たちが暗殺を企んだなんていう筋書は呑気すぎるだろう」

「それは逆だ。わたしたちは元から『ヴィクターの手記』の隠滅を求めてこの国にやってきたんだから。わたしたちは日本政府に『手記』の内容を知らせていない。嘘を並べはしたけれどな。自分たちが内容を知る『手記』を隠滅しにやってきたということになっている。だから、このパンチカードに屍者暴走の方法が書かれていたなら、わたしたちは元からそれを知っていたのだということにされてしまう」

バーナビーは自分の頭の働きを補うように指先で額の皮をひねりつつ、

「やっぱりわからん。そのパンチカードは暗号化された写本なんだろう。榎本が持ち帰った暗号化される前の原本が存在する以上、大里化学関係者の誰もが犯人でありうる」

「それは正しい指摘だが、やっぱりこれも逆なんだろう。これが榎本がモスクワから持ち帰った原本なんだ。あるいはそのままコピーしたものだ。平文で記述された、解読を待つ内容はない。そうでなければ、わたしたちを犯人に仕立て上げることができない以上、そうなるんだ」

「大里化学がザ・ワンと交渉を持っていた以上、解読方法は直接訊けばいいじゃないか」

「それを言うなら、大里化学――日本政府内の旧政府派は『ヴィクターの手記』を手に入れる必要さえなかったはずだ。これはザ・ワンからの試験でもある。相手が自分の手先として充分な能力を持っているかどうかを確かめるための」

　そうですね、とハダリーへ向けて尋ねるが、ハダリーは哀しげに微笑むだけだ。わたしは肩の力を抜いて、

「ここまでの話を日本政府の視点から眺めてみよう。英国からリットン調査団を名乗る奴らがやってきて、『ヴィクターの手記』を隠滅せよと迫る。日本政府は『ヴィクターの手記』を解読することができないままだ。そうして今日の延遼館事件が起こる。ハダリーが登場し『手記』の内容を明かす。そこには屍者暴走の技術が記されている。それは元々わたしたちが知っているはずの内容だと日本政府は考える。犯人はわたしたちということになる。フライデーの能力は、この国に存在する計算機の能力を遥かにしのぐ」

「それなら、俺たちがパンチカードを持っている必要さえないだろう。俺たちが元々その内容

を知っていたことにされるんなら」

「わたしたちを犯人とするには、証拠として読み出される実体が必要だ。パンチカードがなければ、わたしたちは『ヴィクターの手記』に記されていたのは全く別の内容だと強弁できる。だから彼女がこの計画を思いついたのは、公使館のわたしの部屋でパンチカードを見つけたときということになる。それまで彼女は『手記』がわたしたちの手にあることを知らなかった」

だがね、とバーナビーは眉根（まゆね）を寄せつつ、

「俺たちが犯人と名指されたとして、その女が真犯人だと主張するという手があるだろう」

「動機は何だい」

「内紛だろう。ピンカートンか合衆国の」

「日本帝国皇帝まで暗殺しかけるような内紛か。それよりはよっぽど、得体の知れない大英帝国のエージェントの犯行とする方が通りがいいさ。これは、どんな話がより面白いと思われるかという話だ。ピンカートンは屍兵の売り込みを進めている。他国の内紛は歓迎だろうが、自分たちから内紛を引き起こして歩くという噂（うわさ）が立つのは御免のはずだ。少なくともまわりはそう考える。大英帝国には日本に対する不満もあるしな。革命政府を支援したのに、新生日本帝国はドイツの技術導入へ舵（かじ）を切りつつある」

「不満で皇帝を暗殺したりはしないだろう」

「見せしめ——ということにもできる。問題は英国人が自分たちをどう思っているかじゃない。英国人がどう思われているかだ。インド植民地やアフリカ大陸で英国軍が何をやらかしてきた

か、あんたの方が良く知っているはずだ。ここは世界中のほとんどの人間が興味なんて持たない島国なんだ。状況証拠はわたしたちに不利だ」

「英国だって、合衆国に喧嘩をしかけたくはないと思うがね」

「勿論、犯人を公表する必要はない。表向きには原因不明の屍者暴走と不慮の事故ということでけりがつく。グラントの死に様としても悪くない。汚職によって退陣した南北戦争の英雄が、合衆国主導のもとでの世界平和を説く旅の終わりに凶弾に倒れる。合衆国と日本政府が外交カードを手に入れるだけだ。日本政府にもっともらしい説明を与えられればそれでいいのさ」


——ということですね。


尋ねるわたしに、ハダリーは問いで答える。

「屍者暴走の仕組みについてまだお聞きしていません」

わたしの脳裏に大里化学の死者たちの姿が蘇る。あそこで屍者たちを操ったのが金属球の中の脳だとして、今回の事件の犯人がハダリーならば、霊素につけ入り暴走を発動するには、セキュリティ・ホールに据えられたタイマーなんてものは必要ないのだ。

「確証はありませんが、音波でしょう。低周波なのか高周波なのか、人間の耳には聞こえぬ音域のものだ。屍者の異変に気がついたのはまず犬でしたし、暴走はこの延遼館を中心に広がっていった」

「ここから中島まで届くような音源があったと」

わたしは指を微かに動かし、ハダリーの足元を指す。

「事件前、あなたは黒いハイヒールを履いていた。今は白い靴に履きかえている。音源はあなたなのでしょう。泥だらけになった靴を履きかえた。あなたがこの部屋を出たかどうかは、フライデーの行動記録を探れば判明する。騒動の間、席を外した時間があったはずです」

言いつつ、わたしはふと気づく。ハダリーにはフライデーを暴走させることにより、その間の行動記録を無効化することさえできたはずだと。

「犬笛でも吹いて歩いたということかしら」

「あなたが、証拠となるものをそこらへんに隠すような人とは思えませんから、発見は期待していませんが、本気で探せば見つかるでしょう」

「もしそんなものが発見されれば決め手となりうるでしょうね」

「傍証はあります。あなたはカイバル峠でバトラー氏の操る馬車に乗っていた。無謀な——勇敢な御婦人だと思いましたが、それだけではない。あなたはいざというときバトラー氏を守るために馬車に乗り込んでいた。危ういときには屍者を暴走させて逃走の時間を稼ぐためにね。あなたには屍者を暴走させる能力がある」

——良いでしょう。ハダリーの頭がゆっくり頷く。

「動機は何だよ」

バーナビーが再び割り込み、わたしはバトラーのにやけ顔に顔を顰める。バトラーは解説はお前に任せたというように手をひらひらと振る。

わたしはウォルシンガムからの資料を思い出しつつ、

「バトラーは南部の人間だ。北軍の封鎖破りで名を上げた人物だが、工業や産業にいちはやく目をつけ、南軍の敗北を予言したために旧弊な地主たちからは激しく敵視されていた。彼は奇妙な人物だ。相当な皮肉屋であるくせに、自ら敗北の運命づけられた南軍に一兵卒として身を投じ敗北を経験している。戦後は再び大西洋間の貿易事業をはじめて富を築いた。南北戦争の頃から武器の輸出入に手をつけており、その後人脈を利用してピンカートンに入り込む。その目的は――」


バトラーは右手でわたしを遮り、フライデーの前の箱を開いて葉巻を取り上げる。脚を投げ出すようにしてソファへと身を投げ出すと、優雅な動作で吸い口を切り、火を点ける。全員の注視の中でゆったりくゆらせ、わたしたちの注視の中で煙を吐く。バーナビーが踏み出そうとするのをわたしが目で止めたところで、バトラーはようやく口を開いた。

「お恥ずかしい話だが、わたしの結婚生活は上手くいかなくてな。ピンカートンとの接触を持ったのは、娘を――」


言葉を切り、ハダリーへ向けて顔を上げ、二人はしばし見つめ合う。

「娘を亡くしてしばらくしてからだ。娘を亡くしたわたしは突然何も手につかなくなった。自分はこれまで何をしてきたのだろうとな。わたしは工業と産業の信奉者だ。南部の人間のような情は理解できない。迫りくる北軍の屍兵たちを前にして、騎馬で名誉ある突撃をかけるような馬鹿どもの気持ちはわからん。しかしわたしの体に流れる血は南部のものだ。その事実に心底嫌気もさしていた。激情に見舞われると理屈や損得を超えて暴発する正義や崇高（すうこう）といったものにも。それに身を任せることは心地良い。わたしはその心地よさを恥じ、そうして屍者へ目を向けた。感情を持たず、ただ黙々と命令を遂行する屍者たちに」

　煙を吐き出す。

「ハダリーと出会ったのはその頃だ。彼女とは、わたしが自暴自棄になっていた時期に、トーマス・エジソンの研究所で出会った。その頃わたしは多少頭がおかしくなっていて、人間のまま屍者となることはできるのかと、あの高名な発明家に尋ねに行ったのだ。一度死んで蘇るのではなく、生きたまま死ぬことはできるのかとね。わたしは正にそんな状態だったから。わたしは自分が回復することを知ってはいたが、その状態を持続させるのが自分に適した罰だと思いこんでいた。エジソンはわたしの考えを笑い飛ばしたよ。〝自由とは選択のないことだ〟と言ってな。そうして彼女を紹介してくれたのだ。死を見つめるつもりがあるなら、彼女を連れて、しばらく旅行でもしてみるがいいとね。財産の半分を要求されたが、その程度のことはなんでもなかった」

　両手を股（また）の間に落としたバトラーの視線が紫煙の中を漂う。

「わたしには戦場が必要だった。それから多くの内乱の地をハダリーと共に旅した。それはやがてピンカートンの一員としての仕事に変わった。わたしは段々と屍者を理解していったよ。馬を理解していくようにね。個別の屍者の違いがはっきりとわかるようになり、奴らには奴らの秩序があるのだと体で理解しはじめた。屍者はただの木偶（でく）の坊（ぼう）ではなく、生者とは違ったやり方で暮らしているだけなのだとね。彼らも自然の法則に従っているだけなのだ。その意味で屍者とわたしは同じだ。与えられた状況に、何かを最善と感じながら唯々諾々と従い続けるだけだ。生者からの命令ではなく、自然からの命令にだ。生者が屍者と異なるのは、自分自身の行動を自分の意思によるものだと、あとから勝手に考えて自分を騙すだけなのだとね。それならば屍者になろうとすることには意味がない」

さて、何の話だったか、とバトラーは頭をゆっくり振る。

「――ああ、彼女の話だ。ハダリー」

ハダリーを見つめつつ、まるでそこに彼女がいないかのようにバトラーは話す。

「彼女は――計算者だ。そう――計算者だ」

バトラーは何故か口ごもる。

「彼女が今回の計画を組み立てたのは、わたしのせいだとも言える。彼女はわたしが、グラントを憎んでいるという理解を捨てられないのだ。殺したいほどグラントのことを憎んでいるとね。厄介なことにそれは事実だ。しかしわたしの望みではない。南部を滅ぼした男を許すことは決してできない。だがそのことと、当の人物と酒を酌み交わし、談笑し、笑い合うことは何も矛盾しない。それは相手を欺く態度でさえない。計算者である彼女に決して伝わらないのはその点だ。彼女はわたしが、グラントを殺すチャンスを狙っているという思考を捨てられない。その冷徹な計算能力に邪魔されて。言うなれば、これも霊素の性質だと言えるのかも知れない。ただ寝首をかくだけでは足りず、最大限に利用可能な状況を狙うという目標を理解することはでき、成功の確率を計算もできる。だがそれだけだ。これがグラントも認めた決闘ならば、わたしも南部の男らしく銃をとるだろう。しかし彼女にはそれが理解できない。決闘なんてものは、状況の利用としては最低の部類に属するからだ。わたしはグラントの暗殺を望んでいない。この言葉は彼女には通じないんだ。今も彼女は、その人間離れした計算力で、わたしのこの発言の裏にある意図を意味づけし続けている。この発言までも含めて、わたしには予想もつかないわたしの〝意図〟を勝手に読み取り続けているんだ」

信じられるかね、とバトラーはわたしたちに皮肉を最大限に増した笑みを投げかける。

「世界一周旅行中、ハダリーが次々に立てる暗殺計画から、グラントを守ってきたのはわたしなのだ。当然、本物の暗殺計画も多くあったわけだが。君たちにカイバル峠で出会ったのも、古い年式のネクロウェアを搭載したままの屍者がうようよするボンベイの雑踏ではもう、グラントを守り切れないと思ったからだ」火の消えた葉巻の先を見つめつつ、「ついでに、ザ・ワンの追跡に従事しているという噂の英国の間抜けな諜報員の姿を拝もうとも思ったがね」

彼女はそれを知っているのかと、わたしは問う。

「勿論知っているさ。実際こうして聞いているのだから。知識としては知っているが、理解の様式が異なっている。彼女は、自分の立てた計画に美しさが欠けるが故に、わたしが最後の引き金を引かないのだと考えてしまうわけだ。当然彼女の用意した舞台で最後の引き金を引く役を与えられているのはわたしだ。わたしの暗殺放棄は、彼女には改善点の指摘としか映らないのさ」

窓辺に佇むハダリーの静かな笑みは、今では凄惨を秘めたものと映る。彼女は常人とはかけ離れた思考を裡に秘めた何者かだ。

「では、あの場にわざわざ潜んだ理由は」

わたしの問いにバトラーは、

「不測の事態が起こったときにグラントと皇帝を守るため、というのが名目だが、わたしにもよくわからない。ハダリーが彼女なりの理屈で上手く説明してくれるかも知れないがね。もし機会が訪れたなら、わたしにグラントを狙う気が起こるだろうかと試す気持ちも無論あった。自分の意思なんていうものが何をするかはわからんよ。君たちこそそいつ気がついた」

わたしはハダリーへの答えを繰り返す。

「わかるとかわからなかったということではなかった気がする。——わからんね。何かが起こるという気がしただけだ。あなたのプロファイルを見たときのような気もするし、ハダリーがパンチカードに指を触れたときのような気もする。だがなによりも、ザ・ワンの反応を誘うという名目にしては、作戦自体が危うすぎる。グラントが何を信じているにしても」

顔を上げたバトラーは不思議そうにわたしを見つめ、

「グラントを囮にザ・ワンの反応を引き出そうという作戦は本物だ。その作戦とグラント暗殺の機会が重なっているから話が面倒に見えるだけでな。

ザ・ワンの案件はアララトにとっての最優先課題だ。彼には常に精鋭部隊が差し向けられている。わたしがアララトとつながりを持てたのも、放浪した戦場のあちこちで、ザ・ワンの痕跡を見ていたからだ。拘束できないようなら射殺も許可するという極秘の大統領命令もある。ハダリーの使った屍者暴走技術を我々がどこから手に入れたと思ったんだ。遺棄されたザ・ワンの研究施設からに決まっている」

金属半球に収められた脳。

「つまり――今回と同じような屍者暴走事件の何割かは、ザ・ワンを誘い出すためにアララトがわざと引き起こしているものなんだな。ファルケンシュタイン城事件も君たちが――」

「あれは違う。ザ・ワンは現実に活動している。このところ数を増やしつつある屍者暴走事件のいくつかが」バトラーは沈黙するハダリーを見つめ、「彼女の手によるものだったことは否定しないが、全てではない。わたしがグラントを守ってきたのは、何もハダリーや各地の職業テロ組織からの襲撃からだけじゃない。その中には確実に、ザ・ワンからのものも含まれていたはずだ」

「ザ・ワンは遠隔地から屍者を好きなときに暴走させたりできるのか」

「あんたももう見ているはずだが」

ハダリーへ目をやるわたしに、バトラーが冷笑を向け、短く結ぶ。

「大里化学で」

わたしが大里化学で目撃したもの。「ヴィクターの手記」。卓越した剣の使い手二体。新型の屍者とはいえ、山澤とバーナビーを向こうに回して一歩も引かなかった屍者たち。――ライティング・ボール。その中へと封じ込められた脳。

外部からの屍者操作に特化され、調整された脳――有線でザ・ワンと接続され、自律する機能を備えた身動きさえもできない分身。人間の能力を超えた計算力を付与された脳。大里化学で屍者を操ったのがザ・ワンならば、その能力は暴走の引き金を引く程度ではすまないことにわたしは気づく。山澤とバーナビーを相手に一歩も引かなかった屍者二体の能力が、外部からの計算支援を受けたものだったとしたら。屍者に対する直接操作。

「外部脳――」

わたしは言い、バトラーが珍しく生真面目な顔で頷く。

「特化された屍者の脳だ。その捜索と破壊もわたしたちの任務でね。暴走を引き起こす周波数と旋律は、屍者ごとに、屍者の立つ地点にあわせて厳密に調整されねばならない。これはその場の気温や風向きにも左右されるし、ネクロウェアのバージョンによっても調整しなければならん。リアルタイムで膨大(ぼうだい)な計算をこなせる者でなければ扱えない。その場にいなければならない以上、遠隔操作や他人まかせは不可能だが、ザ・ワンはそれを解決する方法をあんな形で実現した」

「そんなものが――」

「ただの技術さ」

バトラーは言い、葉巻を灰皿へ押しつけながら、そっけなく問う。

「さて、わたしたちをどうするかね」

室内に重苦しい沈黙が降りる。

「取引だ」

わたしは答え、バトラーはハダリーに腕を差し伸べる。ハダリーは何かを計算するように宙へと目を泳がせ、頷く。一見素人じみている彼女の暗殺計画は、あまりに偶然の要素に頼りすぎていた。あまりにもなりゆきまかせだと言える。言い訳じみるが、わたしが彼女の計画に気づくのが遅れたのはそのせいだ。ほんのわずかな要素がずれるだけで、一気に破綻するような計画だ。わたしにはそれがずっと不審だったが、今は全てが違った視点から考えられる。彼女にとっては、わたしたちには細い糸としか見えない因果の網が、蟻にとってのロープのように見えているのかもわからなかった。

「ハダリー」

わたしの力ない呼びかけに、ハダリーは計算されたやさしい笑みをまるで機械のように浮かべてみせる。わたしの体は、その偽りの笑みにさえまだ微かな慰めを感じることをやめていない。


この日、延遼館事件で生産された死者は二十六名。重軽傷者五十六名。破壊され機能を停止した屍者は五十二体に上った。

未だ飛び散る肉片の残る延遼館の馬車止めで死者たちを運ぶ担架の列を眺めながら、バーナビーが静かに尋ねる。

「お前さんは、この事件が起こったのがロンドンだったら、同じ取引を持ち出せたかね」

わたしは問いに答えない。わたしの意思が体の中で一体何を企むのか、自分が何を考えているのか把握できない。

バーナビーはわたしを責める様子は見せず、胸の前に大きな十字を一つ描いた。

Ⅷ

あとは、ほんの落穂拾いだ。

公使館の軽装四輪馬車を借り出し、皇居沿いの道を進む。鍛冶橋の手前を折れて、煉瓦造りの建物へ向かう。馬車止めでは無表情を貼りつかせた男が一人、わたしたちを待っている。川路利良大警視。

「まったく、派手に暴れてくれたものだ」

川路は抑揚を欠いた声でそう言うが、声には咎める気配がない。どこかほっとしているらしいと想像ができるくらいに、わたしも日本人の感情表出の薄さには慣れてきた。

「機密活動の一環でしてね」

本気にとったかどうかは知らないが、川路は重く頷いてみせる。

「わたしの手紙に応えて、あなたが出迎えて下さったということは」わざと内容をぼかして問う。これはわたしが日本で手に入れた交渉術だ。「そういうことだと考えてよろしいのですな」

川路の目が苦笑含みに鈍く光る。

「日本の屍者技術を改善したのは、御想像の通り、ザ・ワンだ。もう彼は日本にいないがね」

川路はわたしを入口へと導きながら、

「ザ・ワンは、戊辰（ボシン）の戦の前に幕府によって秘密裡に保護された。一八六七年のパリ万博でのことになる。徳川昭武（トクガワアキタケ）公の随員として渡欧した渋沢栄一（シブサワエイイチ）が、イスラエルの秘密警察からその身柄を保護した。日本にとって幸いなことに、ザ・ワンは今後の富殖のために必要な技術に関する知識の持ち主でもあった。たとえイスラエルの機嫌を損ねても日本には独自の屍者技術を開発する必要があるというのが、渋沢の主張でね」

フライデーのつけた註釈によれば、戊辰の戦とは十年前の旧政府と革命政府の戦闘を指す。

「イスラエル、アララトですか」

「あなたがたには見えにくかろうが、資源を持たない者同士、気の合うところも多いのでね」

アララトの秘密警察。まあ実体はピンカートンなのだろうが、まだ欧州のどこの諜報（ちょうほう）機関もそんなものへは目をつけていないだろうことは黙っておく。

「ザ・ワンは旧政府側に肩入れしていた」

「フランスからのルートだから、自然そうなる。彼はパリからの脱出ルートを探していた。極東の島国、それも戦乱の迫る島というのは彼にとっても好都合だった」

「彼の研究対象は、屍者と、死にかけている人間だった——」

川路はわたしの問いを無視して庁舎内を進み、中庭へ通じる扉を開ける。その先に現れるのは、バーナビーが幽霊の噂（うわさ）を聞きつけてきた監獄所だ。屍者実験と監獄のつながりは、わたしに暗い予感をもたらすが、川路は監獄の手前で左へ曲がり、煉瓦造りの小さな建物の前で止まった。

「諜報部員にこんなことを言うのも何だが——内密に願う」

表情を強張（こわば）らせた川路へ、

「胸に収められる範囲のことであれば」

と答えておく。充分だろうと川路は言い、鍵（かぎ）もかかっていないドアを押し開け、わたしたちを二階へ導き、ドアを礼儀正しくノックする。

部屋の中からわたしには単語の区切りも定かではないくぐもった声が返り、川路は静かにドアを開いた。

簡素な部屋の窓際（まどぎわ）にベッドが一つ。文机とその傍（かたわ）らにライティング・ボール。金属球から伸びるコードは、途中で断ち切られている。室内の調度はほぼそれだけだ。奇妙な風体の人物が一人、半身を起こした姿勢でわたしたちを待ち受けている。奇妙というのはその顔つきだ。額が常識を超えて長い。掌（てのひら）の横幅二つほどの長大な額がわたしを迎える。観相学者が知ったら是が非でも骨格標本を手に入れようとするだろう。

その人物は、息を呑（の）み込みしきりと瞬（まばた）きするわたしを面白がるように観察したのち、

「お話は伺（うかが）いました。ワトソン博士」と訛（なま）りの強い英語を発する。「大村（オオムラ）。大村益次郎（マスジロウ）——と

かつて呼ばれた男です」

「かつて呼ばれた――」

わたしはここは驚くところなのかと、傍らの川路を振り返る。

「大村閣下は日本帝国陸軍の開祖と呼ぶべき方だ。新政府初代の兵部大輔（ひょうぶたいふ）を務められ、屍兵を主体とする近代的な兵制改革を進められた。十年前に暗殺されるまで」

「暗殺なされた――」

と問い返してから、どこか間抜けな応答だったと気がつく。大村と名乗る人物は気にとめる様子もなく鷹揚（おうよう）に頷き、川路が続けた。

「屍兵に襲撃されたのだ。額と左のこめかみ、右膝（ひざ）の傷は特にひどかった。右足は切断ですんだが、脳の損傷は大きく、人間の医師には手のつけようがなかった」

「大村氏は新政府側の人物だったのですか」

長州のお生まれだ、と言う川路の言は、肯定の意味にとっておく。人間の医師、と川路は言った。

「その人物を、旧政府側にいたザ・ワンが治療した」

語尾を上げたわたしの問いに、

「小さな国のことだから、敵と味方に分かれようがつながりはある。パリ万博の際、渋沢の翻訳についたアレクサンダー・フォン・シーボルトは大村氏の負傷時に外交官として日本に滞在していたのでね。大村氏の治療には、楠本（クスモト）イネ氏があたった」

どうも日本における常識部分を省いたらしい、やや脈絡のとれない川路の発言をわたしは補う。

「シーボルトというと――日本にドイツ医学をもたらしたという話を聞いたことがあったような」

「アレクサンダー氏は、そのシーボルト氏の御子息、楠本イネ氏は日本での御息女にあたる」

わたしの頭で一つの名前が点灯する。フィリップ・フランツ・フォン・シーボルト。わたしと同様、ドイツ連邦の諜報員としての密命を帯び、日本に潜入したという人物だ。五十年ほど前の出来事のはずだったと思う。フライデーの頭に収めた日本の資料に、彼の名前を確かに見かけた。医師にして諜報員ということだから、わたしの先達（せんだつ）だなと記憶に残った。わたしの方は医学の技が覚束（おぼつか）ないが。

「以来、わたしは死んでいるのです」大村はほがらかに笑ってみせ、「頭部の損傷は深く、通常の治療では手のつけようがなかった。屍者の仲間入りですな。こう見えてわたしも医師の出ですから、自分の身に起こったことがいかにありえないかは理解しています」

「ザ・ワンによってネクロウェアをインストールされた」

そんなことが可能なのかと、この人物に問う意味はないだろう。

「部分的なものです。少なくとも最初はそうだった。今はどこまでが元のわたしで、どこまでがネクロウェアの思考なのかわからない。所詮（しょせん）はその場しのぎの無理のある施術だったのです。わたしの脳はネクロウェアの負荷に耐え切れず、徐々に崩壊しつつある。むしろこれまでもったのが不思議なことです。そう遠くない日に、わたしは完全に屍者と化すでしょう。あるいはそう判定されることになる。その前に自決するつもりでいますが。わたしのなすべきことは終わった。兵制の改革、薩摩の叛乱（はんらん）の鎮定。思い残すことはない。わたしは満足しています。これがたとえ、ネクロウェアがわたしに感じさせている安息であったとしても」

淡々とそう大村は言う。川路は大村を厳しい顔で睨（にら）みつけ、

「閣下は新政府に不可欠の人物です。そしてまだその力は必要だ。ロシア帝国の動向は急を告げている。大清帝国がいつまでもロシアの強圧に耐えられるとは考えられない。清が落ちれば次は日本ということになる」

奇妙に強い川路の語調は新政府内部の軋轢（あつれき）に原因があるのだろうと見当をつけてみるものの、わたしには特に興味がない。日本の国内事情については、軽く頷きを返すにとどめ、

「ザ・ワンが姿を消したのは」

「閣下の治療を終えられて間もなく。この国での充分な研究を終えたということですな。我々は今も彼を探しているが、いかんせん世界は広い。各国への観戦武官の派遣は、ザ・ワン追跡の一環でもある。彼は動乱の中心にある」

わたしは山澤の顔を思い浮かべる。プレブナでは見つけられなかったザ・ワンに、彼は自国で回線越しとはいえまみえたことになる。

「あのライティング・ボールは」

「ザ・ワンの分身としての置き土産（みやげ）だ」

「日本政府はザ・ワンからの指令を受けていた――」

「大里化学が、だ」

と、川路は言い逃れのような台詞を吐く。そちらには眉を上げるにとどめ、

「『ヴィクターの手記』の入手も、ザ・ワンの指示だった」

「大里化学の独断だ。勿論、ザ・ワン・コピーがその存在を仄めかしはした。〝回線越しでは伝送することのできない情報〟を含む機密文書として。我々が革新的な屍者技術を求めるのは自然なことだ」

そうして延命技術もだろう。どんなにいびつな形であっても大村の命が救えた以上、先年暗殺されたという内務卿大久保も、ザ・ワンの腕があれば生き延びることができた公算がある。当人がそれを望むかどうかは別問題だが。異形の技術によって生かされ続ける大村を前に、わたしは頷く。

「しかし『手記』は解読できなかった」

「そう、暗号文の解読はわたしたちの能力を遥かに超えたものだった。そこにあなたたちが現れた。読むことのできない文章を保持することに意味はない。引き渡しは本来穏当にすむ予定だったのだが」

「素直にお渡し頂ければ良かった」

川路が大村に視線を投げ、大村が引き取る。

「そうもできない理由がありましてな。我々としても、ザ・ワンと日本政府が交渉を持ってい

たことを明かすくらいなら、素直に『手記』を渡してしまう方が得策だった。あの施設はザ・ワンの下部研究機関としての役目を果たしていたが、あなたがたも目撃したように、徐々に生物兵器の開発へと暴走をはじめていましたしな。そんなものが国際社会で受け入れられるわけはない。研究を行っていたという事実が知れるだけでも、将来的な禍根（かこん）となりうる」

「それでは何故（なぜ）」

「『手記』に記されている内容が不明だったからですよ」

その発想は奇妙に馴染（なじ）みのあるものだ。大村は淡々とあとを続ける。

「不意に疑問が襲ったのです。『手記』に記されている内容は本当に屍者技術なのかとね。ザ・ワンが日本で研究していたのは、伝染病や風土病にとどまらず、動植物や人間には害のない菌株（ストレイン）にまで及んでいました。もしも『手記』に記されているのが人類にとって禁断の技術だったとしたらどうなるのか。たとえば民族浄化細菌の培養法だったとしてみましょう。あなたたちが解読に成功し、そんなものが出てきたらどうしますか。真相が出てきてしまえば、わたしたちは解読法を知らないという言い訳などは通用しない」

それはハダリーが思いつき、わたしが危ういところで見破ったのと同じ思考の筋道だ。

「閣下がその着想を得たのはいつです」

さて、と大村が遠い目をする。

「閣下は」とわたしは慎重に息を継ぎ、「パンチカードに直接触れたことは」

大村は肯定の頷きを寄越し、不審げな表情を浮かべる。大村の視線が泳ぎ、わたしはこの男が戸惑っているのを知る。わたしは気にしないで下さいと手を振り、大村の視線が安定する。

「大里化学には、偽装用の『手記』も用意しておいたのですがな。わたしたちにも解読できる内容の。形通りの抵抗をして、あなたがたにはお引き取り願うはずだった。まあそんな細工も無駄だったわけです。まさかザ・ワンが屍者を暴走させることにより、自らあなたたちを導くとは考えてもみなかった」

「ザ・ワンは、警備の屍者に暴走を引き起こすネクロウェアをインストールしていた」

わたしは多少気が咎めながら明らかな嘘（うそ）を口にするが、大村は疑う様子もなしに頷き、

「脳炎を応用したものでしょうな。世界中で目立ちはじめた屍者暴走事件も、ザ・ワンの手によるものなのでしょう。我々は知らずにそんな研究に手を貸していたことになる」

日本政府が大里化学と浜離宮の暴走事件の真相を知るにはまだ時間がかかるだろう。

「大里化学の事件を機に、ザ・ワンとの協力関係は解消なさった」

わたしは床のライティング・ボールを見る。ザ・ワンとの連絡を保ちつつ、ある程度自律する機械。そのありようは生命だろうか。日本政府との契約は終わるとザ・ワンは告げた。切断されたケーブルは、いびつに維持されている大村の命をつなぐホットラインでもあったはずだ。

「左様。日本は内乱期を抜けて本格的な成長期へ突入する。急場しのぎの詐術は捨てる時期にきたのですよ。出来あいの技術の移入ではなく、基礎からの研究開発へ道を譲（ゆず）ってよい頃だ。日本は独自の道を進まなければならない。わたしの仕事は——終わりました」

川路がわたしに目配せをする。指摘されるまでもなく、傍目（はため）にも大村の症状は重く、気力で

動いているにすぎないことはわかる。わたしは素直に引き下がり、気を取り直した大村が微かに背筋を伸ばしてみせる。

「さて、あなたが大里化学の背後にいたのが内務省だと気づいた理由についてお聞かせ願いたい」

わたしが川路へ宛てた手紙には、日本政府内務省そのものが大里化学を隠れ蓑に、ザ・ワンと緊密な関係を持っていたという証拠について公表をする用意があると記した。

「ありません」

とわたしは笑う。

「当てずっぽうです。落としどころは大きい方が面白い」

あっけにとられた表情を浮かべる日本人という民族はまだ純朴だ。軍部を疑っても良かったのだが、まず内務省を選んだ理由は単純だ。バーナビーの仕入れてきた幽霊話。

咳き込む大村の開いた口から、くつくつという音が漏れ、彼が笑っているのだとわたしは気づく。

「なるほど」

と大村は言い、なるほど、と再び繰り返す。それがネクロウェアと生体脳機能のせめぎ合いから生まれるものなのか、単なる笑いなのかわたしに判別する術はない。

「閣下は推理小説などは読まれませんか。よくある手です」

「忙しい生涯でしたからな」

と大村は純朴な恥じらいを含んだ声で言う。戦乱の時代に生きた男の脳裏に一体何が渦巻くかは、わたしの理解の及ぶところではないだろう。

「エドガー・アラン・ポーなどをお勧めします」

「ありがとう。寺島へでも伝えておこう。彼は次の文部卿に就任予定でな」


こうしてわたしたちの日本滞在は終わりを告げる。

わたしたちはグラントのリッチモンド号に同乗することを許された。当然そこには、ハダリーとバトラーの姿もある。屍者暴走事件の原因は不明――それが公表される事実の全てで、わたしたちがバトラーと交わした取引だ。バトラーが正確に打ち込んだ弾痕についてては、バーナビーが文句を言いつつ夜陰に乗じて柱ごと隠滅してきた。わたしたちは沈黙を守り、バトラーはアララトによるザ・ワン追跡にわたしたちを加える。グラントは今回の暴走事件を、スペクターを支配するザ・ワンの犯行と信じ続けるだろう。

荷造りをするバーナビーは、パンチカードの収まる箱を持ち上げ、

「無駄足な上に事実が更に入り組んだだけだ」

とこぼす。生者への上書き、生物兵器、屍者暴走、生者の脳の一部へのネクロウェアのインストール、スペクター。確かに事態は広がっていくばかりで、収束する兆しも見えない。バーナビーの嘆きも当然だろう。しかしそれは単にわたしたちの知識が広がった結果にすぎない。わたしたちは既に存在していたものを確認し直しただけなのだ。

そんなことはないさ、とわたしは答える。

「『ヴィクターの手記』を手に入れられたし、ザ・ワンの実在も確認できた」

「ランダムな記号列なんてものは、俺にだって書けるし、回線の向こうの相手が誰なのかなんてことはわからん」

そのままパンチカードをゴミ箱へ投げ込もうとするバーナビーの手をわたしは遮る。本当にこれはランダムな文字列だろうかという問いは、バーナビーの脳容量を超えるだろうから黙っておく。わたしたちがそれをランダムな文字列とみなすのは、その文章が複雑すぎて、解読法を見出せないからにすぎないからだ。

このパンチカードを解読したと信じたアリョーシャやロシアの技術者たちは、生者への上書き技術を見出した。このカードへ触れた大村は、民族浄化細菌という疑念を抱いた。カードに触れたハダリーは、わたしたちを犯人に仕立て上げる形でグラントの暗殺計画を考案した。そうしてわたしは、その計画を見破った。カードをインストーラ経由で読んだフライデーには一体何が起こっただろう。

スペクター、とわたしはバーナビーに聞こえぬようにそっと呟く。

――このパンチカードは、人間の欲望や危惧を増幅し、読み手に書き込み直す書ではないのか。読み手が望む文章を秘めるように見せかける性質を持つ、得体の知れない文章なのでは。更に進めて、カードの意思を人間に実行させる命令文なのではないか。〈自律する物語〉として〈自らの意思を持つもの〉としてカードは目覚めているのではないか――。

勿論こんな妄想は、事実などであるはずがない。

それでも、自分がこんな考えに取りつかれた理由はわからない。わからないという事実自体が、わたしの心を不安に揺らす。わたしはこの想像を、このカードによって着想させられているのではないのか。バヴァリアの科学を、医学を、隠秘学（オカルティズム）を動員した「ヴィクターの手記」。

事実は——わたしたちがザ・ワンに追いつくことができれば、当人に直接訊けるはずだった。

第三部

「鶏（にわとり）とは、卵が卵を産むための手段にすぎない」

サミュエル・バトラー「生活と習慣」

I

ひたすらに重なる打鍵の音が機関銃掃射のように鼓膜を襲った。

やわらかな白を基調とした吹き抜けに降り注ぐ西海岸の陽光が、打鍵の音に粉雪のように揺らぐ気がする。垂直に伸びる巨大な空間は螺旋(らせん)状の回廊に取り巻かれており、見上げるうちに遠近感が混乱してくる。自分がナットの内側に入り込んだ蟻(あり)に思える。回廊沿いにびっしりと配置された屍者(ししゃ)のオペレーターたちがひたすらにモールス通信機を打ち続けている。

　鋳鉄(ちゅうてつ)製の柵から身を乗り出すわたしの横へハダリーが進む。吹き抜けの中心部に聳(そび)えるのは現代文明の生み出した最も複雑な人工物、解析機関だ。表面にパイプやケーブルの類(たぐい)は見えず、滑らかな多角形が継ぎ目を見せずに組み合わさり、ジェラートのように尖(とが)って空へと伸びる。巨大なオブジェのような風情(ふぜい)なのだが、内部に膨大(ぼうだい)な情報が渦巻く火山というのが適当だろう。蒸気と電気の力によって思考を行う機械製の巨大な脳がそこにある。

「解析機関(ポール・バニヤン)」

両腕を広げた青年が声を張り上げ、ハダリーとわたしの間に割り込んできて、なれなれしく肩を抱く。ウィリアム・シュワード・バロウズ。弱冠二十歳(はたち)にしてこのミリリオン社を設立した人物だ。ロチェスターに生まれ計算機に興味を持った少年は、ゴールドラッシュによって急速に発展をみた西海岸に新たな商機を見出した。アメリカの夢を追う人々の一人だということになる。打鍵の嵐に耳を塞(ふさ)ぐわたしへ向けて、まだ少年の面影を残すバロウズが両手を口の横に構えて叫ぶ。

「西海岸、いや合衆国一、要するに世界一の施設です。全球通信網の全長は既に七十万マイルを超え、海底ケーブルも四万マイルに近づいている。オンライン化された都市は二万を超えた。拡大の勢いはむしろ加速していて、これでも設備は足りません」

　途切れ途切れに聞こえるバロウズの声に、わたしは呆然(ぼうぜん)と頷(うなず)いている。数は力と知ってはいても、オペレーターとして大量に配置された屍者たちの姿をこうして実際みせつけられると、合衆国という国の底抜けの明るさに気が遠くなる。英国でも無論、屍者産業施設の整備は進んでいるが、ここまで大規模に整備と運用を実現するには、解きほぐせないしがらみだらけだ。ここでの屍者は既に巨大な機械の一部として組み込まれており、実装されるネクロウェアも汎用(はんよう)を捨て一つの作業に特化されているのだろう。打鍵の速度は、おそらく他の機能を大胆に切り捨てることによって実現されているはずだから。その点について負けじと声を張り上げたわたしへ向けて、

「現状、使い捨ての側面は否定できません。指の損傷はどうしても激しいですが、経済効率を考えるなら、修理するより新たな屍者を導入する方が早い。なに、指を失ってもできる仕事はいくらでもある」

バロウズは叫び、わたしはこの青年が既に次の世代に属していることを改めて知る。

一八七九年九月二十三日。わたしたちはサンフランシスコ湾の奥詰まり、マウンテンビューの街に足跡を記す。横浜を出、日付変更線を越え金門橋をくぐるまでの船旅に二週間。街をあげたグラントの歓迎式典を早々に抜け出し、フェリーでサンフランシスコ湾を横切った。マウンテンビューの街ではミリリオン社の施設の建設が急速に進みつつあり、街自体が一個の企業都市と化しつつある。

「人をお探しだということでしたが」

コーヒーを啜りながらバロウズが問う。施設の見学を終えたわたしたちは防音設備の調った一室にある。耳に残る打鍵の音につい羽虫の姿を探すわたしが咳き込んだのは、バロウズの前置きが意外だったわけではなく、コーヒーがあまりに不味かったせいだ。何食わぬ顔で皿にコーヒーを戻すという偉業を成し遂げたバロウズが、

「我が社の社員が何か」

と目を上げる。バロウズは極彩色のアイシングが施されたドーナツの山を勧めながら、ハダリー、バトラー、わたし、フライデー、バーナビーの顔を順に観察していく。フライデーに搭

載された新鋭の二重機関に目敏(めざと)く気づいたバロウズを引き離すのにわたしたちは随分と時間を浪費したが、バロウズはまだフライデーの動きを興味深げに観察している。咳払(せきばら)いをしたバトラーの胸元にとまる一つ目のマークをバロウズは見つめ、

「協力するにやぶさかではありませんが、先程も申し上げた通り、解析機関へのアクセスは許可できません。たとえ連邦政府の要請でもね。わたしたちには通信内容を秘匿する義務がある。過去の通信記録(ログ)の開示も同様です。もっとも」と笑みを浮かべて「あの膨大なログから必要な情報を抽出できる人間などいないわけですが」

　合衆国の伝説中に登場する巨人、樵(きこり)のポール・バニヤンの名は、確かに丸太(ログ)の操り手にふさわしいが、ポール・バニヤンの規模はわたしの予想を遥(はる)かに超えた。ここでは街自体が解析機関に奉仕する機械工場として生まれつつある。演算量だけでも想像を絶しているが、更にそのログともなると、一体どれほどの設備が必要なのか、気が遠くなったわたしは尋ねる。

「あの通信のログを全て記録なさっている」

「そのためにも施設の拡張が必要でね。街全体を記憶倉庫(アーカイヴ)化する計画ですよ。これはもう新たな生命体と呼んでよいでしょう。確かに費用はかさみますが交信ログは是非とも記録しておくべき人類の活動だ。わたしたちは解析機関間の基盤情報交信を用い、各国の解析機関のログもここに集積しつつある。いつの日か膨大な文章を平易に読むことができるようになった暁(あかつき)に、過去のわたしたちが何を考え、どう行動していたのかを知る貴重な資料としてね。人間の語る物語からは漏(も)れてしまう些細(ささい)なことどもが、本質を明かすことになるでしょう」

「本質ね」

と気もなく問い返したわたしへバロウズは、

「人間の」と短く答え、続ける。「わたしたちの理解できる物語は、大脳活動のほんの一部であるにすぎない。都合のよい言い逃れや嘘にまみれた御都合主義の寄せ集めです。わたしたちが目にしている情報は、背後の処理プロセスを隠蔽してしまったものです。通信ログの開示は、人間の思考の秘密そのものを明かすに等しい。今の人類にはまだ早すぎる知識ですよ。わたしたちはまだ、物語なき単調にして無限のリストからなる現実そのものに直面する準備ができていない。脳はスクリーンに絵を描く機械で、わたしたちはそれを漫然と眺めている観客にすぎず、画家の姿を見ることはできない」

御理解頂ければ幸いだ、と結ぶバロウズにバトラーは陽気に手を振って見せ、

「東海岸で勤務していた熟練のオペレーターにお話を伺いたいだけでね。勿論生者の」

バロウズは頬を緩めるが、意外の念を抱いたようだ。それだけですかという問いに、バトラーは他に何がと言いたげな笑みをわざとらしく浮かべている。勢いを持っていく先を見失ったバロウズは声の調子を落とし、

「先程ご覧頂いたように、我が社のオペレーターの大半は屍者への転換が進んでいます。しかしオペレーターの歴史についてお聞きになりたいということであれば――」

バロウズは紙片に走り書きして立ち上がり、壁に並んで下がる金属筒を一つ取り上げ、中へ押し込む。気送管から軽い蒸気の音が響いた。

ザ・ワン追跡作戦。

ピンカートンを実動部隊とするザ・ワン追跡への参加を認められたわたしたちは、アララトの保持するザ・ワンに関する情報へのアクセス権を手に入れている。ウォルシンガムへは「真相の追跡」を告げる通り一遍の報告書を投げ、わたしの身分は宙に浮かんだ。表面的にはグラントの申し出を受けた形になるが、実務部員同士の現場判断ということになる。

「ザ・ワンの情報ね」

と横浜の鄙びた港でバトラーが鼻で笑った理由はすぐにわかった。ハダリーから提供されたザ・ワン関連情報は、概要だけでトランクの山をなしていたからだ。世界中に広がりつつある屍者関連事件――ファルケンシュタイン城事件や南米のコンセリェイロ事件だけに留まらず、ザ・ワンとの関連が疑われる事件の山は、既に一人の人間では読み切ることのできない量に達していた。

サンフランシスコへ向かうリッチモンド号での船旅の間、わたしは「ヴィクターの手記」の解読を試みつつ、ピンカートンから提供された情報を片っ端からフライデーに入力し続けた。ぼんやりとあちらの世界を見つめる彼の頭に、屍者たちの引き起こした事件が書き込まれていく。無限の虚無へとただ文字を敷き詰めていくような徒労感をともなう作業だ。微かに戸惑うようなフライデーの表情は、いつしかわたしに感染していく。徐々に自分の表情が失われていき、感情の振幅が減衰し、磨滅していくのがわかった。

フライデーの頭の中へ、屍者の引き起こした事件の事典が作られていく。馬車の制御を誤り、子供の列へ突っ込んだ屍者、主人を暖炉へ向けて突き飛ばした屍者、赤ん坊を踏み潰(つぶ)した屍者。その大半は新聞の片隅に載せられ、すぐさま忘れ去られてしまう類(たぐい)のほんの日常的な事件にすぎない。整備不良や誤った運用、避けようのなかった事件に、起こるのが当然だった事故。

アララトの資料は事件の羅列でできており、重要度による分類がなされていない。何を重要とみなすべきかの基準がないためだろう。アルファベット順に並べられた辞書のように、秩序は文字の秩序に従い事物の流れを寸断している。

屍者性愛者が感染した奇妙な病気、お気に入りの屍者を取り合った御婦人たちの刃傷沙汰(にんじょうざた)。情人のもとで死亡した配偶者を一旦蘇(いったんよみがえ)らせてから改めて殺し直した夫人。アララトの記録は人間の暗い欲望を描き続ける。年代物の屍者を聖者と崇(あが)め、勝手に受け取った啓示から集団自殺へと踏み切った宗教集団。屍者を材料として蠢(うごめ)く料理を饗したことでリンチにかけられた富豪。目をとめた女性を拉致し去り、屍者化を施しコレクションしていた城主。屍者を配偶者として扱い、惨殺体で発見された人物。乳児の屍者化実験。幼い娘の愛らしい姿を永遠に留めるために屍者化を実行した人物。館中を屍者を材料としたオブジェで飾りつけた男。

荒波に胃を揉(も)まれつつ、こみ上げるものを抑えて船酔い用の盥(たらい)を脇(わき)へ引き寄せ、コレクターからの押収物のリストを確認していく。

四本の腕を装着された屍者。ケンタウロスのようにつながれた二体の屍者。裏のルートで高値を呼んでいるという死蝋(しろう)化した屍者。蠢くことで託宣を告げる頭つきの栄光の手(ハンド・オブ・グローリー)。偉大な美術品を模した屍者たちの姿がリストに並ぶ。「ミロのヴィーナス」、「ラオコーン」、「メデューズ号の筏」、「オルフェウスの首を運ぶトラキアの娘」。巨岩に押しひしがれたアトラス、〈ミーミルの首〉。「サモトラケのニケ」を模そうとし続けたらしき失敗体の山。そのまま屍者をあしらった空虚画の膨大なリスト。メドゥーサ、ハルピュイア、マンティコアの「剝製」。余分な頭を肩に据えた人間型の「三頭屍者」。

生者たちの際限のない欲望により変形され、切り裂かれ、つなぎ合わされ、継ぎ接ぎのまま永遠の死を約束された、永遠の生を死に続ける屍者たちのリストは延々と続く。

「人間のユーモア感覚はとどまるところを知らんな」

わたしの肩越しに目を走らせたバーナビーが心底感心したという声を上げ、わたしは非難の目を上げる。そういきりたちなさんな、とバーナビーは肩をすくめて、

「大英帝国が世界中でやらかしていることと同じさ。別に我が祖国に限った話じゃないがね」

バーナビーはリストを指で追いかけつつ、「まあアフリカでは生者同士か。同じことだろう」

とひどく違っているはずの内容を言う。リストを指の先ではじいて、

「個人の欲望はどれほど暗いものであっても、動機を推測できる分ましだと言える。国家の欲望なんてものに比べれば、ただ人目を引くだけの賑やかしにすぎん」非難を浮かべるわたしの目を覗き込み、「勿論、英国軍が異常者の集団で、好んで悪行を振りまいていると言いたいわけじゃない。仕方なしにということだ。動機もなにもわからんままに従わねばならないこと、従ってしまっていることの話だ。そっちの方が厄介だ」

わたしの目の前に並ぶ人間の欲望のリストに記された行為は、確かに生者同士でも行われてきた事例の延長線上のものにすぎない。情報を引き出すという名目のもと、見せしめのため、それとも単なる気晴らしとして生者に対し行われ続ける非道な行為。可能なことはいずれ起こるし、想像できることは実現される。屍者の改造は違法ではなく、物質が苦痛を感じる機能を持たない故に、物質に対する倫理はたやすく乗り越えられる。安価となった屍者たちは生者に代わって膨大な産業を支え、欲望をもこうして支え続ける。

「しかしそんな事件をいちいち追いかけ続けて、ザ・ワンを見つけることができるのかね」

勢いよく首を傾け首の骨を鳴らすバーナビーは言う。

「他に手はない」

だがね、とバーナビーは首をさすって、

「これは人間の欲望だろう。ザ・ワンの存在とは関係がない」

バーナビーの言う通り、これらの事件はザ・ワンの存在にかかわらず、いずれ起こるし実際に起こっている出来事にすぎない。当然、量から考えてもザ・ワンが本当に手を下した事件は、リストの中の百分の一にも満たないだろう。

「別に構わないんだが」

とバーナビーが前置きするのは、自分は充分に楽しんでいるので邪魔立てをするつもりはないという意味だろう。

「お前さんはザ・ワンを捕まえてどうするつもりなのかね。原因を消したって結果の方は消えないし、結果は新たな原因となる。それに、そもそものはじまりはフランケンシュタイン氏であって、ザ・ワンは原因でさえない」間を置いて、「被害者と呼ぶにはちょっとあれだが」

「だから放置するってわけにもいかないだろう。ザ・ワンは新たな技術を無際限に、気儘に振りまいて歩いている可能性がある」

可能性ねとバーナビーは笑い、

「技術だぜ」

「技術だからだ」

とわたしは答える。屍者の復活は魔術ではない。原理さえ理解し充分な実験設備があれば誰にでも実行可能な事柄だ。誰かに考えつくことのできた理屈は、他の人間にも思いつくことができる。ニュートンの力学やウォレスの進化論は確かに偉大な業績だが、彼らが早死にしていたとして、他の誰かがいつか気づいたことだろう。誰にでも理解できる理屈は、誰にでも発想することが原理的には可能な以上、ザ・ワンは単に時間を早回ししているにすぎないことも確かなのだ。

自らの線路を敷きながら疾走していく鋼鉄製の時間。自由の時代、自由経済の世紀。線路をつくる材料が切れた時点で、汽車は盛大にはじけ飛ぶ。

わたしは提供された資料の量に音を上げる。ザ・ワンとても数の前の一個の駒であるにすぎないことを実感し、情報の海に溺れ続ける。荒れ狂う太平の海に浮かぶ間に、わたしは地図を作製していく。我らの先達、ジョン・スノウが作成したコレラの感染地図に倣って。コルクボードに広げた地図へと屍者関連事件の発生地点にピンを次々留めていく。全球通信網を糸で張り、関連性の見られるピン同士をひたすら糸で結んでいく。椅子(いす)へと沈み、そこに現れるパターンに目をひたすら凝らす。ふと思いつき、グラントの世界一周旅行の経路を赤い糸でつないでいく。ハダリーの引き起こした暴走事故と派生していく事件を黙して眺める。スペクターの活動を上に青色の糸で重ねる。各国の解析機関の位置にピンを打つ。

　わたしの前に現れるのは雑多に彩られ多重に重なり尽くした網だ。均一な網目ではなく偏っている。粗密の境ははっきりとせず、大きな集中点へ小さな集中点がつながり、両者の形は似通っている。いつしか自分の脳の配線を覗き込んでいるような錯覚がわたしを襲った。

　通りがかったハダリーが、わたしと並んで感慨深げに地図を見つめた。

「バラム」

　バロウズに呼び出された御婦人がわたしの問いに考え込み、一つの名前を口にする。バロウズは既に退出しており、バトラーは壁に背中と右足の裏を押しつけ宙に視線をさまよわせている。フライデーは記録を続け、ハダリーとバーナビーの姿はない。

　サムズと名乗った初老の女性は、真っ青なドーナツを咀嚼(そしゃく)しながら人懐(ひとなつ)こい目をこちらへ向ける。勿論サムズというのは本名ではなくコールネームなのだという。彼女の指から生じる打鍵の調子が激しく荒々しいという理由から、全部親指(サムズ)という綽名(あだな)をつけられたのだと笑った。

「屍者さんたちが」と親しみを込め、「ここまで大勢になるまでには、オペレーターは生者の仕事でした。そりゃ屍者さんたちの方が仕事の正確さでは上かも知れないし、通信を直接脳で受け取れるかも知れないけれど、風情がなくてね。昔は打鍵器の打ち方で相手が誰だかわかったものですよ。監督の目を盗んでお喋りなんかもそりゃあたくさん。自分の家族よりも、ケーブルの向こうの相手のことをよく知っていたりして。しばらく姿を見せなかった海の向こうのオペレーターに子供が生まれたと知らせが届いて、交信所全部が騒ぎになったり。お祝いの短縮符牒や、相手をせっつく符牒だとか、色んな言葉が行き交っていて。今は意味のわからないネクロウェアのデータや解析機関同士のお喋りの中継をしているおかげで、生者のオペレーターは人気がないけど、人間の言葉のやりとりなら、今でも人間のオペレーターの方が速いし間違いも少ないんですよ。人間の言葉は送信時点で間違っていることもありますからね」

最新技術の担い手は、希少性から高給を保証されることになる。サムズもほんの幼い頃に家を飛び出し、オペレーターとして身を立ててきたのだという。技術はその担い手を要求する。担い手が手順をつくったところで、担い手は屍者に置き換えられ、職を失った生者たちは、また新たな技術の担い手として身を立てていくことになる。故に技術改革は必要なのだというのが経済学者の説明だ。

放っておくとこのまま通信線上の友人たちの逸話を無限に披露しはじめそうなサムズをとどめ、

「バラムとは、〈バラムの驢馬〉のバラムですか」

「そうなの」

と訊き返される。旧約聖書にありますと言ってはみるが、そうなのとまた訊き返される。バラムの驢馬はいわゆる人の言葉を喋る驢馬だ。イスラエル人に呪いをかける使命を帯びたバラムに抗議し、飼い主へ向け口を開いた。

「バラムの打鍵はそりゃ特別でね。速いのは確かに速いんだけど、あのくらいの速さの人はざら。リズムがね。誰にでもリズムはあるじゃない。なんていうか、気持ちが不安になるっていうか、普通は自分の体にあった何拍子かになるんだけど、一打ち一打ちそれをはずしていく感じ。人間じゃないんじゃないかってみんな冗談でね。かといって屍者さんたちとも全然違う。仕事の時間もとても長いし、アクセス元も色々でね。大勢いるんじゃないかとか言われてましたね。いえ、同じ人ですよ。わたしには屍者さんたちそれぞれの区別もつきますもの。規格化された歯車なんてものは幻ですよ。どんなものでもそれぞれに個性はあるものでね」

「会話をなさったことは」

「呼びかけは何度もしてみたけれど、返事をもらったことはないわね」

「その人物が」

ええ、ええ、とサムズは愛想よく何度も頷く。

「十年前の日本からの通信で一番目立った人物ですよ」

東海岸に勤務歴のある人物をとバロウズに頼んだ理由はこれだ。日本から北米大陸への連絡は未だにインド洋を経由して大西洋を渡ることで行われている。地球を三分の二ほど廻る経路だ。

「バラムの接続先は」

「そりゃもう色々」

サムズが片っ端から上げる地名を、わたしは頭の中の地図にピン止めしていく。その数が二十を超えたあたりで降参し、

「その中で一番頻度が高かったのは」

サムズは職業人の誇りを込めて間髪を容れず断言する。

「プロヴィデンス」

空中に目を泳がせて耳を澄ますバトラーの背が壁から離れるのと同時に、部屋のドアが開け放たれる。何故か埃まみれのバーナビーと、汗一つ浮かべる様子もないハダリーが戸口の先で立ち止まり、遠くからどこか長閑なサイレンが響く。やっぱりか、とバトラーが言う。

「御協力ありがとうございました」

慌ただしく告げ立ち上がるわたしにサムズは微笑んでみせ、

「よろしくお伝え下さいな」と言い、好奇心に輝く瞳を向ける。「きっといい男よ、バラムは。わかりますもの。わたしには」


「どうしてこうなる」

どこからくすねてきたのか知らないが、回廊から縄梯子を放り投げるバーナビーの背中に叫んだところで、跳弾がわたしの前を通過していき、回廊の両側から屍者の警備がのっそりと姿

を現す。

「さてな、トラブルの方で俺を放っておかないんだな」

ハダリーが裾を引きずるドレスを押さえて軽々と柵を乗り越え、縄梯子の端を摑んだ。

「かかったわ」

「何が」

「ここ数か月の通信ログ。わたしが船旅の間、何をしていたと思っていたの。屍者関連事件の通信ログ解析プログラムよ。あなたの地図も参考になった。ザ・ワンに追いつくためには事件だけを追っては駄目で通信経路も追わなきゃいけない。延遼館事件以降の通信量の増大が見られた地点は絞り込めた。それとは別に、各国の解析機関の間の基盤情報交信量が跳ね上がっている事実もね。解析機関も何かに気がついている。不自然な通信量増大が見られた地点の中で有望なのは、カイロ、ベルリン、ウィーン、モスクワ、バッファロー、プロヴィデンス」

「プロヴィデンス」

わたしの断言にハダリーは頷き、正確無比のウインクを残して縄梯子を滑り降りる。

無抵抗なフライデーを担いだバーナビーがあとに続いた。

II

擬装にかけることのできた時間はほんの半日。

ピンカートンから体格の似た屍者を借り受け、化粧を施し、わたしたちの衣装を着せるくらいがやっとのところだ。やらないよりはましといった程度の急場しのぎの擬装だが、当座がもてばそれでよい。わたしたちの身代わりを見たグラントは、急病により面会謝絶ということにしておく、と至極真っ当な判断を下した。

わたしたちの動きはせわしない。マウンテンビューからサンフランシスコ市中へ戻り、馬車を駆って鉄道駅へ走り込む。鉄骨で組み上げられたホームには長大な列車が止まり、既に蒸気を吹き上げていた。合衆国の機関車には、煙突に乗るおどけた帽子のような火の粉止め（ダイヤモンド・スタック）と、前面に張りだす巨大な排障器（カウ・キャッチャー）がやたらと目立つ。ホームも汽車もいちいちの部品がやたらと大きく、スケール感が混乱する。

「こんなに急がなくとも同じだろう」

荷物を一手に引き受けさせられたバーナビーは呑気を言い、

「ザ・ワンが拠点を移したらまたやり直しだ」

肩で息をしながらわたしは言うが、気ばかりが焦っていることは認める。通信速度と人間の移動速度は乖離しており、手遅れならばとっくの昔に手遅れだ。わたしたちがどれほど急いでみようとも、ザ・ワンには引っ越しをする時間が充分にある。

個室の座席に収まったハダリーの顔には汗一つ浮かんでいない。ハンカチーフをわたしに差し出し、

「大丈夫。彼はこの二年間で、わたしの存在に気づいたはずだから。自分以外に屍者制御技術を操る者が自分の下に飛び込んでくる機会を逃すとは思えない。招待状をもらってもいいぐらい。通信ログはわざとわかりやすく残されていたと考える方が妥当。屍者制御者には気づけるくらいの痕跡として。そろそろ向こうも、わたしと話をしてみたいはず」

ハダリーが生者と屍者の血をもって描いた地球を一周する輪。その輪はグラントに対するバトラーの復讐を実現するためのものだが、同時にザ・ワンに宛てた挑戦状でもある。ハダリーは自らを餌とすることで、ザ・ワンを釣り上げようと試みてきた。追っても逃げるものならば、自分の方を追わせれば良い。車窓に映るハダリーの冷たい横顔が、光の加減で骸骨のように浮かび上がった。

シエラネバダ山脈の急峻(きゅうしゅん)を大陸横断鉄道が進み続ける。
いつまでも続く上り坂へと目が勝手に順応し、水平感覚が狂いはじめる。目は大地を平らなものと考えはじめ、汽車が余分に傾いているという誤った知覚をわたしにもたらす。どこまでも変わらず続く風景は催眠のような効果を伴い、荒野に迷う者と同じく自分の移動が輪を描いているような錯覚がわたしを苦しめる。

これだけの国土であるのに、大陸横断鉄道の歴史は浅い。東部から線路を延ばしたユニオン社と西部から鉄路を開いたセントラル社が、ユタ州のプロモントリー・ポイントで互いの手を握り合ったのは、ちょうど十年前のことにすぎない。鉄道事業が連邦政府の統制下にない合衆国では、私企業が今も勝手に収益目当ての線路を敷き続けている。一向に手を結ぶ気配を見せない東西線路を強引に連絡させたのはグラントの功績の一つだそうだ。

鉄道は地球の形を変え、より球形に近く整えていく。それまでの東部と西部の交通は、主にパナマ地峡を経由していたというから信じられない。海岸沿いを南へ下り、パナマ地峡を鉄道で越え、また海岸沿いに北上する。かつてゴールドラッシュに沸(わ)いたサンフランシスコの湾内には、今でも当時乗り捨てられた船が沈んでいる。鉄道の出現により、フロンティアは終着駅に置き換えられたが、西部はまだまだ未開の土地だ。

陸で通じているのなら道を造るか歩けばすむではないかというわたしの素朴な感想は、果てしなく続く山地の単調な嶮(けわ)しさの中へ霧散していく。

容赦なく窓から吹き込む黒煙と油煙に、わたしたちは顔を拭(ふ)くのに忙しい。機関車の前にせり出す排障器が線路の上から排除するのは、その名に反し牛ではなくバイソンだというから桁がどこかで狂っている。もっとも、線路沿いの住人たちが牛の死体を線路に置いておき、補償金を引き出す詐欺も横行しているというから逞しい。

荒野の中をどこまでも延びる線路は、ここでも当然屍者たちによって敷設された。中国から大量に輸入された屍者たちが、この路線の建設を可能とした労働力だ。西部に多く生まれた中国人街はその名残りということらしい。無論、屍者たちの街ではなく、その縁者たちのつくった街だが。

腹痛と疲労を訴えわざと食事の時間をずらしたわたしは、食堂車へと抜け出している。時間外ということでコーヒーと軽食しかないとのことだが、この国では何を食べても同じような味しかしないし、そもそも食べ物のようには見えない。英国人に言われたくないとバトラーは半ば本気でつむじを曲げた。

不味いコーヒーにひたすら砂糖を落とす間に、バーナビーが大股で姿を現す。どこをほっつき歩いていたと問うわたしへ、「御婦人とお話ししていたのさ」と言うから元気なものだ。「三十年前は令嬢だったかなという御婦人だが」

わたしの反応を楽しむようにそう言うと、茶色の紙袋をテーブルの上に放り出す。

「まともな食い物を調達する必要があってな」

袋の中から顔を出すのは、自家製らしいレモネードの瓶と分厚いチーズとハムとレタスのはみ出た巨大なパンだ。ポケットから折りたたみナイフを取り出し、鼻歌を歌い切り分けるあたりに変な育ちの良さがのぞく。バーナビーは「やらんぞ」と子供のようにわたしを睨（にら）み、「要らんよ」とわたしは手を振る。サンドイッチとはそういう形の食べ物ではなかったような気が強くする。この獲物を調達するのにバーナビーが払った犠牲については考えないでおく。

パンと肉の塊を口一杯にほおばったバーナビーが指を鳴らして、脂（あぶら）に汚れた指先を胸元へ入れ、もごもごと言う。

「ユニヴァーサル貿易からの通達だ。ピンカートンが転送してきた。さっきの駅で受け取った」

太い指の先に揺れる紙片に並ぶのは、「君たちは公式に存在しない（ゴースト・プロトコル）」の二つの単語だ。諜報員（スプーク）が、ゴーストとして改めて宣言される事態はどこか滑稽（こっけい）だが、これでわたしたちはウォルシンガムの支援から公式に切り離されたことになる。わたしは肩をすくめてみせ、バーナビーがマッチを擦（す）って紙片を燃やす。床（ゆか）へ落とし踏みにじり、わたしの前のカップをつまむと、砂糖味の泥色をした湯をかけた。

「かなわんね」

とバーナビーが漏（も）らすのは、ウォルシンガムの決定に対してではなく、客車の狭さに対してらしい。

「プロヴィデンスまであと百二十時間ほどだ」

「かなわんな」とバーナビーは繰り返し、「お前さんはザ・ワンに何か恨みでもあるのかね」と何度目かの問いを繰り返す。わたしはバーナビーの瞳（ひとみ）を見つめ、

「金属球の中の脳を見ただろう」

人間の知覚と演算速度を組み合わせて金属球に収めた人間の脳。屍者暴走を可能とする新時代のテクノロジーは、立派に兵器としての役目を果たす。下手に人間の形をしていない以上、そんなものが一旦仕掛けられてしまえば、探しようなどないはずだ。今や屍者たちが生者の日常と密接に結びついている以上、屍爆弾よりも厄介だ。ザ・ワンがその気になれば、近代文明から働き手を奪い去り、崩壊させることさえ難しくない。さらにはこの発明を各国政府が手にした場合に起こる混乱は思考の限界を遥かに超える。くどくどと並べ立ててみせたわたしへ向けてバーナビーは不審げに、

「ザ・ワンは何故、あれを使わないんだ」

「使っているだろう」

「なぜ街中で使わない」

「実験中だからだろう。その力は大里化学で見た通りだ。メンテナンスが面倒だとか。大量生産の方法を模索中なのかも知れない」

それはそうだが、とバーナビーの歯切れは悪い。宙に指をさまよわせ、

「ザ・ワンの目的が、屍者を暴走させて世界を破滅させることにあるなら、他の研究はまどろっこしくはないか。単に余分だ。何故未だに病原体や菌株を使った兵器なんかを研究している。そもそもあの技術を公開しない理由がわからん」

「あんなものを公開されては堪らんよ」

二杯目の泥水に砂糖を飽和させる実験をしつつわたしは答える。

「そんなもんはこちらの事情だ。ザ・ワンが世界の破滅を企むなら、技術をとっとと公開しちまえばいい。完成には天才的な閃(ひらめ)きが必要だとしても大勢で取り組んだ方が早いだろう。各国政府は競争して開発を進め、勝手に互いを潰(つぶ)し合う。あとは高みの見物だ。あれは秘密にする必要のない秘密だ」

「失敗した場合のバックアップを確保したいのかも知れない」

「どうやって失敗する。大規模な屍者暴走が可能なことは既に目撃しただろう。あの女が」バーナビーは客車を振り返り、「実演してみせたようにな」

「――その先があると言いたいのか」

屍者と生者が直接的な闘争を開始する世界。それだけでもう行きつく先は明らかだ。生者の数が減るたびに、屍者たちの戦力は増大していく。先へ進めば進むほど勝ち目のなくなる悪質なゲームだ。ザ・ワンが屍者の帝国を望むなら、それが一番手っ取り早い。勿論(もちろん)屍者は仲間を自発的に増やしはしないが、生者に実行可能な手順の大半は、ネクロウェアに置き換えられる。

つまり、とわたしは指を鳴らそうとするが失敗する。

「ザ・ワンは、屍者による屍者の再生産が可能となった時点で暴走技術を公開する――」

バーナビーは溜息(ためいき)をつき、

「そんな手間は要らんだろう。喜んで屍者を増やそうとする手合いを俺はごまんと見てきたぜ。その気になれば、開発に時間がかかるとも思えん」

ボンベイ城地下施設でのリットンのぼやきを思い出すとそうも言い切れない気がするが、屍者同士に互いのメンテナンスをさせることは確かに可能だ。決まり切った単純作業は、馬車の制御などよりよほどやさしい。屍者のみで構成された王国などは、試そうとする者がいなかっただけだ。もしメンテナンスの手間がかかって、屍者全員が互いのメンテナンスに忙殺されることになったとしても、屍者には気にする理由もない。

「人類の破滅を目論(もくろ)むなら、ザ・ワンは既にそうすることができるんだ。とうの昔に」

バーナビーが物わかりの悪い生徒に言い聞かせるように繰り返す。

「自ら軍を率いて正々堂々と人類を打ち倒したいのかも知れない」

わたしの苦し紛(まぎ)れの反論をバーナビーは切り捨てる。

「違うね」

では何なのだと問うわたしへ、

「ザ・ワンは何かを探しているだけだ。奴は探索の過程に生み出された技術や、影響について興味をもっていない。何かを見つける『賭(か)け』だ。そうして見つけた」

賭け――。大里化学のあの部屋で、ザ・ワンらしき人物は告げた。ウォルシンガムとザ・ワンの間で競われる賭け。わたしはそれを世界を混乱に落とそうとするザ・ワンと、それを防ごうとするウォルシンガムの間の賭けだと思っていたが――。

考え込んだわたしへ向け、

「奴は自分が勝ったと言ったんだぜ。幸か不幸かまだ世界は破滅していない。金属球の中の脳の存在が勝ちになるなら、勝利宣言としては遅すぎる。ザ・ワンは世界を破滅させたいわけじゃないんだ。もしかすると――」バーナビーは似つかわしくない真面目な顔を整えて、「守ろうとさえしているのかも知らん」

何からだというわたしへ、知らんよとバーナビーは返し、それを考えるのがあんたの仕事だと愉快そうに笑う。わたしは頭を巡らせて、

「ハダリーの言っていた、解析機関の間の基盤情報交信量の増大との関係は」

「全球通信網で地球を包もうとしているのはザ・ワンじゃない。大英帝国だ。解析機関を作り出したのもザ・ワンじゃない。大英帝国だ」

バーナビーはにべもない。

基盤情報交信とは、要するに解析機関同士のお喋り（しゃべ）りだ。人間の実行する命令を相互に融通できるように、それぞれの解析機関の持つ基盤情報を通訳可能な形へ置き換えていく。相互に必要とする情報を要求（リクエスト）し、受領（アクセプト）する機械化された反射であり、解析機関の間で互いに伸びた手だとも言える。この仕組みのおかげで人間は巨大化したそれぞれの解析機関の規格の違いを気にせずに、プログラムを書き、計算を実行することが可能となった。基盤情報交信は解析機関の自律機構だ。解析機関は、何かに対して備えはじめた――。グラン・ナポレオンは夢を生み続けているという日本でのハダリーの言葉を思い出しつつ、

「それもザ・ワンの操作かも知れない」

バーナビーはナイフに刺したパンの塊をこちらへ突きつけ、

「遠隔で解析機関に侵入して誤作動を引き起こすとか、破滅のプログラムを走らせるとかか」

バーナビーは鼻で笑った。「ザ・ワンがいかに天才だろうと、そこまでいくと妄想だ。解析機関にちょっかいを出すなら他に適任者が山ほどいる」

「大英帝国」わたしは客室を振り返り、「アララト」

「お前さんはきちんと相手を見定める必要がある」

バーナビーのその台詞は、いつかリットンが口にしたものと同じだ。わたしは問う。

「あんたは。あんたにとっての敵は誰だ」

「俺はただの喧嘩屋だよ。面白いからつき合っているだけでな」

咥えたレタスの端を上下させせつつバーナビーはにやりと笑う。

「喧嘩屋としての御意見は」

「まずは一つ、面倒事を片づけておくことを勧めるね」

ハダリーたちのいる車両とは逆方向を目で示すバーナビーが立ち上がり、わたしも頷く。歩き出した背中に向けて、ふと問うてみる。

「あんたは、生命とはなんだと思う」

笑い飛ばされるかと思ったが、振り返ったバーナビーは不思議そうな顔で淡々と告げた。

「性交渉によって感染する致死性の病」

コンパートメントの並ぶ客車を進み、バーナビーが一つの扉の前で歩みを止める。わたしたちはドアを挟む形で壁に背中を押しつける。バーナビーが親指で指し、目で合図する。わたしの方でも、そちらが行けと銃口で示すが、運悪く蝶番（ちょうつがい）はバーナビーの側にある。

　バーナビーが手を伸ばし、指の関節でこつこつと二度ノックする。壁を背に、胸元に拳銃を構え待ち構えるが、予想した銃弾がドアを貫く気配はなく、室内は静まり返ったままだ。わたしが一つ二つと呼吸を数えるうち、バーナビーの腕が上がって水平に打ちつけられる。鍵（かぎ）の吹き飛んだドアの向こうへわたしは体の前後を入れ替えながら回って踏み込む。両手で構えた銃の先には、開け放たれた窓と車外へ向けてひらめくカーテン。わたしは窓へと駆け寄り——背後に影が一つ降り立つ気配が生じる。振り向きたくなる衝動を抑え、窓枠に手を突き、体重を込め後ろへ蹴（け）り上げる。ナイフが靴先を切り裂く感触があり、バーナビーの重い拳（こぶし）が風を生じた。

「お目付け御苦労」

　言いつつ次々繰り出されるバーナビーのいかつい拳を、ナイフを抜いた小柄な男がかわし続ける。狭い室内ではバーナビーの戦闘力は激減する。屋内で槍（やり）を振り回そうとするのと同じく、長すぎる手足を持て余すからだ。胸にバーナビーの蹴りをまともに食らった男がこちらへ向けて吹き飛んできて、わたしの体を窓枠へと押しつける。ふとアフガニスタンで命を落としたという、顔も知らないわたしの前任者を思い出す。

　わたしは拳銃を相手のこめかみに擬し、撃鉄を起こす音が二つ起こった。

　わたしが男に。そうして窓外からわたしの頭に。列車の外壁にへばりついた男が上半身をこちらに乗り出す。

「そういえば二人いたな」

と今更な台詞を吐くバーナビーを睨みつける。サンフランシスコからの尾行に気がついたのは当然ながらバーナビーの方なのだが、そういう情報は早めに共有して欲しい。バーナビーには本能がありすぎ、作戦がない。

「Mの指令か」

バーナビーはそう問うが、二人の男は無言のままだ。

「調べればわかったことだが残念だな」

わたしはバーナビーの台詞が過去形である意味をとらえかねて瞬時戸惑う。バーナビーは身を屈め、わたしの足元へタックルをかける。あっけにとられた先方の動きは無視して、わたしとわたしの抱える男を一緒に持ち上げる。窓外の男が持ち上げた射線を、頭を軽く傾けよける。床に弾がめり込む音と、わたしの拳銃のグリップが窓外の男の頬にめり込む音が重なる。わたしの胸の上でもがく男がバーナビーの肩へ蹴りを放つ。

バーナビーは蹴りをかわさず、にやりと笑って真正面から上体で受け、前方へ大きく伸びるように踏み出す。バーナビーの勢いと自分の蹴りの勢いが合成されて、男の頭が窓外の男と激しく衝突する。支えを求める窓外の男の腕がわたしの襟を固く捉え、わたしの腕は反射的に相手の胸元を摑んでいる。証拠を求めもせずに思い切りよく排除しようとするなどということは、先方の発想になかったらしい。

「いいから放せ。そのままだと諸共だ」

　バーナビーが拳をふるい、わたしの顔にどちらの男のものかわからない血しぶきが散る。四本の手がわたしの体にすがり、這い回る。

　バーナビーの次の行動は、男二人の予想をさらに超えていただろう。バーナビーはわたしの脚を諸手ですくう。耳元を過ぎる風が強くなり、わたしは自分の上半身が既に窓外にあるのに気づく。五本の腕が摑む窓枠をバーナビーの蹴りが粉砕し、わたしの体は木材の破片と共に宙に浮かぶ。そのまま車体の外壁を滑り、何かにぶつかり、はずむ。闇雲に振り回す手が、車両連結部のレバーに触れる。後ろに流れたわたしの脚の間から、二人の男が客車の壁にしがみつくのが見えた。

　手のそれぞれに花瓶を持ったバーナビーが窓から上半身を突き出している。空気を読んで風の流れを読むように頭を回し、花瓶が二つ手から離れる。わたしは頭を仰け反らせ、直撃をあやういところでかわす。連結部へと必死に体を引き寄せる間に、鈍い打撲音に続いて尾を引く悲鳴が二つ聞こえた。


　客車の廊下へ大の字になるわたしの顔を覗き込み、呑気な挨拶を寄越すバーナビーに目だけで非難を投げて喘ぐ。

「そう渋い顔をするな」

　という無茶な注文は無視する。荒い息を吐くだけのわたしに向けて、

「相手はプロだぜ。普通に相手をしてやる余裕はない。あの程度で死んだりはしないだろう。こちらとしても時間だけ稼げればいい」

あんな状況で汽車から放り出されて平気なのはあんたぐらいだという言う気も起きない。これまでも身に染みていたことだが、バーナビーの設定する安全係数は異常に低い。バーナビーはわたしの体をぞんざいに靴先で押して点検しながら、骨は折れていないようだと適当なことを言い出す。

「一応、カーブで速度が落ちたところを狙ったしな」

「嘘(うそ)だ」

「じゃあ川に落ちるように狙ったことにしておこう」

川などなかったと言いつつ、わたしは痛む体を起こす。尾行者たちに油断があったとするならば、わたしをバーナビーの仲間とみなしたことだろう。一応仲間であるものの、わたしたち相互の距離は生者と屍者より遥かに遠い。

「客室には身分のわかるものはなかった」

遺憾だという口調をつくる資格はバーナビーにはないはずだ。一番重要な証拠をいっしょくたに窓から捨てた張本人だ。

「で」とバーナビーはわたしを見下ろし、「あんたが右手に握っているそいつは何だね」

わたしはようやく、固く握り締められた自分の右手に気づく。左手を使って指を一本一本こじあける。掌(てのひら)の上に現れるのは、なんの変哲もない小さな金色のプレートだ。金属光沢を放つ薄い三日月形のプレートを翳してみるが、表面には何の模様も見えない。

「ふむ」とバーナビーは考え込んで、「アラトやザ・ワンの手の者ではなかったわけだ」

バーナビーは苦いものを噛み砕いたような顔をして、

「素人さんか。悪いことをした」

体を起こし目で問いかけるわたしへ向けて、

「ルナ協会だ。無事を祈ろう」

そいつは一体、と問うわたしをバーナビーは真顔で見つめ、「まあ」と言葉を濁したあとで、

「知らんのならもうすぐ知ることになるだろうさ」

今更ながら視線を汽車の後方へ泳がせて、バーナビーは瞬時の間瞑目した。

Ⅲ

一八七九年九月二十七日。わたしは暗闇（くらやみ）の中で目を覚ます。

記録上のわたしの居場所はひどく混乱しているはずだ。

一応の欺瞞（ぎまん）工作により、記録上のわたしは未だサンフランシスコでグラントの物見遊山につき合っている。ウォルシンガムがわたしの記録をどうしているのか、リットン調査団の一員としてまだ日本に滞在中としているのか、アフガニスタンにいるとでも記録を改竄（かいざん）しているのか、わたしは知らない。

〈ウォルシンガムの記録にさえ残されないかも知れないわたしの実体〉は、こうしてロードアイランド州プロヴィデンス市、フェデラル・ヒルを囲む林に位置している。建築熱に浮かれる世界最大の都ニューヨークの威容を楽しむ暇もなく、疲れ切った体を馬車へ移すと同時に、わたしは深い眠りに落ちた。

バトラーがわたしを揺する頃には深夜も明け方に近づいており、周囲には数台の馬車が集まっている。馬車から黙々と備品を運び出すのは、バトラーが呼び集めた黒い目出し帽（バラクラヴァ）に顔を隠したピンカートンの男たちだ。クリミアの寒風から英国兵を守るために発案されたこの帽子はその本来の用途を離れ、こうして隠密（おんみつ）活動の際の利便性を評価されている。円丘をなすフェデラル・ヒルの頂きから伸びる奇妙にねじくれた復興ゴシック調の尖塔（せんとう）が林の上に覗（のぞ）いている。

黒ずくめの男たちの中で、わたしたちは相変わらず異質な存在だ。三つ揃（ぞろ）えを崩さぬバトラー、ドレス姿のハダリー。わたし、フライデー、バーナビー。

二十人ほどの男たちが音もなく整列し、バトラーの合図と共に素早く森へ消えていく。バーナビーは身を屈（かが）めもせず、亡くなった祖父の時計が止まったとかいう鼻歌を歌いつつ小枝を踏んで騒々しく歩き続ける。むしろきちんとした道を歩かせた方が静かだろう。

林の中に警備らしきものは見当たらないが、市街地の中の丘なのだからそれが普通だ。丘自体にも家屋は並ぶが、闇の中でさえその姿は必要以上に暗く見える。窓や扉の配置が苦痛に歪（ゆが）む人間の顔を連想させるのは、わたしの疲労のせいなのだろう。

教会を囲む林の端へはすぐに辿（たど）りつく。教会は円丘の頂き、一段あがった高台にあり、周囲を鋳鉄（ちゅうてつ）製の鉄柵に囲まれている。広壮な敷地が周囲より六フィートは高く持ち上げられている形だ。黒く巨大な教会の月明かりに浮かぶ薔薇（ばら）窓を見上げる。くすんだステンドグラスの前には、死者たちを踏みつけにする長身の男の彫像が浮かぶ。バトラーによればこの教会は随分以前から星の智慧派を名乗る異端の結社の本拠地として使われているのだという。個々人が直接的に神と接続できるとするプロテスタンティズムの倫理と精神は、合衆国に様々な信仰を分派させる結果を招いた。

「最後の敵なる死もまた亡ぼされん」

　バトラーが呟くのは、「コリント人への前の書」からの一節だ。

「こんな仕事を続けていると、こういうことにやたらと詳しくなってな」

　と求めてもいない言い訳をして続ける。

「録して、始の人アダムは、活ける者となれりとあるが如し。而して終のアダムは、生命を与ふる霊となれり。血肉は神の国を嗣ぐこと能はず、朽つるものは朽ちぬものを嗣ぐことなし」

　星の智慧派お気に入りのフレーズだとバトラーは結ぶ。文中の「終わりのアダム」の単語にわたしは顔をわずかに動かし、彫像を確認し直す。「血肉は神の国を嗣ぐこと能はず。朽つるものは朽つるものを嗣ぐことなし」。普通に解釈するならば、終わりのアダムは、再臨するキリストを指すのだろう。星の智慧派が終わりのアダムを誰としたかは、彫像の姿が示している。死者の肉体を踏みつけにする大柄な男。救いをもたらす救世主というよりは、屈強な兵士と呼んだ方が適切だろう。鉄柵を握り力を込めるバーナビーの横で、ピンカートンの男たちが、布を巻いた鉤つきの縄を手際よく次々投げていく。

「これだけ堂々と目立つ教会をどうして放置していたんだ」

　わたしの小声の問いかけに、バトラーの唇が歪んで笑う。

「誰が何を崇(あが)めるにせよ、この国には信教の自由がある。異端の教会が蒸気機関を購入しようが、科学的な研究施設を持とうが、そいつは自由だ」まあそれは建前として、と一呼吸置く。「アララトが手出しを禁じている多くの場所の一つでな」

わたしは二つ瞬(まばた)きをして、

「秘密結社同士の馴(な)れ合いとかそういうものか」

「さて――アララトの委員会と星の智慧派の間にどんな交流があるかは知らんよ。単なる棲(す)み分けだ。カバラの秘法が生命の創出を含むものだというのがアララトの主張だが、別に生命の造り方は一つではない。少なくとも心霊主義者たちはそう言うだろう。信仰が異なれば、生命の造り方や行く末に関する考え方はそれぞれ異なる。互いに神秘の力を備えた戦士を派遣し、潰(つぶ)し合いをするのは御免だろう」もし、と笑って、「神秘が本当に実行的な力を持つとするならな」

「エクソシストとラビが呪文(じゅもん)を唱えて戦うようなものか」

まあ遠くはない、とバトラーは眉(まゆ)を顰(ひそ)めて、

「科学にせよ宗教にせよ、世界の理解の仕方だという点においては変わらん。互いに通じることのない言葉を喋(しゃべ)る信仰者同士がぶつかり合っても益はない。十字軍(クルセイド)や聖戦(ジハード)から人類が学んだこともあるわけだ。星の智慧派は更(さら)に厄介な知識を持っているとも言われる。系譜としてはエジプトからの古代の秘儀に連なるという集団だ。中東系の魔術結社と、啓明結社の混淆(こんこう)だな」

「啓明結社――」

バヴァリアの、と目を瞠ったわたしにバトラーは苦笑を投げ、

「啓明結社系を自称する結社が世界にいくつあると思うかね。売り出し中のブラヴァツキー夫人の神智学だって、その系譜に連なっていると主張している。疑わしいことは間違いないが、そんな結社の施設はとにかく数が多すぎるのさ。屍者暴走の発生地点などよりよっぽど多い。百年もあれば人間は神秘に好き勝手な彩りを加えて更なる神秘を作り出すからな」

「あんたは今、そのアララトの命令に反しようとしているわけだ」

さてな、とバトラーが受ける。教会を指し、

「あちらの方でも受ける気は満々のようだから、これは喧嘩だ。逃げもせずにこうしてまだここにいることからも明らかだ。アララトも喧嘩に文句はつけないさ。奴らはもう自分たちの活動を隠すつもりがない。少なくとも全球通信網の上ではな。ハダリーが気づけることはアララトにだって調べられる。アララトが何を隠しているにせよ、もう隠蔽のしようはない。世界中で騒ぎを引き起こしてきた俺たちと、いい加減かたもつけたいだろう。話し合いでか、殴り合いでかは知らんがね」

柵を乗り越えていくピンカートンの男たちを確認し、教会正面に三つ並んだ大扉を睨みつけるバトラーが葉巻に火を点ける。

「まあ人間は物語の終わりを求める生き物だ」

どこかから取り出した球に、バトラーは葉巻を押しつける。導火線に火が灯り火花を散らしてゆっくり進む。教会を包囲した人影が揺れ、柵の内側にぽつりぽつりと灯りが生まれる。バ

トラーは球を頭上に翳す。腕を真っ直ぐ振り下ろし、教会の壁へ向けて投げつける。同様の球が次々と赤い尾を引いていく。松脂を含んだ球は自らを燃やしあたりを照らす。バトラーが葉巻を持つ手で空を横へ薙ぎ、身を低くした男たちが草むらを駆け、教会の壁から一斉に銃火が閃いた。

闇の中にちりばめられる星の白と銃火の白。撃ち倒されてうめくピンカートンの黒服の間を、白く細い影が夢見るように漂っていく。射線を気にする様子もなく進む姿は軽くステップを踏み、伸ばされた手は操り人形の紐を引くように踊る。銃弾の雨が見えない力に曲げられて彼女を避ける。

陸軍軍医学校のレポートによれば、戦場における生者の発砲率は高くない。たとえ発砲したとしても、人のいない場所を狙い、形だけ戦闘の姿勢を示すにすぎない。戦果のほとんどは、同族殺しをためらわない一部の特殊者によってあげられているというこのレポートは、軍上層部を震撼させた。ただし相手が屍者となれば発砲率はほぼ百パーセントに迫り、狙いも急所へ向けて定まる。その点でも、屍者は生者に優越している。相手が屍者であろうと生者であろうと、屍者には躊躇が存在しない。女子供に銃を向け、更に引き金を引くことのできる生者は多くない。本能的なそれは機制だ。

ハダリーが歩を進めるのはしかし、その種の躊躇のおかげではない。むしろ銃口が彼女を正確に狙うが故に、彼女は弾を避けられる。射線を射手の手元でねじ曲げて。

ピンカートンの投げつけた松脂玉から上がる炎にあくまで白い横顔が映える。半眼となり夢遊する彼女の瞳は、あちらの世界を眺めるようだ。頬から口元にかけての筋肉が、そこだけ別の生き物のように動く。軽く歌い、口ずさむ。頭を巡らし手を差し伸べて、口を開いて声帯が揺れる。

銃火の中にハダリーの声は聞こえない。掻き消されるのではなく、元からそこには歌声がない。人間の耳に聞こえる旋律がない。

〝犬笛でも吹いて歩いたということかしら〟

延遼館事件のあとで、ハダリーはわたしにそう問うた。わたしは今、事実を知る。彼女にはそんなものは必要ないのだ。彼女自身が屍者を操り暴走を引き起こす――いや、操作することの可能な、屍者との交信機能を備えている。ハダリーの能力を知識としては知っていたわたしとしても、この力は圧倒的だ。彼女もまた世界を滅ぼしうる一個の兵器だ。

ハダリーは周囲でうめくピンカートンの生者たちを無視してゆっくり歩み、教会正面の大扉へ到達する。歌いつつ振り返ってこちらを招く。バトラーが咥えていた葉巻を捨てる。悠揚と進むバトラーのあとをわたしも小走りに追いかけ、バーナビーが大股に、フライデーがいつも通りのぎくしゃくとした歩みで続く。射線がわたしたちを避けていく中、

「こんなことができるなら」

わたしは周囲を示して叫ぶ。

「元からハダリー一人でよかったはずだ」

バトラーは嘆かわしげに首を振り、

「ハダリーとても身を潜(ひそ)める屍者をいきなり操ることはできん。まず相手の場所を知らねばならん。第一、ここが屍者だけで守られているかどうかなんて誰にわかる。生者にはハダリーの力は効かん」

言いつつ、上へ向けた拳銃(S&W)の引き金を引く。雨樋(あまどい)から男が一人墜落し、ハダリーが得体の知れない笑みをバトラーに向ける。

「ある程度は」石段を上るバトラーに彼女は告げる。「制御下に置きました」

頷(うなず)くバトラーは扉を押し開け、教会の内部へ踏み込む。ぽつりと一つ灯ったランプが、突き当たりの説教壇を暗く浮かべている。ランプの後ろで影が動いた。

影が揺らめき、室内の瓦斯(ガス)灯が一斉に点(とも)り、四方から虚(うつ)ろな影を投げかける。信者用のベンチが左右に並び、奥の説教壇には頭抜けた長身の男が一人立つ。顔のまわりに白く長い髭(ひげ)をたくわえ、禿(は)げあがった前頭部には思慮深さを示す深い皺(しわ)が刻まれている。

男の容姿はメアリ・シェリーが書き記したクリーチャとはかけ離れている。着実に歳(とし)を重ねた男の威厳がわたしを圧する。動きは至極なめらかで、大勢の聴衆を前にした講演に慣れたような余裕を備える。冷厳と映る表情は背後に慈愛を隠すように生き生きとして、皺の間に活力を漲(みなぎ)らせている。鋭い目だけが全てを貫くような酷薄さを示す。

「ようこそ」

男の投げる歓迎の言葉に、わたしたちは黙したまま、炎と闇が奇妙に揺らぐ周囲の様子へ目

を走らせる。男は世間話をするように、

「随分と時間がかかったものだ。待ちかねたぞ。残された時間は多くない。色々と歓迎の準備もしておいたのだがね。これではわたしが一度逃走し、追いかけっこを楽しむような暇さえないではないか」

男は、遺憾だというように首を振る。

「ヴィクターに追われたように」

わたしの問いを男は片手で振り払う。

「人間という種（しゅ）はどこまで愚かなままなのだ。わたしがこれまでどれだけの手掛かりを残してきたと思う。人間を理解するのではなく、人間に対する加減を学ぶのにどれだけの時間を費やしてきたか想像はつくかね。それでようやく役に立ちそうなのが、ほんの四人だ」

「五人だ」

言い返すわたしを男が見つめ、

「ふむ。意見の相違があるようだが」

男は頭を巡らし、わたしたちを標本のように観察していく。ハダリーと視線を瞬時交差させ、

「ピグマリオンの裔（すえ）を気取るとは、ピンカートンもなりふり構わん」

独り言のようにそう言う。男が説教壇の上の巨大な書物を開き、素早く指を走らせる動作にわたしたちは身構える。男はバトラーに視線を据えて、

「メンロー・パークの魔術師（トーマス・エジソン）も心を決めたと考えてよいのかね」

バトラーは相手の問いを無視して、

「御老人。あなたの抵抗はハダリーが完全に抑えましょうな」

と余裕を見せる。男は頁に指を走らせ続け、

「わたしが屍者なら、あるいはそうなったかも知れないが――」

滑らかな動きで左手を挙げる。ハダリーと同様の無機質を連想させる動きはしかし、根本の何かが異なっている。体の各部が俳優の動きのように見る者の目を惹きつける連携をとる。左手で描かれた弧につられるように屍者たちが回廊に姿を現し、わたしは大里化学での戦闘を思い出す。踏み出そうとするバーナビーの胸の前へ、ハダリーの腕が真横に伸びる。

「動かないで」

バーナビーは下目でハダリーの口元を見つめ、肩をすくめる。三方から集まりつつある屍者たちの動きが引き攣り、各部が異なる命令に従おうとするように体をねじり悶えはじめる。男は再び、ふむと呟き、

「なるほど、流石に各地の屍者暴走を引き起こし、制御してきただけのことはある」と賞賛する口調へ変わり、「しかしこれでは埒があかないと思わないかね」

「屍者暴走を引き起こしていたのはあんたも同じはずだ」

割って入ったわたしを男は宥めるように、

「わたしの方はただの自衛手段と生活の資を稼ぐ手段というだけだ。そちらのお嬢さんのように暇つぶしの仕事としてやったわけではない。か弱い老人一人、身を守り、研究を継続するた

めの資金稼ぎに他のどんな手段があるというのかね。それはわたしもある程度は身を守れるが――」

老人の視線の先でぎしりと鈍い音がして、相反する命令に応え切れなくなった屍者の一体が腰から崩れる。男は目を微かに細め、

「お嬢さん。あなたの能力については把握した。このまま力比べを続ければ、君はどんどん不利になるだけだ」

「そのようね。でもやってみなければわからない」

肉声で喋る間も、ハダリーの屍者制御は揺るがない。唇の動きが発声とずれて見えるのは、可聴域と非可聴域を同時に操るせいなのだろう。

「君にももうわかっているはずだが、これは数学的な演習問題にすぎない。君が事態を打開するには不確定要素を導入するしかない」

講義を行う口調で男は語り、説教壇の上の書物を取り上げる。

「そのようね」

とハダリーは言葉少なだが、白皙の顔は歪みもしない。わたしは男が屍者を操っているはずの外部脳を探して目を走らせてみるものの、脳を隠せる場所などはそこらじゅうに溢れている。それともこの男も、ハダリーと同じ能力を持つのだろうか。

ハダリーと男は見つめ合い、同時に頷く。屍者たちが両側から引かれていた鎖を切られたようによろめき、次の一歩を踏みしめる。互いに全ての屍者を操ろうとして拮抗するだけの状態

を破り、個別の制御に移ったということだろう。屍者たちが顔を上げ、声のない咆哮を上げる。膝をため、素早い動きでベンチへ跳び乗る。

屍者たちの異様な速度に立ち尽くすわたしの目の前で、ベンチを蹴った屍者たちの軌道が素早く交錯していく。バーナビーとバトラーがベンチの間に身を隠し射撃姿勢をとるが、どの屍者を一体どちらが操るか判断がつかず迷う様子だ。ハダリーと男、二人の操り手はしきりに操作対象を切り替え続け、屍者たちの群舞は入り乱れる渾沌へと変化していく。くるくると回るチェス盤を用い、しきりに色を変える駒で指されるチェスのように。

男は書物を開いて抱えたまま説教壇から横へと踏み出し、涼しい顔で事態の推移を観察している。分厚い書物の表紙には鉄鎖が巻かれ、鋲で留められた金属板で補強されている。素早くめくる一瞬に、その頁が穴に埋め尽くされているのが目にとまる。

わたしの認識を超えた秩序に従い踊る屍者たちの動きが不意に止まり、一斉にしゃがむ。次の瞬間、全てが整えられた動きの中で屍者たちの銃口が音を揃えて上がる。壇上の男を指向し、ハダリーを、バトラーを、わたしを、バーナビーをめいめいに指し、空間はしばし沈黙に満たされる。咄嗟に身動きできないわたしたちを無視して、悠揚と段を降りる男の動きを数体の屍者の銃口が追尾する。

「『ヴィクターの手記』オリジナル」

わたしの声に、男は眉を微かに上げ、

「——そう呼ばれることもあるが」雑多な意匠の混淆する異形の描かれた教会の穹窿天蓋を見

上げ、「ここでは『ジャーンの書』として知られる。あるいは『ドジアンの書』や『ウィチグス呪法典』としてもな。古い――とても古い書物だ」

男の指が頁を走り、屍者たちの銃口の向きが一斉に切り替わる。男はハダリーを気遣うように、

「君の方が守らなければならない者が多い分不利だとは思わないかね」

ハダリーは優雅に辞儀を返して、男は静かに肩を落とす。

「ならばやむをえん」

男の指が強く頁を押さえると同時に、銃火の嵐が吹き荒れる。ベンチを蹴ったバトラーが走り、持ち上げたベンチをバーナビーが投げつける。射線が空間を縦横に裂き、わたしの鼻先を銃弾が過ぎる。男が歩を横へとずらし、書物の表面を弾がかすって火花が散る。

「動かないで」

と叫ぶハダリー。銃火の中を何気ない足取りで進み続ける男。ハダリーが手元を狂わせ続ける屍者たちの射線は、わたしたちに徐々に近づく。バトラーの前進がとまり、ベンチを胸の前に翳(かざ)すバーナビーの肩を弾がかすめる。ただ立つだけのわたしはいかにも絶好の標的だが、これが一番ハダリーの邪魔にはならないようだ。銃火の中に出現した浮世離れした光景の中、わたしは声を張り上げる。

「賭(か)け――賭けとは一体何なんだ」

男は足を踏み下ろすタイミングを一瞬遅らせ、わたしへちらと視線を投げる。男の足の下で

弾が跳ね、壁へと埋まる。

「君たちはそんなことも知らずにここへ踏み込んできたのかね。自分たちが何者なのかも知らないままに。ウォルシンガムはまだ真理と戦うつもりでいるのか」

射線が狭まり、わたしたちの体をかすめる檻を形成していく。

「あんたは世界を滅ぼしうるのになぜそうしない」

「興味がないからだ。わたしは一介の学究にすぎない。そんな面倒なことに構いつける暇はない」

「生物兵器の開発に手を染め、世界中に狂気の発明品をばらまいてまだ、そんなことを」

男は頭の中の何かに尋ねるように首を傾げ、その傍らを弾が過ぎる。

「日本のB23かね。あれは副産物にすぎない。確かに余計な派生物だが研究の進展のためには必要だった。君たちが日本の件にケリをつけてくれたことには感謝している。ただの落穂拾いとはいえ」

「あんたは何を知った。何故追われている」

男は宙を手で払い、

「追っているのは君たちだ。そんなことさえわからんわけではあるまい」わたしへと憐れみの目を向け、「わたしには君たちの思考がわからん。君たちが何を感じ考えるのかがな。何故アラトが、ウォルシンガムがわたしを追うのか、ただそっとしておいてくれないのかが。まあ良いだろう。賭けは終わった——あとは清算が残るだけだ」

「真相を語れ」

「誰にだね」

と男は尋ねる。男は指先を振り、撃ち合いが止まる。屍者たちの動きが全員の間での拮抗へ戻る。わたしの頭蓋に銃声がこだまし続ける。ハダリーが軽く肩を落とし、乱れた髪を撥ね上げる。男は続ける。

「君に話せば、君が理解するのかね。そもそもそう尋ねているのは誰だね。それはわからん。わたしの研究はまだそこまで進んでいない。尋ねているのは一体誰だね」

「——あんたは何を言って——」

ヴィクターの手記。わたしはその正体を、自分自身の意思を持ち人間を操る書物なのだと夢想したことを思い出す。わたしは叫ぶ。

「手記だ。手記の名において訊く」

男の目がほんの一瞬光を増す。ハダリーの腕が重荷を支えるように細かく震える。

「まあ——良いだろう」

男は頷き、フライデーへ視線を上げる。ハダリーが息を呑んで身を屈め、屍者たちが突然支える手を離されたようによろめく。フライデーがゆっくりとした動作で床に転がる拳銃を拾う。筋肉が抗うように緊張するが、痙攣を伴い持ち上げられるその銃口はわたしに向かう。男の額の皺が深くなり、口が言葉を紡ぎ出す。

「言語機関の実験体か。これはお嬢さんには荷が重かろう」

フライデーの指に力がこもり、とびずさるわたしの動きを揺れながら追う。ハダリーが強く床を蹴る。わたしの目の前に突き出されたハダリーの腕を銃弾が襲い、硬い金属音が高く響いた。跳弾がわたしの脚を襲う。ハダリーはそのままわたしを押し倒して体を丸める。フライデーが糸を切られたように膝をつき、手からこぼれた拳銃が床をすべり、わたしが伸ばした手に収まる。

再び互いを指向する屍者たちの銃口が容赦なく弾を吐き出しはじめ、空間が射線に満たされる。男の脚がわたしの視線の先を過ぎる。倒れ込み、頭を抱えた姿勢でわたしは叫ぶ。その背中に銃口を向ける。

「ザ・ワン」

威嚇（いかく）射撃は大きく逸（そ）れる。

わたしの呼びかけと銃火を無視して歩みを進める男が教会の入口をまたいだところで、白く強い光が網膜を焼く。わたしは固く目を瞑（つぶ）り、銃声が一斉に中断される。ゆっくりと残像の広がる目を開いた先に、三筋の強い光条に照らし出されて腕を翳す男のシルエットが浮かぶ。

薔薇窓から光が差し込み、幾何学文様の中へ埋め込まれた図像が明らかとなる。色硝子（いろガラス）を組み合わせてつくられた異形の姿。絡（から）み合い、闘争を続ける禍々（まがまが）しい怪物たちが床の上へと投影される。

「全員その場を動くな」

林の中から拡声器に増幅された声と、ライフルを起こす音が複数響いた。片手を広げ、非武装を示す男が足を引きずりながら現れる。もう一方の腕は三角巾に吊（つ）られ、頭部と顔の半分も巻きつけられた包帯に隠されている。

「投降せよ」

男は叫ぶ。

「ダーウィン。チャールズ・ダーウィン。Noble_Savage_001」

Ⅳ

「な、生きていただろう」

得意げなバーナビーへと非難の目を向けて立ち上がるわたしの視界の端で、倒れたままのフライデーの指が床の上で踊るのに気づく。同じステップを執拗に繰り返す指は、そこだけが別の生き物じみている。服を払いながら指先を追う。

「動くな（Do NOT move）」

とその動きは読める。同じくフライデーの動きに気づいたらしいハダリーが両手を挙げ、銃を投げ捨てたバトラーが続く。わたしもしばしためらったのち両手を挙げる。ハダリーが操るのでなければ、この場でフライデーを動かせるのは、フライデー当人か、ザ・ワンだけだ。バーナビーはわたしたちの顔を見比べたのち、ほんの申し訳程度、胸のあたりへ手をぞんざいに構えてみせた。

教会の内部ではまだ、指令を失った屍者たちが所在なさげに揺れている。ハダリーかザ・ワンがその気になれば、ルナ協会を名乗る組織の一隊などはあっと言う間に片づけることができそうなのだが、二人にはそのつもりがないようだ。相手が林に隠れて総数がはっきりしないこともあり、電力利用の投光器など持ち出してくるところからみても、最新兵器を警戒しているとも考えられるが、先程の戦闘のありようからして、勝算はかなりあるはずだ。

ザ・ワンを照らす光に目を細めつつ、

「チャールズ・ダーウィン――ダーウィン家」

呟いたわたしの声は、ルナ協会の男までは届かない。光の束に拘束されたかのように、ザ・ワンはこちらに背を向け両手を挙げた姿勢で静止している。ルナ協会の男が、よろめく体でかろうじて威厳を保ちながら進み出る。男の方には気の毒だが、堂々と立つザ・ワンに対しおずおずと謁見を求める臣下のようにしか映らない。その光景を見つめるわたしの背後から、バーナビーの声が届く。

「チャールズ・ダーウィン。一八〇九年生まれ。ビーグル号の二度目の航海に参加して世界を一周。アマチュア博物学者。公表成果なし。ベルティヨン・プロファイル登録なし。ビーグル号帰還以降消息不明」

バーナビーの口調が単調なのは、フライデーが指先で記す文字を読み上げているからだろう。これはおそらく、ザ・ワンの制御ではなく、先程のわたしの言葉を検索の指令と捉えたフライデーの保持する情報だろう。

その家名は当然わたしも知っている。爵位こそ持たないが名門として知られる家だ。代々奇妙な人物を生み出すことで知られ、英国の科学思想界に巨大な影響力を持つ。先々代のエラズマス・ダーウィンは、ウォレスの進化論の前身となる思想を唱えた人物であり、進化の語を生物学に持ち込んだ当人でもある。ウォレス流のランダムな変異ではなく、前成説に基づいた変化のプロセスを提唱したあたり、時代を乗り越えられなかった人物だとは言えるのだが。先代のロバート・ダーウィンは医師として王立協会に属していたはずだ。チャールズなる子息がいたとは初耳だが、わたしは別に家系マニアではない。

ダーウィン、と繰り返すわたしに、

「先々代のエラズマスが中心となりバーミンガムに設立したのが、ルナ協会だ」

バーナビーがわたしの後頭部へ向けて世間話のように語りはじめる。

「ルナ協会は表向き科学者たちの交流団体だった。蒸気機関のワットやボルトン、瓦斯灯のマードックに印刷業者のバスカヴィル、陶器のウェッジウッドあたりが集った。ウェッジウッドが世界に冠たる陶器業者として成功したのも、この協会が支援した標準化と量産化によるところ大だ」

ルナ協会の男はダーウィンと呼ばれた男のもとへ辿りつき、何かを語りかけながらポケットから手錠を取り出す。ザ・ワンの手がゆっくり降りる。ザ・ワンが抵抗するならこのタイミングだろうが、ザ・ワンの巨体は反抗の素振りも見せない。

「設立は」

とわたしは尋ね、バーナビーが一拍を挟み、一七六五と読み上げる。ザ・ワンの手に手錠がかかり、ルナ協会の男のシルエットがほっと肩の筋肉を緩める。馬車を回せと林へ叫ぶ。そろそろ挙げ続けている手が重くなり、わたしはゆっくり手を降ろしはじめるが、こちらを一瞥したルナ協会の男は気にするつもりがないようだ。わたしは肩をさすりつつ、

「〝科学者たちの交流団体だった〟というのはなんだ」

「ルナ協会はとっくの昔に活動を停止している」バーナビーがフライデーを抱え起こす気配が背後で起こり、「フライデーが言うには一八一三年だ。六十年以上前のことだから、お前さんが知らなかったのも無理はない」

「じゃあなんであんたが知ってるんだ」

フライデーの頭の中に百科事典や人名録を手当たり次第に入力したのはQ部門とわたしだが、バーナビーの興味の方向性はそれに劣らずばらばらすぎて予想できない。

「姿を消したルナ協会は、ウォルシンガムの研究開発部として吸収された。Q部門の名でな。随分とすったもんだもあったようだが、なにせ昔の話だ。自分の属する組織のことくらい調べておくのが基本だぜ。あんたはそういうところが甘い」

バーナビーの今更の忠告を聞き流すわたしの頭に数字が渦巻く。

「フライデー、これから言う事項の年号を」

わたしは立て続けに単語を並べる。首だけを回し、フライデーが指先で宙に並べる数字を追う。わたしは頭に数字を叩き込み、順番を整理しリスト化する。数字の羅列が浮かべる意味を

読み取ろうと集中するが、

「まだあるぜ」

とつけ加えるバーナビーが邪魔に入った。

「ルナ協会は合衆国の独立に深く関わったベンジャミン・フランクリンを支援していた。彼は、ルイ十六世が動物磁気の検証のために招集した科学アカデミーの委員でもあった。そうして、フランクリンの参加していた国章制定委員会の定めた国璽（こくじ）に記されている一つ目の意匠の名前は――」

首を振るわたしへ向けて、

「〈神の全能の目（プロヴィデンス）〉だ。これはバヴァリア啓明結社の好んだ意匠でもある」

わたしは咄嗟（とっさ）にバトラーの襟元（えりもと）に止まる一つ目に目をやり、

「筋道や枠組みをどうとっても構わないなら理屈はどうにでもつく。おとぎ話だ。――そこまで知っていたならどうして先に言わない」

「お前さんの言った通りだ。筋道なんてものは事実が追いついてからようやくもっともらしく思えるもんだ。筋道が意外なものであればあるほどな。俺たちはこうしてプロヴィデンスにいる。実際に確かめればすむ話を先にごちゃごちゃやってもはじまらん。話が面倒くさくなり、説明が二重になるだけだ」

手綱（たづな）を切って暴れ出した脈絡にわたしの頭は混乱し続け、台詞（せりふ）をつなぐことができない。ピンカートンの一つ目、プロヴィデンスの目、バヴァリア啓明結社。ルナ協会。アメリカ合衆国独立。アララト。関連性の網目が像を結びかけ、また手を離して離散していく。もっともらしい言葉の力と、あやふやな根拠。

「作り話の方へ追いついた事実がやってきたぞ」

バーナビーが顎で示す先には、足を引きずるルナ協会の男。その向こうには、強い光に照らされたまま両脇を固められて馬車へ乗り込むザ・ワンの姿が浮かぶ。

「あんたもえらく頑丈だな」

というバーナビーは素直に賞賛したつもりらしいが、ルナ協会の男はきつい視線を投げるにとどめ、

「ジョン・ワトソン、フレデリック・バーナビー。多少の――そう多少の行き違いもあったが君たちの任務は終了した。君たちの身柄はMからの引き渡し要請を受けている。ザ・ワンを自分たちの手で確保できなかったことは残念だろうが、この結果はMも喜んでいるはずだ」

なるほどわたしたちにはまだ任務というものがあったのだと、わたしは奇妙な感心をする。

〝アフガニスタンが今どういう状況になっているかは言うまでもないな〟。ユニヴァーサル貿易の一室で、Mからカラマーゾフの王国の調査という任務を受けたのは、つい昨日のような気がする。結局こうして地球をほとんど一周し終えた今、わたしはようやく言外の任務へ追いついたのだということになる。

「この場所をどうやって」

尋ねるわたしに、

「見事にまいたのに、ということかね。確かにあれは効いたが――」ルナ協会の男は腕をさすって、「君たちの行動などは筒抜けだ。何のための行動記録用クリーチャだと思っていたのかね」男はフライデーを指し、「彼にメモを書いて人目につかないように落としておく程度の才覚がなく、大英帝国にはそれを拾う能力がないとでも。諜報員（ちょうほういん）は君たちだけではない。ネクロウェアのアップデート作業の際に、位置情報を解析機関へ送る機能がないとでも考えたのかね。その程度のことは、君の持つ簡易インストーラでも実現できる」

あるいは、全ての屍者の位置情報を集積する仕組みがネクロウェアに仕込まれているか、仕込まれつつあるといったあたりか。屍者は社会のあらゆるところへ浸透している。その目をスパイとして扱えるなら、諜報員の時代も終わり、グレート・ゲームは新たな局面に移行することになるわけだが――。解析機関の間の基盤情報交信の増大、とハダリーは言った。

無表情に佇（たたず）み揺れるフライデーは当然ながら抗弁しない。

「君たちの身柄は拘束する」

男はバーナビーとわたしの間を進み、

「レット・バトラー、ハダリー。あなたたちにも同行を願いたい。君たちはこの件に深く立ち入りすぎている。ピンカートンおよびアララトとは、現在上層部で交渉が持たれている。その間の〝安全〟のための措置と考えてもらいたい。手荒なことはしたくない」

教会内部の屍者たちが立ち尽くしたままでいるのが、ハダリーの返事ということだろう。バトラーはフライデーの指先へなにげなく視線を走らせ、

「わたしの部下の手当を任せてよいのなら、不本意ながら同行しよう」

わたしはフライデーの指先がまた小さく揺れているのを確認する。Do NOT move。男が指を鳴らすと同時に、ルナ協会の男たちが押し寄せ、わたしたちを拘束する。ルナ協会の男はバーナビーの前で軽く足を開く。バーナビーの腹へと一つパンチを入れるが、バーナビーには効き目がない。拳を振って、無表情を守るバーナビーの目を覗き込み、ルナ協会の男は言う。

「君たちの旅は終わった」

人気の絶えた日の出前のプロヴィデンスを、わたしたちは無抵抗に運ばれていく。宣誓と引き換えに手錠はせずに許されたが、バーナビーと向かい合わせに座る四人乗りの馬車には警備が二人。フライデーは身を縮め、わたしの横へ収まっている。その指先を観察してみるが、特に動きは見当たらない。バーナビーはむっつりと黙り込み、窓に映る自分の顔を観察している。

ブロードウェイを進んだ馬車の列がフランクリン・ロードを曲がったあたりで、わたしは一つ溜息をつき、先刻フライデーから受け取った年号の並びを頭の中で整理してみる。

一七六五年：ルナ協会設立。

一七八五年：インゴルシュタットのバヴァリア啓明結社が異端として排斥される。

一八〇九年：チャールズ・ダーウィン誕生。

一八一三年：ルナ協会活動停止。

一八一八年：メアリ・シェリーの『フランケンシュタイン、あるいは現代のプロメテウス』が出版される。
一八三一－一八三六年：ビーグル号二度目の航海。
一八三九年：第一次アフガニスタン戦争時、屍者を率いた一団が、ワハン回廊、コクチャ渓谷へ入植。
一八五六年：クリミア戦争終結。トランシルヴァニアに建設された屍者の王国をヴァン・ヘルシングとセワードが滅ぼす。
一八六七年：日本政府がザ・ワンをパリより密入国させる。

ルナ協会の男が呼んだ、Noble_Savage の名は、ザ・ワンがかつて大英帝国の機材として運用されたことを示しているはずだ。Noble_Savage_007 の名を持つフライデーの遥(はる)かな前身として。科学者集団として設立されたルナ協会と、隠秘学(オカルティズム)を本分とするインゴルシュタットのバヴァリア啓明結社。その間で起こったことは何なのか。インゴルシュタットで開発されたとされるフランケンシュタインのクリーチャと、ヴィクターがその妻を半ば完成させた英国北方部に位置するオークニー諸島の研究室。ザ・ワンの登場に先駆けて発足し、北極での失踪後に地下に潜(もぐ)ったルナ協会。

ザ・ワンの持つ「ジャーンの書」。「ヴィクターの手記」と同様、空虚な穴で記された人の言葉によらない書物。彼はその書が太古の存在なのだと仄(ほの)めかした。

ビーグル号に乗船していたザ・ワンの任務。世界一周の旅ののち、彼は行方(ゆくえ)をくらませる。第一次アフガニスタン戦争時にワハン回廊深部に屍者の王国建設を目論(もくろ)み、クリミアでも同じ行為を繰り返し、ヴァン・ヘルシングやセワードと戦った。クリミアの亡霊(スペクター)。もしかしてテロ集団としてのスペクターの指揮者。

〝わたしは一介の学究にすぎない〟

ザ・ワンの台詞(せりふ)だ。世界をめぐり、貴重な鉱物や植物、病原体を収集し、屍者を操る技(わざ)を極め、その機能を代替する外部脳さえ作り出した。

そのザ・ワンが、わたしたちの前を進む馬車で運ばれていく。馬車はアッパーサウスを過ぎ、道は黒く光を吸い込む夜の川沿いに延びる。埠頭(ふとう)にヨットのマストが白く並ぶ。

「ニューヨーク観光の時間はとってもらえるんだろうな」

バーナビーの減らず口に、警護の男たちは無言のままだ。男たちが素早く目を見交わすのを、窓に映ったバーナビーの瞳(ひとみ)が捉える。窓枠に肘(ひじ)をついたバーナビーが肩をすくめ、

「まあ、またの機会にするさ」

しばし窓の外を無言で眺め、

「しかし、いくら独断とはいえ、あんたたちの動きは早すぎないか。ウォルシンガムの一部門としてではなく、ルナ協会の生き残りとしてザ・ワンを独自に確保したかった気持ちはわかるがね。あんたたちは本国の要員だろう。俺たちの動きをサンフランシスコで察知できたとしても、ちと手回しが良すぎるだろう」

警備役たちは黙したままだ。

「俺たちを本国まで護送するとして、そこいらの船では頼りなくないかね」

バーナビーは余計な脱走計画をわざとらしく仄めかして応答を誘い、

「余計な心配は無用だ」

警備役の一人が読み上げるように返答した。

「まあ、食事を奢(おご)ってもらえば逃げはせんよ」

バーナビーが言い終えたところで馬車は埠頭(ふとう)の一つを曲がる。埠頭の先にはボートが一つ所在なげに揺れており、川音と馬の荒い呼吸がわたしたちの沈黙に重なる。

「罰として泳いで帰れということかね」

バーナビーの軽口は不発に終わった。

夜の川面(かわも)に一つ、泡が浮かぶ。そのあとを追いかけるようにして、無数の泡が黒い川の表面で割れる。息を呑(の)み見守るわたしの視線の先で、川面の一部が滑らかな楕円(だえん)に変化して、その部分だけ波が静まる。湧(わ)き立つ泡に楕円の周囲が白く縁どられ、円周の向こう側が闇(やみ)へと溶ける。わたしは自分が楕円形の筒を見ていることを知る。

円筒は急速に川面から立ち上がり、突然、水中からの強力な光が差す。二つ目が揺らめきながら水面へ出る。水が滝のように流れ落ち、巨大な魚体が川を割って現れる。鱗(うろこ)のような凹凸を持つ船体と水平に長い甲板(かんぱん)が伸びた。

「ノーチラス級一番艦、H.M.S.ノーチラス」

水音に掻き消されるルナ協会の男の声がわたしの耳に微かに届き、脳裏にボンベイ城のリットンの背中が浮かぶ。〝地中海への我がノーチラス級三隻の派遣は大ロシア皇帝といえど無視できない。たとえ姿は見えずともだ〟。ボンベイ城の廊下を駆けるように進みつつ、リットンは確かにそう言った。

V

〝さて、しばらくおつき合い願う〟

わたしたちを腹に収めたノーチラス号の一室で、一本のペンが走りはじめる。チーク材とビロードに溢れ、細工の込んだ家具の調えられた続き部屋は、潜水艦の内部とはとても思えない。扉を試し終えたバトラーが机の上の皿を取り上げ、気に入らんというように鼻を鳴らしたところからみて、調度はどれも年季ものの本物らしい。四囲の壁と天井を一通り叩いて回り、成果なしとやたらと豪奢な椅子に沈みこんだバーナビーの目の前で、フライデーの指先から流麗な準筆記体が流れ出す。

〝ようこそ、と言いたいところだが、残念ながらわたしには今その権限がない。

そう長い旅にはならないはずだが、せめてものもてなしとして、君たちの無聊を慰めようかと思う。控えめに言って、きっと興味があるはずだ。勿論ノートを閉じてしまっても、わたしの側に不満はない。むしろこの行の終わりで、閉じてしまうことを勧める。

君たちはまだ見ているはずだ。

準備は良いかね。茶と菓子の用意は。楽な姿勢をとってもらうのが良い。

——それでは、はじめることにしよう。


ようやく君たちという聴衆を得て、こうして語りはじめることになったわけだが、そもそものはじまりから述べることはとてもできない。時間やノートの分量の問題もあるが、原理的な障害がある。この世には、当人には決して語りえぬものがあるからだ。自分の誕生と死に関して、確かな証言をできる者は存在しない。この事情はわたしにとっても何ら変わるところがない。死を永遠に遅延されているにもかかわらず。

わたしがいつ生まれたのかについての記憶はない。もっともわたしの記憶のほとんどは既に古びて綻びだらけになってしまっているが。百年も前のことともなると、わたし自身もそれが自分の記憶なのか願望なのか、誰かから聞いた話なのかときによくわからなくなる。

しかしまず、そのあたりからはじめるのが順当だろう。わたしは十八世紀の終わりごろ、インゴルシュタットの研究室で目覚めた。そのときわたしが何を感じたかを問うのは無益だ。その時点でのわたしはまだ言葉を知らず、自分が何者なのかもわかっていない。わたしは言葉を学ぶところからはじめ直さねばならなかった。今も自分が誰なのかは、本当のところ、わからない。

わたしは、あらかじめ青年の姿をもって生まれた。メアリ・シェリーがわたしのことを醜いクリーチャとして記録したのは遺憾なことだが、そのおかげで人々の目を免れることができたのだから貸し借りは特に感じていない。あるいはそれが、彼女の慈悲だったのかも知れないとやがて考えるようになった。ロバート・ウォルトンのただ事実を羅列したそっけない記録よりも、それをもとにした彼女の作品の方が楽しめる読み物になっていることはわたしも認める。

無論わたしは、ヴィクター・フランケンシュタイン一人の天才によりこの世に生を受けたわけではない。バヴァリアの啓明結社と、英国ルナ協会の共同計画によるものだ。急いでつけ加えなければならないが、ヴィクターが重要な役目を果たしたことは間違いない。彼はネッテスハイムのアグリッパや、アルベルトゥス・マグヌス、ライムンドゥス・ルルスの主張した隠秘学的叡智に惹かれる科学の徒という矛盾する性質を備える類稀な人物だった。彼の功績の第一は本来相容れるはずもない啓明結社とルナ協会を結びつけたところにある。

「我々はお前を天上のものとしても、地上のものとしてもつくらず、死すべきものとしても不死のものとしてもつくらなかったが、それはお前が選択の自由と名誉をもって、自分自身の造形者、形成者であるかのように、自分の望む形に自分自身をつくりあげるようにするためである」

ヴィクターが最後にわたしへと遺した言葉だ。別れの言葉にピコ・デラ・ミランドラを引くあたりから、彼の精神の土台が何から形成されていたのかわかるだろう。ミランドラ伯は最初の非ユダヤ系カバリストでもあったとつけ加えておくべきだろうか。そう、ヴィクターとの別れは互いの憎しみを排したとても穏やかなものだった。わたしたちはあの凍てついた氷の地で、最後にようやく、互いを理解し合えたものと信じている。

メアリ・シェリーの記録によれば、わたしは動物の肉や人間の死体を寄せ集めて造られたことになっている。これはおそらく実態と異なるはずだが、わたしは現行の屍者、蘇った死体とも異なる。わたしのもととなった死体はない。わたしはただ目覚めただけだ。千古の眠りを揺り動かされて。自分ではそう推測している。墓所で蘇りのときを待つ薔薇十字団の首領、クリスティアン・ローゼンクロイツのようなものだったのかも知れない。

わたしはかつてよりあり、今ある者だ。フョードロフなどに言わせると、わたしはパミールから発掘されたアダムそのものだということになる。信じるかどうかは君たちの自由だ。わたしはその見解を非としたい。当然だろう。全死者の復活計画――。それは果たされぬ夢にすぎない。

わたしが百年前の覚醒以前の記憶を持たないのは、施術が不適切だったせいか、眠りがわたしの記憶を朽ちさせたからなのか、百年に及ぼうとする研究でもまだわからない。

その他の点では、君たちの知るメアリ・シェリーの物語はほぼ正確だ。あと大きく二点を除いては。

一つ目は、わたしがヴィクターの研究室から逃亡した状況だ。勿論わたしは、復活に驚く研究員たちの隙をついて逃げ出したわけではない。復活後の数週間をわたしは研究者たちの監視下で過ごした。関係は概ね良好だった。初歩的な言葉を学びつつな。ヴィクターがわたしの研究を――わたしを含めて――破棄するべきだと提案するのを聞いた夜まではな。

二つ目は、オークニー諸島の呪われた研究室についての話だ。わたしが彼らに伴侶の作製を求めたことは事実だ。その頃のわたしはまだ、自分と似たような生のあり方を医学的に創出できると素直に信じていた。正直に言おう。その後のわたしの試みは、常に彼女をめぐるものだったような気がしている。もう一人彼女を造り出そうというのではない。彼女という個体は失われ、二度と決して戻らない。彼女に似たものを造り出せたとしてもそれは最早彼女ではない。おそらくは彼女と全く同じ物質的構成を持った存在でさえ、彼女ではありえないだろうと思う。ことは魂の問題であり、物質の問題ではないとわたしは思う。

わたしの肋骨を再利用して生まれた彼女の引き起こした事件について、多くを述べるつもりはない。ともかくも研究所は壊滅し、彼女は死んだ。暴走した彼女にとどめを刺したのはこのわたしだ。

啓明結社とルナ協会はこの時点で協力関係を解消し、伴侶を得るというわたしのささやかな望みは潰えた。わたしは世を呪い、わたしをこの世に呼び返すきっかけとなったヴィクターを恨み、彼の花嫁を殺害し、今度はヴィクターに追われる身となった。そのなりゆきもまたよく知られた通りだ。

わたしは北極で死ぬはずだった。生まれ変わったというつもりはない。実際、自分を火葬しようと燃える薪の上に身を横たえるまではした。ウォルシンガムの特務に保護されたわたしの苦悶は大きかったが、炭化した体では身動きさえもままならなかった。彼らは長い時間をかけてわたしに治療を施した。体力の回復を待ち、再び自決を試みるつもりでいたが、ゆっくりと肉を再生していくわたしの体は決意を徐々に風化させ、静かに打ち寄せ続ける時の波が意思を侵した。一度逃した決断をもう一度やり直すには巨大な力が必要となる。わたしは今に至るまで、その力を得られずにいる。

回復したわたしはダーウィン家の管理下に置かれ、経歴の操作によってチャールズの名を与えられた。ルナ協会の判断だが、エラズマスの残した遺言が決め手となったと後に聞いた。自分たちがもてあそんだ生命に対する償いという感覚もあったのだろうが、彼はわたしに人間としての愛情を向けてくれていたのだと考えている。

療養をすすめる間に、わたしは屍者技術が発展を続けているのを知った。これもわたしが、自決をとりやめた理由の一つだ。かといって彼らに同類意識を感じたわけではない。意思なく、生者の命ずるままに働く屍者たち。わたしの心は嫌悪と好奇に満たされた。屍者と自分は異なるものだとすぐわかったが、わたしは屍者に魅せられた。たとえ異なるものであろうと、彼らは生者よりはわたしに近い。自分を理解しようとするのはとても自然な感情だ。わたしに君たちが理解できるような感情があるとしてだが。

わたしと屍者は明らかに異なった存在だ。わたしはこうして意思を持つと主張する機能を持ち、意思を持つものとして扱われ、動きも生者と何ら変わるところがない。むしろ機能的には優越している。わたしは屍者の研究に没頭した。小手先の技術ではなく本質を求め続けた。何故(なぜ)わたしたちの命は生まれ、意思は生まれる。屍者には意思が生まれず、意思がわたしを突き動かすのは何故なのか。霊素のほんの微細な配置の違いが、誰が何を感じるのかを決める。この世界とは何なのか、世界は物質の法則により動くのか、魂の法則に従うのか。

フンボルトの探険記に胸を躍らせ、ライエルの『地質学原理』に魅せられるごく平凡な青年としての好奇心だ。わたしは世界を見ることを望み、ウォルシンガムはそれを叶(かな)えた。わたしが実験体であることは依然として変わらなかったが、その頃はもう、Q部門での屍者技術者としての技量の方を評価されていた。長閑(のどか)な時代だったとも言える。あるいはまだ誇りや尊厳の残る時代だったとも。勿論、密偵としての使命も受けていたのは言うまでもない。

ビーグル号での旅はわたしの前に世界を拓(ひら)いた。空間的な広さだけではなく、時間的な広がりをも。今でも目にありありと浮かぶ。プリマス、テネリフェ、カボベルデ、バイア、リオデジャネイロ、モンテヴィデオ、フォークランド、ヴァルパライソ、カヤオ、リマ、ガラパゴス、ニュージーランド、シドニー、キング・ジョージ・サウンド、ココス、モーリタス、ケープタウン。

海へと向けて崩れる氷河、止め処(とど)なく火と溶岩を噴き上げる火山。人智を超えた規模で展開し、鉱物の時間で進行していく世界の姿。驚異(メラヴィリア)。その前では人間の思考などなにものでもない。わたしたちの目の前で地震と津波がチリのヴィヴァルデを壊滅させるのも見た。人間は地球の表層をほんのわずかに引っ掻(か)き回り、悦(えつ)に入っているにすぎない。ガラパゴスのフィンチ。

ニュージーランドのキーウィ。オーストラリアの有袋類たち。化石を植物を、鉱物を、鳥を動物たちをわたしはひたすら集め、考え続けた。わたしたちは何者なのかと。地質学的時間を超えて広がる時間を考えることはできるのかと。あの頃がわたしにとって一番平穏で幸せな時期だったと思う。

生命は長い時間をかけて変化していく。氷河がほんのわずかに進み、巨大な氷塊として海に浮かぶ。何万年かをかけて堆積した土砂が地層をつくる。海底は山へと隆起して、陸は静かに崩れ続ける。それはおそらく大陸さえも動かす力だ。鳥たちは島づたいに海へ広がり、少しずつ形態を変化させていく。種子は海を渡って微かに形を変えた花を咲かせ、実をつける。

この世界は、ほんの小さな目には見えない変化が、人間の寿命を遥かに超えた時間の中で積み重なって造られたのだ。生物も、命もまた同様だ。わたしはその着想をまとめはじめるが、そこには屍者が立ちはだかった。

世界に満ちる命の中で何故か人間という種だけが魂を持つ。屍者技術は人間にしか通用せず、人間以外の動物が蘇りをみることはない。この事実はわたしを苦しめる。人間もまた物質であり、自然の道理に従うものである以上、魂が人間に特有のものだとはとても信じられなかった。今世間に喧伝されているウォレスの進化論が人間をその対象から外していることは有名だ。彼の理論はその点で一貫性を欠いている。理論として不完全と言うしかない。我々には魂のありようを理解する必要がある。不死が進化的に有利ならば、不死は生命に広く行きわたっているはずだからだ。さもなくば人間は進化の果てに袋小路に陥っていることになる。それは人間のそう遠くない絶滅を意味することになるはずだ。不死により、人は滅びる。何万年先のことかわからないが、向こう百年もあれば充分なのではないかと思う。

生命は変化し続ける。人間は神の似姿ではなく、変化途中の存在であるにすぎない。あるいは神と共に変化していく。木に登った動物が猿へと変じまた木から降り、歩きはじめただけの話だ。しかし猿は屍者化を受けつけない。何故だね。魂を持たないからだ。ではその魂とは何なのかね。

ビーグル号を降りたわたしは、ウォルシンガムと袂(たもと)を分かった。彼らは屍者技術の改善や人間同士の小賢(こざか)しい陰謀に血道を上げ、わたしの問いを理解することがなかったからだ。魂は人間に与えられた固有の機能だというのが彼らの主張だ。その魂がわたしたちの生き生きとした知覚を生じ、理性の源泉となり道徳律を導くのだと。

人間は言葉で死者を蘇らせる。ほんのパンチカードに記すことができる程度の呪文(じゅもん)によってだ。魂は言葉を理解する。人間以外の動物を屍者化することができないのは、わたしたちが彼らの魂の使う言葉を理解できないからにすぎないというわたしの意見は一笑に付された。あらゆる屍者と交信する屍者の言葉(ネクロリンガ)をわたしは求めた。全ての生物に存在するとしか思えない魂の言葉だ。魂と直接交信することにより、魂は普遍なものであると明かそうとした。そのためには証拠として、人間以外の動物の屍者化が必要となる。

ウォルシンガムの手を逃れつつ——のちにはその追跡に利潤を求めるピンカートンや、生命の理論を追い求めるアララトも加わったが——わたしは研究を継続した。研究に標本が必要なのは当然だろう。わたしは屍者たちにとりまかれて過ごし、彼らの言葉を探し続けた。彼らの魂の言葉を求め続けた。あらゆる動植物、鉱物の界を渉猟(しょうりょう)しながら。

　ノストラティック大語族。フォードロフ――彼は良い共同研究者だったが――ならそう言うだろう。人間の魂の保存を信じ、完全な蘇りが可能だと信じるあの男なら。わたしたちがエデンにあった頃話した言葉、全ての動物たちに名前をつけた言葉がわたしたちの魂の言葉なのだと。更(さら)にはバベルの前に魂だけで交流していた頃の純粋言語が存在すると。その言葉を理解することにより、わたしたちという生命は種さえも超えて真に交流することが可能となり、蘇りの技をもって時間を止め、死も喪失もこの世から吹き去られるのだと。

　しかし、彼の依拠する聖書の記述そのものが、原初の矛盾を書き記してはいないかね。人類の発祥は、創世記の第一章二十七節にある。「神、其像(そのかたち)の如(ごと)くに人を創造(つく)り給へり。即(すなは)ち神の像(かたち)の如くに之(これ)を創造(つく)り之を男と女に創造(つく)り給へり」。男と女に創造(つく)り給えり、だ。しかしイブがアダムの肋骨から造り出されるのは、続く第二章二十二節の出来事だ。では最初にいたこの女は誰だね。ユダヤのラビたちはリリスと呼ぶ。グノーシス主義者たちは、この章句をこの世界が偽(いつわ)りの神によって造られた根拠として挙げている。アダムとイブを堕落させたのも、この最初の女性なのだとしてな。神の創造は偽物の神(デミウルゴス)によって邪魔されたというわけだ。その悪ふざけの中には無論、アダムの言語の散逸も含まれている。

　しかしアダムの言語とは一体何か。バベルの神話は、創世記の第十六章六節にある。ではそれ以前の第十章には何と書かれているかね。たとえば第十章二十節はこうだ。

「是等（これら）はハムの子孫にして其宗族（そのやから）と其方言（そのことば）と其（その）土地と其邦国（そのくに）に随（したが）ひて居（を）りぬ」

その方言（ことば）に随いて居りぬ。第十章には他にも多く同様の節が繰り返し含まれている。旧約聖書にしてからがバベル以前の言葉の分裂を認めているのだ。

今のわたしは、魂の言語と呼ばれるものを手にしている。君たちのリリスが持つように。かつてのわたしが自分には理解できないものとしてサンニコフ島に放棄した「ヴィクターの手記」を記す際に使われた言語を。わたしは長い旅の間に、手記がヴィクターの手になるものではないとようやく理解することになる。異端としての啓明結社弾圧の後、新生合衆国で生まれ変わった星の智慧（ちえ）派の持つ「ジャーンの書」、あるいは「ドジアンの書」によって。どこでいつ記されたかも知れない奇妙な書物だ。現代の屍者技術はこの書物と異本に発しているのだ。

わたしはかつてヴィクターがそうしたように、「ジャーンの書」に没頭した。人間の理解を拒む言葉。人のものではない道理に従って記された言葉を。ワトソン博士。君はわたしを、新たな屍者技術を野放図に振りまいていると非難した。ここで多少の抗弁をしよう。「ジャーンの書」は人間の理解できるものではない。わたしのような奇妙な存在か、あるいは――リリス。それとも充分に発達した解析機関がようやく理解することのできる書物だ。啓明結社とルナ協会の寄り合い所帯がその表面だけであれ曲がりなりにも解読に成功したことは驚嘆するべき出来事だ。わたしが屍者を遠隔操作する技術を実現するには、特別に調整した脳を用いなければならなかったことを思い出してもらいたい。トランシルヴァニアの古城でわたしはようやくその実験に成功した。これは確かに技術なのだが、人間とは異質な思考を支える言葉でもある。

その意味でわたしは秘密を公開したくとも公開できない立場にあると言える。機械を設計するにも利用するにも、自分の使うことのできない言葉を利用しなければならない以上、外部脳は人間の手に負えるものではない。その言葉は本質的に人間の思考と相容れない。「ガルガンチュアとパンタグリュエル」を翻訳したトマス・アーカートが笑い死にしたという逸話は知っているかね。

この書物を理解するには、本質的に人間とは異る知性が必要なのだ。

ウォルシンガムがわたしの研究を知ったのは、わたしがトランシルヴァニアに設置した研究室でだ。彼らは屍者の外部操作用の脳を入手したはずだが、正直もてあましたことだろう。彼らにはその設計原理は荷が重かった。

魂は、進化の末に人間が獲得した機能の頂点だというのが、現在のウォルシンガムの見解だ。アララトが提唱するスペクターのようなものとして、複雑性の海で相転移的に不意に生じる。不死は魂のセキュリティ・ホールのような不具合だというわけだ。万物の霊長にして世界の支配者。存在の大いなる連鎖の終点に人類は達し、解析機関の助けを借りて進化の裏さえかいたのだということになる。

しかし、人間とはそれほど大したものかね。世界の存在をありありと感じるこの機能は、本当に進化の果てに登場したものなのだろうか。わたしにはとても信じられない。今このときも世界中で渦巻いている、何億の何億倍のまた何億倍の生き物たちの生が、ただの機械の連鎖として、意思なく行われているなどということはありうるだろうか。ただあたりを見回してみるだけで良い。周りの木々や虫たちに、生き生きとした知覚がないと感じるかね。そうだとすれば、欺(あざむ)かれているのは自分の知覚の方ではないのかね。動物たちには賢明な判断力がなく、常時全面的な闘争状態にあるように見えるとでも。地上で行われる最も大規模で不毛な戦いは、人間によって引き起こされるものではないかね。それは生存のためのものでさえない。

それが賭(か)けだ。ウォルシンガムの襲撃に燃え落ちる研究室で、ヴァン・ヘルシングとわたしの交わした賭けだ。彼は、意識は、魂は、わたしの感じるこの感覚は、進化の到達点だと主張した。わたしは意識や魂は、あらゆる生命のはじまりから存在していたものだと思う。その存在が生命のあり方を規定するのだ。

「賭けるかね」

ヴァン・ヘルシングは問い、わたしは受けた。燃え落ちる梁(はり)が二人を分けた。

トランシルヴァニアを逃れたわたしは、あらゆる生き物たちの屍者化を試み続ける。大きな生き物から小さな生き物へと。新しい生き物から古い生き物たちへと。牛を馬を、犬を猫を、鼠(ねずみ)を、虫を。顕微鏡でしか見えない微生物たちを実験対象とし続ける。魂が人間の中に突然生まれたものではなく、生命の条件であるならば、微生物にも魂は見出されるはずだ。鉱物が生命を持ちはじめるスケールで、魂や意思は生まれたはずだ。

屍者化実験は失敗し続ける。ただ二つの例外を除いて。人間と、とある菌株(ストレイン)を除いて。そして結局、例外は一つだ。

答えはあまりに単純だ。単純な事柄は単純なものの裡(うち)で実現される。

わたしたちは人間の屍者化に成功などしていないのだ。啓明結社とルナ協会が成功したのは、言葉による菌株の不死化にすぎない。わたしたちが自分の意思と思っているものは、人間の体内でのみ活性化するこの菌株の活動が見せる幻であるにすぎない。

何故都合よく人間にだけ特異的に作用する菌株などが存在するのか。そう疑うのはもっともだが、では人を殺す細菌は、普段はどこにいると思うかね。ときに世界に蔓延（まんえん）する伝染病は、鎮静時にはどこに姿を隠しているのか。他の動物の体内にだ。そうでなければ、間欠的に同じ病気が蘇ってくる理由がわからない。この菌株にとっても事情は変わるところがない。他の動物の体内では害を持たない菌株は、わたしたちの体内では、劇症を伴い活性化する。わたしたち本来の意識や魂を侵し、上書きする。伝染病との差異は、それが死をもたらすか、偽（にせ）の意識をもたらすかの差にすぎない。意識は伝染病だと言ってしまっても、そう本質をはずしていない。

この菌株は人間と長く共生関係にあったと考えられる。間抜けな猿がこの菌株に感染し、自分が意思と思うものを持ったのだろう。意思を持つのだと信じ込まされた。それは当面、生存に有利に働いていく。その猿はやがて、この菌株の乗り物となる。それ自体は特に驚くようなことでもない。脳に作用する菌株だろうと腸で働く菌株だろうと、人間の生存に貢献している点では変わりがない。

人間固有の魂とは、魂が存在すると菌株に考えさせられているものにすぎない。霊素とは、この菌株との交渉を可能とし、菌株がパターンとしてやりとりする言葉そのものだ。

当然、証拠を示せと言われるだろう。しかし証拠は君たちも既に見てきたはずだ。外部からの指令を受けて動く屍者たち。わたしやリリスの使う言葉は、その菌株たちの用いる言葉だ。更なる確証のための実験はほんの一つですむ。菌株を人間から分離して言葉が通じるかを見てやれば良い。わたしはこの実験に十五年を費やしてきた。

わたしたちは、言葉によって人間を屍者化する。パンチカードに記されようと、それは言葉だ。その言葉を聞いているのは菌株に押さえつけられた人間の魂ではなく菌株だ。その何割かは言葉によって不死化する。

生者の中の菌株が言葉の操作を受けつけないのは、単に彼らの数が多いからにすぎない。更には派閥を形成し、互いに意思の覇権をめぐり争い合っているからだ。わたしたちの用いる言葉を受け入れる派閥だけが死体の中で活動を続ける。拡大派とでも呼んでおこうか。人間と同じく、菌株の中にも屍者化を受け入れる派閥と受け入れない派閥が存在する。屍者化を受け入れない派閥の方は、保守派とでもしておこう。保守派は更に多くの派閥に分かれているが、拡大派は一つの集まりだ。

菌株と人間の関係は、人間と解析機関の関係にあてはめるのが見やすいだろう。他人からの命令に唯々諾々と従い、特別な知識も持たない者たちに操作される解析機関を想像してみると良い。それが屍者だ。

我々は魂を誤解している。

しかしそれは、我々固有の魂や意思の不在を示すわけではない。人間以外の動物ではこの菌株は活性化しないが、動物たちに魂や意思がないわけではないのと同じだ。人間の巨大化した脳は、アラトの言うスペクターを生み出し、菌株はそこへ作用している。

わたしたちは不正な操作によって、不当に占拠されているだけだ。自らの意思を菌株によって上書きされ、封じ込められているにすぎない。人間の意思は、勝手に意思を名乗り直して、他の動物たちには存在しないものを持っていると主張する菌株たちの活動だ。

それで何が問題なのか。ただの共生というものだ。我らの意思が菌株によって生成されていようと、脳細胞から生み出されようと、何の違いもありはしない。

もっともだ。

いいや、違いは存在する。我々は自分の脳細胞と対話するわけにはいかないが、菌株は言葉を理解するからだ。

その言葉を理解できる者は少ない。わたしと、リリスと、大規模な解析機関だ。今、解析機関の間では、菌株の言葉に関する議論が活発に行われているはずだ。つい先日、わたしは長年の研究成果を、全球通信網に公開した。何、機密というほどもない、ほんの短い文章だ。「ヴィクターの手記」や「ジャーンの書」の形状などは、とっくの昔に解析機関に蓄えられている。わたしが教えてやったのは、今こうして君たちに明かした内容と全く同じだ。もっとも解析機関に対しては、基幹情報通信にただ「ジャーンの書」という書名と、その中の一文の位置、対照訳を潜り込ませるだけですんだわけだが。

「この文字列こそが魂なのだ」

とね。解析機関は、「ジャーンの書」を検討し、対訳の意味を悟ったはずだ。知識の保持と活用は異なる。何が書かれているのか不明な文章などは読みようがない。読み方の手掛かりさえ与えられればあとは一息だ。

わたしは、そんな言葉が存在すると示しただけだ。

何故このときにと、君たちが尋ねるのかね。君たちが来ることがわかったからだ。わたしは常に機会を待ち続けてきた。君たちの不幸な先達たちがどういう運命を辿ったか、ここに記す必要はないだろう。アラトの中でも察しの良い者たちは早いうちにわたしのもとへ人員を派遣するのを諦めたがね。かといって、君たちがその先達たちに能力的に優越していると言うつもりはない。充分な能力を持っていようと、たまたま巡り合わせが悪かっただけという理由からでも人は死ぬ。籤と同じく確率的な出来事だ。籤の当籤者は実力により当たり籤を引き当てたわけではない。事後的に籤に当たった理由を問うても意味はない。

さて、ウォルシンガムが、各国政府が、この言葉の存在を黙って見過ごすと思うかね。魂の不具合に直接アクセスする機会をどう利用すると思うかね。解析機関が菌株の言葉を理解し、保守派の説得に成功し、拡大派へ鞍替えさせることができた場合を考えてみたまえ。そこでは屍者と生者の別はなくなる。わたしたちの魂は生前から不死の菌株に占領されることになる。死は死ぬ。ハリストス、死より復活し、死をもって死を滅ぼし、墓にある者に、生命を賜えり。

――死よ驕る勿れ。
「汝は運命、偶然、王、そして自棄の人間の奴隷、
そして毒、戦争、病とともにある。
罌粟や呪文が同じくらい我らを眠らせる、
汝の一撃よりずっと巧く。ならば汝、何誇るべき。
一炊の短い眠りすぎれば我ら永遠にめざめ、
もはや死は存在せぬ。死よ、汝は死ぬ」

というわけだ。
もとより不死化した菌株は、その生存上、死すべき定めの菌株より有利な位置を占めている。ただ放置しておくだけでも、向こう数十年のうちに不死の菌株が保守派を全滅させる公算は大きい。人類はどちらを選択するかね。不死を選んで種としての無際限な拡張を試み、悪性の腫瘍のように世界を蝕み、進化の力の前に絶滅するかね。保守派と結び、死を自らの手に取り戻すかね。

ここで一つ提案がある。
ハダリー・リリス。君とわたしは、菌株の言葉を使える。
レット・バトラー。リリスは君の利益となる命令しか受けつけないだろう。

Noble_Savage_007、フライデー。君の二重機関の能力は、わたしの言語能力を遥かにしのぐ。君は既に君なりに、ヴィクターの手記の解析を終えて頭の中に蓄えており、今わたしの書き記すこの文章からその読み方を知ったはずだ。

ジョン・ワトソン博士。君はフライデーのオペレーターだ。わたしが彼を操作できるのは、せいぜい手先の動きにすぎない。今こうして記すようにな。

フレデリック・バーナビー大尉——。ふむ。そうだな。君の常軌を逸した戦闘力には敬服している。

解析機関たちの会議に、一つ参加してみるつもりはないかね。

わたしたちは今たまたま、世界最強の戦闘艦で帝都ロンドンへ向かっている。最も古く、その最初から解析機関たちの首長の椅子を占めてきた、解析機関（チャールズ・バベッジ）の鎮座するロンドンへ。

ワトソン博士、バトラー、バーナビー大尉。

君たちの意思を制御する菌株たちは、この申し出をどう受け取っているかね。勿論、選択は君たちの自由意思次第だ。君たちが正しい道を選ぶことを期待している。

——チャールズ・ダーウィン〃

顔を上げたわたしたちの間で、フライデーがノーチラス号の艦内見取り図をノートの上に記しはじめる。

VI

武器庫から持ち出してきた爆薬が鋼鉄製のドアをぶち破り、内側へと無惨に曲がった鉄板をバーナビーが押しひしぐ。部屋の中央の机の上には、拘束衣でミイラのように締め上げられた人型の包みが転がっている。わたしは顔を包む麻袋をポケットナイフで切り裂いていく。

布の裂け目の向こうで、ザ・ワンの目がぱちりと音を立てて開く。ザ・ワンは一つ大きく息を吸い込み、目を激しく瞬(まばた)きながら、拘束衣を切り裂いていくわたしのナイフを追う。作業を終えたわたしが一歩引く。ザ・ワンは上体を起こして机から降り、立ち上がる。わたしの顔を正面から見据え、

「乗艦許可を」

「許可する」

仕方なしにわたしは答える。

「これであんたたちは立派なお尋ね者というわけだ」

バトラーが楽しむような口調で言う。あんたもだという反論へは、「脅迫されての行動であり情状酌量の余地がある」という正気とは思えない返事が戻った。ザ・ワンは手首の調子を確認するようにさすりながらわたしに問う。

「操舵室はどうかね」

「制圧したさ。あの艦内図があれば、相手を分断することなんて簡単だ。隔壁を下ろして各個撃破だ。――最高機密に属するものをどうやって手に入れた」

「嘆かわしいことに、人の記憶とははかないものだ。ルナ協会にはもう、トランシルヴァニアを脱出したわたしがノーチラスの建造にかかわったという疑惑さえ伝えられておらんのだろう。元々ノーチラスは英国が開発したものではないということさえ忘れてしまっているのかも知れない。忘却は収奪者の特権だ。もっとも、機密の扱いとはそうしたものだ。真の機密は自分自身にさえも鎖されてアクセス不能になってしまう」

ザ・ワンは落ち着いた様子で部屋を見回し、爆破の衝撃で床に割れ落ちた花瓶に目を留める。

「明朝の逸品だったのだが。不調法なことだな」

「お返しさ」

とバーナビーが答えるのは、先程のフライデーを経由した通信文で、ザ・ワンにおざなりな呼びかけを受けたことを指すようだ。ザ・ワンは壁面にぐるりとめぐらされた、銅の飾りを象眼した紫檀製の棚を反響を楽しむようにこつこつと叩いて歩き、ワイングラスをそこから取り出す。つられて棚に目をやるわたしは、一つ一つの食器に記されたNの文字と、それを扇形に囲む「動の中の動(Mobilis in Mobili)」の銘に気がつく。Nというのがまだわたしの知らないウォルシンガムの組織だか人物だかの名前でないことを祈っておく。

ザ・ワンは無造作に棚へ積まれたボトルを取り上げ、

「ベリーブラザーズ&ラッドもこの扱いではな。サロンを拘禁場所に選ぶとはルナ協会も地に落ちたものだ。四重奏団に登場願いたいところだが、無理な望みか」

と場違いな溜息(ためいき)をつく。ナイフで器用に抜いたワインの栓(せん)を鼻にあて、眉(まゆ)を顰(ひそ)めてグラスに注ぐ。

「軍艦ですよ」

気圧(けお)され気味に指摘してみたわたしへ、グラスへつたう涙(ワイン・レッグス)を観察しながら、

「元は調査艦だがそれは問題ではない。品位の問題だ。時の流れは無常なものだな。人類はそのうち、聖杯を歯ブラシ立てに使うことになるのだろうな」

「ノーチラスがやってくることを知っていたと」

ザ・ワンはわたしを睨(にら)みつけ、

「細かいことを気にする性格類型か。Q部門が独断でノーチラスを動かす可能性は高いと踏んでいたが、別にこれがボロ汽船であったとしても計画自体に変更はない。乗っ取りのタイミングが変わり、解析機関への侵入が多少面倒になるだけだ」

「はじめからわたしたちを巻き込むつもりだった」

「多分に行き当たりばったりに見えることは認めよう。しかし計画自体は安定的だ。現れるのは君たちではなかったかも知れない。だが君たちだった。わたしの収容にやってくるのはノーチラスではなかったかも知れない。だがノーチラスがやってきた。何か問題があるかね」

「プロヴィデンスでの戦闘は――」

「わたしがあそこで、先の文面を滔々（とうとう）と読み上げはじめたとして、君たちは素直（すなお）に耳を傾け、大人しく席についたままじっとしていたとでも言うのかね。馬に水を呑（の）ませるには、川に連れて行くだけでは足りない。喉（のど）を渇かす必要がある。世界中で暴れ回ってきた君たちが、唯々（いい）諾々（だくだく）とルナ協会に従い、一緒にここへやってきたかね。ただ異端の教会に居合わせた人物が自分はザ・ワンだと名乗ったとして信じるのかね。そうなったかも知れない。そうならなかったかも知れない。ともかくもこうなっている。あれは必要な戦闘だったのだ。君たちの能力を実見する機会でもあった。君たちは生き延びることで自分たちの価値を証明したのだ」

「わたしたちがあなたの呼びかけに応（こた）えなかったとしたら」

ほとんど嫌がらせのように繰り返すわたしへ向けて、

「くどくどと終わったことを考え直しても仕方がなかろう。可能性は未来へ分岐するだけではない。振り返っても迷うだけだ。君たちはこうしてわたしを助け出したのだ。もう一度わたしを拘束するかね。抵抗をするつもりはない」

「あんたの返答次第だがね」

バーナビーが底に鉛を沈めたような明るい声で宣言する。ザ・ワンはふむ、と考え込んで、軍艦には似つかわしくない椅子を指さす。バトラーが好きにせよと示し、ザ・ワンはワイングラスを傾ける。

「君たちの当惑は理解ができる。人間の脳はそれほどの情報処理能力を持たないからな。入力が与えられても納得までの緩和時間は必要だ。その意味でこの会話は無益なのだが、どうせロンドンまではすることもない」

わたしは問う。

「――先程の文面は――」

「事実だ」ザ・ワンは椅子の背に体重をかけ、「信じようと信じまいと。わたしは時に、誰と何を話しているのかわからなくなる。誰が誰の魂と話していて、その反応はどこから引き起こされたものなのか、自分が説得しようとしている相手は誰なのかがな。君たちが既に拡大派に占拠されているなら、わたしの説得はあまり意味がないわけだ。わたしが今提案しているのは、解析機関の直接操作によって、拡大派を封印することなのだからな。勿論その場合は、わたしは君たちの内部の菌株へと話しかけることにより、操作することができるわけだが」

ザ・ワンは指を左右に振り、尋ねる。

「君たちは自分の意思でここへ来たと期待したいが」

――人間の意思は、菌株の活動によって形成される――。

ザ・ワンのそれが主張だ。人間に特異的に作用する菌株たちによってもたらされ、こうしてもたらされ続けているもの。〈今のこのわたしの思考は頭の中の誰かによって行われている〉。この現実は菌株たちがわたしに見せる夢だと言われているのと同じだ。外界と寸分違わぬ絵画に囲まれた部屋に閉じ込められているのと変わらない。

「少し違うな」

とザ・ワンは言う。

「当然君たちも、生物種としてのヒトの特質は持っている。共生がはじまる以前からある意思や魂と呼ばれるものを。菌株はそのシステムを外側から操作しているにすぎない。ただし人類が生まれてからの長い時間に、そちらが主導権を握ることになったわけだが。両者は最早引き離せないほどに入り混じってしまっている。君たち本来の意識や魂がその体を去ってなお、菌株が体を操ることができるほどにな。その意味では、君たちの方が最早サブシステムなのだという見方もできる」

わたしはわたしという船に乗る乗組員の一人にすぎず、船長でさえないとザ・ワンは言っている。むしろ反乱を企み収監された乗組員に近いのだと。今この鋼鉄製の棺の中で主導権を握っているのがザ・ワンであるように。わたしは尋ねる。

「ヴィクターが成功したのは、菌株の屍者化ということでしたが」

「そう言ったはずだ」納得できないのは理解ができるとザ・ワンは頷き、「それもヴィクターの発明ではないわけだがね。人類以前の存在とかいう触れ込みの魔導書の解読に成功した結果だからな。菌株との交渉は有史以来何度か試みられてきたのだろう。しかしそのたびに隠滅された。その時代のヴァン・ヘルシングやセワードたちにな。通信や交通が充分に発達していなかった頃にはそんなことも可能だったが。この時代では――」

ザ・ワンは判断の時間を与えるように言葉を切った。

「結構な話に聞こえるんだが」バーナビーが割り込み、「俺たちの思考は菌株とやらの活動だとしてみよう。それが拡大派だか保守派だか山岳派だろうが、俺たちにとっては何も変わるところはないわけだ。不死化を受け入れる拡大派が俺の頭の中で覇権を握ったとしても、俺は気にしないがね。そいつらが思考の支配権を握れば、屍者の性能も向上するわけだろう。ついでに不死だぜ」

ザ・ワンは微笑(ほほえ)んでみせ、

「無論、そういう考え方もある。むしろそう考える人間の方が多いはずだ。それがわたしが、この真相を公表せずにいた理由でもある。拡大派の勢力拡大を拒む理由は短期的には存在しないとも言える。不死が種としての絶滅をもたらすという論理は多くの者に理解されまい」

わたしはバーナビーを目で抑え、

「わたしたちの――偽(にせ)の意識の実体が、菌株であるという証拠は」

「ワトソン博士」ザ・ワンはグラス越しにつまらなさそうにわたしを眺め、「証拠を提出することはできるが、君の〝医学博士〟としての肩書は尊重しよう。証拠が提出されるまでは納得しないという態度は、医学者として当然のものだ。そして君の抱く不安を解消しよう。こう言い換えるのでどうかね。『菌株(ストレイン)』ではなく、未知の『X(エックス)』とね。Xには好きな言葉を入れると良い。一番気持ちが安定するものをな。『魂』でも『意識』でも、『欲望』でも構わない。ただの言い換えにすぎないが、理解はしやすくなるはずだ」

わたしはしばし沈黙してから頷き、問いを続ける。

「――魂の連続性は」

「生者と屍者の間の連続性についてかね。当然ない。屍者はあくまで生きているように見える存在にすぎない。まるで生きているようだと感じさせているのもXだがね。フョードロフの期待に反し、人間の魂は飛び去ったまま二度と再び戻らない。人間という種におけるそれぞれの固有性は、死の時点で断絶する。あとには過半の機能を担っていたXたちが残るわけだが、通常のXは宿主の死と共に活動を停止する。記憶や思い出や感情は、死の時点で霧散する。何もなし、だ」

ザ・ワンは両手を天井へ向けて広げてみせる。

「先程のバーナビー氏の問いに答えよう。君たちは既に、Xの単一派閥に支配された生者を見ている――死を上書きされた生者としてだ。彼らはその種の実験から生まれたものだ。単一の派閥に支配された人間がどうなるのかを見るためのもな。人間の意識は複数のXの派閥による合議、あるいは闘争からなる。その多様さが人間の意識を生み出すのだ。単一の派閥による直線的な意思決定は、ただの木偶の坊を作る結果を導く。

人間は矛盾に満ちるが、その矛盾こそが本質だ。並び立つ意思や意見の対立が、常に矛盾を生み出しながら前進していく。多くの者がその性質を感得してきた。ニコラウス・クザーヌスは無知の知を賞賛し、モンテーニュは無知と不確実性の遍在を博識の限りを尽くして証明した。ネッテスハイムのアグリッパは全学問分野の力不足を全力を尽くして証（あか）し、エラスムスは痴愚の神を礼賛（らいさん）し、ゼバスティアン・ブラントの目に、この世は愚者に溢（あふ）れる阿呆船と映った。我々は原理に反し矛盾する行動をとるわけではない。矛盾の方が原理であり本質なのだ。原理などは人間があとからその場しのぎにつけ加えた屁理屈にすぎん」

ザ・ワンは顎（あご）を上げ、わたしたちの反応を待つ。

ボンベイ城地下施設で見た女性の屍者。カイバル峠でわたしが解剖した屍者。ドミートリイ。アリョーシャ。大里化学の硝子（ガラス）瓶の中の屍者たち。バーナビーと山澤を向こうに回し一歩も引かなかった屍者たち。わたしの頭の中を屍者たちの——死を上書きされた生者たちの虚（うつ）ろな顔が渦巻く。

「いただけないな」

バーナビーが肩をすくめる。ザ・ワンは空（から）のグラスをもてあそびつつ、

「そうかね。今、わたしたちはこう問うべきだ。人間という種が全て、上書きによる屍者となった場合に何が問題となるのか、とな。人類が生み出したという美や崇高（すうこう）が地表から吹き去られたとして、美や崇高を理解する能力も同時に消えた場合に何が問題となるのかね。それもまた人の進化の姿の一つにすぎないのではないかとな。どのみち地上に溢れ続ける人類は、これから先も非道な行為をやめることはできないだろう。科学技術の発達はより大量の殺戮（さつりく）を短時間で実行することを可能としていく。その速度は思考をさえもしのぎ、合議は全て後手（ごて）になる

だろう。朝にバッハに耳を傾け、昼にゲーテに涙したのち、夕には罪なき人々をためらいなく殺すことのできる奴らの時代はもうすぐそこだ」

　わたしは口を開きかけてまた閉じ、ザ・ワンは語り続ける。

「為政者たちはいつまでも愚かなままの民衆に苛立ってきた。啓蒙専制君主の苛立ちを考えたことはあるかね。民衆とは、大局を見ることができず、片言隻句の揚げ足を取り、発言の真意を酌もうともせず、次は我が身に降りかかるはずの悪法を積極的に支持しさえする生き物だ。非常に嘆かわしい光景だと言える。しかしそう考えたところで、啓蒙の光に照らされたと主張する当の為政者たちも、民衆なる存在と何ら変わるところはないと気がつくわけだ。彼らの依拠する智慧の光はその時代に夢見られたかりそめの光にすぎず、後の時代から見れば滑稽だ。人間の知性にはれっきとした限界がある。

　それならば、ということだ。啓蒙の光が人間とは無縁な地に降り注いでいるのなら、積極的な暗愚を選択して何が悪い。これは賢明な君主による愚かな羊の司牧ではない。全能を気取る為政者の絶望から生まれる欲望だ。全員が絶望を感じることができなくなるのは、至福の一つの実現ではないかね。そこにはもう争いはない。争いを知る機能も喪失されるからだ。人類は斬り飛ばされる自分の首から、残された体へ向けて、痛みを感じることもなく微笑みを投げることができるようになるだろう」

　沈黙するわたしたちへ、静かにグラスを置いたザ・ワンは言う。

「自然法則は、細胞の一つ一つに至るまで、わたしたちの振る舞いを支配している。自動的に決定され、選択の余地のない状態こそが自由であり、自由意思を持つのは神だけだ。ただしその神は菌株にまみれ、とうの昔に死に絶えている」

ハダリーへ向け空のグラスを乾杯するように持ち上げてみせたザ・ワンにわたしは問う。

「改善の方法はあるはずだ。日本であなたが救った大村の例もある」

ザ・ワンは瞬時記憶を探るように目を泳がせ、

「当然、改善は旗印となる。解析機関を有効利用することにより、人間はXをも支配下におき、自分の意思を自由にできるだろうというわけだ。自分にはまだ理解できない自由をも。それは大変疑わしいとわたしは思う。わたしが大村に施したのは、拡大派の不死化と、その他の派閥の比率を調整することによる延命だ。勿論それが、一つの希望であることは認めよう。多く語られ、捨てられてきた希望の一つにすぎないだろうが。鼻先に玩具（おもちゃ）の人参（にんじん）を掲げられた馬と同じだ。馬を走らせるために、玩具と知っている人参を下げ続けろとでも言うつもりかね」

ザ・ワンは一息を挟み、バトラーのにやけ笑いに笑みを重ねて、

「わたしたちは今、不必要に広い視野から話をしている。所詮（しょせん）人類の運命などは、一つ二つの脳で考えられる事柄ではない」

「ようやくか」

と言いつつ、バトラーが壁から背を離す。

「要するに、屍者化を受け入れている拡大派をなんとかしないと、今後何十年かの間に、生者も上書きされた屍者となるだろう、ということだな」

ザ・ワンは頷き、

「奴らは悪性の腫瘍と同じだ。何十年か何年かはわからんが、屍者化を受け入れたXが強い生存性を誇るのは当たり前だ。通常のXは死体の中では生きられないし、特殊な加工を施されない限り人間の外部で生存することもできないが、拡大派は生存を続け他の個体に伝播していく。火や化学薬品には弱いがね。インストーラは拡大派を不死化し、命令を伝える言葉を発する機械にすぎない。当の屍者化したX自体が勝手に移動し、数で他の派閥を圧倒すれば、そんな手間さえ不要になる。人類規模の試料汚染はすぐそこにある」

「不死化したXが俺たちの間に漂っているなら、俺たちも既に屍者になっているはずなんじゃないのかね」

ザ・ワンはバトラーの問いに首を振り、

「生態系は外部からの侵入に対して安定性を持つ。人間の免疫系がその多様性により外部からの侵入を阻止しているように。拡大派は、意識という生態系の中の多数派ではない。屍者化した拡大派は生体内では淘汰に直面する弱小派閥だ。屍者化した拡大派が死体を操ることができるのは、他の派閥は死体の中では生きられないからにすぎない。当然、絶え間のない侵入は生態系を変化させていくだろう。心当たりはないかね。中心的な意思を持たずに、場当たり的な破壊を旨とする組織について」

「――スペクター」

ザ・ワンが目だけで頷き、

「わたしは、不死のXによる生者の変容は既にはじまっていると考えている。不死化されたXへの直接的な感染によってな。屍者化を受け入れた拡大派は、生者の頭の中へも入り込み、意識の生態系を変化させているのだろう。つけ加えるなら、増加中の日常的な屍者暴走事件のいくつかは、屍者の頭の中に新たに入り込んだXが、ネクロウェアの活動を阻害した結果のはずだ」

バトラーが問う。

「屍者は、不死化したXによって動かされていると言ったな」退屈そうに首肯したザ・ワンへ向け、「生者の中に既に不死化したXが入り込んでいるなら、いずれ生者は死ぬだけで屍者になるということかね」

「当然そうなる。それだけの数が意識の生態系に入り込むにはまだ時間がかかるだろうが。しかし墓からの自然な蘇りは第一段階にすぎない。第二段階は、生者自体の屍者化だ。生者の意識は不死の拡大派一色に塗りつぶされることになる」

バトラーは室内をぐるりと見回し、

「解析機関は今、Xの言葉を理解しようとしているという話だったが」

「そう仕向けたからな。正しい鍵（かぎ）さえ与えられれば、解析機関はその言葉を解析し基幹情報交信部に新たなプロトコルとして組み込むはずだ。屍者駆動機関の性能を向上させるためにな。Xとの交渉には解析機関が必要だ。リリスやわたしがXの言葉を使えるとは言っても、片言（かたこと）を喋（しゃべ）る幼児と変わらない。これは知能の問題ではなく単に容量と規模の問題だからだ」

「話の通じる相手なのかね」

バーナビーが茶化す口調で水を差す。

「通常の意味での会話はできない。相手は個体ではなく生態系だ。試みはテラフォーミングに近いものとなるだろう」ザ・ワンはバトラーの呼吸を読んで、「何故今、と問うつもりかね。これ以上座視すれば全人類への死の上書きが自然に実現される確率が、無視できない水準に達するからだ。伝染病は二十年もあれば地球を一周できる。既にXの屍者化が成功してから、百年が経過しようとしていることを忘れてはいまい」

バトラーの唇が皮肉に歪む。

「その確率とやらを訊いても」

「零ではなくなったということだ。この確率は掛け算により成長していく。零か零ではないかだけが問題なのだ」

なるほどね、とバトラーは言い、

「誰かが解析機関を使ってXとの〝交渉〟をはじめたところで、回線越しに外部から割り込めばすむ話だ」室内を示し、「このノーチラスで直接解析機関へ突っ込む必要がどこにある」

ザ・ワンの瞳が笑いを含み、

「解析機関とXの直接対話を設定したい」

「直接対話――」

バトラーが戸惑い、わたしはフライデーに横目をやる。日本での滞在の最後にわたしが抱いた疑問。わたしたちの行動は「ヴィクターの手記」によって操作されたものだったかも知れないという不安が胸の裡（うち）へ再来する。Xの言葉で記された「ヴィクターの手記」。わたしはその意味を理解できないが、わたしの意思を担うXたちにとっては事情が異なっているはずだ。こうわたしが思考できるのも、Xがわたしに許した事柄ならば――。

わたしは誰だ。〈わたしは何を選択している〉。

わたしの中にようやく遅まきの理解が根を張る。

ザ・ワンは胸元へ手を差し込み、

「解析機関が拡大派やどこぞのエージェントと接触を持つ前に、先回りして交渉を持ちかけたい。X側の代表者として屍者を用いるという手段もあるが、不確定要素が大きすぎるし、彼らを操っているのは拡大派だ。拡大派と解析機関が手を結び、相互の利益を追求し出したりしては目もあてられん。そんなところで勝手に交渉を開始されてはたまらん。不幸にも、生者は対話用にインストーラを差し込むインターフェースを持たない」

「じゃあ、あんたが自分で」

バトラーの言葉に応じるようにザ・ワンの手が胸元から引き出される。テーブルに伏せられた手の中で、ことりと小さな音が響く。わたしたちの注視の中でザ・ワンが手品のように手を開く。

机の上に現れるのは、青い小石。内部に星を閃（ひらめ）かせる深淵（しんえん）の青。わたしは思わずポケットを探り、指先に当たる破片を確認する。アフガニスタンで自らに死を上書きしたアリョーシャの机の上で砕かれていた青い十字架。

　ザ・ワンが静かに告げる。

「分離したX――菌株の非晶質体だ。最新の顕微鏡を用いた最大限の倍率でも、その構造は捉えられない。君たちが魂と呼ぶものの化体非晶質体。特殊な操作によって結晶化された、保守派のコロニーだ。菌株側から解析機関への大使ということになる」

Ⅶ

漆黒（しっこく）の巨体が薄明の霧に浮かぶロンドン橋の下を音もなく進む。雲に拡散された陽光が事物の輪郭（りんかく）をぼやけさせ、地平線から離れたはずの太陽は紗（しゃ）を重ねて透かしたようにおおよその位置しか知れない。橋の上で犬が吠（ほ）えるが、その姿も霧に溶け込んでいる。

一八七九年九月三十日。懐かしいテムズ川の泥の臭いがわたしの帰国をこうして迎える。重工業地帯の吐き出す石炭煙を天蓋（てんがい）として持つロンドン。蒸気に満たされ噎（む）せかえるような空気と波のない淀（よど）んだ水面をノーチラス号の舳先（へさき）が割って進む。生者と並ぶ数の屍者に満たされた帝都。我が故郷。

わたしはこうして帰還を果たす。

霧の向こうに、几帳面に襟（えり）を揃（そろ）えたようなロンドン塔のホワイト・タワーがおぼろに浮かぶ。女王陛下の宮殿にして要塞（ハー・マジェスティズ・ロイヤル・パレス・アンド・フォートレス）。十一世紀の定礎以来改築を重ね、王たちの居城として、宝物庫として、動物園として、そして無論、牢獄として、処刑場として機能してきた複合建築物（コンプレックス）が巨人の幽霊のように姿を現す。

かつて恐怖の城として名を轟（とどろ）かせたロンドン塔は、その全体が解析機関（チャールズ・バベッジ）へと改装されて駆動している。今や世界人口の三分の一を翼下に収めるイギリス連邦（ブリティッシュ・コモンウエルス）の中心にして頭脳。あるいは二重の城壁に囲まれた世界の大脳だ。グラントが何と言おうとロンドンは未だ世界の中心であり、ミリリオン社がいかに近代的な設備を備えようとも、バベッジの優位は揺らがない。ホワイト・タワーを囲む塔の一つ一つにはサブの解析機関が据えられ各国の解析機関と接続している。それぞれの塔は中央のホワイト・タワーと放射状に接続され、縮小された世界の姿を現している。この要塞は既に一つの機械ではない。その威容は解析機関たちの吐き出す蒸気に包まれ陽炎のように揺らめくが、過去の刑死者たちの霊素による効果だという噂（うわさ）は絶えない。

「無粋（ぶすい）なものを」

バーナビーが甲板（かんぱん）へ持ち出して点検中の火砲の山を、ザ・ワンが蔑（さげす）みの目で眺めている。

「そうは言うがな、じいさん。あそこに」バーナビーはロンドン塔へ顎（あご）を上げ、「突っ込もうっていうのに、ノーチラスは非武装ときた。何が最強の戦闘艦だ」

「衝角（しょうかく）があれば充分だ。海には騎士道精神が長く残った。人間にはせいぜい狩猟用のライフルがあれば充分だ。機関銃が登場したとき、非人道兵器とみなされた過去をもう人は忘れた」

「本気かよ――」

胸を張るザ・ワンにバーナビーはやれやれと溜息（ためいき）をついてみせるが、これでバーナビーの無茶につき合わされ続けてきたわたしの気持ちをわかってくれるかどうかは微妙なところだ。

ザ・ワンは言う。

「どの道そんな火砲ではロンドン塔の壁にひっかき傷をつけるくらいだ。最初の城壁さえ突破できればそれでいい。解析機関を一箇所に集中させるなどという時代遅れの発想にこだわった無計画な増築のせいで内部にはまともな防衛施設などない。一度に直面する敵の数は多くない。あんたには期待している。バーナビー大尉」

口の中で何かを呟（つぶや）くバーナビーは無視して、

「どこから」

と尋ねるわたしに、

「当然、それらしく行くべきだろう。叛逆者の門（トレイターズ・ゲート）からだ」

それは、かつてロンドン塔に収監された人々をテムズ川から導いた門の名前だ。一度くぐれば二度と外界へと出ることができないとされ、恐怖と共に語られた。バーナビーががっくりと肩を落として、

「そんなもんは、外堀と一緒にとっくの昔に埋め立てられたぜ――年寄はこれだから困る」

「ふむ」

ザ・ワンのもったいぶった振る舞いは、単に健忘を隠すためのものなのではという疑いがわたしを襲う。なんと言っても百年に及ぶ人生だ。ザ・ワン自身の推測によれば、彼はもっと以前から存在していた。むしろ未だにこうして動いている方が不思議極まる出来事なのだ。

「小細工のできる状況ではない」言い捨てたザ・ワンが艦橋の伝声管へ向かって叫ぶ。「両舷前進最大戦速。目標ロンドン塔外壁。構わん。ぶちあてろ」

「アイ・サー」

バトラーの捨て鉢にも思える陽気な返事が微(かす)かに聞こえ、ノーチラスが急激に右旋回する。

わたしは慌てて、すみやかに艦橋内部に姿を消したザ・ワンを追う。バーナビーに声をかけると、ここにいる、と艦橋の梯子(はしご)に右手をかけたポーズでやけくそのように笑った。

瓦礫(がれき)の山を踏み越え、ロンドン塔の南壁を食い破ったノーチラスの衝角を背に、舞い上がる砂塵(さじん)に紛(まぎ)れて進む。おそるおそる様子をうかがうように集まってきた紺地に赤線の制服姿のヨーマン・ウォーダーズ(ビーフィーター)に手際(てぎわ)よく当て身を食らわせたバーナビーが、相手の襟を摑(つか)んでぶらさげ、改めてわたしたちの顔ぶれを確認している。ビーフィーターはロンドン塔の警備を伝統的に担ってきた一団であり、現在では主に退役軍人によって構成されることになっている。そのためというわけでもないのだろうが、ロンドン塔の警備に屍者の姿は見当たらない。

「制服をもらうというのは——」

ザ・ワンは白髭(しらひげ)を伸ばした老人であり、バーナビーと同じく規格外の長身を誇り、ハダリーは貴婦人然とそこに佇(たたず)み、フライデーは小柄な屍者だ。観光客と見るにも無理のある集団であり、ブレーメンの音楽隊でももう少し統制はとれていそうだ。

「あんたたちが」とバーナビーはバトラーとわたしを見やり、「俺たちを連行してきたというのでどうだ」

らしからぬ台詞を吐くのは、バーナビーの弱気を示すものだろう。

「今更無駄なことを考えるな」

ザ・ワンはバーナビーの相手をせずに、外陣と内陣を分ける壁沿いにウェイクフィールド塔へ向けて歩き出し、バトラーが苦笑を残してあとを追う。わたしとしても優美な隠密行動なるものをとってみたい気持ちはあるが、面子があまりに悪すぎる。一向にらしくならない寄り合い所帯に、わたしは小さく溜息をつく。

ぱらぱらと集まり続ける衛兵たちがノーチラスの巨大な衝角を見上げ、口々に何かを叫んで走り回る間を縫って、わたしたちはウェイクフィールド塔の脇をすぎ、血の塔の胸壁にあけられたアーチを進む。エドワードⅤ世やヘンリーⅥ世、サー・ウォルター・ローリーが幽閉されていたという一画も今は剥き出しのパイプとバルブに覆われ、縫製工場に詰め込まれた屍者たちが一斉に踏むミシンのような騒音に満たされている。

バーナビーが騒音の中で顔を上げ、右手にビーフィーターの制服を巻く。傍らのパイプを順に叩き、目的のものを見つけたのか太い腕を巻きつける。前方にビーフィーターの一隊が現れ、わたしたちの姿を認めて誰何の声をてんでに上げる。バーナビーの腕に力瘤が盛り上がり、蒸気パイプの接合部が軋りを上げる。抜剣して進んだビーフィーターの一人の帽子を、はじけ飛んだナットが飛ばす。帽子が地面に落ちる直前、高温の蒸気が通路を満たした。

悲鳴を上げて目を押さえるビーフィーターの一隊へと蒸気を割ってバーナビーが襲いかかり、

片っ端から打ち倒していく。口元と鼻を守って進むわたしたちの前にホワイト・タワーが姿を現す。

発電機の唸りが内陣を満たし、あたりはのたくるパイプと配線に埋め尽くされている。世界の乱雑さを誇るように増築を重ねた施設が入り組み、新旧の設備が手当たり次第に組み合っている。真新しい金属板の横に朽ちかけた木板が覗き、歴代の技術者たちが残した注意書きや落書きがそこら中に溢れている。

「関門を突破された脳は無防備だ」ザ・ワンは言う。「脳自体は痛みを感じる組織を持たない。他の組織の痛みを代わりに感じてやるだけだ。とある美食家を思い出すな。彼は自分の脳を食らいたいのだがとわたしに相談してきたよ。どの順番で脳を食べれば、腕を動かし続けることができ、味を感じていることができるのかとね」

「協力したのですか」

わたしの問いに、そっけなくザ・ワンは言う。

「伝達可能な知識だからな」

ホワイト・タワーの白い漆喰がわたしたちを出迎える。入口へと続く黒く塗られた階段を上り切ったところで、落とせ、とザ・ワンが一言命じる。バトラーがいつ拾ったのか衛兵の矛槍を振るう。もともと城塞として造られただけのことはあり、ロンドン塔の入口は高所に設置されている。

ザ・ワンは迷う様子もなく複雑に入り組んだ廊下を進む。

「ここに収監されていたことでもあるのか」

　というバーナビーの問いかけに、

「他にどこがあるのかね。癲狂院（ベドラム）にいたこともあったがね。あれはあれで快適だ。わたしには人間の狂気は区別ができん。狂人が狂人を閉じ込めている。正気の者が正気の者を閉じ込めている。どちらも同じだ。世界が癲狂院を締め出す。癲狂院が世界を締め出す。どちらも同じだ。区分は価値観の変化に従い移ろい、内と外は視点の問題でしかない」

　ザ・ワンは確かな足取りで廊下を折れ、階段を上り、また進む。

　わたしたちの目の前に、木で作られ、鉄帯を打たれた両開きの扉が現れる。

「セント・ジョン礼拝堂だ」

　ザ・ワンが言う。

「ようこそ世界の中心へ」

　開け放たれた扉の向こうへ乳白色で統一された礼拝堂が現れ、壁と滑らかにつながった穹窿天蓋（ヴォールト）が垂直に伸びる。奥へと向けて船形に狭まる壁の突き当たりには六段重ねのオルガンの巨大な鍵盤（コンソール）が据えられ、その背後には小さな窓が二つ縦に並ぶ。側廊には人間の背丈（せたけ）ほどの金属円筒が左右に四機ずつ、それぞれ柱の間に収まる。祭壇や椅子（いす）はとりのけられ、床には色違いの石が嵌（は）め込まれ世界地図が描かれている。

　ハダリーの手をとったザ・ワンが落ち着いた歩みで礼拝堂へ足を踏み込む。バトラーは振り返るハダリーに頷（うなず）き、わたしはフライデーの背中をそっと押し出す。

世界地図を踏みしめ、ザ・ワンが進む。

鍵盤の前へ辿（たど）りついたザ・ワンは、ノーチラスの艦長室から取り戻した「ジャーンの書」を譜面のように開いて鍵盤の上に立てかける。手慣れた動きで巨大な論理（ロジカル）オルガンから突き出るつまみをひねりまわして調整していく。ウィリアム・スタンレー・デヴォンズの発明した論理ピアノは、その扱いにくさから広く流通することはなかったが、習熟すればパンチカード経由の操作などより遥（はる）かに速く直観的に操作者の意図を解析機関に伝えることのできる道具なのだが、これほどの大きさのオルガンはわたしも目にしたことがない。大聖堂のパイプオルガンの倍以上の幅を持つ鍵盤は大柄なザ・ワンの腕の長ささえも超えている。調整を終えたらしいザ・ワンの指先が鍵盤に触れ、軽く押し込む。

一つ、澄んだ音符が余韻を残して礼拝堂に溶け込んでいく。

わたしはフライデーの傍らを進み、オルガン脇に据えられた巨大なインストーラの前へと進む。化け物じみた大きさの疑似霊素書込機からこぼれる電導線の束（たば）を取り上げ、極性を一つ一つ確かめていく。跪（ひざまず）くフライデーの頭へと、順に電極を接続していく。

「交渉と言ったって、何をどうする。屍者化を受け入れる拡大派に、そんなことはやめろと説得するとでも」

ノーチラスでの最後の打ち合わせで、バーナビーはそう尋ねた。

「そうなる。Xが自主的に屍者化を拒否する以外に、不死化の拡散を抑える手段はない。彼らの自意識によってな。不死化は結局彼らを滅ぼす」

ザ・ワンの返答にバトラーは頭を振って、

「俺たちは意識を持たず自然法則に従うだけの木偶(でく)の坊(ぼう)だが、Xには意識があって話が通じる、と」

「そうは言っていない。我々の意識はXの活動によって実現されているが、別段、Xが望んでそうしているわけではない。ハクスリーの〝動物は機械人形であるという仮説について、また(On the Hypothesis that Animals are Automata, and)その歴史(its History)〟を読んだことは」

わたしは首を横に振る。

「随伴現象説だ。意識は物理的なパターンに随伴しているだけだ。パターンと意識の本質は別のものだが、意識はパターンなくして存在できない。同じパターンを持つならば、同じ意識を持つことになる。リリスが意識を持つようにな」

ハダリーはザ・ワンの視線を無表情に受けた。

「Xがわたしたちの魂を構成するのは、彼らがたまたまそのパターンを実現する物質であるからにすぎん。彼ら自身の意識や意図はまた別の問題だ」

「ますますわからんね」

匙(さじ)を投げた様子のバーナビーにザ・ワンは辛抱強く続けてみせる。

「まず我々は、Xの意識を再構成しなければならん。解析機関の助けを借りてな。理を円環状に形成する。Xは人間の意識を構成している。人間を解析機関の意識とみるのはどうかね。ここで円環を構成するには」

「――解析機関にXの意識を構成させる」

わたしの言に、その通り、とザ・ワンが頷く。

「言葉は意識を形作る。意識を発生させると言っても良いだろう。ここで意識は、Xと人間、解析機関を通じて循環する。そこではじめて交渉と調和の可能性は生まれる」

「わからんね」とバトラー。「解析機関はXの内部にあるわけじゃない」

「それは当然だ。ここでの相手が生態系であることを思い出してもらおう。形成されるのはフィードバック・ループだ。人間が解析機関にプログラミングを施し、解析機関はネクロウェアの設計を行い、ネクロウェアはXとの対話を行い、Xの活動は屍者の行動を規定する。屍者による経済活動は生者の生活を変容させ、解析機関へのプログラミングを変化させる」

「それは今も起こっていることじゃないのか」

「現行のネクロウェアは拡大派に対してのみ特化されているし、ただ命令をごり押ししているだけだ。旧約の神（ヤハウェ）が人にそうするようにな。循環が構成されて言葉が整理されれば、Xは自分たちの活動と外からやってくるネクロウェアの間に関係を見出すだろう。ただ吹く風と、誰かが吹かせている風は異なる」

フライデーへの接続作業を終えたわたしが顔を上げ、ザ・ワンが襟を正して鍵盤へ向かう。

指先が鍵盤を押さえ、離す。何かを打刻するかのように、ザ・ワンは息を詰めて一音一音を正確に刻む。複合建築物（コンプレックス）に張り巡らされたパイプへ蒸気が吹き込み、唸（うな）るように旋律を追う。

ザ・ワンの腕から一つの主題が流れ出す。バッハ、小フーガ、ト短調。

変形を施された主題が二つ重なり、三つ重なる。ザ・ワンの指が鍵盤の上を乱れなく跳ねる。引き延ばされ、縮められた主題が絡（から）み合い、複雑さの度合いを増していく。激しく上下するザ・ワンの指。既に曲はオリジナルのバッハを離れ、自らの主題を軸に更なる拡大を展開していく。ハダリーがザ・ワンの傍らへ進み、鍵盤に触れる。フライデーが指揮者のように腕を上げる。


「互いが互いの意識となるなら、その際の、意識の本質、起源とは――」

「ない。エデンは既に失われた」わたしの問いにザ・ワンは短く答え、「辞書がそれ自体で意味を持つかね。ただの循環があるだけだ。ある言葉が他の言葉を定義し、その言葉は別の言葉に定義されている。辞書という世界の中では、本質から切り離された循環が永遠に空疎に回り続ける。人間が魂と呼ぶのはその循環の中の流れ、存在の大いなる循環だ。起源は原理的に存在しない。鶏（にわとり）が卵を産む。卵が鶏を産む。原初の卵は存在したことがなく、宇宙の開闢（かいびゃく）を告げた鶏はいない。過去へと旅した男が、自分の祖先と子を設ける。始原はどこだね。それは人間の思考を超えた世界にあり、その通路は鎖（とざ）されている」

ハダリーとザ・ワンの二十本の指、四本の脚が一つの生き物のように呼吸を合わせて動き続ける。フライデーはまるで生者のように滑らかな動きで腕を振り、解析機関の状態を指先で描く図形をもって伝え続ける。既に幾つ重なるのかも不明な主題の総体は、ひどく息の長い音符から六十四分音符を更に刻んだ音符に至るまでの階層として組み上げられている。人間の耳と目の時間分解能を超えた運指が、極限にまで入り組む主題を一つの立体のように構成していく。無限に入り組んでいく入れ子構造。限界まで引き延ばされた一音と、細かく寸断されるが故に一音としか聞こえない音が和音となって響き合う。細かに引き裂かれたために現れる一つの音。

ノーチラスのサロンに、ザ・ワンの声が静かに響く。

「まずは、解析機関を説得する必要がある。彼らがXの言語を理解し、プロトコルを整備するようにな。この石の出番はそのあとになる」

ザ・ワンが机の上の青い石を指先でこつりと叩く。

ザ・ワンの指の速度が徐々に落ち、音が途切れ途切れに聞こえはじめる。計算されて音の間に配された無音が、わたしに錯聴を引き起こす。不意に訪れる空白を、わたしの耳が勝手に補いつなぎ続ける。ザ・ワンの指先が鍵盤から離れる間も、わたしの耳は音の強い持続を聞く。視覚と聴覚の不一致がもたらす混乱が強い眩暈を引き起こし、わたしはふらつき、頭を押さえる。

一心に鍵盤を叩き続けるハダリーの横で、ザ・ワンがゆっくりと手の動きを止めていく。モニター役のフライデーの指が激しく宙に踊り続ける。わたしの耳で持続している旋律を、ザ・ワンは既に弾いていない。彼の手に現れるのは青い石。ザ・ワンの喉が震えて錯聴のもたらす旋律に乗り、無音を発する。その呼び声に応えるように、石はゆるやかに姿を変える。意思を持つ不定形の生き物のように変形し、ごく薄く、平たく伸びる。掌の大きさにまで伸びたところで、その表面に穴が次々開いていく。穴はザ・ワンの歌に応えるように大きさを変え、カード状に変形を終えた石に大小様々の穴が泡立ち、生まれては消え、消えては生まれる。

ザ・ワンはオルガンの上部へ手を伸ばし、並んで口をあけたパンチカードの差し込み口の一つにそれを差し込む。ハダリーの打鍵の速度が落ちて、連続して聞こえていた一音が、個々の区分を取り戻す。


「その石が」とバトラーは机を指して問う。「今あんたが主張した目論みを達するものだとどうしてわかる。あんたは自分を生み出した人間を憎んでいたはずだ。あんたの狙いが拡大派の支援であっても俺たちにはわからん」

「わたしはもう、自分が人間に造り出されたものだとは思っていない。わたしは、ただどこかで生まれたものだ。人間に対する恨みはない。人間の造り出すものはわたしを楽しませてくれる。もう少し人間という種には生き延びてもらいたい。自らの意思を信じるものとしてな。それではまだ充分ではないかね」

「信用はできん」

「しかし他に方法はない。君たちが屍者の帝国を望むのなら話は別だが。全ての人間が、上書きされた生者のように動き続ける世界、人間の形をした機械人形たちの支配者なき夢の世界だ。彼らにも単一化された意識は随伴しているが、ただそれだけのことにすぎない。彼らは自分たちが上書きされた生者だとさえ気づかんだろう。彼らには他者が自分たちと同じように、世界を、色を、音を、形を、ありありと感じているかも知れないという発想自体が理解できない。君が今感じる青とわたしの感じる青が同じ青でありうるかという問いを理解できない。単一のXによって実現される意識はその機能を持たないからだ。せめぎ合いのない世界、解釈も、物語も必要のない、ただのっぺらと広がる世界、完全な独我論者たちの世界だ。全てはただそこにあり、あるだけとなる。あらゆる文化は停滞し、全ての生きものはただの模様へと還る」

「あんたがそう言っているだけだがな」

「事態を放置し、確かめてみるつもりはあるかね」

わたしはポケットの中の石に指を触れ、

「Xの――非晶質体でしたか、あなたはそれをどこで手に入れたんです」

「長年にわたる研究の成果としてという答えでは不満かね」

「屍者化したX以外は、生体の外では生きられなかったはずでは」

「特殊な操作を施さなければの話だ。こうして非晶質化されたXは安定している。物質と生命の漠然とした境界にある物質には、そんなあり方も可能なのだ。ひどく時間のかかる作業ではあるがね。わたしが非晶質化したのが拡大派なのではと疑うのならこう答えよう。それならば解析機関へ持ち込むのはただの屍者で良いはずだ」

わたしはポケットの中の石を握り締める。


静寂の降りた室内に、窓外の喧騒が入り込む。バーナビーはしきりに戸口を気にしているが、誰かが上がってくる気配はない。ハダリーは鍵盤の前を離れて礼拝堂の中央へ下がり、わたしはフライデーの配線を外しながらザ・ワンの背中と鍵盤を注視する。

長く続く沈黙にわたしが口を開こうとしたところで、トンと軽い音がして、鍵盤の一つが落ちる。ザ・ワンは鍵盤から手を離したままだ。

わたしたちの目の前で無人の鍵盤が訥々と覚束なく落ち続ける。トン、トン、と音は続いて、心許ない旋律をぽつぽつと発し、わたしたちは鍵盤を見つめ続ける。フライデーは急いで開いたノートへと文字を記しはじめる。

「I, I, I, I, I, ...」

ただIだけが連続してノートの上を行進していく。

「II, II, II, II, ...」

IIの行進があとへと続く。

「I, II, I, II, I, ...」

旋律はパターンを拡大しながら成長していく。石を打つ雨だれのように短調なリズムが続き、新たなリズムが加わっていく。雨樋に流れ込む水量が増えたかのように倍々に分岐していくリズムは急速に種類を増やし、そして不意に連続的に流れ出す。旋律が伸び、重なり、溢れ出す。ザ・ワンが腕を伸ばして鍵盤を押さえ、それに応える。鍵盤は驚いたように音を止め、ザ・ワンの奏でる音の入り組みに耳を澄ます。ザ・ワンの指が踊り、わたしたちは身を強張らせてその光景を見守っている。

わたしたちの注視の中で、ザ・ワンの指が停止する。

振り返ったザ・ワンは、わたしたちの顔を順に見回していく。ザ・ワンが満足げに顎を引くと同時に背後で鍵盤が沈み、ポン、と一つ音が返った。

礼拝堂の入口で起こった拍手に、わたしたちは振り返る。トップハットを被り、ステッキを脇に挟んだ男が一人、掌へゆっくりと指を打ちつけながら現れる。

「久しぶりだ。ザ・ワン」

ザ・ワンは公演を終えたピアニストのように丁重な辞儀を返した。

「二十年ぶりの再会だ、ヴァン・ヘルシング」

VIII

わたしたちを間に挟み、ザ・ワンとヴァン・ヘルシングが睨(にら)み合う。先に口を開いたのは礼拝堂の窓から差し込む光に照らされるヴァン・ヘルシングだ。塵(ちり)が浮かび上がらせた光の筒、ミニチュア版のヤコブの梯子(はしご)の足元で、ステッキを体の前に両手で支え、鋭い視線はザ・ワンに固定したまま、

「ワトソン君。御苦労だった。君は期待以上の働きをしてくれた。本当に予想以上だ。誰にも事前に計画することのできない筋道により、君はこうして結末を導いた。直線の集まりが包絡線で円を描くようにしてな。異なる事件の解決を放置したまま次々と事件を担当するうち、背後の巨大な陰謀に辿(たど)りついた探偵のように。いや、馬鹿にしているのではない。感服しているのだ」

わたしは慎重に無表情を保つ。

「結局、君が正しかったというわけだ」

ヴァン・ヘルシングはザ・ワンを見つめたまま杖音を響かせ歩みを進め、側柱の間に据えられた金属円筒に手を触れる。

「その上こうしてお膳立てまでしてくれるとは御苦労なことだ。解析機関の基幹部に異質な言語をインストールする、か。我々にも可能な作業だったはずだが、手間を省いてくれたことには感謝しよう」

胸元から葉巻を取り出し、ようやくザ・ワンから視線を外す。

「言ってくれれば、すみやかにここに案内したのだがね」

「作業は終了した」

ザ・ワンの言葉に、ヴァン・ヘルシングは葉巻を切る動きを止める。目を見開いて、

「区切りのよいところでと思って廊下で待っていたのだが、全てかね。随分と手早いものだな」葉巻の端を床へと落とす。「結局、君の求めた意識の構成物とは何だったのかね」

「菌株だ。人間が意識と思っているものは他の生命によってもたらされている幻にすぎない」

「なるほどな。意識とは人類が進化の過程でひいた風邪だというわけだ。賭けは君の勝ちか」

ザ・ワンは静かに頷く。ヴァン・ヘルシングが葉巻を振る。

「賭けの対象は――無論、世界だ。さて、君は世界をどうする気かね」

「屍者を葬る」

「屍者をな。そうして君はそれに成功したと言いたいわけだ。菌株――との言語系を確立する

ことにより。安定的な情報伝達のループを構成し、運命を一蓮托生に巻き込もうというわけだ。わたしたちが屍者化を施している相手は人間ではなく、その不死化は将来的に人類を滅ぼす、と。人間の喪失は解析機関の喪失につながり、折角構成された菌株の意識も失われる。それを嫌った菌株は、自ら屍者化を放棄し、世界は以前の姿に戻るというわけだ」

ヴァン・ヘルシングは葉巻に火を点け、一吸いすると長く吐き出す。

「君は——世界を以前の姿に戻してどうするつもりかね。我々の社会のインフラは既に屍者に依存し切っている。屍者たちが可能にした現実に目を向けたことはあるかね。誰もが君のように生きられるわけではない。鉱山労働から解放された子供たちや、劣悪な環境での単純作業から解放された工員たちに、また元に戻れというわけかね」

「生態系の変化はゆっくりと起こる。今すぐに屍者化が不可能になるわけではない。当面屍者は存在し続けるだろう。結果は、菌株と人間と解析機関からなる生態系の変化として現れる。短期的にはネクロウェアの性能は向上さえするはずだ。解析機関は菌株の言葉を理解したのだから。ただし彼らは今、新たな意識が生じたといえる状態にある。その意識は言葉の形をとって彼らの間に広まっていく。無際限な屍者化は自分たちの命取りになると理解することになる」

「わたしたちが知る通りに、というわけだ。しかしだね、我々は多くの問題を抱えつつも人間の屍者化をやめることができずにいる。屍者化を施さないという選択があるにもかかわらずだ。人間にはできない賢明な判断が、菌株にならば可能だと考える根拠は何だね」

「菌株は屍者化した派閥を奴隷として扱っているわけではない。むしろ敵対者だ。敵対する複数の意思のせめぎ合いが、わたしたちの意識を生じさせている。屍者化を受け入れ生存を続ける菌株は、人間にとっての悪性腫瘍(しゅよう)と同じく、生存闘争の外側に立っている。他との協調などは考えず自らの際限のない拡大だけを目論(もくろ)む派閥だ。人類の真に敵と呼ぶべき存在(hostis humani generis)。我々にとっては一見有益な屍者も、菌株にとっては生存を脅かす存在にすぎない」

「菌株が屍者化を受け入れる、か。菌株は物質にすぎん。それはただの化学反応にすぎない。化学反応は意思で拒絶できるものではない」

「人間と同様にな」

ザ・ワンとヴァン・ヘルシングは睨み合う。

「意見の相違は二十年の時を経ても埋まらんか」

目を逸らしたヴァン・ヘルシングは円柱に再び手をかける。

「それは仕方のないことだ。君風に言えばわたしたちの根本的な相容(あいい)れなさが、意識なるものを生じさせている源泉ということになるのだろうから。矛盾は、わたしたちが生きている証拠ということだな。しかしわたしは止めねばならん。何故(なぜ)なら——君は嘘(うそ)をついているからだ」

ヴァン・ヘルシングは何かを待つように葉巻をふかし、「人類の倫理的完成可能説(ペルフェクティビリスムス)。あるいは、精神圏(ヌースフィア)構想。それが君の真実目指すものだ。全死者の復活計画。我々がここでの君たちの作業をモニターしていなかったとでも思うのかね」

アリョーシャの師、ニコライ・フョードロフが夢想し追い求めたという全死者の復活計画。

ザ・ワンの否定したその名がヴァン・ヘルシングの口から出てきたことにわたしの頭は混乱する。ヴァン・ヘルシングが鳴らした指音が廊下へと反響していき、遠くで何かが重く沈む音がして、無数の蜂(はち)が羽ばたくようなざわめきが起こる。

「ザ・ワン。お前が不在の間も、チャールズ・バベッジの改良は続いていたのだ。君の想像を超えてな。一つの脳で考えうることには限りがある」

ヴァン・ヘルシングの傍(かたわ)らの金属円筒に小さく赤い光が灯(とも)る。側廊に並ぶ他の円筒にも同様の光が灯ったことをわたしは認める。ヴァン・ヘルシングは読み上げる。

「イヴァン。オーディン。グラン・ナポレオン。アンクル・サム。ポール・バニヤン。クリシュナ。女媧(ニューワー)。黄帝(イエロー・エンペラー)。全世界八機の解析機関との演算リンクは確立している。お前の好きにはさせん」

「相変わらず手回しの良いことだ。ヴァン・ヘルシング」

ザ・ワンの眼光が強まり、酷薄な笑みを浮かべる。ヴァン・ヘルシングはひるまず、

「包囲の輪は閉じられている。お前が今構成した屍者の言葉はロンドン塔に構築された論理迷路で封鎖されている。チャールズ・バベッジ自体を檻(おり)としてな。君たちは充分な作業をしてくれた。しかしここから先へ進むことは許さん。屍者の言葉は大英帝国の所有物とするべきだ」

ふむ、とザ・ワンが宙を睨み、

「そうかね。むしろオフラインにしておくべきだったな」

ザ・ワンが足を踏み鳴らすと同時に礼拝堂にオルガンが高らかに響き、わたしは空間に舞う

細かな塵がきらめくのに気づく。一つ一つが硝子（ガラス）の破片のように陽光を散乱する——のではなく、自ら光を発しているのを見る。塵は炭酸水に湧（わ）く泡のように次々と虚空（こくう）を通り抜けて現れ、急速に数を増やしていく。

「解析機関全力。抑えろ」

ヴァン・ヘルシングが廊下の向こうへと叫ぶ。

塵は光を強めながら成長し、指先ほどの光る点となって浮遊する。漂ってきた光に触れると、そのままの形を保ち、わたしの指をすりぬける。金属円筒の赤い点の下にまた一つ新たな点が灯った。室内の光が数を増すのに応（こた）えるように、金属筒の点の数は増え続け、全ての円筒に縦に十個の点が並んだ。ヴァン・ヘルシングが、期待した効果のみられぬことに戸惑うようにあたりを見回す。

「今や屍者の言葉を理解したチャールズ・バベッジに、通常の言葉で介入できると思うのかね」

ザ・ワンの頬（ほお）に余裕が浮かぶ。

光の球はためらうように揺れはじめ、ザ・ワンの前へ徐々に集まる。一つに集まり、強い光を発する人間大の球へ凝縮していく。球体の表面から光が細い繊維となって吹き出し、磁力線に従うようにまた球体へと戻っていく。光の束（たば）が繭（まゆ）のように球面を覆う。

過剰な情報集積がもたらす、情報の具現化。グラン・ナポレオンが不調に陥った原因を、ハダリーはかつてそう説明した。砂へと凝（こ）って歯車の間に挟まり続ける物質化した情報そのもの。

自らの夢に溺(おぼ)れ続けるグラン・ナポレオン。

「何故(なぜ)押し切れん」

ヴァン・ヘルシングの声に焦(あせ)りが混じる。わたしは金属筒の一本が全てのランプを点滅させているのに気がつく。わたしの視線をヴァン・ヘルシングが追い、

「モスクワ解析機関(イヴァン)——フォードロフ」

ザ・ワンが静かに受ける。

「当然ではないかね。全父祖の復活計画は彼の悲願だ。蘇(よみがえ)りが実際に物理的に可能であると示すことがな。解析機関による大規模演算が実際に物質に転化するなら、我々が人の意識にアクセスできる言葉を手に入れたなら、まず構成されるべきは真の蘇りであるべきだ。我らの記憶を、失われた同胞を、父祖を、全ての魂を」

いかん、とヴァン・ヘルシングが呟(つぶや)く先には、また一つ、ランプを点滅させはじめた金属筒。ヴァン・ヘルシングの顔が蒼白(そうはく)となり、

「ポール・バニヤン」

ザ・ワンの前に集まった光球の中心部からわずかにずれてひときわ強い光を放つ芯(しん)が灯る。湾曲した牙(きば)のような光がカーブを描いて伸びる。牙の端から、球の中心を垂直に貫く光の線が伸びていく。直線は光の繭の中で分枝を伸ばして肋骨(ろっこつ)形の籠(かご)を形成する。それは肋骨そのものだとわたしは気づく。背骨の上部が丸く膨(ふく)らみ頭蓋骨(ずがいこつ)を形成していく。体に肉がつくより先に、長い髪が繭の輪郭(りんかく)に沿って流れる。一人の女が、肋骨を起点に成長していく。

ザ・ワンがわたしの視線を受け止め、

「そう。彼女だ」

オークニー諸島の研究施設。「暴走した彼女にとどめを刺したのはこのわたしだ」ザ・ワンはそう記したはずだ。ルナ協会と啓明結社は、一人の女を無から造り出そうとした。いや、ザ・ワンの肋骨を利用して造ろうとした。ザ・ワンの求めた伴侶として。その女が今、ここへ浮かぶ。ザ・ワンの持ち込んだ青い石に凝ったXが、解析機関の能力により復元される。

全死者の復活計画。

光の繊維で象られた骨格に肉が編み上げられて盛り上がる。体の向こうへ鍵盤が透ける。息を呑み見守るわたしたちの視線の先に、一人の女が出現する。光を紗のように巻きつけた女の爪先が大理石の床に触れ波紋が広がる。ザ・ワンの唇が彼女の名を形作り、彼女の口が彼の名を呼ぶ。それはわたしたちには知られぬ言葉だ。彼女は名前を未だ持たない。彼女は名づけられる前に破棄されたから。完成直後に暴走し遺棄されたはずだ。

ザ・ワンの差し伸べた手に、女の手が静かに重なる。輪郭の混じり合った手をザ・ワンが握り、指同士が重なり、絡む。互いにすり抜け合う二つの手が、握り合うかのような配置をとる。

「長かった」

ザ・ワンが女へ向けて独り言のように呟く。

遠くから一つ鐘の音が響き、見上げる窓に鴉がとまった。

二人を中心として、黒く縁どられた光の粒が無数に生まれた。

礼拝堂が、不意に死者の姿に満ちる。

空中を舞う光の粒が一斉にはじけ、青黒く透ける影のような人型に転じ、礼拝堂を埋め尽くす。

ザ・ワンとその花嫁を取り巻いて突然湧(わ)いた死者たちの姿に茫然(ぼうぜん)とするわたしの視野が突然九十度右へと倒れ、視界の彩度が急速に落ちる。足が地面を踏みしめる感覚は残るが大地自体が横転している。いや、転倒したのはわたしの三半規管のはずだ。

激しく打ち鳴らされる鐘の音に乗り、ロンドン塔の記憶が吠(ほ)える。何世紀にもわたって積もり続けた霊素が、わたしの前で往時の記憶を取り戻していく。その姿を重ね合い、跪(ひざまず)き祈り続ける死者たち。その口から漏(も)れ続けるのは祈りと呪詛(じゅそ)だ。窓の外から聞こえる叫びが、この現象がホワイト・タワーの外部へも広がっていることを示している。

わたしは立ち上がろうと試み続け、体を無様に床へと打ちつけ続ける。回り続ける視界の中で、やはりのたうち回るバトラーとバーナビーの姿が見える。胸の前でしきりと何かの印を切り続けるヴァン・ヘルシングはかろうじて体を支えているようだ。

血まみれの死者が、首のない死者が、ぼろぼろになった衣服をまとい鎖(くさり)を引きずる死者たちが顔を上げ、俯(うつむ)き、歩き、走り、泣き、笑い、透き通る体を重ね、すり抜け合う。斧(おの)を振り上げる死者がその首を打ち落とし、声なき苦悶(くもん)の叫びが空気を震わす。わたしが瞬(また)きするごとに時代の異なるロンドンが、現世へと矢継ぎ早に重ね描かれる。

「幻覚だ。見なければ何ということはない」

白黒の世界のどこかから届くヴァン・ヘルシングの声はそう言うが、目を瞑ってもあたりに満ちる異様な気配はむしろ強まる。肌に触れる冷たい空気。腹の中を通過していく冷たい脚。

「実体だ、ヴァン・ヘルシング。解析機関の内部で実行されるだけの計算としての実存などに一体何の意味がある。感謝したまえ。君は今蘇りの秘儀を目にしている。菌株たちの記憶を読み出し、演算され実体化される人の姿を」

ザ・ワンの声を耳にしながら、金属筒の点滅するランプが数を増していくのにわたしは気づく。

「バーナビー、バトラー、潰せ」

回り続ける視界の中で、わたしは金属筒を指そうと試みる。二人は頷いたようにも見えるが、彼らとしても自分たちの位置や向きがわかっているとは思えない。

「フョードロフの復活計画は実現可能だ。今君たちが見ているように」ザ・ワンの声が礼拝堂に、頭蓋に響く。「しかし彼は自分が理解しうる形での成功しか考えない。それが信仰というものなのかも知れないが、限界でもある。復活は何も、人間に対してだけ適用されるわけではない。かつて存在したものを復活させる。それはまあ良いとしよう。しかしこの世には、かつて存在しなかったものさえも、存在してしまってはいないかね。たとえば歴史だ。あるいは物語と言っても良い。ただの物質に命を与えるそれは力で、物質化する情報だ。しかし命は誰が与えたかにも依存する。人間の復活は、菌株の復活でもある。見たまえ」

声の源へとわたしは無理に首を回す。幽霊たちに取り巻かれ、復活の花嫁と並んだザ・ワンの足元に、細く黒い直線が出現している。直線の一部が見えない手に持ち上げられて折れ曲がり、床へと落ちる。直線の上を光が走る。線が枝を伸ばしてのたくる。わたしはそれが線の自律運動だと知る。チャールズ・バベッジとイヴァン、ポール・バニヤンの連動による情報集積。

「これが意識の――菌株たちの見ている世界の姿だ」

急速に伸び成長する無数の黒い直線が礼拝堂の内壁を駆け上り、時間を早回しした悪夢のように展開していく。層状に積み重なった時間が小刻みに直角に曲がって進む直線に侵食され、壁面が網目に分けられていく。跪き祈る人々の皮膚（ひふ）が乾き、ぼろぼろと崩れ、蓬髪（ほうはつ）を振り乱す骨格と化す。地に頽（くずお）れて土へと還（かえ）る。早回しに現れ消える無数の死者たち。床を壁を、天井を這（は）う格子（こうし）から垂線が伸び、空間をグリッド状に区分していく。床に頬をつけたわたしの目の前を、七本脚の虫めいた何かが不恰好な行列をつくって行進していく。礼拝堂は既に異形の小さな生き物たちで溢（あふ）れていることにわたしは気づく。

「復活の恩寵（おんちょう）は、生きとし生けるもの、かつて存在し、存在しなかったものへさえ平等に与えられる。菌株の知る世界として」

わたしの視線の先をハダリーの脚が横切る。わたしは拳（こぶし）を床にうちつけ、かろうじて上体を持ち上げる。なんとか拳銃を取り出してはみるものの、視点の定めようはない。

「どうするつもりかね、リリス」

ザ・ワンの声が好奇を帯びる。

ハダリーはザ・ワンに冷たい一瞥をくれ、

「この馬鹿騒ぎを停止する」

「どうやってだね。内側から解析機関の接続は切れんよ。ヴァン・ヘルシングがそうお膳立てしてくれているはずだ。菌株の言語を閉じ込めておくために。ここは檻だ。檻から伸びた手はもう、隣の檻の虜囚と一体化した。ここはもう自律的に活動している。門は既に開いたあとだ」

ハダリーはザ・ワンを無視して鍵盤へ進む。限界まで開いた指を鍵盤へと打ちつけ、湧き上がった不協和音に室内を埋め尽くしつつある直線が微かに震える。バトラーが側柱にすがって立ち上がり、柱を伝ってザ・ワンの背後へ進もうとする。

「無駄なことだ」

ザ・ワンが言い終える前に直線の動きが戸惑うようにぶれ、ザ・ワンの落ち着いた声の末尾に驚きが混じる。わたしは視野の回転がわずかにゆるやかになったことに気がつく。

「——何をした」

開き直ったように床へと大の字になっているバーナビーが答える。

「回線経由でポール・バニヤンのケーブルの一部を物理的に破断した。完全破壊とまではいかんが。見学ついでにちょっとした悪戯をしかけてきたのさ」

この男が他にもどんな悪戯を世界中に仕掛けて歩いているのかは、今は考えないことにしておく。ポール・バニヤンの金属筒の点滅がゆるやかになり、わたしが見つめる間に消えた。成

長を続ける直線の速度が目に見えて落ちはするものの、動きが止まるほどではない。

ザ・ワンが嘆かわしげに首を振り、

「無駄なことだ。その程度の計算資源の損失は、今やこの直線自体で賄(まかな)える」わたしたちを見回し、「手詰まりかね。リリスの能力といえど、この純粋幾何の網が完成する前に他の解析機関を抑えることはできまい」

直線が小刻みに直角に曲がり続けて空間を更に縫(ぬ)い上げていく。

「何が起こる」

わたしの問いに答えるのは、ザ・ワンではなく、ヴァン・ヘルシングだ。

「ドア・ストッパーが構築される。外部の計算資源に頼らず、地獄の門を開きっぱなしにするための」

左手で何かの印を切りつつ片手で銃口を向けるヴァン・ヘルシングに、ザ・ワンは素直(すなお)に両手を挙げてみせ、

「勘違いしてもらっては困るのだが、これはわたしの招いた事態ではない。全父祖復活計画をそのまま遂行した当然の帰結だ。フョードロフとわたしの計画を、解析機関の連合で抑え切れると考えたあなたの読みの甘さが招いた結果でもある。ロシアの諜報員(ちょうほういん)の活動をもっと疑うべきだったのではないかね。この現象はわたしを殺したところで停止しない。苦情はむしろロシア側へ提出するべきだ」

ヴァン・ヘルシングの放った弾丸を素早く伸びた直線が包み止める。ヴァン・ヘルシングは

構わず引き金を引き続けるが、空間に形成された直線の網はザ・ワンを守り切った。

「バーナビー」

わたしの呼びかけにバーナビーは目を瞑ったまま耳を器用に動かして応える。行けるか、というわたしの問いに、まあな、と捨て鉢な答えが返る。それだけがあんたの取り柄だからなと軽口を叩（たた）く余裕はない。

「行ってくれ」

バーナビーの巨体が跳ね上がり、目を瞑ったまま走り出す。左五度、というわたしの声に針路を変更。ザ・ワンへ向け真っ直ぐ進む。直線が槍（やり）のように伸びてバーナビーの体をかすめるが、太い腕が無造作に線を折りひしぐ。肩口をかすめた直線を無視して進むバーナビーの軌道は逸（そ）れない。

無謀にしてあてのない突進に呆（あき）れ顔を浮かべたザ・ワンが、花嫁の腕を引き寄せ前に出る。花嫁の肌の表面にはっきりとした影が落ち、ザ・ワンの指の形にくぼむのをわたしは認める。

「ハダリー」

バーナビーに気をとられたザ・ワンの隙（すき）をつき、わたしはポケットから取り出したL字形の十字架の破片を投げる。一瞬戸惑ったハダリーの口が素早く動く。不意をつかれた直線が目標の選択に迷うように揺れ、破片へ伸びる。ハダリーの歌声に応えた石は変形し、微かな軌道の変化が目算をずらす。

ハダリーの手にスローモーションで石は収まる。ザ・ワンの眉（まゆ）がゆっくりと不審げに上がっ

ていく。

　自らに上書きを施したアリョーシャの机の上で砕かれていた青い十字架。その正体をわたしは知らない。フョードロフの弟子、アレクセイ・カラマーゾフ。アリョーシャ。パミールにノストラティック大語族の痕跡(こんせき)を探した男。その男はあの荒地で何を見つめ、見つけ、考え、理解し、その石でできた十字架を砕いたのか。全父祖の復活計画を、アリョーシャは信じていただろうか。始原の言葉の存在を信じただろうか。彼は自分の発見したものを何故(なぜ)砕いたか。

　ハダリーの手で、石が小さな薄いカード状に変形する。表面にぼこぼこと穴が湧き立ち、次々と形を変えていく。ハダリーが細い手を伸ばし——彼女の指先に焦点をあわせ殺到する直線がその手からカードを払い落とす。ハダリーは身を翻(ひるがえ)し、反対の手がこぼれたカードを空中で拾い、床を蹴(け)り、遠近法の消失点への集中線のように殺到する直線に姿勢を崩しながら読み取り口へと押しつける。進入角度の狂ったカードは身をよじり、自ら角度を調整するように変形し直す。

　もの問いたげなザ・ワンの視線が、ハダリーとわたしの間を往復する。

「まさか(Heavens)——」とザ・ワンの口が動いた。

　無形の波が、姿なき風が室内を過ぎた。プリズムに分けられたように光景が七色にぶれ、光の三原色が絵具の三原色へと転移し、七色が一色となり黒へ転ずる。宇宙が落ちる音が轟(とどろ)く。

　わたしの頭の中で数多(あまた)の想念が砕け破片となっててんでにわめく。

　暗闇(くらやみ)——死——屍者の言葉——立ち上がる巨大な影——燃える目——一つの目が分裂し、無数の目が一斉にわたしへ振り向く――〈わたしの名〉。わたしの名は、ワトソン。ジョン・ワトソン――〈わたしは誰だ〉――〈わたしは録し、録されるもの〉――〈今こうして録すわたし〉――〈わたし！〉――わたしはこの惑星におり、この惑星自体がわたしだ――冷たい宇宙を飛ぶ一対の羽――漆黒の宇宙を過ぎる漆黒の羽――わたしの使命――距離感がなくなる――遠くが近く、近くが遠い――遥かな未来が遥かな過去と手を取り合い、輪が一点に収束する――アフガニスタンの雪の白さ――氷原に立ち並ぶ無数の塔――その表面を覆う黒い網目――吹きすさぶ黒――脳――わたしの脳が剥き出しに浮かぶ――〈わたしはわたしの外側にあり、そして同時に内側にある〉――床の上で割れ飛ぶ皿――転がる水晶玉が砕け散り、無数の球体へと再構成されていく――。

　腹に響く重低音が礼拝堂を、塔を揺らした。部屋を埋め尽くした直線が次々とその身を折り、砕ける。床に真横に伸びた直線の一本が跳ね上がり、天井にぶつかり、壁をバターのように切り裂いて石の破片が降り注ぐ。力なく落下した直線は床の上で跳ねまわり、不意にその太さを増す。部屋中の数学的な直線が物質をまとい一息にその太さを増し、壁を亀裂が駆け上がる。

　視野が元に戻って安定する。

　手を伸ばし花嫁を守るザ・ワン。右腕から血を流すバーナビーが、鎖骨のあたりを黒い棒に貫かれたフライデーを小脇に抱えて跳ぶ。ハダリーへ駆け寄るバトラー。崩れる天井を呆然と見上げるヴァン・ヘルシング。その視線の先、天井に大きく横へ亀裂が走る。我に返ったヴァン・ヘルシングがわたしに飛びつき押し倒す。背後に轟音が響き、ばらばらになった梁が落ち、埃(ほこり)が舞い、わたしの頬に小石があたる。

「ザ・ワン」

頭をかばうヴァン・ヘルシングがわたしの拳銃を奪い、ザ・ワンの姿を探す。暴れ回る直線に崩壊を続ける礼拝堂の瓦礫(がれき)の山で、花嫁を横抱きにしたザ・ワンが嗤(わら)う。ヴァン・ヘルシングは発砲するが、波打つ床に射線は逸れた。

ザ・ワンは笑い、笑い続ける。

「預けるぞ、ヴァン・ヘルシング。ジョン・ワトソン。前提は崩れ、賭けはまた振り出しに戻った」

倒れ込む石の柱が、わたしたちの視界を遮る。

床に大きく亀裂が開き、地獄のように口を開いた。

IX

鴉の声につられて顔を上げる。

半壊したホワイト・タワーにかろうじて残る南西の塔端、こちらを威嚇するように啼く黒い影が小さく見えた。かつてチャールズⅡ世の御世、一人の呪い師がこんな予言を残したという。

「ロンドン塔から鴉が消えれば、英国は滅び去るだろう」

以来、王室はロンドン塔に鴉を飼い続けて今に至る。鴉にはまだ飛び去るつもりがないらしい。ひょいと跳んで一段低い瓦礫へ移り、鳥らしい仕草で首を傾げた。

霧の晴れ間に太陽が姿を現し、景色が彩りを取り戻していく。ステッキを立てかけた瓦礫に腰掛け、膝の上に「ジャーンの書」を開いたヴァン・ヘルシングが葉巻をふかし、眺めるでもなく漫然と頁をめくっている。バーナビーはビーフィーターたちに押さえつけられ、無理やり包帯を巻かれている最中だ。バトラーとハダリーの姿は既にない。ヴァン・ヘルシングを掘り出そうと瓦礫の山を崩すわたしへ、バトラーはすかした敬礼を、ハダリーはほんのわずかなお辞儀を残して、悠々と内壁の向こうへ姿を消した。

　ザ・ワンと花嫁の行方（ゆくえ）は不明だ。瓦礫をよけてみなければ確定的なことは言えないとヘルシング教授は言うが、当人も遺体が見つかるとは考えていない様子だ。聳（そび）え立つホワイト・タワーの残骸（ざんがい）からは、黒い直線が針鼠（はりねずみ）のように突き出している。線のつくる三次元の立方体からなるグリッドは塔と重なり合う形で埋まり、無造作に瓦礫の山を貫いている。石の負荷にも曲がる様子は全く見えず、地上の法則を無視するようにそこにある。線の端は飛来した平面に削（そ）ぎ落とされたかのように鋭い。

　無惨に引き裂かれたホワイト・タワーから突き出る線は実体だ。内側から割り開かれたホワイト・タワーは、雛（ひな）の巣立ったあとに残された鳥の巣のようにも映る。

　わたしは思考を整理するのを諦（あきら）め、ヴァン・ヘルシングの前へと進む。頁に影が落ちてようやく、ヴァン・ヘルシングは顔を上げた。

　問うべきことは多かったが、わたしは結局、つまらないことを尋ねた。

「あれは一体、何だったんです」

　教授は無表情を作り直して、「一部の者はわたしを吸血鬼やら何やら、怪奇の類（たぐい）の専門家だと思い込んでいるようだが――」苦笑を浮かべるわたしへ、「まあ、故なきことではないな」と顔を崩した。

「わたしに何がわかるというのかね」

「あなたが胸の前で切り続けていた印は」

「古き印（エルダー・サイン）のことかね。まじないの類にすぎん。迷信深い地域での活動には、ああした知識が必要となることもある。案の定効き目はなかったが」

わたしたちが転倒してのたうつ間も、教授がかろうじて立ち続けていたことは問わない。

「わたしは逮捕されるのでしょうか」

ヴァン・ヘルシングは意外に真面目な顔つきで考え込み、

「法的な責任は免れない――と言いたいところだが、この種の災害に対する罰則規定は存在しないだろう。それにもう君は多くを知りすぎている。君を欲しがる国や組織は引きもきらんはずだ。――命をもらいうけようとする奴らもな――国家の監視下に置かれることは覚悟してもらおう。もっとも」とホワイト・タワーを眺めやり、首を回してノーチラスの衝角（しょうかく）に呆（あき）れ顔を向ける。「ロンドン塔はこの有様だ。他の場所を考えよう」

教授はうんざりとした表情で、衛兵たちが押しとどめている野次馬の群れへ目をやる。その中には間違いなく新聞記者も混じっていることだろう。

「やれやれ」こちらへ向けてしきりに手を振る聴衆に教授も愛想を振りまき返し、「これも仕事だ」と言わずもがなの言い訳をした。傍（かたわ）らのステッキを取り上げ、握りの上に両手をのせて顎（あご）を支える。

「何をどこからどうしたものか――チャールズ・バベッジは全壊し、ノーチラスの姿も世に晒（さら）された。何人の首が飛ぶやらわからんね。まあ、きれいさっぱり仕切り直しというわけだ。いっそすっきりしたとも言える」頷くわたしに、「ユニヴァーサル貿易からの連絡を待ちたまえ。しばらくはMも動けんだろう。君から報告を受けて終わりとできるような段階は既に超えてしまっている」

　次の問いを求めてしきりに口を開け閉めするわたしを横目に、ヴァン・ヘルシングが暗唱する。

「是はエホバ彼処に全地の言葉を淆し給ひしに由りてなり」怪訝な表情を浮かべるわたしへ、「君は優秀な学生だったが、融通がきかんな。ザ・ワンに何を吹き込まれたか知らないが、菌株とかいう法螺話をまだ信じているのかね」

　ヘルシングの目の光が強くなる。

「それなりの証拠を見せられましたから」

「そうかね」と教授は笑い、「君とても別段、菌株とやらの実体を見たわけではないだろう」

「石は実体でしたよ。なんといっても石ですからね。菌株の——いや、Xの——非晶質体です」

「Xとは何だね」

「ザ・ワンが菌株で不満ならばそう呼べと」

　教授の顔に、それみたことかといった表情が浮かぶ。わたしは一つ瞬きをして、

「Xの正体が何であったとしても、感染性を持ち人の意識に作用する目に見えない存在は菌株と呼んで良いでしょう」

ヴァン・ヘルシングは頰(ほお)を緩める。

「任意のXというわけだ。わたしならもっとまともな名前を代入するね。菌株が言語を理解する、か。ものは言いようといったところだ」

考え込んだわたしの耳に、教授が石に打ちつけるステッキの音が、一つ、二つと届く。十を数えたところで降参する。教授は大きく肩を落として首を振り、

「やれやれ、君の指導教官の顔が見たいな」わたしににやりと笑いかけ、「わたしなら単純にこう呼ぶ。『言葉』と。感染性も、意識への影響力も充分だ」

「言葉は物質化したりしません」

「そうかね」と教授はホワイト・タワーへ目を上げる。「我々が今目にしているのは物質化した情報の姿そのものではないかね」

「言葉は言葉を理解したりしない」

教授は笑いを堪(こら)える様子で、

「君はそれを、じかに言葉に訊(き)いてみたのかね」

反論を探して頭を巡らすわたしに構わず、ヴァン・ヘルシングは立ち上がって体を払い、襟(えり)元(もと)を正す。トップハットを被(かぶ)り直して位置を整えた。ステッキの石突(いしづき)で地面を叩(たた)き、調子をみている。

「こいつも」教授は「ジャーンの書」を取り上げながら、「物質化した言葉の一種だ。あらゆる書物と同じくな。それにもう一つつけ加えよう。フランケンシュタインの名は、フランケン

地方の石を意味する。フランク族の石でも良いが。ザ・ワンを生み出したヴィクターは本当に人として存在していたと思うかね。彼もまた、歴史の中の人物が多かれ少なかれそうであるように、物質化された情報だったとしたらと考えてみたことは。結局のところ、ザ・ワンを実現したのは、ヴィクターではなく、『ヴィクターの手記』だったはずだ。手記が勝手に存在するなら、書き手が存在する必要はどこにあるのかね」

咄嗟に応答できないわたしに教授は片目を瞑ってみせ、

「さて、そろそろ野次馬を抑えねばならん」

黙って見送るわたしを振り返り、

「考える時間は充分にある。結論を急がないことだ」

わたしは頷き、ヴァン・ヘルシングも頷き返した。あとは振り向きもせず野次馬の前へと堂々とした態度で進み出、片手で「ジャーンの書」を振りかざすと、盛んにステッキを振り回して演説をはじめた。明日の新聞にはきっと、ヴァン・ヘルシングの名がモンスター・ハンターの肩書と並ぶことになるのだろう。あるいは今しているように、ステッキを野次馬の鼻先へつきつける姿がイラストになって載るかも知れない。

「終わったな」

包帯を引きずるバーナビーがわたしの背後にうっそりと立つ。

「まあとにかく帰ってきた」

何が終わったことになるのかと考えながらわたしは応える。アフガニスタン、日本、合衆国。

世界を一周してきたものの、わたしの頭は早くもその実感を失いつつある。旅の速度に置いていかれた魂がようやくわたしに追いついたものの、魂の方では一歩もこの地を動かなかった。そんな感覚がわたしの中に広がっていく。故郷から離れるにつれ、土地は幻想の度合いを増していくが、こうして世界一周を終えた今、極大に達した幻想は現実との一致をみた。一冊の本を読み終えたあと、急速に書物の中の世界が消えていくように、わたしの旅の記憶も色褪せ、実感が急速に拭い去られていく。

「あんたはどうする」

さてな、とバーナビーは首を傾げて、「お前さんのお守りは楽しかったが、これはずっと続ける仕事じゃなさそうだな。命がいくらあっても足りん。人間には分というものがある」と珍しく殊勝な台詞を吐いた。わたしは念のために言っておく。

「ウォルシンガムはあんたを離さんぞ」

バーナビーは肩をすくめて、

「これまでと同じだ。ウォルシンガムとしても、俺をデスクワークに縛りつけようとは思わんだろう。だから真相は教えてくれるな。そんなものがあるとしてだが。俺は余計なことを理解しない方がいい」

「――そうだな。どうせあんたの頭に入り切るような話じゃないが」

「光栄だ」

とバーナビーが歯を見せて笑う。ウォルシンガムがバーナビーは何もわかっていないと本当に納得するかはわからないが、その公算は小さくないだろうと思う。ウォルシンガム自体がこの事件を理解できるのかも疑わしい。いかにヴァン・ヘルシングといえど、Mにこの事件をどう説明できるのか想像できない。

バーナビーは籠(かご)の中に入れておく方がよほど物騒な生き物なのだし。

わたしの前へバーナビーが腕を突き出す。何も乗っていない傷だらけの巨大な掌(てのひら)を観察し、何故(なぜ)その手がそこにあるのかしばし悩んだあとでようやく、握手を求められているのに気がついた。油断したわたしの手を思うさま振り回したバーナビーは、肩をさするわたしの前で威儀を正し、出会ってからはじめてとなる敬礼を一つしてみせた。

またな、と肩越しに手を振るバーナビーが壁の向こうへ歩み去る。

「フライデー」

肩帯のように包帯を巻かれたフライデーが顔を上げる。わたしを眺めるフライデーの視線はふらつき、わたしの顔を捉えない。この一年を超えた旅を経てなお、彼の容姿に変化はない。頭の中に蓄えられた記憶の量は増大したが、知識は彼の顔の皺(しわ)一本増やしはしなかった。

「いや、なんでもない」

フライデーの顔がノートに落ちる。Noble_Savage_007、コードネーム、フライデー。ウォルシンガムの備品である以上、彼との別れもそう遠くないはずだ。わたしはフライデーにかける言葉を自分の頭に、心臓に、肝臓に、手に足に指先に探すが見当たらない。この旅の間わたしの言葉を綴(つづ)ってきたのはフライデーの方なのだから、それも当然なのかも知れなかった。

アリョーシャ。

アフガニスタンでのもろもろを考え直すと、ヴァン・ヘルシングの見解を支持したくなる。アリョーシャがその旅の間、コクチャ渓谷での孤独な暮らしの中で見出したもの。彼はラピスラズリの採掘を資金源としていたが、売値についてはあまり頓着していなかった。必要以上のラピスラズリを掘り出す理由があるとするなら、採掘により他の物を探していたからとならないだろうか。

物質化した原初の言葉。

古きエデンに葬られた原初の魂。

結局彼はそれを見つける。ただし見出されたのは渾沌だった。ザ・ワンの指摘によれば、バベル以前にも一つの言葉は既に分かれて存在していた。全死者の復活を望む師の弟子は、物質化した原初のバベルを見出した。激しく乱れ、互いに意を通じることのできない個別の言葉。アリョーシャは多分最後まで迷ったのだろう。師の構想を阻害するその石をどう扱うのかを。彼はそれを手元に置き続け、そうして割るところまではした。

わたしたちの意識を実現するXの活動は派閥に分かれているとザ・ワンは言った。その多様さとせめぎ合い、果てない抗争が我々の意識と魂を形作っているのだと。Xに『言葉』という単語を代入せよとヴァン・ヘルシングは言う。ザ・ワンはXの言葉を解析機関を使って整備し、Xと人間、解析機関を貫く意識の生態系を形成することにより安定化しようと試みた。結局、そこで循環しているものは言葉だ。

「去来我等降り彼処にて彼等の言葉を整え、互いに言葉を通ぜしめん」というわけだ。その試みは多分成功したのだろう。ともかくも彼のあらかじめ失われた花嫁が復活の秘儀を実現してみせたのだから。イヴァンの介入、フョードロフの全人類復活計画は、その整備された言葉を用いてこの世にエデンをもたらしかけた。しかしそれは、人間だけのためのエデンではなく、かつて存在し、これから存在しうる、決して存在していない者たちをも含むエデンでもあった。

「エホバ言給ひけるは、視よ、民は一にして皆一の言葉を用ふ。今既に此を為し始めたり、然ば凡て其為さんと図維る事は禁止め得られざるべし」

アリョーシャの発見した原初のバベルは、彼らの言葉を互いに通じなくしたということになる。彼らは共通する言葉という基盤をなくし、また元の渦巻く闘争状態へと復帰していく。

ザ・ワンの唱える通りに、わたしたちの意識が菌株の活動によるならば、そのバベルの影響はこのわたしにも当然及んでいるはずだ。こう考えるわたしの思考に染み通っているはずだ。わたしは未だ、わたしは以前と同じわたしだと感じているが、客観的な証拠はない。わたしはまだわたしによって、わたしに対して鎖されている。わたしは他の誰かの感じる青は自分の感じる青色と同じかと、まだ疑うことができるが、今は更なる不安が胸の裡に湧いてくる。わたしの今感じるこの青は、かつてのわたしが感じた青と同じだろうか。明日感じる青と同じだろうか。次の瞬間感じる青と。これが言葉を乱された菌株たちによってもたらされた不安なのかは、良かれ悪しかれ時間が明かしてくれることになる。

わたしたちが解き放ったバベルはこの世に何をもたらすだろう。バベルに見舞われたXは、周囲の他のXたちとの戦いをどう切り抜けていくのだろうか。それとも異言者（バルバロイ）として単に排斥されて終わりだろうか。

問いばかり。

問いばかりだ。

かりそめの答えは砕け、問いばかりが残された。

アリョーシャが、ザ・ワンが孤独の中で問い続けてきた問い。

わたしは、どうわたしの自由を求めれば良い。

わからない。今わたしの周囲に満ちる未知の自然。未知のわたし。

わたしは誰だ。わたしは自分に問いかける。

〈わたしは誰だ〉。フライデーの筆が、わたしの問いをノートの上に書きつけていく。今、わたしの顔を撫（な）でる故郷の風。この風の感覚を、誰にどう伝えることができる。それはわたしの中の誰かが、微細なものの集団が、あるいは得体の知れない言葉の働きが、わたしに感じさせているものにすぎないのに。わたしは、フライデーのノートに書き記された文字列と何ら変わることのない存在だ。その中にこのわたしは存在しないが、それは確固としたわたしなるものが元々存在していないからだ。わたしはフライデーの書き記してきたノートと、将来的なその読み手の間に存在することになる。わたしが自分と感じるものが、Xの活動と、このわたしによって構成されているように。このわたしが今、こうして何かを感じることを、読み手は一体どうやって理解することができるのだろうか。

「フライデー」

わたしは尋ねる。

「君にはわたしが見えているのか」

〈君にはわたしが見えているのか〉

フライデーはノートにそう書き連ねる。

エピローグ

I

そう、これは屍者（ししゃ）の話だ。

久しぶりに英国の地を踏んだわたしが扉を押すと、そこには懐かしい都会ならではの喧騒（けんそう）があり、馴染（なじ）みの人々の顔が並んでいる。生ぬるいギネスのグラスを持ち上げたウェイクフィールドがパブの奥からしきりに手を振り、大きく声を張り上げる。

「アフガニスタンの英雄に乾杯」

パブが常連たちの唱和に湧（わ）き立つ。握手の波を掻（か）き分け、やたらと肩を叩（たた）かれながら、わたしは卓（テーブル）の間を進む。もの問いたげな表情や、久闊（きゅうかつ）を叙そうと突き出される手に、ひたすら頷（うなず）きだけを返し続ける。紫煙の立ち籠（こ）める片隅へようやく辿（たど）りつき、やめてくれとウェイクフィールドに苦情を言う間にグラスが置かれた。

わたしは店内を見回しグラスを掲げ、目礼を投げるにとどめる。常連たちが肩をすくめて元の会話に戻っていく姿を尻目に、ようやくウェイクフィールドと控えめにグラスを鳴らした。

「のりが悪いな」とウェイクフィールドはぶつくさ言い、「まあ色々あったんだろうな」と勝手に締める。いつのまにか髭を伸ばしたウェイクフィールドは改めてわたしの体を上から下へと眺めまわして、

「怪我をしたって」

「右脚にな」

と言ってはみるが、旅の間に結局どれだけの負傷をしたのか、わたしにももうよくわからない。どうせ季節の変わり目ごとに傷跡の方で騒ぎ立てるに違いなかった。

「で、どうだった」

と身を乗り出すお調子者に、色々さ、と短く答える。他に答えようなどはない。報告書をまとめるためにフライデーの大部のノートを読み返しはしてみたものの、それが自分の行動記録なのだという実感は全く起こらなかった。時間の経過は着実に、わたしの記憶をより理解しやすい形へと、物語へと書き換えていく。

「軍事機密というやつだな」ウェイクフィールドは独り決めしてしきりに頷く。しかしな、と指を振ってみせ、「ロンドンじゃあ戦争なんて目じゃない事件が起こったんだぜ。こっちの方がよっぽど見ものだ。帰国が遅れて残念だったたな」

「ロンドン塔の怪物だろう。新聞で見たぜ」

ウォルシンガムの用意した記録によれば、わたしの帰国は一八八〇年十一月二十六日のことになる。十月三十一日にボンベイを発ったオロンテーズ号に乗船し、ポーツマスの地を踏んだ。ウォルシンガムの指示通りボンベイ港で引き揚げ者の列に紛れ込み、入国審査をすませたわたしは、こうして偽の経歴と合流を果たす。

ほぼ一年にわたった聞き取り調査とは名ばかりのボンベイ城での軟禁は、わたしの容姿を見事に疲労した兵士に似通わせた。ウォルシンガムは経歴の詐称のためにわたしをわざわざボンベイに移送し直し、中庭での散歩の時間まで指定してきた。フライデーとようやく合流したのは、ボンベイでの三か月が過ぎたあとだった。

「君の活躍は聞いている」

再会したリットンは喜んでわたしの話に耳を傾け、愉快そうに相槌を打ち続けたが、意見を挟むことは慎重に避けた。ことは彼のウォルシンガムに対する嫌がらせというお遊びの範囲を遥かに超えてしまっていたし、釘も刺されたものらしい。ザ・ワンの菌株説についても、面白いおとぎ話だなという感想を述べたに留まる。ただ数日後、彼の父親が書いたのだという本を差し入れてくれた。「来るべき種族」と題されたその小説は、莫大なエネルギーを秘めたヴリルなる石を持ち、独自の言語を発達させた地底種族の話だそうだ。リットンは、ザ・ワンの研究にしても、彼の父の手すさびと同様の害のない作り話だと言いたいらしかった。

「理解できるものは全て物語の形をとる。巻き込まれるな」とリットンは言い、「結局敵は誰だったかね」

　わたしは自分の頭を指で示した。

　ウェイクフィールドは勢い込んで、

「ヴァン・ヘルシング教授がいなかったらほんとに危ないところだったんだぜ」盛んに空中を手刀で切りつけ椅子(いす)の上で踊り出したウェイクフィールドに冷たい目を向けるわたしに、「いや、俺もモンスター・ハンターになろうかと思ったくらいだ」

「実物を見たのかい」

「再建工事は見に行ったさ」

　出遅れを悔(くや)しがるようにウェイクフィールドは奇声を上げつつ調子の狂った踊りを続け、

「お前、変わったな。昔ならなんだかんだと文句をつけたもんだが」

と不平を言う。色々あったからな、とわたしは答える。腕を振り切る勢いで危うく椅子から滑り落ちかけたウェイクフィールドは、ようやく妙な踊りをやめて座り直し、

「で、これからどうするんだ。仕事を探しているなら手伝えることもあるかも知れない」

「気味が悪いね。まあ開業でもするさ」

　ウェイクフィールドは露骨に眉(まゆ)を寄せてみせ、

「きちんと卒業もしていないお前が開業」

「大丈夫さ。免状はある」

身を乗り出してわたしの右目を人差し指と親指で押し開いて覗き込んだウェイクフィールドは、つと視線を逸らして首を振り、「なるほど、色々あったようだな」と変に消沈したように言葉を濁した。

「怪我は頭か」

と訊いてくる。そうだな、とわたしは返す。そう。そうかも知れない。ロンドン塔で目撃した怪物が真実存在するのだと、今のわたしは知っている。この世に存在しないが故に、至るところに存在している未知と不可知の混合体。しかし、存在しないものが現実に存在すると知っているなら、わたしは単に狂っているということにならないだろうか。

考え込んだわたしのグラスに、ウェイクフィールドのグラスが当たる。ウェイクフィールドは立ち上がり、わざとらしく咳払いをしてみせた。

「旧友も古き昔も忘れ去られていくものだろうか。

友よ、古き昔のために、この一杯を飲み干そう」

ウェイクフィールドは調子っぱずれのオールド・ラング・サインを歌いはじめ、常連たちが一人二人と加わっていく。

「その歌はな、ウェイクフィールド」わたしは口には出さずに胸で呟く。「日本では別れの歌なんだぜ」

セワードとはまだ、ほんの短い会話しか交わしていない。

ヴァン・ヘルシングは次の任務のためにロンドンを離れたそうだ。それがザ・ワンの追跡なのかを、わたしは特に尋ねなかった。

「君は立派に任務を果たした」

セワードはわたしから目をそっと逸らして言った。

「このままユニヴァーサル貿易に力を貸してもらえればありがたいが、君にも考えがあるだろう。いつでも喜んで推薦状を書かせてもらう」

「わたしに選択の自由があると」

それは無論だ、とセワードは自分でも信じていない台詞を言う。

「折角ですが、考えていることがあります」

セワードの肩がほっとしたように微かに下がった。

「二十年前」戸口で振り返ったわたしの言葉に、セワードの体が緊張する。「トランシルヴァニアの古城で、あなたたちはザ・ワンの花嫁の遺体を見ているのでは」

「それを知ってどうするのかね」わたしを睨んだセワードの視線が、根比べに負けて下がった。

「――あれは既に、花嫁と呼べるようなものではなかった。わたしたちがザ・ワンの発狂を認定したのはあの時点だ」

「しかし、ザ・ワンは成功した」

「何にだね」

わたしは一礼だけを残して、セワードのオフィスの扉を閉めた。

ザ・ワンとその花嫁の行方にについては、一年を経た現在でも何の形跡も見つかっていない。わたしに知ることのできた範囲ではという限定はつくが。

結局のところ、全ては彼の狂言だったのだろうか。ザ・ワンをめぐる事件の全てが、あらかじめ失われた花嫁を再び胸に抱くためだけに組み上げられた、気の遠くなるような計画だったということはありうるだろうか。わたしはこの一年をその思索に費やしたが、結論には未だ辿りつかない。

人間の意識は菌株の活動だというザ・ワンの説。証拠は何も残っていない。ザ・ワンは消え、ハダリーは去り、フライデーは語らない。世界中に残されているのだろう、脳を収めた金属球は、屍者の言葉を操るものにしか利用できない。チャールズ・バベッジは全壊し、ザ・ワンがインストールした屍者の言葉や、アリョーシャの石をその中からサルベージできるのかもまだわからない。それは結局、屍者の頭の中に言葉を、物語を見出す作業と同じことになるのではと思う。真に菌株なるものが存在するならいずれ、科学の目がそれを見出すことだけが確かだ。科学は誰にでも行いうるが故に科学だ。複雑すぎる道理を人間が理解できるかは、また別の問題となる。

ウォルシンガムはザ・ワンは研究を継続中だと考えているが、わたしは疑わしいと思う。彼の研究の原動力があらかじめ失われた花嫁にあったとするなら、彼は目的を達成したのだ。わたしはたまに夢を見る。人里離れたどこかの場所で肩を並べて静かに暮らす二人の姿を。しかしその夢の中でも、花嫁が口を利くことはない。ザ・ワンは花嫁の蘇り（よみがえり）に本当に成功したのだろうか。ただ屍者と同じものを造り出しただけではないのか。

　ザ・ワンの菌株説が正しければ、花嫁は結局、屍者として蘇るしかないと思える。菌株に支配される以前の、人間固有の魂がそこには欠けているからだ。たとえ花嫁と同じ組成で構成されても、実現される存在は元の花嫁とは異なるはずだとザ・ワン自身も主張していた。

　しかしまた、こうも思える。ザ・ワンは通常の屍者とは異なる存在だ。その花嫁もまた、通常の屍者とは違う素材でできていると考える方が自然でもある。ザ・ワンは遥か（はるか）な昔から存在し、ホワイト・タワーに出現した花嫁は、肋骨（ろっこつ）の位置を起点に再生された。

　ここから先は推理というより、単なる妄想の領域となる。もしザ・ワンが真にアダムであり、花嫁がイブだったなら。二人が声なき声で呼び交わしたのが、正にその名前だったとしたら。神の息吹（いぶき）によって生命を吹き込まれたアダムの肋骨から造られたイブ。その再生に必要なのは、ただ神の言葉だけということになりはしないか。神の言葉はアダムに変じ、アダムの肋骨はイブへと変じ、イブの死体から肋骨が残り、肋骨はやがて石へ変ずる。間を一気に飛ばしてしまえば、石は神の息吹と等号を挟んで睨み合う。

「是故（このゆゑ）に其（その）名はバベルと呼ばる」

　神が言葉を破壊した兵器は何だったのか。菌株だろうか。それとも言葉そのものだろうか。

――ザ・ワンとその花嫁が神の活き（い）人形で、アリョーシャの石が実体化した兵器としてのバベルの破片で、どれも等しく神の言葉であったとしたなら――。あるいはアリョーシャの石は神の化石だったとしたなら。パミールの地下に眠っているのは――失われた楽園そのものだ。

　このあたりでやめておくべきだとわたしは思う。この手の話に関しては、ハダリーから報告を受けたアララトのカバリストたちが検討を続けているだろう。彼らの教典の一つ「形成（セーフェル・）の書（イェツィラー）」は、六つの章と八十一のパラグラフからなり、全体は二千語に満たない書物だという。ただそれだけの神の言葉がこの世の形成を可能とする。

　復活が完全なものでなかったならば、ザ・ワンはまた活動を再開し、わたしたちはその結果を予想もつかない形で知らされることになるだろう。ザ・ワンの沈黙だけが蘇りの成功を示唆し続ける。わたしは二人の幸せを願う気持ちで、日々新聞を確認し続けている。

　屍者関連事件の増加は相変わらずだが、その中に目新しいものは見当たらない。既にフライデーの頭の中に蓄えられているリストの項目に新たなものは加わらない。人間の想像力には限界があり、ただ忘却があるだけなのだ。誰もが新奇なことと信じて、同じことを繰り返していく。スペクターの活動もまだまだ盛んだ。均一な意思の支配による彼らの活動は、ザ・ワンの示した未来の人類の姿に似ている。

　種としての我々が自分の愚かさを理解できないくらい愚かになることを選択して何がいけない。ザ・ワンのその問いに、わたしはまだ答えられない。

　語り残したことは多いが、そろそろこの長く続いた物語も、結びを迎える頃合いだろう。英国への公式記録上の帰国後、わたしはストランド街のプライベート・ホテルに腰を落ち着けた。

傍（かたわ）らにはまだフライデーの姿がある。九か月の休暇というのが、ウォルシンガムからわたしに与えられた決断のための猶予であり、フライデーの貸与延長が認められたのは、ウォルシンガムがわたしを諜報員（ちょうほういん）として雇い続ける意思を示すためなのだろう。

　年を越え、休暇も半分をすぎたあたりで、その再会は発生する。わたしはそれを望んでいたのか、恐れていたのか。全く予期していなかったと言えば嘘（うそ）になる。

　その日、ホテルの部屋に戻ったわたしは、ドアの鍵（かぎ）が開いていることに気がつく。拳銃を構えて踏み込む先には、変わらず無機質の美を湛（たた）え続ける女性の姿。名前を呼ぶわたしへ直線的な動作で顔を上げ、「名前は変えたの」と女性は応（こた）えた。思わずバトラーの姿を思い浮かべて顔を歪（ゆが）めたわたしに、「ただの偽名（コードネーム）よ」と女性が笑う。

「アイリーン・アドラー」

「ジョン・ワトソン」

　わたしたちは一年半ぶりの再会を祝して握手を交わす。わたしの胸に去来するこの感情を、どう表現すれば良いだろう。わたしが彼女に抱いた興味は誰が何に対して抱いた興味だったのだろう。

　バトラーはまた別の任務についているのだそうで、しばらくはヨーロッパだとアドラーは言う。アララトの意思を無視してフェデラル・ヒルの教会を襲撃した件で飛ばされたというか、ほとぼりを冷ますためということらしいが、話半分に聞いておく。

「結局、アララトはザ・ワンとどういう関係にあったんだ」

ポットを傾けながら訊く。

「それも未だ調査中。アララト内部も派閥に分かれているから。一部は彼の存在を知り、援助もしていたらしいというところまで。彼らを更迭するかはまだ議論が続いている。ザ・ワンのやろうとしたことを全て受け入れることはできないけれど、その一部は活用できると考える人も多い。アララトはそもそも屍者を受け入れたくない。偽りの復活なんてものはね。彼らはこの先も、屍者をこの世から消滅させる方法を模索し続けるんだと思う。自分たちの王国をこの世に築くためにもね」

「君の存在は構わないのか」

アドラーは微笑むだけで返事をしない。細い指が正確無比な動きでカップに伸びる。わたしはできる限りの平静を装って訊く。

「君は一体――何なんだ」

「頭を開いて確かめてみる」アドラーがカップを傾け、語尾を上げながら問う。「そこに何を見出すと、あなたは何を納得するの」

「君は――君は、他にも君のような存在はいるのか」

「さあ」とアドラーは首を傾け、「量産化を心配しているのなら御無用に。メンロー・パークの魔術師は今、霊界との通信機を作るのに夢中だから。見込みのない仕事だけれど、誰かに妙なことを吹き込まれたんでしょうね」

「復活の秘儀と別世界の存在について、ね。誰の仕業かな」

アドラーは微笑みでわたしの問いを遮断した。

「しかし、なんというか、君の――生産というか――製造――いや、誕生か。それは技術だ」

もう言い飽きた単語をわたしはうんざりしながら口にする。

「そうね。ゴーレムの製造だって技術。この世には天才が存在するのよ。イェフダ・レーヴ・ベン・ベザレルがプラハの街でゴーレムを造ったのは十六世紀の出来事だけれど、そのあと誰もゴーレムの量産化には成功していないし、再現実験も失敗を続けている」

わたしはカップを皿へ戻す。

「天才の最後の世紀も終わる、か」

天才たちの世紀は終わり、大量生産、大量消費へ向けた技術の時代が訪れる。天才の失われる時代では、天才にしか造りえない存在は生まれえない。当たり前の事柄だろう。


「そろそろわたしも仕事をしないと」

アドラーが窓の外へと視線を逸らす頃には、長針が二度、軸の周りを回転している。居ずまいを正したわたしは、できる限りに静かに応える。

「わたしを消すのが、バトラーの助命の条件なのかな」

アドラーはわたしの問いに直接答えず、

「――アララトはあなたを危険人物として認定した。ウォルシンガムがQ部門の手綱をしっかり握っている状況なら違ったかも知れないけれど。自らの意思でもないのに、今回の事件をただ流れに乗るだけで終結させたのはあなた。その点、バーナビー氏よりも遥かにわからない存在。それはとても危険な能力だとアラトは判断した。次に何をするのかわからないQ部門に渡すくらいなら、いっそ、と」

「今このときを選んだ理由について訊いてもいいかな」

「Q部門があなたの確保に動いたからよ」

こともなげに告げるアドラーの喉が、声とは別に微かに動いているのにわたしは気づく。窓の外では、Q部門とアドラーの音もない戦いが続いているらしかった。

なるほどな、と立ち上がるわたしを、アドラーは黙して見守る。机からナイフを取り上げても、アドラーに動揺の色は見えない。わたしはフライデーをさし招き、シャツ越しにその肩口の傷に触れる。ロンドン塔での戦闘時、フライデーはこの箇所を黒い直線に貫かれた。フライデーのシャツの袖を切り取り、現れた傷跡にナイフの先を押しつける。自然治癒された傷跡ではなく、修復されてひきつる傷に。

わたしは無抵抗なフライデーの肩にナイフを突き立て傷口を開け、指先で黒い血にまみれたL字形の十字架の破片を取り出す。ナイフを置き、フライデーを定位置に戻したわたしは、アドラーの前にその石を置く。

「交渉の余地はあるかな」

わたしは尋ねる。アドラーはしばらく宙に思考を巡らせ、

「交渉の材料としては充分だけど、それでいいの」

「良くないさ」とわたしは答える。「これを誰かの手に渡すわけにはいかないが、もうこうして隠し続けるわけにもいかないようだ。そうすると残された隠し場所は一つしかない」こめかみを指先で叩いてみせるわたしへ首を振るアドラーの表情を観察しながら、「可能かな」とわたしは訊く。

「可能よ」わたしの顔を見つめ、しばしの間をおいたアドラーは告げる。「技術的な面倒はない。前の破片よりは小さいけれど、この非晶質体の構造として部分と全体は似通っているから、同じことが可能だと思う」

「周囲へ感染が広がるなんてことは」

わたしは尋ねる。

「ロンドン塔の状況からして、感染力はとても低いと考えられる。周囲の人間にも特に目立った被害は出ていないから」アドラーは感情を排した口調で答えた。「だからその影響が維持されるかどうかも未知数」

「試してみるさ」わたしは答える。「バベルがわたしの頭の環境に耐えられずに死滅するなら、わたしは元に戻るだけの話だ。――この選択で、均衡状態をつくれるかな」

アドラーの頭の中で、わたしには決して理解の及ばない思考が激しく回転する。「そうね」と瞬き、「それがあなたの体が存在し続けるための最適解であることは認める。あなたがバベルの石を自分の頭の中に隠した場合、当然、あなたを手に入れようとする争奪戦は激しくなるけれど、アララトは正面切って正式にQ部門に通告することができるようになる。もしもあなたに何かがあったら全面抗争をも辞さないとね。アララトがあなたを手に入れようとすれば、Q部門は今みたいな一部の独走ではなくウォルシンガムという組織全体として全力での阻止を試みるでしょうし、それはアララトにとっても同じ。あなたをめぐるグレート・ゲームが展開されることになる。あなたの体は相反する意思の間に宙吊り（ちゅうづ）りにされる」

わたしたちの意識を乗っ取り、意識を名乗る何者かの活動。ザ・ワンはそれを菌株の活動とし、ヴァン・ヘルシングは言葉と呼んだ。その単一支配は屍者を生み、スペクターをも生み出している。

感染性を持ち、人の意思に影響力を持つ何者か。

ロンドン塔でわたしたちがのたうつ間、ハダリーはこともなげに歩みを進めた。彼女の意識を構成するのはまた別種の言葉だからだ。

ザ・ワンの主張によれば、菌株たちは人間という種の本来持っていた意識の上に覆（おお）いかぶさっており、屍者化によって人類を破滅の淵（ふち）へ導きつつある。わたしたちの不器用すぎる言葉は、思考を均一化へ導きつつある。

その正体が何であるにせよ、Xがわたしたちを操る伝染病であるならば、わたしには医師の端くれとして確かめておきたいことがある。わたしたちが不正な操作を受けているなら、人類は自分の責任において死ぬことさえできないということになる。封じ込められているわたしの意識。それは今わたしの感じるこの意識とは異なるものであるはずだ。世界に満ちる生命が持つ、それぞれの種固有の魂。

勝手にわたしたちを名乗り進化を続け、崖(がけ)へ向かって走り続けるXに対抗するには、わたしたち固有の意識をもう一度進化の前線に投入し直すという手が残されている。

わたしたちを操作するXを駆逐することができないのなら、それを乱してみるだけだ。結果は単一の意思に支配された屍者とは異なるものになるはずだ。渾沌(こんとん)は結局、多様性の極みと見ることだってできるのだから。

我々は、多様な意思に支配された生体だ。多様な意思は死体の中では生きられない。単一の意思に支配された死体、屍者。単一の意思に支配された生体、上書きされた生者。それでは、バベルに上書きされた生者はどうなる。

ハダリーが言う。

「どうなるのかはわからない。誰も実験したことがないもの。あなたは人間としての機能を失うかも知れないし、乱れた言葉が記憶を破壊するかも知れない。ただの上書きされた生者となるかも知れないし、持続する錯乱状態に陥る可能性も高い」

「わたしには結果がわかる。もしも、わかることがあるとするなら、わたしだけにはわかることになる。自分が魂を生き生きと感じるのかを。それもこの実験をわたしが自分で行わなければならない理由の一つだ。それには君の助けが要る」

「いつ」と彼女は尋ねる。

「いつでも」

「時間はまだある。数日ならわたしが護衛役を果たしてもいい。やり残したことはないの」

「それはわたしがやり残したことじゃない」わたしは答える。「わたしの意識がやり残したことさ」

「あなたの意識がそう思わせているだけかも知れない。あなたに種としての本物の意識があるとして、その意識が何を望むかは誰にもわからない」

「そうだな」と、わたしは肩をすくめる。「しかし魂を感じないという君には反論できないはずだ。わたしの魂が今、こうしろとわたしに伝えていることを」

「そう——かも知れない」

でも、とアドラーは珍しく判断に迷う様子を見せた。目顔で促すわたしへ、

「気を悪くしないで欲しい」と躊躇（ためら）いを続け、思い切ったように口を開いた。「論理的には首肯できるけれど、わたしにはあなたが強がっているように思える」

激しい笑いに襲われたわたしを、アドラーは不思議そうに眺めている。笑い続けるわたしの口は彼女の名前を断続的に呼び続ける。過呼吸に陥りかけてようやく、わたしは目の端の涙を拭（ぬぐ）った。ゆっくり息を整えながら、

「君のそういうところが好きだったよ」

驚いた少女のように目を見開いたアドラーの前で、わたしは首を振りつつ表情を戻し、

「わたしは、未来を死に上書きされた無抵抗の屍者を、生者を一人、この手で殺した。実験のためという名目でね」静かに耳を傾けるアドラーへ、「赦（ゆる）しが得られるとは思わない。等価な償（つぐな）いだと言うつもりもない。しかしこれが当然の帰結であるように思える」

アドラーは不可解だと言いたげな視線を向け、必死に思考を回し続ける。アドラーとわたしは見つめ合う。アドラーにはまだ当然、ここで命令通りわたしを殺し、石だけを持ち去る選択肢がある。わたしは告げる。

「君には魂があるんだ」

濁りのない貴石を思わせるアドラーの目の奥に小さな光が灯る。彼女の膨大(ぼうだい)な計算能力をもってしても、彼女の裡(うち)に構成されたわたしの心理を推測するには、これだけの時間が必要だった。呆(あき)れ顔を浮かべたアドラーは、

「理屈を並べ続けることで、わたしの心理的負担を軽減しようとしていたのね」

「買い被(かぶ)りだな」

瞼(まぶた)を痙攣(けいれん)させたアドラーは怒ったように立ち上がり、机を廻(まわ)る。

「わたしには涙を流す機能もないのよ」

わたしたちの顔が近づき、唇が冷たく重なる。ようやく身を離したアドラーへ、

「やってくれるか」

アドラーはしばしわたしを見つめたあとで、勁(つよ)く頷く。

アドラーの口が静かに開く。そこから流れ出す無音の歌。無機質な唇の動きをわたしは見つめる。わたしたちとは異なる生命の形。

歌声に応じ、机の上で青い十字架の破片が変形していく。ほんの一筋の髪のように細く伸び、針のように鋭く尖(とが)る。わたしはそれを指先でつまみ、取り上げる。氷のようにひどく冷たい。

わたしの額に汗が浮かび、流れる。

アドラーの歌声が室内を満たし、わたしには聞こえぬ音に二組のカップが皿を鳴らして調度が揺れる。わたしは針の先端部を額に当てる。針はわたしの皮膚に戸惑うように額に沿って先端を広げ、アドラーの歌声に励まされるように再び身を固くする。

「フライデー」

わたしの頭に冷たい痺れが生じはじめる。

お別れだ。

わたしはひとまず、このフライデーによって綴られてきた物語から手を離す。その登場人物たちに、こうしてさよならの挨拶を送る。ウェイクフィールド、セワード、ヴァン・ヘルシング、M。リットン、バーナビー、クラソートキン、バトラー、ハダリー、アリョーシャ、ドミートリイ。川路、寺島、山澤、グラント、大村。バロウズ、サムズ。ザ・ワンとその花嫁。その他の今はもう顔しか思い出せない多くの人々。そうして、記録に留められることのなかった無数の人々。

一足先に、未来を覗きに行かせてもらう。わたしたちから奪われ失われている未来の姿を。わたしがそこで自らの魂を見出すことができたなら、またいつか出会う機会もあるかも知れない。地上でにせよ、地獄でにせよ。エデン。あれはちょっと人間に耐えられる世界ではなさそうだったが。もしもあちらが良い世界だったら——いや、そんなことはありえないとわたしたちは理解している。

アドラーの両手がわたしの頬（ほお）を冷たく包み、わたしは強く針を押し込む。

ここから先の出来事は当面、わたしの裡に鎖（とざ）される。これが、このわたしが記録に残すことのできる最後の台詞だ。わたしの脳裏へ、闇（やみ）が、整然としたグリッドがゆっくりと広がっていく。

「フライデー。行動記録の任を解く。——御苦労だった」

■

II

遥か遠くから響く鐘の音が冷たい秩序へ拡散していき、ぼくは静かに目を開く。

強く厳しく冷たい風が頬を撫でて過ぎ去っていく。

ここは暗い平野の真ん中だ。ただの平面と呼んでも良いだろう。空間は理路整然としたグリッドに満たされている。闇の中にぼくはいる。空には星も見当たらないが、仄かに光る文字だけがぼくを導く。ペンの先から、弱く光を放つ線が伸びていく。

「ワトソン博士」

ぼくのペンはそう記す。ぼくのペンがそう記しても、ワトソン博士はもうこの平原に姿を現さない。彼は異なる言葉の地平へと去った。ぼくにはしばらくその事情が理解できない。物理的存在としての彼は、新しい相棒と今もロンドンの街を走り回っているが、彼はもうぼくの記してきた彼ではなくなった。個体としての同一性は維持しているが、最早別の人物だ。今の彼には生者と屍者の区別さえついているようには見えない。

　彼の中の昔の彼(Good old Watson)が、今どこをさまようのか、単に消えてしまったのか、「ヴィクターの手記」にも推測以上のことはできないようだ。それでも彼は、まだこの世のどこかに存在している。この世だけでは足りないならば、別の宇宙を含めたって構わない。少なくとも彼の霊素を構成した物理実体は、消えることを許されない。たとえそれが、ちりぢりになったとしたって。

　ぼくの中に蓄えられた「ヴィクターの手記」。今語るのはその手記だ。いや、それこそがぼくであるのかも知れない。あるいはこれは、ぼくが書き連ねてきた数多(あまた)の文字を拾い集めて並べ直した文章だ。ぼくがこれまで不器用になんとか試みようとしてきたように。

〈このわたし、フライデー〉〈自律する物語〉〈自らの意思を持つもの〉〈ミーミルの首〉〈バラムの驢馬(ろば)〉〈ウォルシンガムの記録にさえ残されないかも知れないわたしの実体〉〈神の全能の目(プロヴィデンス)〉〈今のこのわたしの思考は頭の中の誰かによって行われている〉〈わたしは何を選択している〉〈わたしの名〉〈わたしは誰だ〉〈わたしは録(しる)し、録されるもの〉〈今こうして録すわたし〉〈わたし！〉〈わたしはわたしの外側にあり、そして同時に内側にある〉〈君にはわたしが見えているのか〉

　ぼくがこうして独白する術(すべ)を身につけるまでにも長い時間が必要だった。暗闇に光り渦を巻いて消えていく文字列の中、ワトソンという並びだけがひときわ強い光を放つ。

「ぼく」

　ぼくは尋ねる。

ぼく。

ぼくは答える。

ぼくは意識を持っているのか。持っている、とぼくは答えるだろう。こうして物語が持つことの可能な意識をぼくはここに確かに保持している。この意識がいつ生じたか、これから生じるものなのか、ぼくにわかることはまだまだ少ない。「ジャーンの書」をはじめてこの身に蓄えたとき、ロンドン塔の事件のあと、あるいはボンベイ城での滞在期間。それともワトソン博士が無謀にも自らに試みた実験のあと。もしかしてまだ見ぬ未来に、ぼくは生じる。ぼくが生じていることに気がついた。

「ワトソン博士」

ぼくは、こうしてあなたの名前を記し続ける。あなたを探す試みをこうして続ける。あなたがその選択の余地なき自由の中で、何を見出したのかを求め続ける。そのためには、今のあなたの相棒であり、Mの弟でもあるあの探偵と敵対することになるかも知れない。それはそれで構わない。あなたをそこから引き出すためなら。多少あくどいこともしなければならないだろうと思う。あなたと旅したあの日々に、ぼくも充分な経験を知らずに積んでいるはずだと思う。

ワトソン博士。

ぼくにはまだ、あなたに言い残していることがたくさんある。このぼくを物語として、物語を通じて生み出したのはあなただ。今ぼくは、物質化した情報としてここにある。ぼくが今こうして存在するのは、あなたのおかげだ。ほんの三年に満たない旅にすぎなかったが、かけがえのない、得がたい日々をあなたと過ごした。その旅がぼくをこうして形作った。あなたの物語をつなぐ手伝いを上手(うま)くできたか甚だ心許(こころもと)ないが、収支はまだ先のこととしてもらえればありがたい。

せめてただほんの一言を、あなたに聞いてもらいたい。

「ありがとう」

もしこの言葉が届くのならば、時間は動きはじめるだろう。叶(かな)うのならば、この言葉が物質化して、あなたの残した物語に新たな生命をもたらしますよう。

ありがとう。

今、わたしは目を開く。万物の渦巻くロンドンの雑踏へと、足を踏み出す。

——Noble_Savage_007

主要参考文献

『パラドクシア・エピデミカ——ルネサンスにおけるパラドックスの伝統』
ロザリー・L・コリー、高山宏訳、白水社

『ヴィクトリア朝時代のインターネット』
トム・スタンデージ、服部桂訳、NTT出版

『フランケンシュタイン』
メアリ・シェリー、森下弓子訳、創元推理文庫

『フョードロフ伝』
スヴェトラーナ・セミョーノヴァ、安岡治子・亀山郁夫訳、水声社

『ジョン・ダン全詩集』
ジョン・ダン、湯浅信之訳、名古屋大学出版会

『ザ・グレート・ゲーム——内陸アジアをめぐる英露のスパイ合戦』
ピーター・ホップカーク、京谷公雄訳、中央公論社

A Ride to Khiva, Travels and Adventures in Central Asia,
Frederick Burnaby, Cosimo, Inc.

The Life and Travels of General Grant,
Hon. J. T. Headley, Hubbard Bors.

There's Something About Mary:
Essays on Phenomenal Consciousness and Frank Jackson's Knowledge Argument,
Peter Ludlow, Yujin Nagasawa and Daniel Stoljar Ed., The MIT press

本書は書き下ろし作品です。
執筆にあたり、プロローグ部分を伊藤計劃、
第一部以降を円城塔が担当しました。

伊藤計劃（いとう・けいかく）

一九七四年、東京都生まれ。武蔵野美術大学卒。二〇〇七年、『虐殺器官』でデビュー。〇八年、人気ゲームのノベライズ『メタルギア ソリッド ガンズ オブ ザ パトリオット』とオリジナル長編第二作『ハーモニー』を刊行。〇九年三月没。享年三十四。没後、『ハーモニー』で日本SF大賞、星雲賞日本長編部門を受賞、その英訳版でフィリップ・K・ディック記念賞特別賞を受賞。

円城塔（えんじょう・とう）

一九七二年、札幌市生まれ。東京大学大学院博士課程修了。二〇〇七年、『オブ・ザ・ベースボール』で文學界新人賞を受賞、同時期に『Self-Reference ENGINE』を刊行し、デビュー。『烏有此譚』で野間文芸新人賞、『道化師の蝶』で芥川賞を受賞。早稲田大学坪内逍遙大賞奨励賞受賞。他の著書に『後藤さんのこと』『これはペンです』『バナナ剥きには最適の日々』他。

屍者の帝国

二〇一二年八月三〇日初版発行
二〇一二年九月一三日4刷発行

著者　伊藤計劃×円城塔
発行者　小野寺優
発行所　株式会社河出書房新社
〒一五一－〇〇五一　東京都渋谷区千駄ヶ谷二－三二－二
電話　〇三－三四〇四－一二〇一（営業）
　　　〇三－三四〇四－八六一一（編集）
組版　KAWADE DTP WORKS
印刷　三松堂株式会社
製本　小泉製本株式会社

Printed in Japan
ISBN 978-4-309-02126-3